송영 단편선

부랑일기

송영

한국외국어대학교 출판부

송영 단편선 부랑일기 외

초판 인쇄 2008년 11월 15일
초판 발행 2008년 11월 25일

지은이 ▪ 송 영
옮긴이 ▪ Jason Park
펴낸이 ▪ 박 철
펴낸곳 ▪ 한국외국어대학교 출판부
130-791 서울시 동대문구 이문동 270
전화 (02)2173-2495~6
팩스 (02)2173-3363
홈페이지 http://press.hufs.ac.kr
전자우편 press@hufs.ac.kr
출판등록 ▪ 제6-6호(1969. 4. 30)
디자인 · 편집 ▪ (주)이환D&B (02)2254-4301
인쇄 · 제본 ▪ (주)동화인쇄공사 (02)719-7181

ISBN 978-89-7464-510-6 03810 정가 13,000원

* 잘못된 책은 교환하여 드립니다.

머리말

2003년 9월 오전, 역자인 Jason Park과 첫 통화를 한 후 5년이나 흘렀다. 첫 통화에서 그는 작품 번역 동의를 요청하고 가능하면 미국에서 작품집 출간을 시도해보겠다고 말했다. 수년 동안 새벽에야 잠이 들기 때문에 잠결에 짧은 대화를 나눴는데 낮에 잠에서 완전히 깨어난 뒤에도 잠결에 있었던 대화내용이 분명히 떠오르지 않았다. 이틀 뒤에 역자가 보내준 메일을 읽고서야 역자의 프로필과 의도를 알게 되었다.

첫 통화에서 그는 단편 "친구"와 "계단에서" 등을 매우 흥미롭게 읽었고 자기 주변에서도 좋은 평판을 얻고 있다고 말했던 것 같다. 그는 이 두 작품의 번역을 끝냈거나 마무리중이라는 말도 덧붙였다.

첫 출발이 역자의 자발적 동기에서 비롯되었고 이것이 의미가 있다고 생각되었다. 역자와 나는 지난 5년 동안 수도 없이 번역내용에 관해, 혹은 절차적 문제점에 관해 메일을 교환했지만 내가 역자에 관해 아는 것은 그가 캐나다에 적을 두고 미국에서 활동하는 남성이라는 것, 번역보다 영어로 자기 작품을 쓰는 일이 그의 주된 일과라는 사실 정도에 불과했다. 금년 2월 <Codhill Press>에서 출간된 나의 작품집에 그가 써낸 역자 서문을 보고 나는 그가 40대 초반이고 서울에서 살던 중학교 초급생 시절에 내 작품을 처음 읽었다는 사실을 알게 되었다.

이런 저런 이유로 시간이 많이 지났지만 결국 역자는 5년 전 그 약속을 훌륭하게 지켜낸 셈이다. 그는 이 번역으로 2004년도 미국 펜클럽의 우수 번역으로 선정되었는데 한글 영역으로는 처음이며 이것으로 그의 작업의 성실성과 우수성은 입증된 셈이다. 그뿐 아니라 역자의 노력으로 여기 수록된 대부분의 작품들이 <US Pen Journal-2005>, <Chelsea-2006>, <Metamorphoses-2003>, <Literary Review-2006> 등 미국 유수 문학지에 소개되었고 "선생과 황태자", "삼층집 이야기" 등 나머지 두 편도 내년 봄 <Metamophorses>에 이슈로 소개될 예정이다. 단순히 단행본 출간에 그치는 데 비해 이것은 한층 의미 있는 결과라고 생각된다.

그동안 역자와 메일을 주고받으면서 새롭게 배운 것이 적지 않았다. 우선 작품을 보는 역자의 관점이 작가 자신과 상당부분 다르다는 것을 알게 되었다. 그의 시각이 미국 혹은 바깥에서 보는 시각과 관련 있다는 것은 쉽게 유추해볼 수 있다. 큰 부분에서는 의견이 일치해도 작은 부분이라도 가볍게 볼 수 없는 차이점이 분명히 있었다.

왜 이 작품일까? 처음에 의아하게 생각했는데 작품을 다시 읽어보고 결국 역자의 선택을 수긍하게 되었다. 이 과정은 새로운 개안이라고 말해도 무방할 것이다.

역자가 첫 번째 번역 작품으로 내세운 "계단에서"는 초기에 발표한 짧은 단편으로 당시 거의 관심을 끌지 못했고 나 자신도 무심하게 버려두었던 작품이며 "친구"도 사정은 비슷하다. 아마 나를 가장 당황하게 만든 것은 중편으로 다루어진 "부랑일기"일 것이다. 이 작품은 1970년대 초에 문학권과는 거리가 먼 <기독교사상>이라는 목사님들의 잡지에 한동안 연재했던 것으로 이후 여러 작가들이 참여한 시리즈에 가볍게 한 차례 묶어낸 바는 있으나 작가도 거의 잊고 지내던 작품이다. 그동안 주위의 누구로부터 독후감 한번 들은 바도 없다. 잊고 있지 않았다면 여러 차례 출간된 전집이나 선집에 한번쯤 끼워 넣기에 아주 좋은 분량인데 그런 기회도 없었다. 역자는 묻혀있는 작품을 찾아 꺼내서 새로 평가하고 빛을 보게 한 셈이다. 최근 교정을 보는 과정에서 어느 지인이 이 작품을 두고 '놀랍도록 재미있다.'는 말을 들려줘서 그 말이 너무도 고맙고 반가웠다.

영역본과 원작을 함께 묶어보면 어떨까? 이 생각은 힘든 번역과정을 지켜보면서, 그리고 관점의 차이를 수긍하고 긍정하는 과정에서 자연스럽게 떠올랐다. 미국 PEN에서 영역이 인정받은 점도 자극제가 되었다. 문학작품에서 한 나라의 언어를 다른 언어로 옮긴다는 일은 높은 산을 등정하는 일처럼 많은 배려가 요구된다. 이 합본은 하나의 모범사례로 그 과정을 잘 보여준다는 점에서 의미가 적지 않다고 생각했다.

미국이란 내게는 여전히 참 먼 나라이다. 1980년대 이후로 아시아와 유럽의 몇 나라를 여행한 바가 있고 특히 러시아는 네 차례나 다녀왔으나 미국을 여행할 기회는 한 차례도 주어지지 않았다. 그런데도 미국을 잘 알고 있는 것 같은 인식에 젖어 있을 때가 많다. 이렇게 생각하는 건 한국과 미국 사이에 그만큼 국가 간의 접촉과 왕래가 잦았기 때문일 것이다. 그 땅을 직접 밟아보기 전에는 모든 선입관은 허상이거나 착각에 지나지 않을지도 모른다.

영역본과 원작의 합본출간은 흔히 있는 일은 아니다. 이런 생소한 일을 주선해준 한국외국어대학교 김현택 교수님과 번잡한 절차를 감수하며 출간을 흔쾌히 떠맡아준 한국외국어대학교출판부의 탁경구 님에게 각별한 감사를 드린다. 그리고 멋진 표지 그림으로 책의 품격을 높여준 김춘수 화백님에게도 크나큰 감사를 드린다.

2008. 9. 24.

송 영

역자 머리말

전두환 장군의 독재가 절정에 달했던 1980년대 초 나는 서울에 있는 어머니의 조그만 아파트에 살았다. 당시 대학생이었던 나의 형은 어느 날 24권으로 된 삼성출판사의 『제3세대 한국문학』 전집을 집으로 들고 왔다. 제3세대는 1960-70년대에 등단한 전후세대 작가들을 일컫는 표현이다.

십대 시절 내가 송영의 선집에서 읽은 첫 작품은 중편 <선생과 황태자> 였다. 이 소설의 특이한 주제와 기발한 문체가 아주 인상적이었다. 이 작품은 전혀 한국 소설 같지 않았고, 그 후 송영의 이야기들이 작가의 자전적 요소를 담고 있다는 것을 알게 된 나는 그의 문학에 더욱 흥미를 갖게 되었다.

대학을 졸업한 후 작가 송영은 병역의무 때문에 해병대 장교로 입대하지만 곧 무단 탈영한다. 탈영병 신분이었던 그는 일정한 직업이 없이 그리고 정상적인 인간관계도 유지하지 못하는 상태에서 몇 년의 시간을 보낸다. 그러다가 결국 체포되어 군 교도소에 수감되는데, 단 몇 개월 복역 후 석방된다. 사려 깊은 담당 판사가 송영이 『창작과 비평』 등의 저명 문학잡지에 작품을 발표한 소설가라는 것을 알고 그를 사회로 돌려보내기로 결정했기 때문이다.

송영은 한국에서 유명세를 타는 작가는 아니지만, 그는 한국 문단 주류 주변의 아웃사이더 작가 그 이상이다. 저명한 문학 비평가들 사이에서 존경을 받고 있지만, 이 작가의 작품이 상업적 성공을 거둔 적도 없고 또 한국에서 잘 알려져 있지도 않다. 한국문학에 대한 관심이 미미한 북미 지역에서 송영의 작품 같은 "예외적인" 소설을 출판하는 통로를 찾는 것은 용이한 일은 아니다.

송영의 작품은 내 번역이 미국 문학잡지들에 게재될 때까지 영어권 세계에 소개된 적이 없다. 이 작가의 많은 작품들은 모국인 한국에서도 응당한 비평적 주목을 받지 못했다. 예를 들어, 중편 <부랑일기>는 수십 년 동안 절판 상태에 있었다. <부랑일기>는 나의 영문 번역이 『미국 펜클럽 저널』(PEN America Journal)에 호르헤 루이스 보르헤스, 스티븐 밀하우저 등의 이름과 나란히 발표되자 한국에서 주목을 끌기 시작했다.

송영의 소설 세계는 민주주의를 위한 정치 투쟁과 급속한 산업화 결과들을 반영하고 있는 1970-80년대 한국의 주류 소설들과 다르다. 그의 소설은 여러 가지 이유로 사회의 주류에서 밀려난 개인들의 소외에 초점을 맞추고 있다. 지배적인 대중 담론이 엄격한 서열과 복종, 그리고 순응을 강요하는 단일 사회에서 개인들은 상처 받기 십상이다. 송영의 차분히 가라앉고 때로는 초연한 서사 목소리는 한국 소설에서 선례를 찾기 힘들다. 그는 1970년대에 실존주의 영향을 받은 몇 안 되는 한국 작가들 가운데 한 명이며, 그의 작품 세계 전반에는 실존적 불안과 절망의 주제들이 자리하고 있다.

단편 <친구>에서 우리는 전통적인 한국 가정에서 입양아로 자란 한 혼혈아의 절망을 목도한다. 주인공이 체포되어 군 교도소에 수감되는 이야기를 다룬 <선생과 황태자>에서 우리는 한국 교도소의 기이한 삶을 엿보게 되며, 엄격한 규율 사회에 적응하지 못하는 고립된 한 중년 남성과 만나게 된다. 송영의 이야기들에서는 한국에 주둔하던 4만 명 미군의 존재가 감지된다. <부랑일기>에는 미군 흑인 병사가 등장한다. 또 <친구>의 주인공은 미군 사병과 기지촌의 양공주 사이에서 태어났을 가능성이 농후한, 생부모로부터 버림받은 혼혈아이다. <선생과 황태자>에는 베트남 전쟁에 참전했다 돌아온, 베트남 양민을 상대로 자신이 저지른 폭력 때문에 정신적 충격에 빠져 있는 수감자가 등장한다. <계단에서>와 <삼층집 이야기> 같은 단편에서 우리는 비극적 대결로 귀결되는 인물들 사이의 의사소통 실패를 목격하게 된다.

송영의 이야기들은 한국 소설에서 보기 드문 초현실적 색조를 띠고 있다. 그러나 그의 소설은 무라카미 하루키의 소설과는 달리 억지로 극적 효과를 자아내려 하지 않으며, 현실과 초현실 사이를 섬세하게 넘나드는 미묘함을 간직하고 있다. 송영의 이야기들은 표준적 공식이나 인위적 플롯을 따르는 법이 없이 자기 고유의 분명한 특징을 지닌 독특한 서사 목소리와 기법을 도입하고 있다. 그의 이야기들은 불평등한 한미관계, 물질주의, 한국 군대의 형벌체제에서 횡행하는 어이없는 육체적, 정신적 학대 같은 한국 사회의 금기 주제들을 다루고 있는지도 모른다. 보수적 비평가들이 송영의 작품을 한국문학의 대표작에 포함시키기를 주저하는 이유가 이 작가의 문학이 한국 사회의 추한 면들을 다루고 있기 때문일지도 모른다.

송영의 이야기들은 권위주의 사회의 덫에 사로잡힌 보통 사람들로 구성된 카프카적인 세계를 보여준다. 이 작가의 문학은 아시아 문학의 가장 흔한 두 장르, 이를테면 마오쩌뚱의 문화혁명에 관한 중국 소설과 기괴함 그 자체를 추구하는 무라카미 식의 일본 소설에 익숙한 독자들에게 또 다른 모습의 아시아 소설을 선보인다.

글 Jason Park

번역 김현택

차 례

송영 단편선

부랑일기

부랑일기

송 영 단 편 선

굶주린 한 마리의 이리처럼, 혹은 나이가 차서 보호소에서 쫓겨난 커다란 부랑아처럼 그 무렵에 나는 움푹 들어간 눈알을 두리번거리며 거리를 배회하고 있었다. 영미교 천변(川邊)의 바라크에서 보낸 반 년의 생활, 양공주였던 여(呂)씨네 다락방에서 엎드려 지냈던 일 년여의 시간, 그리고 동대문 어귀의 삼류 여관에서 일곱 달 가까이 조바로 일하던 기억들이 주마등처럼 머리를 스쳐간다. 그러나 그때 나에게는 방금 자기가 거쳐 온 그 생활들을 되새겨 볼 만큼의 겨를조차 없었다. 나는 그때 바야흐로 거처를 잃고 거리에 내팽개쳐진 몸이라서 새로운 안식처, 말하자면 한 평 가량의 잠자리와 두 끼 정도의 싸구려 식사와 권련 몇 대 정도가 제공되는 안식처를 찾느라고 여념이 없었기 때문이다.

영미교 천변에 붙어 있는 바라크에서의 생활은 정말 자유스러웠다. 비록 방의 넓이가 한 평이 될 듯 말 듯 한 정도로 비좁아서 누워 있노라면 자기가 영락없이 관 속에 강제로 처박혀진 듯한 착각을 일으킬 정도이고, 그리고 방의 뒤쪽에 달린 유일한 통풍구를 열면 건물 바로 밑에서 흐르고 있는 청계천으로부터 썩은 오물 냄새가 사뭇 불쾌하게 시리 코를 자극해 왔으나, 그러나 거기서는 어느 놈 하나 간섭하는 놈은 없었다. 지금은 복개 공사가 되어 있어 청계천이 자취를 감춰 버렸지만 정말 당시에 그곳의 냄새는 두고두고 기억하지 않을 수 없을 만큼 지독하였다. 마치 시민들의 온갖 배설물과 찌꺼기는 죄다 그곳으로 빠지고 있는 듯한 느낌이었다. 나는 거기서 방 한 칸을 삼백원의 월세로 빌려 썼다. 따라서 제각기 당당하게 돈을 주고 방을 쓰는 놈들 사이에 간섭이란 있을 수 없었다. 주인 여편네도 내가 한 달에 삼백원을 지불할 수 있는 동안에는 나를 간섭할 여지가 없었다. 그러나 나는 방세 삼백원을 가까스로 지불한 다음에는 내내 굶고 지냈다. 아마도 내가 거기 청계천에서 지낸 반 년여의 생활에서 배운 것이 있다면 며칠씩 굶고도 견디어 낼 수 있는 재간일 것이다. 며칠씩 굶은 놈이 갑자기 노상에서 친구를 만났을 때에 전혀 그런 내색을 보이지 않고, 싱글싱글 웃으면서 옛날 대학 시절에 홀딱 빠졌던 여학생에 관하여 넉살 좋게 떠들어댈 수 있다면 그것은 대단한 수완이라고 볼 수 있다.

며칠씩이나 창자에 음식물이 공급되지 않았을 때 나는 냉수로 창자를 메웠고 그것으로도 몸이 잘 조절되지 않으면 외출을 되도록 삼가고 방 안에서 잠을 청하였다. 꼼짝도 하지 않고 심지어 말 한마디 지껄이지 않고 죽은 듯이 누워 있는 방법, 이것이야말로 굶주림에 대처하는 가장 좋은 방법이다. 하루 종일 나를 찾아 주는 놈도 내가 찾아갈만한 놈도 없었다. 정말 그 바라크에 있는 동안에 나의 대학 동창들이나 고향 친구들 중에서 그곳을 방문해 준 놈은 하나도 없었다. 따라서 내가 이틀이나 사흘씩을 때로는 칠 일씩이나 창자 속에 아무것도 공급하지 않은 채 죽은 듯이 그 한 평의 방바닥 위에 누워 있어도 내 몸을 건드리는 놈은 없었다. 나는 끊임없이 잠을 자고 또 자고 그리고 눈을 빤히 뜨고 있을 때에도 반수면 상태나 다름없는 혼수상태에 빠져 있었다. 그렇게 며칠씩 누워 있다가 갑자기 벌떡 일어나

문을 박차고 바깥으로 나간다. 햇빛을 쪼이고 싶었기 때문이었다. 나는 약간 비틀 걸음으로 영미교까지 나아가서 다리 복판에 우뚝 서서 거기에 가득 넘쳐 흐르고 있는 여름 한낮의 햇빛을 마음껏 온몸에 받는다. 위장을 치료하기 위해서 혹은 체중을 줄이기 위해서 며칠간 단식 요법을 감행해 본 사람들은 극단의 공복 상태에 있을 때 문득 어떤 황홀한 기분을 맛보았던 경험이 있으리라. 창자가 정화되었을 때에는 거기에 따라 의식도 그만큼 명징해진다는 것은 어느 정도 굳어진 정설이다. 영미교 위에 서서 심호흡을 하고 있을 때의 내 기분은 흡사 이국에서 첫 아침을 맞았을 때처럼 상쾌하고 신선하였다. 그때 내 눈에 보이는 풍경들은 예외 없이 모두 한 폭의 밝은 수채화처럼 생생하고 뚜렷하여 나는 그만 눈이 부실 지경이었다. 사실을 말한다면 영미교 위에서 바라보이던 풍경이야말로 세상에서도 가장 더럽고 꼴사나운 빈민굴의 전형이었으나 나의 시력은 그때에 그 빈궁의 밑바닥에서 울어나는 추악의 관념을 까마득히 잊고 있었다.

다리 위에는 좌판 위에 삶은 국수, 콩기름에 튀긴 오징어 덴뿌라, 시루떡과 인절미, 누우렇게 변색된 밀가루 빵, 삶은 고구마와 옥수수 따위의 싸구려 음식물을 차려 놓고 팔고 있는 아주머니들이 좌우에 진을 치고 있었고 영미교의 양쪽, 그러니까 개천의 양쪽에는 일찌기 우리들의 가옥 형태 속에서는 찾아볼 수 없었던 날조한 바라크들이 마치 해변의 바위 밑둥우리에 붙어 있는 고동 껍대기처럼 다닥다닥 붙어 있었다. 그렇지만 나의 눈에는 그 풍경들이 모두 신선하고 밝게만 보였다. 나는 한동안 공복 상태로 영미교 위에서 느끼는 그 황홀한 기분을 탐하였다. 그래서 어떤 날은 자기 체력의 한계를 무릅쓰고 하루에도 몇 차례씩이나 영미교 쪽으로 뛰어가곤 하였다.

내가 그 천변의 바라크 생활을 청산하게 된 동기도 사실은 공복의 상태와 관계가 깊다. 어느 날 나는 거리로 나갔다가 우연히 고향 친구 하나를 만났다. 나는 옛 친구를 만났을 적에, 자기의 처지가 지금 일정한 거처도 없이 무위도식한다든가, 자기의 얼굴 모양이 오랫동안 번민과 허기증에 시달려서 흡사 분장을 마치고 무대에 나선 광대처럼 창백하고 멍청해 보인다든가, 자기의 옷차림이 영락없이 부랑배나 알거지의 차림이라는 이유로 상대방을 피하거나 꺼리지는 않는다. 도리어 나는 그러한 이유 때문에, 말하자면 상대방이 뜻밖에도 거지 꼬락서니로 전락해 버린 나를 보고 놀라는 모습을 보고 싶고, 그리고 그것을 기화로 상대방에게서 푼돈이나마 현금을 뜯어 낼 수 있다는 현실적인 타산 때문에 상대방에게 내 쪽에서 먼저 좇아간다. 그날 만난 놈은 국민학교 동창이었다. 그놈은 비록 지방 대학이나마 순조롭게 학교를 마치고 모 제약회사의 기사가 되어 있었다. 옛날에는 그다지 신통하지 않은 놈이라고 생각했던 그 녀석이 이제는 이렇게도 구직난이 극심한 때에 당당히 회사의 월급장이가 되어 넥타이를 펄럭이며 내 앞에 우뚝 서 있을 때, 나는 내심으로 탄복하지 않을 수 없었다. 그놈은 정말 튼튼한 밥줄을 가지고 있었다. 그놈도 그렇다는 사실을 뽐내기라도 하듯이 내가 몇 백원을 요구했을 때 두말도 하지 않고 그것을 건네주었다. 그놈은 정말 성격마저 선선하고 대범해진 모양이었다. 나는 돈을 받으면서 그때에 생각하였다. 하루에, 아니 일주일에 이런 놈을 하나씩만 만난다고 할지라도 나야말로 튼튼한 밥줄을 가진 놈이 될 수도 있을 터인데.

나는 그날 예기치도 않았던 그 돈이 생긴 덕분에 내가 오래 동안 선망해 왔던 표적을 실컷 먹을 수가 있었다. 영미교 위에서 진을 치고 있는 아주머니들의 상품이야말로 내가 밤이나 낮이나 선망해 마지않은 표적이었다. 나는 다짜고짜 영미교로 달려가 한꺼번에 삶은 계란 다섯 개, 인절미 십원짜리 열 두 개, 양념을 얹은 삶은 국수 두 타래, 삶은 고구마 두 개 반, 방금 기름에 튀긴 뜨거운 도너츠 여섯 개, 이렇게 믿어지지 않을 정도의 분량을 한꺼번에 먹어 치워 버렸는데, 며칠씩이나 빵 한 조각 맛보지 못하던 놈이 갑자기 한꺼번에 이렇게 먹어 치웠으니 창자가 무사할 까닭이 만무하였다. 그날 저녁나절부터 나는 갑자기 일어난 복통 때문에 앉지도 눕지도 못하고 벽을 부르짚고 몸부림을 치기 시작하였다. 내가 붙잡은 벽은 벽돌이나 하다못해 블록으로나마 세운 벽이 아니고 엷은 판자벽이었으므로 거기에 두 손바닥을 짚고 내가 몸부림칠 때에는 금방 방의 벽이 무너져 버릴 것처럼 뒤흔들렸다. 나는 좁은 우리에 갇힌 맹수처럼 벽을 부르짚고 밤새껏 울부짖었는데 복통은 며칠이 지날 때까지 멈추지 않았다. 그때의 고통은 정말 지독하였다. 아마도 소화 기능이 극도로 약화된 위가 갑자기 투입된 많은 분량의 음식물을 주체할 수가 없어서 생긴 통증일 텐데, 하여튼 정확한 병명을 알 수 없던 나는 창자가 기어이 찢어져 버리는 것이 아닌가 생각될 정도였다.

며칠 동안 나는 한잠도 자지 못하고 벽을 부르짚고 그렇게 서서 복통과 싸웠다. 나중에는 바라크의 주인 아주머니가 나의 신음 소리를 어떻게 듣고서 내 방으로 달려왔다.

'여보시우, 그렇게 서 있기만 하면 병이 낫겠소? 젊은 양반이 참 딱하군 딱해.' 주인 아주머니가 문을 열어 제치고 대뜸 고래고래 소리를 쳐댔다. 나는 이미 초점을 잃어버린 눈으로 며칠 동안의 고독한 투쟁 끝에 처음 보는 방문자를 멍청하니 쳐다보았다. 아주머니는 내가 필경 급체에 걸린 모양이라고 진단하였다. 그리고 그녀는 체증을 영락없이 고쳐 낸다는 근처의 여자에게 나를 끌고 갔다.

체증을 치료한다는 그 여자는 체구가 남자처럼 당당하였고 완력도 매우 세어 보였다. 그 여자는 세면대야를 하나 내 앞으로 끌어다 놓고 내 옆에 엉거주춤 앉더니 다짜고짜 주먹으로 나의 목덜미를 힘껏 쳤다. 그 충격으로 내 머리는 세면대야 쪽으로 급속하게 떨어져 내려갔다. 그녀는 반쯤 엎드린 꼴을 하고 있는 나의 등바닥을 다시 두어 번 힘껏 두드렸다. 정말 그녀의 완력은 내가 예상했던 것처럼 강했다. 나는 그 여자가 주먹으로 등바닥을 두드렸을 때, 창자나 내장의 일부가 그만 박살이 나지 않을까 하고 겁을 집어먹었던 것이다. 그 여자가 이번에는 내 턱주가리를 왼편 손바닥으로 마치 쟁반이나 대접을 들어 올리듯이 거친 솜씨로 약간 들어 올리더니 느닷없이 자기의 바른쪽 손을 나의 입 속으로 처넣었다. 그 빠른 시간에 그녀의 손가락들이 나의 목구멍 속에서 어떤 활동을 했는지 나는 그것을 전혀 의식하지 못했다. 다만 확고한 것은 그때 나는 아무것도 토해 내지 못했다는 사실이었다. 그녀의 손이 두 번 세 번 내 입 속으로 들어가서 목구멍을 휘저어댔지만 끝까지 나는 아무것도 토해 낼 수가 없었다. 그 여자는 실망했고 나를 그녀에게 끌고 왔던 주인 아주머니도 실망했고 나 자신도 몹시 실망하였다. 나는 체증에 걸린 것이 아니었다. 그렇지만 완력이 강한 그 여자는 끝까지 체증이라고 우겼다. 그녀는 나더러 저녁나절에 다시 자기에게 와 달라고 부탁했고 그때에는 틀림없이 내 위장 속에 갇혀 있는 음식물을 꺼낼 자신이 있노라고 말하였다.

그런데 나는 그녀에게 다시 가지는 않았다. 그리고 내가 반 년 동안 기거했던 그 바라크의 방, 관을 닮은 한 평의 그 방으로도 다시 돌아가지 않았다. 왜냐하면 체증을 고친다는 그 여자의 집에서 나오는 순간 나는 갑자기 겁쟁이가 되어 모든 것이, 그 방과 더불어 일어났던 모든 것이, 그리고 그 방으로 돌아가면 앞으로도 틀림없이 내가 직면하고야 말 모든 것이 두려워졌던 것이다. 나는 그때서야 이토록 끔찍스런 복통을 유발했던 공복 상태를 두려워했고 그리고 며칠 동안 벽을 부르짖고 신음할 때에 내가 맛보았던 고독감을 두려워했다.

에라, 도망쳐 버리자. 나는 아주 결연하게 이렇게 속으로 다짐했다. 그 방으로부터 당장 도망쳐 버리는 것이다. 따지고 보면 주인에게 무얼 떼어먹고 몰래 달아나는 것은 아니지만 그 방이 주는 고통에서 빠져 나온다는 것이 어쩐지 금지된 일을 범하는 듯한 기분이었다.

며칠 동안 나는 격심한 복통을 안은 채 거리를 쏘다녔다. 때는 마침 한여름이라서 대낮에는 찌는 듯이 무더웠다. 아스팔트 보도에서 반사되어 오는 열기로 행길의 온도는 흡사 한참 작업 중에 있는 대장간의 실내 온도처럼 부글부글 달아올랐다. 일정한 목적지도 없이 무작정 행길을 돌아다니면서 나는 끊임없이 잠시나마 쉴 만한 장소, 그늘이 드리워진 장소를 찾느라고 눈을 두리번거렸다. 그렇지만 대낮의 이 무더위보다도 더욱 두려운 것은 밤이 찾아오는 때였다. 잠을 잘 장소가 없었던 것이다. 처음 한 두 차례는 일종의 호기심과 만용에 힘입고서 노숙을 할 수가 있었다. 나는 안암동 개운사의 뒷산, 소나무 밑에서 이틀 밤을 새웠고 중랑천의 뚝 밑에서도 하룻밤을 새웠다. 이 장소들은 어둑해지면 인기척이 뚝 끊어지는 장소들인 만큼 혼자서 오랜 시간을 버티기에는 안성맞춤이었다. 그러나 며칠 밤 노숙을 하여 본 나의 결론은 다시 하룻밤이라도 그것을 되풀이하기가 두렵다는 것이었다. 말이 노숙이지, 나는 밤새껏 한잠도 잘 수가 없었으며, 새벽녘에는 더구나 이슬이 전신에 내려서 한기로 오들오들 떨기까지 했던 것이다. 노숙을 한 다음날에는 밤새 뜬 눈으로 지낸 덕분에 거리를 걸어 다닐 기력도 없었고 눈앞도 어찔어찔하여 금방 길바닥에 쓰러질 것만 같았다.

나는 다시 청계천의 바라크로 돌아가고 싶다는 충동도 느꼈는데 이 충동을 이겨 내느라고 내 딴에는 무진 애를 썼다. 그곳으로 다시 돌아간다면 나는 다시 관 속으로 저절로 기어들어가는 것이나 다름없다. 내 생활에는 아무런 변화도 발전도 없으리라. 거기에는 편한 잠자리와 무한한 자유가 있는 대신 끝도 밑도 없는 굶주림이 기다리고 있다. 그리고 내가 열흘을 굶고 지내건 열사흘을 굶고 지내건 어느 놈 하나 찾아 주는 놈도 없는 것이다. 나는 자신에게 몇 차례나 이렇게 같은 말을 들려주며 불면과 피로에 시달리고 있는 자신을 달래었다. 그런데 천만 다행이었던 일은 거리로 뛰어나와서 며칠 동아 길바닥을 쏘아 다니는 사이에 복통이 말끔히 가셨다는 사실이었다. 아마 걷기 운동이 소화를 재촉하였는지, 혹은 환경을 바꿔 주었기 때문에 위장이 다시 운동을 시작했는지 아무튼 그 사실이 다행이 아닐 수 없었다.

이제 여(呂)씨네 집에서의 생활을 얘기할 차례이다. 그 집은 나에게는 전혀 초면의 집이나 다름없는 집이었다. 내가 여씨네 집으로 입주하게 된 동기는 우연에서 비롯되었다. 어느 날, 정확하게 말한다면 청계천의 바라크를 뛰쳐나온지 닷새째가 되는 어느 날, 내가 어느 시장 어귀에서 좌판 행상 아주머니들이 벌여 놓고 있는 양념 얹은 국수 타래를 눈알이 빠지게시리 쳐다보고 있을 적에 할머니 한 분이 내 어깨를 툭 건드렸다. 그 양반이 여씨네집 할머니였다. 할머니는 대뜸 나의 옆얼굴 모양이 전쟁 때에 죽어버린 자기의 외아들 여승남이를 닮았다고 말하였다. <영락없이 그놈 얼굴이구먼. 어쩌면 저렇게도 닮았을까.>

할머니는 시장바구니를 든 채 움직일 생각은 하지 않고 혀를 끌끌 차며 몹시도 감탄하는 눈초리로 자기 외아들을 닮았다는 나의 옆얼굴을 뚫어지게 쳐다보았다. 그 기회를 내가 놓쳐 버릴 까닭은 없었다. 나는 그때에 저기 좌판 위에 놓인 양념 얹은 국수 타래가 너무너무 먹고 싶었던 것이다. 방금 물에서 행구어낸 듯한 새하얀 국수는 번지르하게 윤기마저 흘렀다.

할머니는 나의 작은 요청을 너무도 쉽사리 받아들였다. 그뿐 아니라 그녀는 나에게 온당한 한끼의 식사를, 제대로 반찬이 갖춰진 가정집의 식사를 대접하고 싶다는 욕망 때문에 나를 자기네 집으로 끌고 갔다. 시장 바닥에 주저앉아서 국수로 일단 허기증을 메운 나는 할머니네 집에 가서도 다시 가정집의 정찬을 재빨리 해치워 버렸다. 나의 왕성한 식욕에는 할머니도 감탄을 금치 못하였다. 실로 얼마만에 맛보는 여염

집의 정찬이랴. 여씨네 집 안방의 매끄러운 장판지 위에 앉아서, 미역국과 익은 김치를 맛볼 적에 나는 감격에 겨워 하마터면 눈물방울까지 떨어뜨릴 뻔하였다. 나는 그때에 이제부터는 굶주림이 나로부터 완전히 떠나갈 뿐만 아니라 매일처럼 이와 같은 여염집의 밥상과 마주하게 된다는 축복할 만한 사실을 설마 예기치는 못하였다. 내가 일정한 직업도 거처도 없는, 아주 가엾은 놈이라는 사실을 알게 된 할머니는 그날부터 자기 집에 눌러 있으라고 말하였다. 그러니까 한끼의 식사를 얻어 먹으러 갔다가 나는 뜻밖의 행운을 만난 셈이었다.

그렇지만 지금 곰곰히 생각해 보면 여씨네 집에서 주저앉게 된 사실이 반드시 나에게 행운만은 아니었다는 느낌도 든다. 그 집에서는 굶주림만은 전혀 없었으나 반대로 철저하게 자유를 빼앗기고 지냈던 것이다. 개천변의 바라크에서 생활하던 때와는 모든 점에서 정반대였다. 할머니는 집안에서 전혀 실권이 없는 존재였기 때문에 내가 그 집안에 머물러 있다는 사실을 모든 식구들에게 감추려고 작정했다. 내가 철저하게 자유를 빼앗긴 채 지냈다고 말하는 것은 그 때문이었다. 할머니의 외아들 여승남은 죽은지 오래이고 지금 집안의 실권은 과부가 된 할머니의 며느리에게 있었다. 며느리는 양공주였다. 그녀는 일주일의 대부분을 미군 부대가 주둔하는 지역에서 지내고 토요일이 되어서야 그녀의 애인이자 보조자인 미군을 동반하고 집으로 돌아왔다. 그러니까 평소에 할머니가 경계하는 상대는 자기의 손자 하나와 손녀 하나였고, 주말이 되면 자기의 며느리를 경계하였다. 할머니가 누구보다도 경계하는 상대는 자기의 며느리였다. 할머니의 말을 빌자면 내가 이 집안에 거주한다는 사실을 자기 며느리가 알게 되는 날이면 그날로 나는 쫓겨나리라는 것이다.

나는 쫓겨나지 않으려고 할머니의 방침에 철저하게 동조했다. 할머니는 첫날부터 나를 안방에 달린 다락방 속으로 처넣어 버렸다.

특별한 허가를 받기 전에는 나는 다락방 바깥으로 한 걸음도 빠져나갈 수가 없다는 엄명을 받았다. 지붕 밑에 붙어 있는 다락방은 대낮에도 오밤중처럼 캄캄했으며 겨우 허리를 똑바로 펴고 앉아 있기에 족할 정도로 천정이 낮았다. 시초에 나는 종일토록 나의 활동 반경이 고작해야 다락방 안으로 제한되어 버렸다는 사실에 당혹을 느끼고 약간의 반발심도 일어났으나 그러한 구속의 보상으로 지급되는 훌륭한 식단에 일단 만족하기로 작정하였다. 나는 정말 어떠한 자유보다도, 어떠한 황홀한 느낌보다도 충실한 식사를 제공받는 일이 그때에는 더욱 절실했다. 그만큼 나는 바라크 생활에서 맛본 굶주림과 그것과 관련해서 일어났던 복통, 그리고 그 복통과 싸우며 몇날 밤을 지샐 때에 느꼈던 고독감이 두려웠던 것이다.

이번에도 나는 영락없이 우리 속에 갇혀 있는 짐승의 꼴이었다. 할머니는 나의 식사 시중만은 충실하게 지켰다. 나는 매일처럼 포식하고 난 뒤에 다락방 안을 어기적어기적 기어 다녔다. 그러다가 무릎이나 허리가 저려 오면 다락방 구석 아무데나 벌렁 나자빠져서 죽은 듯이 누워 있었다. 나에게는 대낮도 밤이고 오밤중도 똑 같은 밤이었다. 아니, 반대로 오밤중도 대낮이고 대낮도 역시 같은 낮이었다. 다락방 속에서 차츰 생활하는 동안에 수면 시간이 일정하지 않게 되어 나는 대낮에도 곤하게 잠을 잤고, 오밤중에도 눈을 빤히 뜨고 그 속에서 부시럭댔던 것이다. 다락방 속에 갇혀 있는 동안에는 도무지 시간을 가늠할 수 없었다. 그렇다고 다락문을 열고 할머니의 손녀인 미례나 손자인 신명에게 시간을 물을 처지도 아니었다. 평소에 안방에는 할머니와 그 아이들이 늘 기거하고 있었는데 할머니가 나의 식사를 제공하는 시간은 두 아이들이 모두 학교에 가거나 외출했을 때, 그러니까 집안에 오로지 할머니 한 사람만이 있을 때였다. 다락방에 누워 있노라면 안방에서 그들이 떠들어대는 소리가 분명하게 들렸다. 남매 사이에 도란도란 얘기하는 말소리, 왁자지껄 웃어대는 웃음소리, 할머니가 아이들을 책망하는 소리, 아이들의 불평 소리, 이 따위 소리들이 얇은 다락방의 미닫이 틈으로 똑똑하게 들려오는 것이다. 그들의 말소리를 듣고 있을 때마다 나는 자신이 일찍이 가족들과 함께 지냈던 시절로 되돌아온 것 같은 착각에 빠지곤 하였다. 차츰 시일이 지나면서 나에게는 그들이 나의 진짜 가족이나 다름없게 여겨졌다. 왜냐하면 우리들은 한 지붕 밑에서 살았고, 한 솥의 밥을 먹었으며, 매일처럼 그들의 비밀한 말소리를 나는 들었기 때문이었다. 나는 할머니나 미례나 신명이를 정말 한가족처럼 피부로 가깝게 느꼈고 이 느낌은 나의 고적한 마음을 따스하게 녹여 주었다. 그렇지만 이 따위 생각은 오로지 나 혼자만의 착각이었다. 신명이나 미례는 반 년이 넘을 때까지 내가 바로 안방의 지척인 다락방에 엎드려 있다는 사실을 까맣게 모르고 있었다. 나 역시 그 사이에 그 애들의 얼굴을 본 일은 없었다. 내가 그 애들에 관해서 알고 있는 것은 그 애들의 말소리와 웃음소리와 짜증을 내는 소리 뿐이었다.

식사를 제공할 때마다 할머니는 다락방 문을 느닷없이 열어젖힌다. 그녀가 다락방 문을 열 때면 나는 길게 다리를 뻗고 누워 있다가 소스라치게 놀라 벌떡 일어나 앉는다. 이때 나의 기분은 마치 도둑질을 하려고 남의 다락방 속으로 몰래 침입했다가 갑자기 들켜버린 듯한 것이었다. 나는 까닭 없이 당혹감을 느꼈다. 다락방 문이 열리는 그 순간에 다락방 속에서 혼자 멋대로 공상하던 것들이 죄다 깨뜨려져 버렸고 할머니에 대하여 느꼈던 친밀감마저 전혀 혼자만의 착각이었다는 사실이 명료해지는 것이었다. 나는 바깥 세계가 두려웠다. 시간이 지날수록 그 두려움은 점점 가중되었다. 따라서 할머니가 문을 열어젖히고 비록 제한된 안방의 풍경이나마 밝은 세계가 시야에 들어올 적에 나는 공연히 겁이 나고 그 풍경을 보고 있다는 사실만으로도 무슨 범죄나 범하는 것처럼 가슴이 두근거렸다. 어두컴컴한 다락방 속에서 나는 밝은 안방의 풍경, 단스와 캐비닛과 화장대와 책상 따위가 가즈런히 정돈되어 있는 안방의 풍경을 겁먹은 눈길로 바라보았다. 할머니가 식사를 들여놓고 미닫이를 닫고 난 다음에야 나는 오래 익숙해진 다락방 속의 어둠에 저윽이 마음이 놓였다. 그 세계는 낙원이었다. 나는 그 속에서 비록 신체상의 구속에 허덕였지만 나의 생각은 어느 놈도 간섭할 수 없었다. 거기에다 시각적인 자극이 없었기 때문에 그만큼 나는 자유롭게 자기의 기억과 회한과 욕망의 파산과 즐거운 장차의 설계 따위에 마음껏 젖어 볼 수 있었다.

미례의 어머니는 토요일 오후가 되면 자기의 연인을 동반하고 어김없이 집으로 돌아왔다. 그녀의 보조자이자, 연인은 미군이었다. 그 미군은 그녀가 올 때마다 바뀌는 모양이었지만 나는 그 외국 병정들 중에서 한 사람도 본 일이 없었다. 다만 그들이 돌아오면 할머니와 아이들은 그들에게 안방을 비워 주고 건넌방으로 물러났기 때문에 나는 불가불 하루 낮 동안 그들 두 연인의 소리와 친해지지 않을 수가 없었다.

미례의 어머니는 내가 들은 바로는 마흔을 넘은 중년의 여자였지만 연인과 함께 있을 때의 그녀의 말소리와 웃음소리는 흡사 이십대의 아가씨처럼 발랄하고 명랑하게 들렸다. 그녀가 미닫이 저쪽에서 하염없이 아양을 떨고 깔깔댈 때에는 나는 그녀의 나이를 생각하며 마치 도깨비에게 홀린 것처럼 당혹감을 느꼈다. 나는 동시에 그 여자의 망부(亡夫), 전쟁 때에 죽어 버렸다는 그녀의 남편 여승남씨를 생각하였고 모친께서 연인을 데리고 나타나기만 하면 벙어리가 되어 버리는 건넌방의 미례와 신명이를 생각하였으며, 그 여자의 생계를 꾸려 가는 수완에 감복하기도 하였다. 미례의 어머니는 확실히 노련하였다. 그녀는 이미 늙은 여자이고 사진으로 보았던 그녀는 간신히 추물을 면할 정도의 여자였건만, 외국 병정은 안방에서 즐거움에 도취되어 어쩔 줄을 몰랐다. 미군은 누가 듣건 말건 큰소리로 사랑하노라는 말과 빨리 자기의 육체적인 요구에 응해 달라는 말을 되풀이해서 떠들었다. 나는 그들의 사랑의 유희를 매우 기묘한 감정으로 경청하였다. 나는 자신이 숨어 있는 놈이고 거기에다 남의 은밀한 정사까지 엿듣는다는 이중의 가책 때문에 더욱 가슴이 두근거렸다. 그렇지만 이 범행은 내가 자청한 일은 아니었다. 말하자면 나는 그 은밀한 범행의 자리를 피할 수도 떠날 수도 없는 몸이었다.

그들이 안방에 있는 동안에는 나는 평소보다 더욱 자기의 기척을 죽이느라고 주의를 기울였다. 그럴 수 밖에 없는 것이 그들이 한참 정사를 나누는 순간에 다락에 어떤 놈이 숨어 있다는 사실이 발각된다면 사태가 어떻게 되겠는가. 그런 사태는 생각만 하여도 소름이 끼쳤다. 나는 기어 다니는 일도 당분간 삼갔으며 심지어 숨소리조차 죽이려고 애를 먹었다. 숨소리는 죽이면 죽일수록 다음번에는 더욱 커져 버리기 마련이다.

그럭저럭 일 년이 지났다. 지난 여름에 내가 여씨네 다락방으로 들어온 뒤로 다시 여름이 찾아온 것이다. 나는 그러나 설마 그 사이에 일 년이나 흘러가 버렸으리라고는 믿어지지 않는다. 나에게는 그 기간이 불과 한 계절, 길어 봐야 대여섯 달 정도로 밖에는 여겨지지 않았다. 그 동안에 나는 게을러질 대로 게을러졌으며 신체의 모든 기관도 고막만 빼놓고는 어쩐지 마비되거나 둔해진 것 같았다. 아마도 특별한 사건이 일어나지 않았다면 나는 일 년쯤 더 그곳에서 머물러 있었을지 모른다. 그때쯤 다락방의 구속된 생활에는 익숙할 대로 익숙해져 도리어 그 어둠과 그 좁은 공간과 밀폐된 사방 벽이 편리하게 느껴질 정도였으니까 나는 별다른 불평 없이 거기에 더 머물러 있었을 것이다. 그런데 전혀 예기치 않던 사건이 나의 실수로 일어나 버렸고 그 결과 나는 그 안식처에서 쫓겨나고 말았다. 실로 일 년 동안 한번도 저지르지 않았던 실수를 나는 그만 저지르고야 말았다.

전혀 예기치 못했던 그 엉뚱한 사건이 일어났던 날은 일요일이었다. 그 전날 오후에 미례의 엄마가 미군 한 사람을 동반하고 집으로 돌아왔기 때문에 나는 그날이 일요일이라는 것을 알았다. 나는 그날 유난히 오랫동안 두드리는 예배당 종소리를 듣고 잠에서 깨어났는데 깨어난 그 시간이 새벽인지 대낮인지, 그러니까 그 종소리가 새벽 예배 시간을 알리는 종소리인지 낮 예배 시간의 그것인지 알 수 없었다. 전에도 말했지만 여씨네 다락방 속에서 거주하는 동안 나의 취침 시간과 기상 시간은 제멋대로였다. 왜냐하면 첫째는 시간을 가늠해 볼 만한 표적이 없었기 때문이며, 둘째는 그때 나에게는 시간을 가늠할 필요가 없었기 때문이다. 나는 몽롱한 의식 속에서 누워 있었는데 그때에 바로 지척에 있는 안방 쪽에서 갑자기 끼륵끼륵 웃어대는 웬 낯선 사나이의 웃음소리가 들려왔다. 매양 미례 엄마가 동반자를 갈아치우기 때문에 이 웃음소리 역시 내가 처음 듣는 소리임에 틀림없었다. 그런데 이번의 웃음소리는 유별나게 기름지고 야만스러운 소리였다. 사나이의 웃음소리에 잇달아서 미례 엄마의 가냘프고 건조한 그러나 간지러움을 가득 실은 웃음소리도 들렸다. 그제서야 나는 제 정신으로 퍼뜩 돌아왔고 내 쪽에서 지금 숨소리도 결코 크게 내서는 안 될 때라는 사실을 알았다. 나는 바짝 긴장하여 숨소리를 죽이고 안방으로 통하는 미닫이 쪽에 귀를 기울였다. 내가 그쪽에 그토록 열심히 귀를 기울였던 것은 무슨 음담패설이나 쾌락에 겨운 신음소리 따위를 엿듣겠다는 충동 때문이 아니라 그들의 동정을 면밀하게 파악하고 있어야겠다는, 말하자면 일종의 방어 본능에서 비롯된 행동이었다. 그들은 예고도 하지 않고 느닷없이 다락방 문을 열어젖힐는지 모른다.

이것이 매주 토요일 오후나 일요일 하루 동안에 내가 언제나 공포에 떨게 되는 원인이었다. 미닫이는 손잡이만 붙잡으면 별로 힘들이지 않고도 쉽사리 열린다. 그들이 느닷없이 그 문을 열었을 때, 그리고 컴컴한 다락방 속에 천만 뜻밖에도 어떤 낯선 인간이 숨어 있다는 사실을 알았을 때 결과는 어떻게 되겠는가. 그 장면을 생각만 하여도 등골이 써늘해졌다.

그런데 실제로 그런 장면이 벌어지고야 말았다. 직접적인 원인은 한 마리의 쥐새끼 때문이었다. 전혀 나와는 아무런 유감이 있을 수 없는 한 마리의 쥐새끼가 결과적으로 그 낙원에서 나를 쫓아냈던 셈이다. 내가 안방의 동정을 살피느라고 한참 여념이 없을 때 다락방 구석에서 문득 부시럭대는 소리가 들렸다. 그 소리는 필경 작고 영악한 짐승이 발톱으로 나무를 긁어대는 소리였다. 나는 대뜸 그 소리의 장본인이 지붕을 타고 이곳을 침입한 한 마리의 쥐새끼라는 것을 알았다. 다락방 뒤쪽 구석에는 너무 낡았거나 부서진 세간 몇 가지가 쌓여 있을 뿐, 이 짐승이 먹을 수 있는 물건은 하나도 없다. 이곳으로 쥐새끼가 침입한 것도 처음이었다. 하여튼 나는 이 짐승의 발톱이 낡은 세간을 긁어대는 소리에 가슴이 철렁 내려앉았다. 안방에 있는 연인들이 만약에 이 소리를 듣는다면 그것을 사람이 일으키는 소리라고 오해할 가능성도 있다고 생각했기 때문이었다. 도둑이 제 발 저린다는 격으로 그때 나는 소리에 대하여 극도로 과민한 상태에 있었다. 나는 더 생각해 볼 겨를도 없이 이 침입자를 쫓아내야겠다고 작정했다. 그때까지 숨소리마저 죽여 가며 마치 시체처럼 누워만 있던 나는 갑자기 몸을 일으키고 뒤쪽 구석을 향해 엉금엉금 기어갔다. 물론 나는 이때에도 내 쪽에서는 소리를 일으키지 않으려고 무진 애를 썼다. 다만 이 영악한 쥐새끼가 내가 가까이 다가가면 드디어 인기척을 느끼고 부리나케 도주하리라고만 생각했다. 그런데 어떻게 생겨먹은 짐승인지 내가 다가가도 세간을 긁어대는 고약스런 소리는 여전히 멈춰 주지 않았다. 나는 엉겁결에 더욱 빠른 속도로 세간이 쌓여 있는 쪽으로 몇 걸음 더 나아갔다. 이때 내 이마가 어떤 딱딱한 물체에 강하게 부딪쳐 버렸던 것이다. 낡은 세간들은 마치 그 자리에서 내가 다가오기를 몇 해 동안이나 기다리고 있었다는 듯이 와장창 소리를 내면서 마루바닥으로 굴러 떨어졌다. 정말 순식간에 벌어진 사태였고 전혀 예기치도 못했던 사태였다.

이제 쥐새끼 따위는 염두에도 없었다. 나는 공포에 질려 숨도 제대로 가누지 못하면서 무릎 꿇은 자세로 엉거주춤 앉아서 방금 일어났던 폭음의 결과를 조용히 기다렸다.

아니나 다를까, 금방 다락방의 미닫이가 드르륵 열렸다. 문을 열고 최초에 내 눈 앞에 나타난 사람은 체격이 건장하게 보이는 흑인 병정이었다. 군용 내의만 몸에 걸친 그 사내는 약간 놀란듯한 표정으로 다락방 안을 멀뚱멀뚱 쳐다보고 있었고 흑인의 뒷켠에는 미례의 엄마로 보이는 사십 대의 키가 작은 여인이 역시 잠옷 차림으로 서서 약간 놀란 듯한 표정으로 이쪽을 멍청하게 쳐다보았다. 그들의 시선은 모두 내가 앉아 있는 곳을 향하고 있었다. 처음에는 그들은 거기에 엉거주춤 앉아 있는 인간을 얼핏 발견하지 못한 것 같았다. 왜냐하면 다락방 안에서는 바깥이 명료하게 보이지만 반대로 바깥에서는 어두컴컴한 다락방 안의 풍경이 얼른 눈에 잡히지 않기 때문이었다. 그러나 그들의 눈이 차츰 다락방의 어둠에 익숙해지자, 그들은 거기에 앉아 있는 나를 이내 발견하고 말았다.

아이구머니나, 도둑이야, 도둑, 다락방에 도둑이 들었다.

이렇게 깨지는 듯한 비명을 지르며 겁에 질려 먼저 흑인의 팔에 매달린 것은 미례 엄마였다. 그제서야 흑인 병정도 바짝 긴장하여 눈을 부릅뜨고 한동안 나를 뚫어지게 노려보았다. 그러다가 그는 별안간 미례 엄마를 향해 큰 소리로 무어라고 말하였다. 아마도 저놈이 도둑놈이냐, 혹은 본래부터 집 안에서 저런 모양으로 살고 있는 놈이냐를 묻는 것 같았다. 그러나 미례 엄마가 일 년 전부터 내가 그곳에서 그 모양으로 살아 왔다는 사실을 알고 있을 까닭이 없었다. 할머니는 미례 엄마 뿐만 아니라 이 집에서 상주하고 있는 미례와 신명이에게 마저 내가 다락방에 있다는 사실을 감추고 있었던 것이다. 따라서 미례 엄마와 나는 그날로 초면이었고 또 결과적으로 그날로 마지막이 되기도 하였다.

"저놈은 도둑놈이라구. 그런데 저 도둑놈이 어떻게 다락으로 들어갔다지? 정말 기가 찰 노릇이네. 기가 찰 노릇이여."

체격이 당당한 흑인이 옆에 있다는 데에 약간 안도감을 되찾은 미례 엄마가 마음 놓고 떠들기 시작했다.

"어마, 저 도둑놈 뻔뻔스런 태도 좀 보라구. 태연하게 이쪽을 노려보구 있어. 빨리 저놈을 끌어내지 않고 무얼 하고 있수? 여보."

그녀가 흑인에게 도리어 호통을 치자, 흑인 병정이 한층 흉악스런 표정을 지어 보이며 나더러 바깥으로 나오라고 손짓했다. 나는 그때 흑인 병정의 그 흉악스런 표정을 지금껏 잊을 수 없다. 한편으로 밀림의 야수처럼 사납기도 하였고 한편으로는 도시 뒷골목의 부랑배들처럼 간특하고 잔인하게도 보이는 그 이방인의 표정은 지금껏 내가 본 일이 없을 정도로 그렇게 흉악한 것이었다. 더구나 그 사내는 방금 정사를 방해 당했다는 본능적인 분노로 꽤나 흥분해 있었다. 한동안 그들의 시선에 결박당한 사람처럼 꼼짝도 하지 못하고 앉아 있던 나는 흑인이 손짓하자, 주저하지 않고 바깥으로 엉금엉금 기어나갔다. 이 무렵에는 이미 나에게는 두려움 따위의 감정은 별로 없었다. 이미 사태는 엎질러진 물이었으므로 다락방에서 엉금엉금 기어나올 때에 나를 사로잡은 감정은 차라리 일종의 해방감이었다. 실로 나는 일 년 만에 그 컴컴한 방에서 기어 나왔으니 그 느낌도 무리는 아니었다. 내가 안방으로 내려오자, 흑인 병정은 다짜고짜 내 목덜미를 손으로 움켜잡았다. 그놈의 완력은 실로 역사(力士)처럼 막강하여 흑인에게 덜미를 잡혀 있는 동안 나는 호흡하기조차 곤란할 지경이었다. 나는 마당으로 끌려 나왔는데 이때서야 미례의 할머니가 부엌에서 마당으로 뛰어나왔다. 그렇지만 할머니는 우두커니 서 있기만 할 뿐 흡사 별안간 벙어리가 되어 버린 사람처럼 한마디도 말을 하지 못했다. 흑인은 여전히 나의 목덜미를 꽉 조여 잡고 나를 어떻게 처리해야 할 줄을 몰라 마당 가운데서 쩔쩔매고 있고 나는 얼굴이 시뻘겋게 달아올라 숨을 씩씩거리며 밝은 마당의 풍경을 두리번거리고 있었다. 이때 이 광경을 묵묵히 지켜보는 할머니의 표정에는 형언키 어려운 어떤 분노가 가득 서려 있었다. 나는 지금도 그때 할머니의 얼굴에 서려 있던 분노의 의미가 어떤 것이었는지를 단정할 수가 없다. 그녀가 자기의 주의를 까먹고 기어코 발각 당해버린 나에 대하여 분노하였는지, 혹은 자기 외아들 여승남을 영락없이 닮아 버린 나에게 폭행을 하고 있는 검둥이 병정에게 분노하였는지, 그도 아니면 그러한 검둥이 녀석에게 몸을 파는 자기의 며느리에게 분노하였는지 도무지 추측하기 어려웠다.

"저놈이 어떻게 다락으로 들어갔는지 어머니는 아시겠수?"

미례 엄마가 눈길을 날카롭게 번뜩이며 할머니에게 물었다.

"애도, 무슨 말을 그렇게 하지? 저 도둑놈이 거기 들어간 걸 낸들 어떻게 안다구."

할머니는 금방 표정을 부드럽게 바꾸며 노련한 솜씨로 딱 잡아떼었다.

그러자 미례 엄마는 자꾸 머리를 갸우뚱거리며 그 의문을 풀지 못해 몹시 애를 먹는 눈치였다.

결국 나는 흑인이 밀어내는 바람에 여씨네 대문 밖으로 쫓겨나고 말았다. 그들이 나를 경찰에 고발하지 않고 그 정도로 그쳐 준 것만도 천만다행이었다. 아마도 미례 엄마나 흑인은 나에게 동정을 느껴서라기보다 자기들이 그렇게 하기가 귀찮아서 고발을 포기했으리라.

골목길은 마침 대낮이어서 한여름의 뜨거운 햇빛이 가득 내려쬐고 있었다. 오래 동안 바깥외출을 하지 않았던 탓인지 나는 눈앞이 어찔어찔하였고 한편 현기증마저 일어나 길을 걷기조차 사뭇 힘들었다. 그렇지만 흑인 병정이 금방 뒤에서 쫓아오는 것만 같아서 나는 그 흑인의 흉악하기 비할 데 없는 표정에 몇 번이나 몸서리를 치면서 정신없이 여씨네 집 골목길을 빠져나왔다.

이제 어디로 갈 것인가. 큰길로 나와 많은 행인들 속에 섞였을 때에야 나는 비로소 앞길이 막막하다는 것을 깨달았다. 정말 찾아갈 만한 친구도 친척도 떠오르지 않았다. 결국 나는 다시 행길바닥을 서성거리는 부랑배로 낙착이 된 셈이었다. 그러구 보니 여씨네 집 다락방은 나에게 얼마나 편안한 잠자리였으며 얼마나 풍족한 식당이었던가. 비록 극도로 행동의 제약을 받기는 하였으나 그곳에 있는 동안 나는 매일 침식을 걱정하는 비천한 신분과는 거리가 멀었다. 여씨네 다락방이 아쉽게 느껴질수록 나는 그 쥐새끼를 저주하고 또 저주하였다. 동네 어귀에 우두커니 서서 이렇게 망연한 잡념에 빠져 있을 때 문득 뒤에서 미례의 할머니가 나타났다. 할머니는 나를 놓치지 않으려고 급히 뛰어나왔는지 몹시 헐떡이고 있었다.

"여보. 어디 갈 데는 있수?"

할머니가 근심 어린 표정으로 나에게 물었다. 할머니의 표정에는 방금 내가 저질렀던 엄청난 과실에 대하여 책망하는 기색은 전혀 보이지 않았다. 나는 그녀가 나를 조금도 책망하지 않는 것이 도리어 이상하게 느껴졌다. 나는 할머니의 질문에 얼른 대답하지 못하고 멍청하게 푸르른 하늘만 올려다보았다. 그것이 나의 대답이었다. 한동안 두 사람 사이에 무거운 침묵이 흐르고 있었다. 그때에 나는 이 할머니가 진짜로 나의 육친인 듯한 착각을 느꼈다. 하기야 할머니는 일 년 동안이나 나를 거두어 왔던 사람이다. 비록 짐승일지라도 일 년을 거두어 준 주인이 있다면 그 주인에게 특별한 애정을 느끼기 마련인데 내가 할머니를 육친으로 착각했다고 해서 이상할 것은 없었다.

"정말 갈 만한 곳이 없다면 며칠 있다가 다시 우리집에 오우."

한참 뒤에 할머니가 침묵을 깨뜨리고 이렇게 말하였는데 그녀의 어조에는 고심의 흔적이 역연하였다. 나는 대뜸 그렇게 하겠노라고 대답하였다. 그러나 정말 그렇게 할 생각은 전혀 없었다. 나는 할머니의 입장을 잘 알고 있으며 더구나 나는 한번 거쳤던 장소로 다시 되돌아가지 않는다는 버릇을 가지고 있었다. 가령 아무리 곤경에 부딪쳐서 더 이상 버티어 낼 재간이 없을지라도 나는 한번 거쳤던 장소로 다시 되돌아간 일은 없었다. 왜냐하면 과거의 장소에는 그만큼 실패와 좌절의 퇴적과 죽어 버린 시간들이 쌓여 있기 때문에.

할머니는 저고리 소매 끝에서 꾸겨진 종이 조각을 꺼내서 그것을 말없이 나에게 내밀었다. 지폐였다. 아마도 사오백 원 가량 되는 돈이었다. 나는 주저하지 않고 그 돈을 받았다. 그리고는 우리 두 사람은 할머니의 말마따나 정말 며칠 뒤에 곧 다시 만날 사람들처럼 섭섭함을 나타내는 말 한마디 나누지 않고 아주 홀가분하게 헤어졌다. 그런데 나는 그날 그때 이후로 그 할머니를 만난 기억이 없다.

그날 나는 몇 백원의 현금을 호주머니에 담고서 마치 고삐에서 풀려난 개처럼 혹은 오랜 지하생활(地下生活)로부터 빠져 나온 사상범처럼 마음껏 여름 거리를 쏘다녔다. 따지고 보면 거처가 없는 부랑배에게도 한 가지 행복만은 있는 셈이었다. 그것은 마음 내키는 대로 걷고 마음 내키는 대로 돌아다니는 자유인데, 그날 나는 그 자유를 십분 만끽하였다. 여름 무더위쯤은 모처럼 외출한 나에게는 별다른 고통이 아니었다. 나는 당장 숙식이 막연하다는 엄연한 사실조차 까맣게 잊어먹고 햇빛과 오랜만에 보는 수많은 행인들과 한층 산뜻하고 풍요하게 보이는 거리의 풍경들에 취하여 여기저기로 지향없이 쏘다녔다. 그러나 저녁 나절이 되고 귀성객들의 바쁜 걸음걸이가 곳곳에서 눈에 뜨이자, 한나절

동안 잊어버렸던 현실이 금방 눈 앞에 다가왔다. 나는 장충단공원 숲속의 바위에 걸터앉아서 저녁 어스름을 만났는데 그곳에서 새삼 노숙을 하기에는 지난 일 년 동안 길들여진 관습이 허용하지 않았다.

결국 나는 여씨네 집 할머니로부터 얻었던 몇 백원의 현금으로 당장 그날의 숙식을 해결하기로 작정했다. 내일은 내일이고 오늘은 오늘이다. 여관으로 가기 위해 자리를 털고 일어서면서 나는 아무런 뜻도 없는 이 말을 혼자 중얼거렸다.

그런데 일이 참 공교롭게 되었다. 할머니가 주었던 기백 원의 그 전별금이 그날 이후 반 년 남짓한 내 생활을 보장해 주리라고는 꿈엔들 생각했으랴. 그날 나는 동대문 어귀의 공중변소 옆 골목에 있는 더러운 삼류 여관에 투숙했다. 그 여관은 주변의 환경으로 보거나 자체 건물이나 내부 시설로 보아 정말 지저분한 삼류 여관이었다. 손님도 별로 들지 않는 것처럼 보였으며 여관 현관은 영업하는 집답지 않게시리 쓰레기가 널려 있었다. 그렇지만 나는 그런 것은 개의치 않았다. 아니, 나는 도리어 그곳의 그 지저분하고 음습한 풍경에 이끌려 그 여관을 선택했는지도 모른다. 하여튼 나는 현금을 지불한 당당한 손님으로서 하룻밤을 편안하게 잘 잤다. 다음날 내가 눈을 뜨자, 시간은 벌써 오후 세시로 접어들고 있었다. 간밤의 손님들은 벌써 모두 나가버렸고 텅텅 비어 버린 집을 사십 대의 여자 주인이 혼자 지키고 있었다. 그녀는 과부였다. 오랫동안 과부로 살아온 여자답게 매우 차갑고 인색한 느낌을 주는 그 여자는 눈을 뜬 나에게 다가오더니 나의 늦잠에 놀래 버렸다고 말하였다.

"여태 허다한 손님들을 겪어 왔지만 이렇게 늦잠을 자는 손님은 처음이라구요."

이것이 그 여자가 내게 던진 첫 마디다. 나는 넉살좋게 빙그레 웃어 보였다. 그녀가 지난 일년 동안의 내 생활을 알 까닭이 없었다. 여자 주인이 약간 멈칫거리면서 다시 말하였다.

"바쁘신 양반은 아닌 것 같은데, 내가 부탁 한 가지 드려도 좋을까요?"

"뭡니까? 말씀하시죠."

나는 선선하게 대답하였다.

"그렇담 말씀드리죠."

여자 주인이 방 입구에 엉거주춤 주저앉으면서 약간 염치가 없어 뵈는 웃음을 입가에 흘렸다.

"제가 외출을 해야겠는데 한 두어 시간만 집 좀 보아 주시겠수? 빨리 일할 사람을 구해 와야 하는데 집 봐 줄 사람이 없다구요."

여주인이 손님에 대한 결례를 범한다는 뜻으로 이맛살을 찌푸리며 자못 난처한 척했지만 나에게는 이것이 기회였다.

그리고 내가 이 절호의 기회를 놓쳐 버릴 까닭도 없었다. 나는 상대방이 놀라 자빠지든 말든 개의치 않고 내가 단지 두어 시간뿐만 아니라 몇 달 동안이라도 집을 봐 줄 수가 있겠다고 말하였다. 여주인은 처음에는 나의 제의가 쉽게 믿어지지 않는 듯 얼떨떨한 표정을 지었으나 내가 몇 번이나 그 제의가 진심이라고 강조하고 나중에는 그렇게 하는 것은 내 쪽에서 당신을 돕는다기보다 당신이 나를 돕는 결과가 된다는 취지까지 설명하자, 결국 응락하였다.

나의 조바 생활은 이렇게 해서 시작되었다. 여관의 조바라는 직업은 부처님이나 신부님과 흡사한 직업이다. 말하자면 그만큼 많은 고역이 뒤따르고 그만큼 대자대비(大慈大悲)의 정신이 필요하다는 얘기이다. 조바는 허다할 범법자들과 허다한 불륜의 관계들에 대하여 방조자나 협력자가 되어야 한다. 그는 그들을 잘 이해하고 늘 웃으면서 그들에게 봉사할 수 있어야 한다. 더구나 내가 있었던 그 여관의 출입객들은 한결같이 범법자들과 패덕자들 일색이었다. 하기야 서울의 그 많은 여관들이 단지 잠자리가 필요한 사람만을 상대하기로 한다면 그 여관들은 거의 대부분이 곧 문을 닫아야 할 법도 하다. 원흥(元興) 여관의 손님들은 각양 각색이었다. 일주일에 한 번꼴로 밀회를 즐기는 늙은 영감과 중년 과부의 한 쌍, 역시 단골로 드나드는 젊은 놈팽이와 중년 여인의 한 쌍, 거의 매일이다시피 이곳으로 손님을 모시고 오는 어떤 비어홀의 미스 김, 대낮에 갑자기 찾아온 젊은 연인들, 이들은 주로 각별하게 정사(情事)를 탐하는 축들이고, 그밖에 잠깐 아편주사 한 대를 맞으려고 방을 삼십 분 정도 빌리는 손님, 방금 날치기한 장물의 분배를 위해서 아주 으슥한 방을 역시 삼십 분 가량만 빌리는 좀도적들, 싸우거나 훔치다가 경찰에 발각되어 잠깐 몸을 피하려고 기어들어온 동대문 시장의 잡범들 따위와 같은 고객들이 있었다. 특히 하룻밤 동안 방 하나를 독점하지 않고 대낮에 잠깐 방을 이용하는 패덕자들과 좀도적들은 여관의 입장에서 보면 매우 감지덕지해야 할 고객들이었다. 방을 삼십 분 사용하건 다섯 시간 사용하건 숙박비는 거의 동일하다. 정말 대낮에 뻔질나게 찾아든 그 따위 손님들 때문에 이 여관은 간신히 지탱된다고 볼 수 있었다. 나는 탕아와 탕녀들을 위해서 맥주와 배갈을 열심히 사 날랐고 때로는 근처 약국이나 구멍가게에서 고무제품도 사다 주었다.

그때에 나는 그 고무제품이 그다지도 많이 보급되어 있고 그다지도 이 물건에 익숙해진 사람들이 많다는 사실에 놀랐다. 만사는 알고 깨우치기 전에는 정말 속단을 못할 일이다. 전쟁의 부산물이 단지 설탕과 커피와 혼혈이라고만 속단해 온 사람들은 이십 년이 지난 오늘날까지 그 목록에다 이 고무제품을 추가해야 한다는 사실을 깨닫지 못하고 있을 것이다. 왜냐하면 이 물건은 도대체 표면에 노출되는 법이 없기 때문이다.

차츰 시일이 지나자, 나는 조바의 역할에 쉽게 익숙해졌다. 본래 비천한 일에는 누구든지 쉽게 익숙해지는지도 모르겠다. 탕아들에게 방을 안내할 때나 그들에게 소주와 배갈과 고무제품과 박카스 따위를 사다주려고 문 바깥으로 뛰어나갈 때 웬일인지 나는 마냥 유쾌하고 홀가

분한 기분이었다. 좀도적이나 잡범들에게 으슥한 방을 안내하고 그들이 그 방의 은밀한 분위기에 만족을 표시할 때에도 역시 마찬가지였다. 말하자면 나는 자기의 직업에 일종의 보람을 느끼고 있었으며 자신이 그 역할에 익숙해졌다는 사실 자체가 그만큼 즐거웠던 것이다. 따라서 나는 나의 고객들에게도 한번도 불손한 언동이나 불쾌한 표정을 드러내 보인 적이 없다. 실제로 나는 그 따위 감정을 느끼지도 못 하였다. 가령 상대가 제아무리 엉뚱한 패륜의 관계자들일지라도, 제아무리 파렴치한 잡범들일지라도 나는 한결같이 늘 미소를 띠우면서 그들에 봉사하였고 그리고 무엇보다 지금 자기가 그 잡범들이 전혀 경계하지 않는 입장에 있다는 사실에 만족을 느꼈다. 이거야말로 대자대비의 정신이 아니고 무엇이랴. 그렇지만 조바라는 직업은 그런 자비심만으로는 지탱하기 힘든 직업이었다. 시일이 지남에 따라, 그리고 단골 손님들과 차츰 허물없는 사이가 되어 감에 따라 나는 고객들의 쾌락을 구경하는 입장에서 계속 그대로 머물러만 있다는 것은 거의 형벌이나 다름없다는 것을 명료하게 느끼지 않을 수 없었다. 바꿔 말하면 나는 고객들을 닮고 싶어 안달이 날 지경이었다. 고객들로부터 받는 충동은 아주 다양했다. 이미 나는 거기에서 최초로 담배를 태우기 시작했고 술도 처음으로 마셨다. 스물 댓살의 그날까지 사실 나는 술맛과 담배맛을 배울 겨를조차 없었던 것이다. 그렇다고 그때 무슨 돈이 있어서 이 기호식품들의 맛을 배운 것은 아니다. 술에 취한 고객들의 방으로 끌려 들어가서 몇 차례 그것들을 대접받는 일을 되풀이한 다음에 그 맛을 배웠던 것이다. 그런데 무엇보다 견디기 힘든 충동이 있었다. 육욕이었다. 여관이란 본래 육욕의 본고장이다. 젊은 놈이 몇 달 동안이나 그 복판에 쳐박혀 있으면서 이 욕망을 전혀 느끼지 않을 도리는 없었다. 그렇다고 어떤 놈이 정사를 나누면서 마치 담배를 나누어 피우듯이 마치 술잔을 권해 주듯이 그 정사에 나를 한몫 끼워 주겠는가. 늙은 영감과 중년의 과부를 방으로 모셔 놓고 편안히 쉬십사고 인사 드린 다음에 그 방 앞에서 물러날 적에, 대낮에 찾아온 젊은 연인들의 방에서 문득 이상스런 호흡 소리와 다급한 지껄임을 들었을 적에, 젊은 놈팽이와 중년의 탕녀가 여관 문을 들어서며 매우 당황하고 한편 매우 대담한 표정을 보였을 적에, 나는 정말 육욕의 충동 때문에 미칠 것 같았다. 내가 무슨 진짜 신부라고 그때에 태연할 수 있었겠는가. 손님을 방에다 모셔 놓고 나는 공연히 여관 복도나 더럽고 비좁은 여관 마당을 서성거리며 수치심과 막연한 분노로 몸을 떨었다. 내가 그때 느꼈던 분노는 나에게 여태까지 한번도 사랑해 볼 기회가 주어지지 않았다는 사실과 그때 당장 나의 호주머니에 현금이 한푼도 없다는 사실 때문이었다. 돈이 있다면 나는 당장 여자를 사고 싶었다. 달콤했던 짝사랑의 기억 따위야 그때 그 장소에는 어울리지도 않는 괴물이었다. 나는 몸을 파는 여자를 사고 싶었다. 그렇지만 나는 일찍이 창녀를 사 본 경험도 없었으며 또 창녀를 살 만한 돈도 없었다. 내가 조바로 일하는 대가는 오로지 잠자리와 식사 뿐이었기 때문이다.

이때 구세주가 나타났다. 아마 내가 그 여관에서 거의 사 개월 동안이나 육욕의 형벌과 싸우고 난 다음일 것이다. '산도'라는 괴상한 이름을 가진 그놈은 주로 창신동의 빈민굴을 무대로 장물을 수집하는 이른바 장물아비인데 그놈은 처음 내게 자기를 소개할 때 자기가 모 백화점의 지배인이라고 말하였다. 산도의 옷차림이나 몸매를 보면 정말 백화점의 지배인쯤은 되고도 남을 정도로 그때 내가 보기에는 멋이 있었다. 그놈은 팔목에 싯가 십만원도 넘는다는 롤렉스 금딱지를 찼고 바지나 셔어츠는 거의 미국 제품으로만 차려 입었으며 번지르하게 기름이 발라진 머리는 늘 말쑥하게 빗질이 되어 있었다. 하기야 그놈은 수집한 장물을 소매로 넘길 때에 백화점도 더러 상대할 때가 있다니까 그놈이 백화점 지배인이라고 자칭했던 것도 그다지 과장된 얘기는 아니다. 산도는 몇 차례 여자를 바꿔 가며 이 여관에 출입한 일이 있었다. 그놈은 여관에 들어설 때마다 자기가 여자를 바꿨다는 사실에는 전혀 신경을 쓰지 않고 피식 웃으며 이 여관의 컴컴하고 으슥한 방이 마음에 들어서 왔노라고 말하였다. 그것은 정말 옳은 말이었으나, 그러나 나는 이놈처럼 뻔뻔한 놈은 처음이었다. 이놈은 둥글넓적한 얼굴에 뻔뻔함이 온통 배어버린 놈이었다.

어느 날 산도가 여자를 먼저 내보낸 다음에 나와 소주 한잔을 나누자고 공손하게 제안해 왔다. 단골손님의 제안이라 나는 무턱대고 응락했다. 술잔이 두어 차례 거래되었을 때 산도는 사실 자기는 백화점의 지배인이 아니라 장물아비라고 실토하였다. 그러나 수입만큼은 백화점의 지배인보다 한 단계가 높을 것이라는 말도 덧붙였다. 산도는 그때 자기를 한 단계 낮추는 대신 터무니도 없게시리 나를 한 단계 추켜올렸다. 암만 봐도 형씨가 굿이나 보고 떡이나 먹을 사람은 아니라는 것이다. 그 말의 사실 여부야 어떻든 오랜만에 자기를 인정받고 기분이 좋지 않을 놈은 없다. 산도의 인사에 대한 보답으로 나도 형씨에게 호감이 간다고 나는 대뜸 말하였다. 그러자, 산도는 매우 심각해진 표정으로 결론을 꺼냈는데 그것이 뜻밖에도 싱겁기 짝이 없는 얘기였다.

"사실 난 인간적으로 고독한 놈이올시다. 요새 몇 푼 만지고는 있지마는 인간적으로는 고독해요. 형씨, 우리 한번 진짜로다가 인간적으로 사귀어 봅시다."

그놈의 이 말 끝에 나는 하마터면 헛헛헛하고 너털웃음을 웃을 뻔했다. 대체 창신동 일대를 주름잡는 대장물아비가 이 무슨 치기(稚氣)란 말인가. 번질번질하고 옷차림이나 장신구 일체에서 냄새가 물씬 풍기는 이 닳아빠진 놈의 속에 이렇게 솔직하고 어리숙한 일면이 감추어져 있는 데에는 놀라지 않을 수가 없었다.

장물아비 산도의 말투와 표정에는 진실이 가득 넘쳐 흘렀다. 그놈은 툭 불거진 두 개의 눈알로 나를 뚫어지게 쳐다보며 나의 반응을 초조하게 기다렸다. 나는 이때가 산도에게 있어서는 가장 진실된 순간이라는 것을 대뜸 육감으로 알았다. 사실 '인간적'이라는 말은 도둑들이나 깡패들, 혹은 파렴치한들이 자주 애용하는 말이기는 하다. 그러나 그들이 이 말을 사용할 때는 틀림없이 그들이 불리한 입장에 빠졌을 때뿐이다. 그들은 이 '인간적'이라는 말이 약한 자의 비명이라는 것을 알고 있기 때문에 평소에는 이 말의 사용을 수치로 생각하는 것이다. 그런데 산도가 내게 이 말을 세 번씩이나 되풀이했을 적에 그놈에게는 이 말이 지니는 본래의 뜻 이외에 다른 저의는 분명 없었다. 그놈은 말하자면 나에게 그 말을 가장 순수하게 사용했던 것이다.

술잔이 몇 차례 거래되고 피차 얼큰하게 취하게 되자, 우리들은 어느덧 서로 말을 트는 지기가 되었다. 장물아비와 여관의 조바. 이 사이에는 확실히 그 신분상 극단의 차이가 있다. 그 놈은 엄연히 독립 경제를 유지하고 있는 놈이고 나는 그와는 정반대이다. 산도에 비하면 나는 알거지나 다름없는 놈이고 직업상 늘 우중충한 여관 주방에 얽매여 있어야만 하는 가련한 놈이었다. 그런데 산도는 그런 신분상의 차이에 대해서 전혀 내색을 하지 않았고 나를 자기와 아주 평등하게 대해 주었다. 정말 산도의 그 인간적이고도 한없이 너그러운 아량이 아니었던들 나는 산도와 감히 친구가 될 엄두조차 내지 못했으리라.

"이렇게 싸돌아다니는 놈에게는 친구가 퍽 많을 것 같지? 그런데 실상은 그렇지도 않다구. 나에게 정작 친구라고 여길 만한 놈은 한 놈도 없어. 모두 거래 때문에 만나는 놈들 뿐이지. 그놈들은 거래만 끝나면 그뿐이야. 다음부턴 피차 뒈지든지 거꾸러지든지 알 바 없다구"

산도는 핏발이 선 눈으로 나를 쳐다보며 열을 올렸다. 마침 주인 아줌마는 외출 중이며 대낮이라 여관의 방들은 텅텅 비어서 우리 두 사람의 수작을 엿듣는 놈은 하나도 없었다. 취기가 더함에 따라 산도의 목소리는 찌렁찌렁 울렸다.

"지난번 보문동 금방 장물 사건으로 호텔에 갔을 때 얘긴데, 반년 동안 면회 와 준 놈이 한 놈도 없었지. 나는 그때에 절실히 느꼈다구. 평소에 나에게 붙어서 얻어먹는 그놈들 중에 진짜로 친구가 한 놈도 없다는 것을, 그리고 그 동안에 내가 정작 친구하나도 사귀지 못했다는 사실도 아울러 느꼈단 말야. 한 놈도 면회를 와 주지 않을 때 얼마나 환장하겠는 줄 알아?"

성급하게 담배를 비벼 끄고 산도가 한숨을 푸욱 내쉬었다.

"알 만해."

나는 그놈을 우정어린 눈길로 쳐다보며 낮은 목소리로 이렇게 속삭였다.

" 교도소에서 나온 때가 언제야?"

한동안 침묵 끝에 내가 산도에게 물었다.

"두 달 전이라구."

"그렇다면 고생 많았겠군. 나 역시 사실은……"

나는 이렇게 말하려다가 문득 입을 꾸욱 닫아 버렸다.

이때에 나는 내가 여씨네 집 다락방에서 일 년 동안이나 엎드려 지냈던 사실과 산도가 국립호텔에서 불과 두 달 전에 출옥했다는 사실이 너무 흡사하다는 것이 놀라와서 그만 여씨네 다락방 얘기를 꺼낼 뻔하였다. 그러나 여태까지 한번도 타인에게 자기의 과거를 얘기하지 않았다는 그 불문율을 새삼 이 산도 앞에서 깨고 싶지 않았다.

"피차 과거에 대해서는 묻지 말자구. 자네가 말하지 않아도 난 자네에 대해서 알고 있단 말야."

산도는 마치 나의 심중을 금방 읽어버린 놈처럼 이렇게 말하며 술잔을 내게 건네 주었다. 하지만 그놈이 나에 관해서 무엇을 알고 있다는 것인지 나는 알 수 없었다.

오후 서너 시쯤 되었을 때 산도는 문득 시계를 보더니 자리를 차고 벌떡 일어섰다. 누구와 만나기로 약속한 시간이 다 되었다는 것이었다. 우리들은 그날은 아쉰 대로 소주 한 병으로 대충 마무리를 짓고 헤어지는 수밖에 없었다. 현관을 빠져나가면서 산도가 나에게 말했다.

"며칠 뒤에 진짜 기념으로 근사하게 한턱 낼께. 꼭 기다리고 있어."

그놈은 이 약속을 틀림없이 지켰다. 내가 직업상 오후 늦게는 외출할 수 없다는 사정까지 참작해서 산도는 며칠 뒤 오전 열한 시쯤 여관으로 나를 데리러 왔다.

"빨리 옷을 주워 입고 따라나와, 이 친구야. 꾸물대지 말고."

주방의 창 앞에 서서 산도가 성화같이 재촉했다. 그렇지만 새삼스럽게 내게 무슨 외출복이 따로 있단 말인가. 나에게 옷이라곤 여관에서 늘 입고 지내는 낡은 잠바 하나와 골덴 바지 하나뿐이었다. 따라서 외출을 위해서 따로 옷을 갈아 입을 필요는 없었다. 하여튼 나는 자기 직책도 잊어먹고 신바람이 나서 현관으로 뛰쳐나갔다.

"이렇게 나가도 될까?"

어떤 한다 하는 명동의 멋장이도 빰칠 만큼 말쑥하게 차려 입은 산도를 쳐다보며 나는 물었다. 환한 바깥에서 바라본 산도의 옷차림과 맵시는 나에게는 눈이 부실 지경이었다. 직업이야 어찌되었건 그놈의 복장은 나와는 너무나 차이가 났다. 나의 꾀죄죄한 복장은 갈 데 없이 배갈이나 고무제품이나 사 나르는 여관 조바의 복장이었다. 나는 이렇게 옷을 걸치고 감히 멋장이 산도의 친구를 자처하며 그놈과 함께 걸어갈 엄두가 내키지 않았다. 산도는 한동안 매우 딱하다는 표정으로 나를 훑어보더니 무슨 묘안이 떠올랐는지 갑자기 손뼉을 딱 쳤다.

"좋아. 내 그럴 줄 알았다면 미리 옷을 가지고 왔지. 마침 어제 최고급품으로 한 벌 들어온 게 있다구."

나는 산도의 이 말이 무슨 뜻인지 처음에는 얼핏 알아차리지 못했다. 잠시 뒤에 그놈의 직업을 상기하고서야 나는 그놈의 말뜻을 알아차렸다.

"잠깐 기다리고 있어. 십 분이면 다녀올 수 있으니깐."

이렇게 말하고 산도는 번개처럼 뛰쳐나갔다. 그리고 정말 십 분도 채 안 되었을 때 산도는 조그만 가방 하나를 손에 들고 숨을 가쁘게 몰아쉬며 돌아왔다. 나는 그놈의 본거지나 혹은 거래처가 여관에서 지척의 거리에 있다는 것을 금방 알았다. 산도는 가방을 열더니 그 속에서 아주 값이 비싸게 보이는 감색 양복 한 벌을 꺼냈다. 비록 신품은 아니지만 그 옷은 거의 새 옷이나 다름없을 정도로 멀쩡했다.

"입어 봐. 기지가 영국 제품이니깐 가게에서 쉽게 구할 수 있는 물건이 아냐."

그놈은 마치 고객에게 흥정할 때처럼 눈빛을 번뜩이며 말했다. 나는 앞뒤를 가릴 겨를도 없이 허겁지겁 낡은 잠바와 골덴 바지를 벗어 버리고 그 양복을 입었다. 감색 신사복은 거짓말처럼 내 몸에 꼭 맞았다. 정말 어떤 놈이 나를 위해서 이 옷의 임자로부터 이 옷을 훔쳐내 온 것이라고 여겨질 정도였다.

"야아, 그렇게 차려입고 보니깐 신성일이 따로 없구나, 없어."

산도는 연방 감탄을 터뜨렸고 나 자신도 의복이 날개라는 우리말의 속담을 비로소 실감한 기분이었다. 정말 이렇게 입고 나간다면 어떤 놈이 나를 조바로 볼 것이냐.

"이봐, 이형. 이제부터 나와 거래하는 놈들을 만날 텐데 그치들에게 이형이 나와 죽마고우라고 소개할 테니깐 그런 줄 알라구. 나는 말이지, 그치들에게 나에게는 진짜로 친구가 있다는 걸 보여 주고 싶다 이거야."

약간 흥분한 목소리로 산도가 내게 속삭였다.

"그런데 그치들이 직업을 물으면 뭐라고 대답하지?"

나는 가장 걱정이 되는 점을 꺼냈다. 그 점이 특히 걱정이 되었던 이유는 산도의 체면을 생각했기 때문이었다.

"그 문제는 내게 맡겨 둬. 자네는 내 말에 그저 그렇다고 고개만 끄덕여 주면 되는 거야."

우리들은 여관을 뒤로 하고 곧 거리로 나왔다.

"실은 어제 한탕을 잘 쳤지 뭐야. 가게에서 금방 나온 건데 손때도 묻지 않은 물건이었다구."

행인들이 붐비는 동대문 지하도를 지나가면서 산도가 낮은 목소리로 속삭였다. 그놈이 오늘따라 유난히 신수가 훤하게 보였던 이유를 나는 그제서야 깨달았다.

"무슨 물건인데?"

"비밀이지만 친구에겐 내 말하지. 텔레비 열 대하고 산슈이 전축 두 대였지."

"새것은 값을 제대로 받는 거야?"

"아니지. 그러나 적어도 반값은 보장된다구."

이놈에게는 오늘 현금이 두둑할 것이라는 생각과 거기에 따라 이놈의 친구인 나에게도 응분의 혜택이 주어지리라는 기대감 때문에 나는 가슴이 울렁거렸다. 실상 나는 돈이라고 부를 만한 돈을 이 몇 해 동안에 만져 본 일조차 없었다. 돈을 내 손으로 벌어 본 일이 없으므로 그건 너무나 당연했다. 내가 산도를 우러러보고 그놈과 친구가 된 것을 만족하게 생각하는 것도 실상 그놈의 그 돈을 버는 재간 때문이었다. 이놈은 내가 걷지 않는 길을 걷고 있으며 그 길은 현금과 가까운 길이었다. 나는 감히 산도의 흉내조차 낼 수 없었다. 이때 나는 지난날 여관 복도를 서성거리며 여자를 살 만한 돈이 내게 없다는 사실 때문에 번민했던 일을 기억하였다. 산도에게는 그 따위 얘기는 웃음거리밖에 되지 않을 것이다. 그놈이라면 마음이 내킬 때 여자를 열 명이라도 살 수 있을 것이다.

골목길을 한참 걸어가던 산도는 갑자기 어떤 건물의 지하실 계단으로 내려갔다. 물론 나도 그놈의 뒤를 따라 계단을 내려갔다. 지하실에는 맥주와 정종을 파는 잡탕 술집이 있었다. 그렇지만 대낮인지라 거기에 손님이 있을 턱이 없었다. 홀의 내부는 온통 깜깜했는데 다만 저쪽 한 구석의 탁자 부근만 촛불로 희부옇게 밝혀 있었다. 그리고 그 탁자를 중심으로 몇 명의 사내들이 둘러앉아 있는 모습도 희미하게나마 보였다.

"좀 일찍일찍 다니라구. 시간 맞춰 나오면 누가 산도 아니랄까 봐. 제엔장."

"오마담은 어디 갔어?"

산도는 소리를 지르는 그놈에겐 대꾸도 하지 않고 딴전을 피웠다.

"임자가 오신다는데 제가 가긴 어딜 가요?"

입구의 카운터쪽에서 곱다란 여자의 소리가 들렸고 어둠 속에서 그 목소리의 주인공이 산도 앞으로 불쑥 튀어나왔다. 그렇지만 깜깜해서 오마담의 얼굴은 알아볼 도리가 없었다. 오마담은 다짜고짜 산도의 허리를 두 팔로 껴안았다.

"임자, 오늘 저한테도 한턱 써야 한다구. 한턱 안 쓰면 앞으로는 국물도 없어."

"잡소리 집어치우고 대답이나 해. 계집애 몇 명 불러냈어?"

산도는 아주 쌀쌀맞게 물었다.

"두 명 나와 있어요. 미스 장은 비번이라 안 나왔구."

"미스 장을 불러내라고 내가 일껀 부탁했는데?"

"그 애는 비번이라구요."

"비번이구 요번이고 불러내라면 불러내는 거야. 내가 그 아이 손님을 모시고 왔으니깐 지금 당장 불러내."

산도는 사뭇 명령조였다. 오마담이 다시 말했다.

"그럼, 특별수당 써야 한다?"

오마담의 요구에 산도는 건성으로 머리를 몇 번 끄덕였다. 오마담은 전화가 놓여 있는 카우터쪽으로 달려갔고 산도는 촛불이 켜 있는 탁자 앞으로 걸어갔다.

"계집타령 그만하고 빨리 앉으라구, 이 사람아."

아까 늦게 왔다고 투덜거렸던 그 남자가 산도에게 다시 말했다.

"떠들지 말고 조용히 하라구. 시방 손님이 와 계시니깐."

산도는 여전히 서서 두목처럼 으젓한 어조로 말했다. 나는 산도가 그렇게 당당하고 차가운 놈이라는 사실을 비로소 처음 안 것 같았다. 바깥에 나와서 자기 동업자들을 대하는 그놈의 태도는 적어도 나와 단둘이 있을 때 나를 대하던 태도와는 사뭇 달랐다. 그놈은 한 패거리의 두목이며 알짜 장물아비였다.

산도의 한마디에 탁자 주변은 물을 끼얹은 듯 조용해졌다.

"어제 얘기했던 그 양반이 진짜로 오셨나?"

어떤 남자가 매우 조심스런 말투로 산도에게 물었다.

"그렇다고 시방 내가 말했지 않아."

산도가 그자에게 퉁명스럽게 쏘아붙였다. 그러자, 탁자를 둘러싸고 앉아 있던 사람들이 모두 산도의 뒤켠을 쳐다보았다. 나는 꼼짝도 하지 않고 그들의 시선을 한꺼번에 받았다. 좌석에는 방금 오마담이 나와 있다고 말했던 두 명의 여자들도 남자들 사이에 끼어 앉아 있었다.

"친구, 이쪽으로 오라구."

산도가 한결 부드러워진 목소리로 나에게 말했다. 나는 탁자 앞으로 성큼성큼 걸어갔다. 그들에게 다가서면서도 나는 얄궂게도 이놈들이 결코 나를 여관의 조바라고는 감히 상상조차 하지 못하리라는 생각을 하였다. 산도와 내가 나란히 자리에 앉고 나자, 산도가 나를 정중하게 소개하였다.

"이 친구가 그 김의원의 비서로 있다는 이형이라구."

사내들과 계집들은 금방 무엇으로 뒷통수를 얻어맞은 사람들처럼 모두 벌떡 일어서려고 하다가 가까스로 도로 주저앉았다. 그런데 충격을 받은 것은 정작 그들보다도 내 쪽이 더 심했다. 나는 산도가 나의 신분을 한꺼번에 그렇게까지 추켜올려 주리라곤 꿈에도 생각하지 못했던 것이다. 산도는 정말 눈썹 하나 까딱하지 않고 그렇게 나를 소개하였으나 많은 사람들 앞에서 별안간 의원의 비서가 되어버린 나의 심장은 평온할 까닭이 없었다. 나는 관자 노리가 마구 욱신거렸고 호흡마저도 제대로 가누기가 힘에 겨웠다. 그렇다고 이 친구의 소개는 새빨간 거짓말이며 자기는 사실 여관의 조바라고 털어놓을 수는 없는 노릇이었다.

"저는 김 아무개입니다. 잘 봐 주십쇼."

한 사내가 불쑥 일어서더니 나에게 허리를 구십도쯤 꺾어 보였다. 잇달아서 두 명의 사내들도 똑 같은 동작을 되풀이하였다. 사내들의 옆에 앉아 있는 계집들은 아마도 자기 소개를 할 엄두조차 나지 않았던지 사내들의 겨드랑이에 머리를 감추고 가만히 숨을 죽이고 있었다.

"이놈은 내 똘마니고 이 친구는 전당포 주인, 저 친구는 포주야."

산도가 일행의 직업을 한꺼번에 내게 소개하였다.

"포주라니, 남자도 포주노릇을 할 수 있습니까?"

나는 포주라는 사내를 향해 아주 위엄이 있는 어조로 물었다. 포주는 얼핏 대꾸를 하지 못하고 그저 머리만 극적거렸다.

산도가 옆에서 거들었다.

"거기에 뻔질나게 드나들다 보면 자연히 포주가 되는 법이라구. 이 친구야, 자네도 비서 노릇을 한참 하다 보면 곧 의원나으리가 될 것 아닌가. 밤낮 비서만 해 먹을 셈인가."

하기야 그 말은 옳은 말이었다. 산도 이놈은 확실히 머리가 좋은 놈이었다. 대개의 의원님들이 비서 출신이라는 것은 아는 사람은 아는 사실이다. 다방에서 살다시피 하는 놈은 결국 다방을 경영하게 되고 술집의 단골은 결국 술장수로 낙착되며 책을 많이 읽는 놈은 결국 무엇인가 쓰게 되고야 만다. 그것은 배운 것이 그것밖에 따로 없기 때문이다. 그렇다면 산도 이놈은 일찍부터 도둑질만 해 왔다는 결론이 나온다. 그놈의 말대로라면 산도는 오랫동안 도둑질을 해왔던 이력을 밑천으로 시방은 장물아비가 된 것이다. 장물아비야 문자 그대로 도둑들의 아버지이다.

오마담이 술잔을 돌리기 시작했다. 그런데 산도 옆자리에 앉고 나자, 여자가 없는 사람은 나뿐이었다. 산도가 이때 내 귀에다 자기 입을 갖다 대고 가만히 속삭였다.

"비번인 미쓰 장이란 계집이 물건이야. 자네를 위해서 특별히 호출했으니깐 곧 나오겠지. 비서님답게시리 잘 해 보라구."

산도의 말에 나는 귀가 간지러울 지경이었다. 그놈이 나를 비서라고 추켜세웠기 때문이 아니라 이 술집에서 제일 물건이라는 그 계집과 마주칠 일이 꿈만 같았기 때문이었다. 내 앞에 앉아 있는 포주가 자기 신분 때문에 고개를 쳐들지 못하듯이, 전당포의 주인이란 작자가 역시 신분상의 격차 때문에 내 앞에서 쪽을 쓰지 못하듯이 나도 자기의 진짜 신분을 잠시도 잊어먹지 않고 있었다. 여관 조바에게 맥주홀의 일급 아가씨라니. 나는 산도 이놈의 우정이 너무 지나쳤다고 생각했다. 조바에겐 싸구려 갈보도 과분하다. 정말 천원이나 이천원쯤 주고 살 수 있는 싸구려 갈보도 조바에겐 분에 넘치는 상대인 것이다. 그렇다고 산도의 처사에 어떤 불만을 품었다는 얘기는 아니다. 도리어 나는 그놈의 치밀한 준비에 감탄했고 그놈의 돈독한 우정에 감지덕지하였다.

그 지하실 술집에서 미스 장을 알게 된 뒤로 한 달 가까이 나는 그 계집을 만났다. 그녀를 만날 때는 나는 주로 일이 없는 대낮을 활용하였으며 외출할 때는 산도로부터 얻은 그 말쑥한 양복을 잊지 않고 입었다.

그 양복은 나에게는 하나의 신분이었다. 그 옷을 벗어 버리면 나는 금방 조바로 전락하였고 외출하기 위해 그 옷을 다시 입었을 때 나는 곧 의원의 비서가 되어 있었다. 우리들이 만나는 동안 미스 장은 나를 영락없는 의원의 비서로 믿고 있었다. 산도가 뒷전에서 충분한 자금을 조달해 주었기 때문에 그 계집 앞에서 나는 현금에 궁색하지는 않았다. 나는 그 계집과 몇 차례 여관 출입도 하였다. 막상 계집을 데리고 여관으로 들어가서 조바와 마주쳤을 때 나는 정말 만감이 교차하였다. 말하자면 의원의 비서가 아닌 조바가 손님으로 변장하여 또 하나의 조바와 마주치는 것이었다. 나는 대낮에 여관 문을 들어서는 우리를 맞이하는 조바의 눈길 속에서 지글지글 타고 있는 분노를 손쉽게 읽을 수 있었다. 그러나 그들은 결코 불손하거나 배타적이 아니었다. 그들은 부드럽게 웃으며 신속하게 우리를 어두컴컴한 밀실로 안내하였다.

한 달 뒤에 내가 미스 장과의 밀회를 중지해 버린 것은 진적으로 산도의 지시 때문이었다. 그렇다고 내가 산도의 똘마니가 되어서 산도로부터 모든 행동을 조종당했다는 얘기는 아니다. 다만 이 경우는 산도의 충고가 매우 지당했기 때문에 그대로 따랐다는 얘기이다. 산도는 내가 한 계집과 너무 오랫동안 만나면 신분이 탄로 날뿐더러 그 계집에게 특별한 감정을 갖게 될 위험마저 있다고 말하였다. 산도의 이 충고는 백번이나 지당한 말이었다. 나는 미처 그런 위험을 생각해 두지 못했던 자신이 몹시 부끄러웠다. 산도는 덩달아 한 계집만을 상대할 일이 아니라 계집을 자주 바꾸는 것이 몸에 좋고 정신에도 좋다고 말하였다. 이 역시 먼저 경험한 인간이 아니고는 좀처럼 들려 줄 수 없는 값진 충고였다. 그놈은 그것을 말로만 들려준 것이 아니라 실제로 내가 그렇게 할 수 있도록 많은 기회를 나에게 제공해 주었다. 그놈은 주로 내게 일이 없는 대낮을 이용하여 맥주집이나 다방, 심지어는 제법 여염집 흉내를 낼 줄 아는 은밀한 갈보집까지 나를 데리고 다녔다. 갈보집을 찾아갈 때 그놈은 자기가 알고 있는 포주의 집은 절대로 찾지 않았다. 내가 그 까닭을 물었을 때 산도는 이렇게 대답했다.

"그곳은 나의 거래처라구. 포주들로부터 나오는 물건이 없다면 내 장사는 지탱 못 해. 돈을 버는 곳과 쓰는 곳을 구별해야지."

포주들로부터 나오는 물건이란 물론 손님들이 화대(化代) 대신 맡겼다가 기한이 넘도록 찾아가지 못한 물건들이다. 하여튼 산도 이놈은 철저한 장사꾼이었다.

그런데 산도와의 밀월도 그렇게 길게 가지는 못 하였다. 어느 날 밤이 이슥하여 손님이 거의 끊어졌을 무렵에 갑자기 산도가 여관으로 찾아왔다. 현관으로 들어선 그놈은 평소의 그 여유만만하던 태도와는 달리 어딘지 허둥지둥하는 기색이 엿보였다. 그놈은 다짜고짜 나에게 조용한 방으로 들어가서 얘기를 나누자고 말하였다. 나는 그놈을 데리고 뒷간 모퉁이에 붙어 있는 으슥한 방으로 들어갔다.

"재수없게 걸렸어. 그래서 시방 나는 어디로 갈려고 하는데 말이지."

숨을 가쁘게 몰아쉬며 산도가 허겁지겁 말하였다.

"걸리다니, 무슨 얘기야?"

"나에게 물건을 가져왔던 놈이 바로 살이범이었단 말야. 그놈이 사람을 죽였기 때문에 형사들이 그 물건의 행방을 혈안이 되어 찾고 있다는군. 사람만 죽이지 않았다라도 쓱싹 넘어가는건데, 씨발 시방 또 걸리면 나는 오 년이야."

산도는 얼굴빛마저 창백하게 보였다.

"그놈이 사람을 죽인 걸 알고서 물건을 받았나?"

"그거야 까맣게 몰랐지. 그걸 알고 그 물건을 받을 놈이 어디 있어?"

"그런데 자네가 그걸 받았다는 걸 형사들이 어떻게 알았지?"

"동업자 한 놈이 찌른 거야. 평소에 나하고 심하게 경쟁하던 놈이었어. 그놈이 기회만 있으면 나를 해치우려고 벼르다가 좋은 기회를 만난 거지."

"어디로 가겠다는 거야?"

"지금은 확실히 모르겠어. 지방으로 가야 할지 서울 구석에 처박혀 있어야 할지. 하여튼 내 얼굴을 아는 놈들이 많기 때문에 넉넉잡아 한 반 년 동안은 숨어 지내야겠지. 씨팔 한 이태만 더 참아 줬더라면 나는 한밑천 잡고 손을 털게 될 텐데."

산도는 한숨을 푸욱 내쉬었다. 나는 그놈의 불행이 흡사 내 자신의 불행처럼 절박하게 느껴졌다. 내가 타인의 불행을 이렇게 가깝게 느껴 보기는 정말 처음이었다. 더구나 산도와는 이것으로 마지막이라는 예감을 나는 이미 느끼고 있었다. 산도도 그렇게 느꼈는지 갑자기 발작적으로 그놈이 내 손을 붙잡으며 말하였다.

"이형, 이놈을 한동안 만나지 않았다고 해서 이 산도를 잊어버릴 테야?"

"잊다니?"

나는 그놈에게 항변하듯이 반문하였다.

"그따위 실없는 소리는 치우고 자네가 안전하게 피할 궁리나 하라고. 그렇지 않으면 다시 만나기가 피차 힘들지 않겠어?"

"그건 그래. 그럼 나는 늦어지기 전에 가겠어. 꼭 찾아올 테니깐 기다리라구."

산도는 벌떡 일어서더니 문 밖으로 나갔다. 그놈은 신발을 신고

현관쪽으로 걸어가면서 마루께에 멍청하게 서 있는 나를 한 차례 힐끗 돌아다보았다.

그 눈길에는 어떤 종류의 슬픔이 배어 있었다. 나는 숨기 위해서 이웃들로부터 떠나가는 자의 슬픔을 잘 알고 있었다. 나는 또 졸지간에 죄인으로 전락해 버린 자가 자기가 여태까지 친구라고 믿었던, 죄인이 아닌 인간에게 바라는 것이 무엇인가도 잘 알고 있었다. 그렇지만 그때에 내가 산도 이놈을 위해서 할 수 있는 일은 한 가지도 없었다. 나는 여관의 조바였고 그리고 사실은 나 자신이 거의 이태 동안이나 누군가의 눈을 피해서 살아 왔던 불안한 신분이었다. 그 점에 있어서 산도는 비로소 나와 비슷한 처지가 된 것이다. 다만 산도와 나의 처지에 다른 점이 있다면 그놈은 시방 도피의 출발점에 있었고 나는 그 중간쯤에 와 있다는 차이였다. 나는 산도가 번개처럼 현관 바깥으로 빠져나간 뒤에도 한동안 그놈이 사라진 쪽을 멍하니 쳐다보고 서 있었다. 산도의 발길이 끊어지자, 나의 생활은 다시 옛날로 돌아와 버렸다. 용돈을 대주는 놈도, 맥주집이나 갈보집으로 데려가 주는 놈도 없었기 때문에 나는 산도로부터 선사받았던 그 멋드러진 신사복을 다시는 입어 볼 기회가 없었다. 따라서 나는 이제 의원의 비서도 아무것도 아닌, 단지 삼류 여관의 조바로 만족하는 수밖에 없었다. 산도와 함께 지냈던 한 시절은 내게는 흡사 하룻밤 동안 짧은 꿈만 같았다. 산도는 정말 멋있는 놈이었고 안목이 있는 놈이었다. 그놈은 자기 말마따나 돈을 벌 줄도 알았고 그 돈을 멋들어지게 쓸 줄도 알았던 놈이었다. 나는 그놈을 언제까지 기다리고 있을 입장이 아니었다.

여관의 여주인은 내가 산도와 함께 어울리는 동안에 자기 직책에 소홀했다는 사실 때문에 내게 큰 불만을 품고 있었다. 만약에 보수를 주지 않고 부릴 수 있는, 나처럼 만만한 조바를 쉽게 구할 수만 있었던들 그녀는 벌써 나를 해고했을 터였다. 이즈음 여관은 불경기에 허덕이는 참이었다. 산도가 관련된 그 사건 때문인지 동대문 일대의 경비와 수색이 한층 강화되어 도둑들과 잡범들이 자취를 감추는 바람에 여관의 낮손님은 졸지에 반으로 줄어들었다. 손님이 들지 않는 날은 안주인의 나에 대한 성깔이 더욱 고약해졌는데, 그때마다 나는 여관에 손님이 들지 않는 원인이 마치 나의 과실에 있기라도 한 듯한 자책감에 시달렸다. 그것은 종업원이라면 누구나 한번씩 겪어 보기 마련인 고통이었다. 차츰 이 자책감이 누적되어 감에 따라 나는 이제 내가 이 여관을 떠나야 할 때가 되었다고 생각하기 시작했다.

그해 초겨울 어느날 나는 드디어 원흥여관 조바의 자리에서 해고되었다. 이렇게 쫓겨날 줄 알았더라면 미리 사표를 내고 떳떳하게 나오는 게 한층 체면도 서고 마음도 개운하련만, 나는 그 기회마저 그만 놓쳐 버린 것이다. 그만두겠다는 생각은 일찍부터 하고 있었다. 하지만 당장 갈 곳이 없는지라 나는 사표 제출을 자꾸자꾸 미루다가 결국 해고의 치욕을 뒤집어쓴 셈이었다.

해고의 이유는 썩 분명하지 않았다. 주인 여자는 여관을 곧 처분할 작정이므로 미리 종업원을 치우는 것이라고 말했지만 그것은 생판 그 여자의 구실이었다. 사실을 말하자면 그녀는 여관 영업이 시원치 않은 까닭이 바로 나 때문이라고 생각해 왔고, 그 생각이 자꾸 누적되자 나를 치우기로 작정한 것이다. 그렇지만 그건 어디까지나 나이 많은 과부의 오해였다. 나는 전에도 말했지만 고객에게 불편을 끼쳐 드리거나 결례를 저지른 일은 한 번도 없었기 때문이다. 산도를 사귀는 동안에 그리고 그 이후에도 그것은 마찬가지였다. 다만 그동안 내가 대낮에 다소 과분한 자유를 누린 것은 사실이다. 산도와 사귀던 때는 물론이지만 그 이후에도 나는 자주 대낮에 외출을 즐겼다. 한 푼도 없었지만 산도와 함께 지내던 시절이 그리워서 그놈과 돌아다닌 거리와 뒷골목을 그냥 순례하고 다녔던 것이다. 그렇지만 그 시간은 거의 여관에 손님이 들지 않는 때이므로 그것은 해고의 이유가 될 수 없었다. 나는 이 부당한 해고에 항변할 흥미도 없었다. 나는 차라리 잘 되었다고 생각했다. 말하자면 내 자신이 결정하지 못한 일을 여주인이 대신 결정해 주었다는 그런 후련함을 나는 느꼈다.

나는 보따리 하나를 들고 미련없이 원흥여관의 현관을 빠져 나왔다. 이 보따리 속에는 산도로부터 얻은 그 멋드러진 신사복 한 벌, 그리고 그동안 여관에서 얻어 입은 허드레 옷 몇가지가 들어 있을 뿐, 무슨 돈이 될 만한 물건은 하나도 없었다.

나는 정말 기세 좋게 거리로 뛰어나왔다. 거리는 초겨울의 냉기가 가득 넘치고 있었다. 사람들은 외투 속에서 자라처럼 몸을 움츠리고 마치 길바닥에서 누구를 만나 잠시라도 멈춰서게 될까 봐 겁난다는 듯이 빨리빨리 걷고 있었다. 나는 동대문에서 서대문쪽으로 걸었다. 물론 서대문쪽에 누구 찾아갈 사람이 있었기 때문이 아니라 그냥 발길이 그쪽으로 내켰기 때문이었다. 나는 역시 갈 곳이 없었다. 이런 때 산도 그놈이 이 부근에 있다면, 그리고 옛날처럼 성업 중이라면 나는 당장 그놈부터 찾아갔을 것이다. 하지만 그런 복에 겨운 길이 내게는 남아 있지 않았다.

나는 신이 나서 활개를 치며 걸었다. 마치 고삐에서 풀려난 개처럼 나는 여관의 직책에서 빠져난 것이 당장에는 그렇게 후련했다. 게다가 내 호주머니에는 상당한 현금이 있었다. 아마 사오 천원쯤 되는 돈인데, 이것은 여관주인이 퇴직금조로 지불한 돈이었다. 이 기천원의 돈이야말로 내가 조바 생활에서 지불받은 처음이자 마지막 현금이었다.

한나절을 걸어서 서대문에 도착하자, 나는 우선 싸구려 우동 한 그릇으로 허기를 때우고 그리고는 마치 시골에서 방금 상경한 손님처럼 그 일대를 두루 구경하며 돌아다녔다. 그런데 겨울이란 없는 놈에게는 확실히 불편한 계절이었다. 도무지 추워서 옛날 여름철에 그랬듯이 무작정 바깥으로 싸돌아다닐 수만은 없었다. 보따리를 든 손은 빨갛게 부어올랐고 귓바퀴가 금방 떨어져 나갈 것 같았다.

하는 수 없이 나는 노변의 다방 문을 밀치고 들어갔다. 나는 커피 한 잔을 시켜 놓고 거기서 난데없는 명상을 하기 시작했다. 그렇다고 내가 갑자기 무슨 고상한 상념에 젖었다는 얘기는 아니다. 그 자리가 따뜻하고 그리고 잠시 한가했기 때문에 나는 거기서 당장 숙식의 대책을 어떻게 세워야 할지, 이 절박한 문제를 비로소 생각했던 것이다. 동대문에서 서대문 방면으로 왔다고 해서 그것이 해결될 수는 없었기 때문이다.

나는 이번 기회에 아주 고향으로 내려가면 어떨까 하고 생각했다. 아무리 생각해도 이 도시에서 이제 더 버틸 재간은 없을 것 같았다. 때가 겨울이라서 아마도 더욱 그게 힘들게 느껴졌을 터이다. 하지만 고향에도 얼핏 찾아갈 만한 연고자가 떠오르지 않았다. 가령 그쪽으로 가면 얼굴을 아는 놈은 분명히 몇 놈 있지만, 이렇게 거렁뱅이가 되어 찾아간들 단지 안면이 있다는 이유로 그치들이 나를 받아 줄 것 같지는 않았다. 더구나 내가 그곳을 떠난 것은 거의 십 년 전의 일이며 그 이후로 나는 고향을 찾은 일이 없었다.

그러니 이 번거로운 세월에 안면이 있었던 놈인들 내 얼굴이나마 제대로 기억해 줄지도 의문이었다. 나는 쉽사리 고향을 단념하였다.

결국 나는 이 도시에서 버티는 수밖에 없다는 결론에 이르렀다. 최악의 경우 어느집 굴뚝 옆에서 잠을 자다가 동사를 당하더라도 이 도시에서 견디는 수 밖에 없었다. 결론을 얻자, 나는 자리를 털고 일어나서 그 다방을 나왔다.

계단에서

계단에서

송영 단편선

그 사람을 자기 집에 받아들인 것은 김기문(金基文) 씨의 최초의 실수였다. 아마 일생일대의 실수라고 할 수 있을 것이다. 왜 그 녀석을 그다지도 용이하게 받아들였을까? 다른 때 같으면 직업과 학력, 고향과 수입 명세 따위를 세밀하게 캐묻고 그리고 마지막으로 인상착의를 자세히 관찰한 다음 숙소제공 여부를 결정했을 것이다. 하숙생을 받아들이는데 김씨는 그만큼 기준이 까다로왔으며 만만한 배짱을 마음껏 노출하곤 했다.

그런데 웬일인지 그 녀석이 들어올 때는 까다로운 질문을 던지기는커녕 도리어 이쪽에서 몇 가지 질문을 받았다.

안태오라는 녀석은 처음부터 그렇게 무례하고 이상야릇한 놈이었다. 그는 마당에 들어서기가 무섭게 초면의 김씨를 향해 방세, 세탁비, 이웃 방에 묵고 있는 손님들의 성분, 소음을 일으키는 전자 제품의 유무 따위를 꼬치꼬치 캐물었다. 하는 수 없이 집주인은 되도록 자상한 답변을 하지 않을 수 없었다. 대충 주인의 답변을 듣고 난 그는 그만하면 됐다는 듯이 고개를 거만하게 두어 번 끄덕였다. 자신이 이 집에 숙소를 정하기로 했다는 의사 표시였다. 최초로 결정의 기회를 김씨는 손님에게 빼앗겼다. 더구나 그는 주인의 입장에서 몇 마디 질문을 던질 기회마저 빼앗겼다. 실수는 그렇게 해서 이루어졌다. 만약 그때 김씨가 단지 두 마디나마 질문을 던질 수가 있었더라면, 아니 한 마디나마 던질 수가 있었더라면, 그래서 안태오의 신상에 관한 어떤 진실을 하나라도 김씨가 알아낼 수 있었다면, 과연 안태오가 그토록 견고한 김기문 씨의 성(成)안으로 침입할 수 있었을까? 그것은 매우 의문스런 일이다.

안태오는 그날 바로 자신의 짐과 함께 이집 이층의 오른쪽에서 세 번째 방으로 옮겨왔다. 이층에는 방이 네 개 있었다. 첫 번째 방에는 병원의 레지던트가 있었고, 두 번째 방에는 남자 대학생이 있었고, 네 번째 방에는 웬 홀아비가 살고 있었다. 레지던트는 주로 병원에서 지내면서 일주일에 한 두어 번 자기만의 생활을 즐기기 위해 이 집에 나타나곤 했다. 맨 끝 방의 사십대가 지난 홀아비 역시 지방에 본가를 두고 있는 탓인지 혹은 자신의 운수 사업이 그만큼 번거로운 탓인지 일주일에 두어 차례밖에는 그 방을 사용하지 않았다. 그래서 자연히 이층에서 자주 마주치는 손님은 대학생과 안태오라는 사람이었다. 아니, 좀더 정확하게 말하면 대학생마저 방과 후에는 좀처럼 집에 붙어 있지 않았다. 하긴 좁디좁은 방안에 따분하게 갇혀 있기에는 그의 젊음이 용납하지 않을 법도 하다. 아마 대학생은 친구들과 어울려 당구장 출입, 대폿집 출입, 여자친구 면회 따위로 도리어 시간이 모자랄 지경일 것이다. 그런 저런 이유로 김기문 씨 집 이층의 넓고 깨끗한 마루는 언제나 산사의 법당처럼 고요했다.

안태오가 휴대한 짐은 오직 커다란 트렁크 하나였다. 그것은 매우 낡았고 구식이며 때와 먼지가 가득 끼어 있었다. 지저분한 얼룩무늬도 닦이지 않은 채 군데군데 묻어 있었다. 그렇지만 이 거대한 트렁크는 끈으로 칭칭 동여매어져 있어서 타인에게 절대로 공개하지는 않겠다는 결의를 나타내는 것 같았다.

김기문 씨나 그의 몸집 좋은 부인, 그리고 그의 재수생 아들과 스물 두어 살 난 가정부 아가씨마저도 처음 그 괴물 같은 트렁크를 보았을 때 과연 그 속에는 무엇이 들어 있을까 하고 심한 호기심을 느꼈지만 그들 가운데 아무도 초면의 손님에게 그걸 물을 용기는 갖지 못했다. 아니, 그가 초면의 손님이란 이유 때문만은 아니고 처음부터 그의 표정이 아주 배타적이고 인상착의로 말하면 도저히 친밀감을 느낄 수 없을 만큼 어수선했다는 이유도 있었다.

그는 촛점 없는 애매한 눈초리로 마치 지나치는 행인을 보듯 주인집 가족들을 흘끔흘끔 바라볼 뿐 한 차례도 정시하지는 않았다. 그런 태도는 그가 아주 거만하고 버릇없는 인간이란 느낌을 주었다. 그의 머리칼은 산만하게 헝클어져 있었고 옷차림은 양복에 버젓하게 넥타이까지 매고 있었는데, 넥타이나 양복 할 것 없이 그가 입고 있는 모든 의복들이 적어도 한 계절 동안 세탁소를 출입하지 못한 듯 마구 구겨져 있고 몹시 더러운 냄새를 흘리고 있었다.

「그 사람 하는 일이 뭔지나 아오?」

김씨의 부인이 마루에서 설탕물을 마시고 있는 남편에게 물었을 때 김씨는 매우 입장이 난처했다. 그는 환갑을 몇 해 전에 지냈지만 아직도 설탕물과 맥주와 끽연을 몹시 좋아했다. 그래서 일정한 때를 두지 않고 하루에도 몇 차례씩 부인은 설탕물 혹은 맥주를 쟁반에 얹어 남편 앞에 내놓는다. 부인이 새 손님의 직업에 관해 물었을 때 그녀는 남편이 당연히 그걸 알고 있다고 믿었었다. 그러나 남편은 얼굴이 벌겋게 상기되면서 고개를 옆으로 흔들었다.

김기문 씨는 그 녀석의 직업을 여태 묻지 못했다는 사실에 수치심을 느꼈다.

최초에 그것을 묻지 못한 뒤로 이제 그는 아주 그 기회를 잃어버렸다. 부인이 몹시 꺼림칙한 표정으로 남편에게 채근했다.

「여태 그걸 몰랐다니, 내 원 기가 막혀서, 임자가 당장 올라가서 한번 물어 보우.」

「싫어, 임자가 올라가서 묻구려. 난 어쩐지 싫단 말야.」

「나도 싫어요. 당신이 싫다는 것 낸들 좋아할 것 같아요?」

부인은 성을 발칵 내었다. 그녀는 남편이 자기 집 손님에게 이토록 무기력한 걸 처음 보았다. 그래서 그녀 자신도 그 손님이 어쩐지 꺼림칙하고 두려웠다. 그때 마루의 냉장고에서 김칫독을 가지러 온 가정부가 주인 내외를 향해 한 마디 거들었다,

「어떤 때는 아침 일찍 나가고 어떤 때는 오후에도 밖에 나가요. 뭘 하는지 정말 알 수 없는 사람예요.」

「나갈 때 뭘 들고 나가더냐?」

부인이 가정부에게 물었다.

「들고 나가는 건 한 번도 못 봤어요. 언제나 빈몸으로 나가요.」

「그 녀석 방을 구경한 일 있어? 넌 밥상을 가져다주니까 방 구경을 했겠군.」

김씨가 물었다.

「아뇨. 밥상은 내가 노크를 하면 자기가 나와서 받아 가요. 먹고 나선 또 자기가 밥상을 마루에 내놓고요. 방을 비울 때는 언제나 방문 자물쇠를 단단히 잠가놔요.」

「그래, 정말 한 번도 방 구경을 못했단 말이지?」

김씨가 날카로운 눈초리로 가정부를 쳐다본다. 그녀는 얼굴이 벌겋게 달아올랐다. 왜냐하면 이 주인 앞에서는 말하기 거북스런 비밀을 그녀가 알고 있기 때문이다. 하지만 그녀는 비밀을 털어놓기로 마음먹었다.

「그 사람 변소에 간 사이 문이 반쯤 열려 있기에 딱 한 번 방 안을 들여다봤어요. 어유, 그 지독한 냄새, 게다가 방바닥은 쓰레기장 같았

어요. 신문지, 잡지, 빈 술병과 약병, 먹다 버린 과일조각, 과자 부스러기, 마구 그런 게 뒹굴어요. 그 사람 청소라곤 모르는 사람이예요.」

「냄새라니, 무슨 냄새를 맡았는데 그래?」

부인이 가정부를 돌아본다.

「몰라요. 무슨 냄샌지. 땀 냄새, 담배 냄새, 썩은 과일 냄새, 아마 그런 거겠죠.」

「더러운 자식!」

김씨가 갑자기 소리치며 벌떡 일어섰다. 내 집의 이층 방 하나를 그런 꼴로 더럽혀 놓다니, 그는 화가 나서 팔다리가 부들부들 떨릴 지경이었다. 이 집의 어느 부분에 그 따위 쓰레기가 남아 있나 살펴보라. 건물 내부는 물론 정원이나 뒤뜰까지도 쓰레기는커녕 먼지 하나 붙어 있을 겨를이 없다. 매일 아침과 저녁 두 차례씩 집안 구석구석까지 청소를 시키고 있기 때문이다. 사람의 주거는 상쾌해야 된다. 그것이 김기문 씨의 으뜸가는 생활신조였다. 그런데 그 더러운 놈이 내 집 한 모퉁이를 차지하고 오물과 쓰레기와 악취로 전체를 흐려 놓고 있다니.

여태 방향이 모호했던 안태오에 대한 애매한 감정이 여기서 증오로 돌변했다. 더러운 자식, 그놈은 더러운 놈이다. 바로 그 때문에 자신은 처음부터 그놈이 꺼림칙했을 것이다. 그 원인이 이제야 밝혀진 것 같았다. 방을 그 꼴로 거처하는 놈이라면 구태여 그놈의 직업이나 출신 성분 따위를 알아볼 것도 없다. 그놈은 필경 더러운 일을 하고 있을 것이니까.

생각 같아선 당장 이층으로 뛰어 올라가서 녀석의 방문을 활짝 열어 젖혀 놓고 오물과 쓰레기와 악취를 한꺼번에 쓸어 내버리고 싶다. 방을 빌린 녀석이 청소를 거부한다면 자신은 집주인으로서 그것을 강제 집행할 수도 있을 것이다. 하지만 당장 그것은 불가능했다.

그 녀석은 방문에 자물통을 단단히 채워 놓고 외출했으므로 아무도 그 문을 열 수가 없었다. 안태오가 집에 돌아온다 해도 누가 그 추하고 오만불손한 인상과 마주서서 그것을 관철할 것인가. 그는 한탄에 한탄을 거듭하였다.

김씨가 갑자기 집안 청소나 주택 안팎의 개조 작업에 전보다 한층 극성을 떨게 된 것은 이층의 추한 인간이 보여 준 위험 신호에 대한 반사 작용이라고 말할 수 있다. 그의 지배가 미치지 못하는 영역의 오염에 대한 욕구 불만을 그는 주택의 다른 부분을 통해 해소하고 싶었던 것이다. 그것은 일종의 복수이며 시위며 김기문 씨에게는 가장 익숙하고 용이한 방법이기도 했다. 오랫동안 그는 자기 소유의 주택을 정력적으로 수리하고 개량해 온 이력을 가지고 있다. 그는 자신이 거주하는 이 주택을 제외하고도 선대로부터 물려받은 몇 개의 굵직한 부동산을 소유하고 있기 때문에 주택 개량이나 수리에 필요한 자금 따위에 인색할 필요는 없었다.

그가 지금껏 가옥수리, 구조 변경, 자재 개량 따위에 소모한 자금 명세서는 아주 다채롭고 화려하다고 말할 수 있을 정도다. 하나하나 예기하긴 거의 불가능하지만 몇 가지 예를 들자면 지붕의 기와 바꾸기, 철대문의 자재를 최신형으로 바꾸기, 낡은 빗장을 뜯고 보다 견고하고 조작이 단순한 빗장으로 바꾸기, 욕실 바닥의 하얀 타일을 뜯어내고 녹색으로 바꾸기, 변기나 욕조를 역시 최신형으로 바꾸기-특히 그는 소변기의 형태가 날로 개량되고 있다는 점에 유의해서 소변기 개조작업을 빈번히 해 왔고 지금은 반원통형의 아주 기하학적인 변기를 비치하고 있다. 이층으로 올라가는 계단과 일층, 이층의 마루 자재 개조, 계단 난간을 뜯어내고 약간 화려한 조각이 첨가된 것으로 개량하기, 구리 제품인 처마 밑의 풍경을 변색하지 않는 최신합성 금속제품으로 바꿔 달기, 이런 식으로 다양하다. 그런데 그

명세서에는 대체로 동일한 작업이 계절에 따라 몇 차례씩 반복된 것으로 나타나 있다.

가옥 수리 작업은 김씨의 능기였다. 물론 김씨 자신이 망치를 들고 작업에 임하는 것은 아니다. 그는 사소한 작업에까지 언제나 숙달된 인부를 고용했으며, 김씨 자신은 인부의 작업에 대한 감독과 해당 작업에 필요한 자재 구입, 적절한 예산 책정 따위에 통달해 있다.

김기문 씨는 우선 변소 개조 작업부터 착수했다. 그것은 어떤 작업보다 비용이 많이 들고 절차가 복잡했다. 그리고 그가 그 일을 먼저 선택한 것도 바로 그 점 때문이라고 할 수 있었다.

매우 숙달되었고 이미 몇 차례 이 주택의 개량 작업에 참여한 바가 있는 인부 두 사람이 곧 김씨의 마당에 나타났다. 그들은 집주인이 그들을 불러 세워 놓고 이번 작업의 중요 부분이 변기 개조라고 말했을 때 현재 사용 중인 변기가 불과 다섯 달 전에 막대한 비용으로 개조한 최신형임을 잘 알면서도 김씨에게 이의를 달거나 그의 의도를 이상하게 생각하지는 않았다. 왜냐하면 그 인부들도 이미 김씨의 생활 철학을 어느 정도는 이해하고 있었기 때문이다.

두 사람이 욕실에 들어가서 작은 망치와 칼을 들고 곧 작업을 시작했다. 우선 변기 주변의 타일을 망치로 뜯어내고 마지막으로 거대한 변기를 들어내는 순서였다. 변기를 들어낸 자리에 다시 신형을 고착시키려면 넉넉잡아 일주일은 필요할 것이다. 그 동안에 변소 문 앞에는 물론 <사용 엄금>이란 딱지가 붙어 있었다.

며칠 동안 망치와 사기가 부딪히는 날카로운 소음이 집안을 쩡쩡 울렸다. 아침부터 저녁 어스름이 다가올 때까지 청각을 몹시 괴롭히는 그 소음은 단지 이십여 분씩 두어 차례 간격을 제외하곤 계속해서 집안을 쩡쩡 울렸다. 그 두어 차례 공백은 인부들이 식사를 하거나 약주를 얻어 마시는 시간이었다.

소음이 집안을 쩡쩡 울리는 동안 김씨는 마당 가운데서 팔짱을 끼고 서서 아주 흐뭇하고 만족스런 미소를 머금고 있었다. 아니, 그의 표정이 아주 행복하게 보였다고 말하는 게 옳을 것이다. 그 순간이야말로 김기문 씨가 뭔가 일을 하고 있다고 느끼는 순간이며 삶의 보람을 느끼는 순간이기도 했다. 한편 전혀 각도가 다른 의미에서 그는 내심 쾌재를 불렀는지 모른다.

이층의 그 더러운 녀석은 소음을 끔찍이도 싫어한다. 그놈이 처음 나타났을 때 소음에 관해서 매우 민감한 표정으로 질문했기 때문에 김씨는 그걸 알고 있었다. 악취와는 친한 녀석이 소음을 두려워한다는 건 이상하고 우스꽝스런 일이다. 김씨가 쾌재를 불렀다는 것은 또 다른 이유도 있다. 저 요란한 망치 소리는 안태오라는 놈에게 자신이 이 집안의 오물이나 악취를 결코 용납하지 않겠다는 간접 경고이며 동시에 쾌적한 주거 환경에 대한 자신의 절대적 열망을 시위하는 소리다. 어디 그뿐인가? <사용 엄금>의 딱지가 붙어 있을 일주일 내내 그놈이 겪어야 할 불편은 이루 말로 다할 수 없을 것이다.

변기 개조 작업은 예정된 시간에 맞춰 별다른 무리 없이 서서히 진행되고 있었다. 그런데 작업개시 불과 이틀 만에 매우 불쾌하고 이상야릇한 조짐이 나타나기 시작했다는 걸 김씨는 직감했다. 안태오는 소음이나 임시 <변기 사용 금지>에 관해 직접 항변하거나 시정을 요구하지는 않았다. 그놈의 내심이야 물론 그렇게 하고 싶은 불같은 충동에 시달리고 있겠지만 용케도 녀석은 그 충동을 억제하는 것 같았다. 그 대신 김씨는 안태오와 어쩌다 마주칠 때마다 거의 소름 끼친다고 할만한 놈의 시선을 견디어야만 했다. 그가 귀가한 뒤 이웃집 변소를 사용하기 위해 계단을 내려올 때, 그런 때 김씨는 순간적으로 그와 눈길이 마주칠 때가 있다. 안태오는 차가운 적의가 가득한 눈초리로 매우 은밀하고 비밀스럽게 김씨를 한 번 흘낏 쳐다보고 곧 시선을 피해 버린다. 그 눈빛이 너무 차갑고 조용해서 김씨는 그답지 않게 순간 매우 동요하고 있는 자신을 발견했다. 처음에는 그는 자신의 불안을 우스개로 생각했다. 그러나 비슷한 장면이 반복되자 그는 차차 심각해졌다. 그와 계단에서 마주칠 때 자신은 왜 몹시 흔들렸을까? 그 녀석에게 무슨 범법행위라도 저질렀단 말인가? 혹은 그가 이미 집주인과 뜨내기 방손님과의 관계를 깨뜨리고 자신의 생활 속에 깊이 침입해서 자기 배후 은밀한 곳에 완강하게 은폐된 어떤 수치를 움켜쥐었단 말인가?

대체 그놈에게 그 정도나마 불평을 드러낼 권리가 있을까? 그건 당치도 않은 일이다. 아무튼 불쾌하고 매우 지저분한 녀석임엔 틀림이 없다.

결국 김씨가 안태오를 슬슬 회피하기 시작했다. 그가 귀가할 때 대문으로 들어오는 놈의 머리칼을 발견하면 김씨는 재빨리 돌아섰다. 그가 계단을 내려서는 첫 번째 발소리가 들려 오면 김씨는 계단 아래쪽에 서 있다가도 어느 사이 변소 안으로 잠적하거나 아래층 마루로 잽싸게 건너가 버리곤 했다.

그러나 이런 식의 임기응변적 회피만으론 그 녀석의 오물과 악취와 까닭이 없는 반감에 대처할 수 없게끔 곧 사태가 더욱 악화되었다.

변기 개조 작업이 끝나고 <사용 엄금>이란 딱지를 떼자말자 만 하루 만에 아주 무례한 변기 사용자가 나타나서 새로 개조된 변기의 성능과 청결 상태를 마구 짓밟아 놓았던 것이다. 그 비극적 참상을 처음 발견한 사람은 이 집 가정부였다. 그녀가 변소로 들어갔을 때 청결해야 할 하얀 타일 바닥에는 분명 구두 밑바닥에서 옮겨왔을 콜탈 찌꺼기가 여기저기 마치 멋대로 조형된 무늬처럼 덕지덕지 붙어 있었다. 그뿐만이 아니었다. 변기에는 담뱃재와 꽁초, 먹다 남은 부패한 통조림 내용물, 쉽게 명칭을 알아내기 힘든 괴상한 색깔의 음료수 따위가 잔뜩 버려져 있었다. 누군가가 최신형 변기를 쓰레기통으로 사용한 것이다. 하수구는 막혀 있었다.

맨발로 들어온 가정부는 우선 발 딛을 곳이 없어 몹시 당황했다. 하지만 충직한 그녀는 차차 침착성을 회복하고 주인이 받을 충격을 최소로 줄이기 위해 혼자 은밀하게 타일 바닥의 끈적끈적한 콜탈과 변기의 오물 제거 작업을 시작했다. 그런데 그녀의 갸륵한 노력에도 불구하고 이 악질적 고의성에 의해 빚어진 참상은 쉽게 치유되지 않았다. 할 수 없이 그녀는 주인에게 사실을 알렸다.

「어떤 놈이 이 따위 짓을 벌려놨어?」

김씨의 첫 반응은 분노에 가득 찬 고함 소리였다. 그는 목 언저리와 넓다란 얼굴 전체가 빨갛게 달아올랐다. 충혈된 핏줄이 그의 목 둘레에서 빠르게 진동하는 게 육안으로도 보였다. 그는 노기가 등등한 눈초리로 이층의 세 번째 방 쪽을 한참 동안 노려보았다. 사실 범인을 색출하기 위해 특별한 노력을 할 필요는 없었다. 용의자는 벌써부터 그의 흉중에서 지목하고 있었던 것이다.

「당장 쫓아 올라가서 그놈을 내보내지 못하고 뭣하는 거예요?」

김씨 부인이 옆으로 다가와서 주인의 분노에 가세했다. 아내의 권고는 마땅하다고 생각하면서도 김씨는 어쩐지 꺼림칙했다. 과연 자기가 해낼 수 있을까? 그는 순간적으로 자문해 봤다. 쉽사리 해답이 나오지 않았다. 그러나 이때만은 아내에게 그 따위 번거로움을 전가할 계제가 아니었다. 그는 가정부에게 물었다.

「지금 그 녀석 있니?」

「있어요. 방금 막 돌아왔어요.」

「제 방에 들어가 있어?」

「그렇대두요.」

순간 김기문 씨는 용수철 튀어오르듯 다급하게 계단을 뛰어 올라갔다. 그가 발을 헛딛지 않고 이층까지 무사히 올라간 것만도 다행이었다.

부인과 가정부는 아래층 마루에 서서 오랜만에 회복된 주인의 결단성이 발휘된 결과만을 조용히 기다렸다. 그것은 따로 타협의 여지가 없는 상황이었다. 오직 하나의 결과만이 허용될 뿐 이었다. 그런데 꽤 오랜 시간이 지나도록 별다른 소식이 오지 않았다. 두 여자는 참을성 있게 기다렸다. 십 분쯤 지났을 때 이윽고 김씨가 이층에서 천천히 계단을 밟으면서 아래층 마루로 내려왔다. 놀랍게도 그때 김씨는 약간 병약한 표정을 짓고 있었다. 그는 자기 얼굴을 주시하는 부인과 가정부에게 방금 그가 과시했던 결단의 결말에 대해 한 마디 말도 하지 않았다. 그 대신 그는 부인에게 두 병의 냉각된 맥주를 요청했다. 그날 김씨는 두 병의 맥주를 단숨에 마셔 버리고 약간 취기가 돌자 마루에 쓰러져서 낮잠을 자 버렸다. 고의적 악행은 불행히도 그것으로 멈춰주지 않았다. 변기 오물 사건 이후 며칠이 채 지나지 않아서 이번에는 주택을 벗어나 자연의 미관 일부가 오물 세례를 받은 것이다. 연못은 이 집 정원의 중심부에 자리 잡고 있었고 그 곳에는 고가의 관상용 물고기들이 이십여 마리나 서식하고 있었다. 연못 가장자리에는 우아하게 설계된 조그만 분수대도 설치되어 있었다. 연못은 김씨가 평소 자랑해 마지않는 이 집 미관의 으뜸가는 상징이었다. 그런데 하룻밤 사이에 연못에는 변질된 빵 부스러기, 불결한 싸구려 음료수병, 체내의 배설물을 닦아낸 휴지 뭉치, 빈 담뱃갑 따위 쓰레기들이 잔뜩 버려져 있었다. 투명하고 푸르던 연못의 수면은 버려진 오물로 인해 순식간에 흑색 수렁으로 돌변해 버렸다. 자유롭게 헤엄치던 무고한 생명도 이미 거기에는 하나도 남아 있지 않았다. 연못 자체가 죽어 있었던 것이다.

전혀 예기치 못했던 이 참상은 김씨 내외를 특별히 분노시켰다. 그들은 지난 번 사건의 묵인으로 가상 용의자의 고의성이 한층 노골적으로 드러났다고 판단했다. 그놈을 단지 이 집에서 추방하는 것만으로는 이제 충분한 보상이 될 수 없다. 내외가 모두 이렇게 생각하고 있었다.

「이번에는 내가 나설 테야. 임자는 믿을 수가 없어.」

김씨 부인이 살기마저 띤 표정으로 신발을 끌고 마당으로 나서며 남편을 향해 말했다.

「당신이 어떻게?」

김씨가 의아스럽게 아내를 쳐다봤다.

「고발해 버릴 테야요.」

부인은 주저하지 않고 큰소리로 떠들었다. 그런 뒤 남편의 의견 따위는 묻지도 않고 놀라운 기세로 문 바깥으로 뛰어나갔다. 그녀는 파출소로 직행할 작정이었다. 그러나 파출소의 정문이 보이는 지점에 다다르자 그녀의 결단이 흔들리기 시작했다. 그녀는 자기가 안고 온 문제가 어떻게 보면 가정 내부 문제일지 모른다는 데 생각이 미친 것이다. 가정 내부 문제를 바깥에 노출시킨다는 건 남편이나 자기의 취향과는 심히 어긋난다. 자기네의 성은 외부에 대해 항상 굳건하게 방비되어 있고 그럴수록 자기들 생활은 쾌적함과 안락을 유지하는 것이다. 그녀는 눈물을 머금고 그 자리에서 돌아서고 말았다.

이제 가옥의 지속적인 개조 작업만이 놈이 토해 놓는 오물과 악취와 분별없는 반항에 대한 처방 수단으로 남았다. 적어도 김씨는 그렇게 판단했다. 그는 곧 자신의 출중한 집중력을 새 작업 계획에 투입하기 시작했다. 그가 신중하게 선택한 작업은 이층으로 올라가는 계단과 이층 마루전체를 새로운 도료로 포장하는 일이었다. 김씨는 이 작업을 계획하면서 이번에도 역시 회심의 미소를 머금었다.

이층 마루와 계단은 안태오의 방과 인접해 있어서 그 녀석이 가장 빈번하게 사용하는 통행 과정이다. 그는 두 가지를 노릴 수가 있었다. 첫째, 작업 기간 동안 그놈에게 막대한 통행상의 불편을 제공하고,

둘째, 오물과 악취가 만개한 그 방 인접 지역에 보다 철저한 청결 상태를 강조하는 것이다. 도료는 청결의 상징이었다. 그것은 무형의 불결성까지 함몰시킬 수 있다는 미신을 갖고 있었다.

두 명의 도장공이 상자로 포장된 충분한 분량의 라크를 휴대하고 곧 김씨의 집에 나타났다. 상하가 연결된 특수 작업복을 입고 있는 그들을 앞에 불러 세워 놓고 김씨는 같은 부분에 대한 도료사용 회수를 가능하면 삼 회 이상으로 늘릴 것과 도료 사용량에 제한을 받을 필요는 없다는 점을 특별히 강조했다. 보통 라크의 사용은 삼 회 작업으로 충분하다. 최초에 바른 도료가 거의 건조해 갈 때 두 번째 작업이 시작되는데 그 간격은 대개 두 시간 정도라고 할 수 있다. 따라서 삼회의 작업이 끝나자면 네 시간이 소요되고 도료가 사용된 지면의 사용은 그로부터 다시 다섯 시간 이상이 경과해야 허용될 수 있다. 김씨의 지시는 시간의 무한한 지연을 위해 필요한 것이었다. 도장공들은 작업 개시 이전에 현관의 계단 입구에 <통행금지>란 딱지를 붙여 놓았다. 물론 이 금지 사항은 어떤 특정한 인물만이 제약을 받아야 할 성질의 것이 아니었다. 누구나 건조되지 않은 상태의 도료를 밟아서는 안 되는 것이다.

유일한 통로를 차단해 놓고 아무런 대안도 제공해 놓지 않을 정도로 김기문 씨가 무모한 인물은 아니었다. 그는 이웃집에서 사다리를 빌어다가 이층의 베란다 쪽에 사다리의 머리를 고정시켜 놓았다. 이제부터 며칠 동안 그것이 이층으로 오르는 유일한 수단이 되는 것이다. 빌려온 사다리는 불행히도 아주 고물이고 튼튼하지 못했다. 그것은 상단 일부가 절단되어서 낡은 새끼줄로 칭칭 동여맨 환부를 가지고 있었으며, 손으로 붙잡고 가벼운 충격만 가해도 심하게 전신이 흔들리고 있었다.

자, 이제 불결하고 무례한 인간이 저 나약한 사다리에 매달려 이층으로 기어 올라가는 장면이 나타나기만을 기다리면 된다. 김씨는 사다리를 쳐다보며 그가 귀가하기를 기다렸다.

저녁 식사 시간이 다가오자 안태오는 어김없이 육중한 철대문을 밀치고 마당에 그 누추한 모습을 나타냈다. 아직 통로가 변경된 사실을 모르는 그는 먼저 현관으로 달려갔다가 거기에 부착된 딱지를 보았음인지 곧 다시 마당으로 되돌아왔다. 김씨는 그 녀석에게 특별한 안내나 지시를 해 줄 필요성을 느끼지 않았다. 왜냐하면 그 녀석 자신이 자기의 새 통행수단을 금방 찾아냈기 때문이다. 그는 말없이 사다리 앞으로 다가섰다.

그가 사다리 앞에서 한 마디 불평도 말하지 않고 당황하거나 망설이는 기색조차 드러내지 않았다는 것은 매우 기이하고 놀라운 일이었다. 그는 말없이 자신에게 던져진 굴욕을 감수했고 주인의 고압적 지시에 순종했던 것이다.

그는 두 손으로 사다리의 양쪽 기둥을 붙잡고 베란다 쪽을 쳐다보며 조심스럽게 기어오르기 시작했다. 그러자 낡은 사다리가 벌써부터 조금씩 동요하기 시작했으며, 그의 빼빼 마르고 기다란 하반신이 계단의 중간쯤 다다랐을 때 이윽고 김씨가 예측했듯 매우 위험한 순간이 다가왔다. 낡고 고장난 도구가 한 인간의 체중을 지탱하지 못하고 심한 경련 끝에 급기야 한쪽으로 야금야금 기울고 있었던 것이다. 김씨마저 손아귀에서 땀이 배어났다. 그는 팔을 되도록 길게 뻗어 사다리의 상단을 힘껏 붙잡고 몸의 중심을 잡으려고 필사적이었다. 사다리는 연옥을 건너는 다리였으며, 거기 매달린 인간은 미리 징벌을 약속받은 운명적 고행자였다. 추락하지 않기 위해 그가 허공에서 취한 일련의 동작은 매우 서툰 곡예였으며, 지상에 살아남기 위한 각박스런 발버둥이었다.

굴욕의 과정은 다행히도 무사하게 끝났다. 그는 성공리에 베란다로 상륙할 수 있었다.

김씨는 일단 만족했다. 이제 그는 약간의 위안을 구한 셈이었다. 사다리를 통해 그는 자신이 다시 이 집안을 통제할 수 있다는 걸 확인했으며, 더구나 그가 안겨 준 굴욕을 저항 없이 감수했던 그 녀석의 순종적 태도는 그의 만족감을 더욱 배가시켰다. 며칠 동안 계단의 통행금지는 풀리지 않았으며, 오직 두 명의 도장공들만이 계단에서 이층 마루로, 마루에서 계단으로 일개미처럼 오르락거리며 같은 작업을 끊임없이 반복하고 있었다.

그러나 안태오가 굴욕을 저항 없이 감수했다고 판단한 것은 김씨의 너무 성급한 오산이었다. 그가 쾌적한 위안을 만끽하기 불과 닷새가 지나지 않아서 그놈의 저항의 발자국이 계단과 이층마루에 새로 도장된 라크의 반짝이는 투명성을 여지없이 짓밟았던 것이다. 거울의 평면처럼 깨끗했던 계단과 마룻바닥에는 거친 구둣발자국이 어지럽게 찍혀 있었다. 누군가가 <통행금지>의 경고를 무시하고 신발을 벗지 않은 채 계단과 마루를 그야말로 방자하게 통과했음이 틀림없었다. 아무도 그가 그렇게 하는 장면을 목격하지는 않았으나 계단과 마루에 어지럽게 각인된 그놈의 발자취가 그놈이 이곳을 짓밟던 순간의 장면을 명료하게 상기시켜 주었다.

두 명의 도장공들이 주인보다 더욱 분격해서 땀이 번들거리는 얼굴을 높이 치켜들고 주인에게 항변했다.

「어떤 개자식이 이 따위 소행을 했을까요? 그놈을 찾아낼 수 없습니까?」

그들은 신성한 노동이 모욕 받았다고 생각하는 것 같았다. 한 사람이 주인 앞에서 들고 있던 붓을 땅바닥에 내팽개쳤다. 다른 한 사람마저 덩달아서 입고 있던 작업복의 웃단추를 풀기 시작했다. 그것은 작업을 포기하겠다는 가장 직접적인 표현이었다.

입장이 난처해진 김기문 씨는 얼굴과 목 언저리가 빨갛게 달아올랐다. 충혈된 혈관이 그의 목 근처에서 빠르게 뛰고 있는 것이 육안으로 보였다. 그는 실추된 주인의 권위와 그 추한 놈에 대한 증오 때문에 몹시도 괴로웠다. 그러나 이 도장공들 앞에서 뭣보다 우선 주인의 권위를 찾는 것이 시급했다.

그는 용약 이층으로 뛰어 올라갔다. 그놈을 끌어내서 그놈의 비행을 낱낱이 척결하고 놈을 추방해 버리기 위해서였다. 그러나 그 방문에는 투박한 자물쇠통이 단단히 매달려 있었다. 김기문 씨는 그만 맥이 풀려서 돌아섰다. 마루를 조심스럽게 지나 그가 계단 상단으로 다가왔을 때 하필이면 그때 안태오가 현관으로 들어서고 있었다. 물론 그놈은 이번에도 사다리를 무시하고 버젓이 계단으로 올라갈 심산이었다.

주인과 마주쳤음에도 불구하고 그놈은 아주 태연하고 차가운 눈초리로 김씨를 쳐다보았다. 순간 김씨의 머리는 분노로 폭발할 것 같았다. 그는 그놈의 눈초리에서 거의 맹목적인 증오를 읽었다. 그러나 이제 그 따위 녀석은 조금도 두렵지 않았다. 그는 그놈에게 뭐든 터놓고 말할 자신이 있었다.

그는 계단 아래 서 있는 그놈을 시선으로 단단히 붙잡은 채 계단을 빨리 내려가기 위해 조급하게 발을 옮겼다. 그러자 다음 순간에 그의 발은 아직 건조되지 않은 계단 위의 도료를 밟고 미끄러져서 긴장이 풀린 그의 육중한 체구가 계단 아래로 무참하게 굴러 떨어졌다. 그것은 너무 순식간에 일어났으므로 계단 아래 서 있던 안태오도 그가 추락해 간 과정을 설명할 수 없을 정도였다.

김기문 씨는 병원으로 옮긴 지 사흘 만에 오랜 혼수상태에 종지부를 찍었다.

그리고 그가 사망한 다음날 안태오는 이 집에서 홀연히 자취를 감춰 버렸다.

친구

친구

송 영 단 편 선

대현동에 있는 그린하우스라는 가게는 한때 내가 매우 자주 출입하던 가게다. 우리말로 하면 초록의 집이란 뜻이겠는데 그야 어떻든 나는 그 조그만 가게의 몇 가지 메뉴들을 지극히 애용했었다. 거기서 주로 취급하는 건 국수 종류의 음식과 아이스크림으로 대별되는데 국수류에도 비빔국수, 냄비국수, 그리고 냉채국수가 있고 아이스크림에는 소프트와 하드의 두 종류가 있었다. 그 중에서도 내가 좋아했던 건 냄비국수와 소프트 아이스크림이었는데 냄비국수는 특히 그 고소한 국물이 일품이었고 아이스크림으로 말한다면 이 그린하우스에서만 맛볼 수 있는 독특한 담백함이 있었다.

이 가게에서는 아이스크림을 주문하면 즉석에서 최신형 크림 제조기를 손님이 보는 앞에서 가동시켜 금방 만들어진 크림을 손님에게 가져온다. 좌석에 앉아서 이윽고 하얀 소프트 아이스크림이 조그만 출구를 통해 흘러나오고 있는 모습을 바라보는 것도 나에겐 적지 않은 즐거움이었다. 그러나 이런 얘기보다 정작 내가 그 집을 자주 가지 않을 수 없었던 더 중요한 이유가 있다. 그때 나는 하숙생활을 하고 있었는데 대현동의 하숙방들에 공통되는 특징의 하나는 방이 형편없이 좁다는 것과 하나는 거의 대부분의 방들이 채광 상태가 말이 아니어서 대낮에도 마치 동굴 속에 갇혀 있는 듯한 착각을 일으킬 때가 많다는 것이다. 그렇다고 대낮에 마음대로 전등을 켤 수 있는 입장도 아니다. 그런 때는 공연히 비참한 생각에 사로잡힌다. 그래서 자연히 낮에는 그 방을 피해서 어딘가 앉아 있을 만한 장소를 찾게 되었다.

갈 곳을 미리 정하지 않고 무작정 밖으로 나왔을 때 어딘가 찾아갈 장소가 전혀 떠오르지 않는 인간의 막막한 심정이란 경험하지 않은 사람은 알 수가 없는 것이다. 바로 그런 심정에 내가 빠져 있을 때 나를 구해준 곳이 그린하우스라고 할 수 있었다.

물론 그곳에 나가 앉아 있어도 내가 당장 만날 사람이나 기다릴 사람이 있는 건 아니었다. 그래서 나는 소프트 아이스크림을 하나 들고 그것을 혀로 핥는다기보다 표면에서 녹아내리는 액체를 거두어들이는 정도로 야금야금 아이스크림을 먹으면서 가능하면 시간을 오래 끌었다. 나는 가게에 드나드는 손님들의 행색이나 용모를 감상하기도 하고 최신형 크림 제조기에서 뿌연 아이스크림이 흘러나오는 모습을 물끄러미 바라보기도 했다.

나는 그 가게의 손님들 가운데서 나이가 많은 축에 끼었다. 그곳의 주된 손님은 고등학교 학생이나 대학의 초급생 정도가 고작이었으니 이미 서른을 넘긴 어른인 나는 좀 별난 손님이 아닐 수 없었다. 처음에는 종업원 아가씨들이나 다른 손님들이 내가 그곳에 한가롭게 앉아 있는 모습이 매우 신기한 듯 흘끔흘끔 내 얼굴을 쳐다보기도 했으나 내가 어떤 때는 거의 하루도 거르지 않고 그곳에 나타났기 때문에 결국 누구나 내가 거기 앉아 있는 걸 아주 당연하게 보게 되었다. 나 자신도 시간이 지나면서 다른 사람의 눈길을 태연하고 자연스럽게 받아들이게 되었다.

어느 날 나는 그린하우스에서 아주 낯선 얼굴을 발견하고 무척 흥미를 느낀 일이 있었다. 그 얼굴은 그날 처음 보는 얼굴이었다. 아주 무더운 대낮이었는데 내가 그곳으로 들어가 언제나 내가 앉아 있던 안쪽 구석자리로 다가갔을 때 이미 그곳에 세 사람의 고등학교 학생쯤으로 보이는 손님들이 앉아 있었다. 할 수 없이 나는 소프트 아이스크림 하나를 시켰다. 그리고 내 지정석을 미리 차지하고 있는 손님들 쪽을 힐끗 쳐다봤다. 그때 그들 중의 한 사람과 눈길이 마주쳤다. 그 순간 전류에 감전이라도 당한 사람처럼 나는 눈길을 돌릴 수가 없었다. 왜냐하면 상대방의 눈빛이 내가 늘 보아오던 몽골리언의 까맣고 다소 음침해 보이는 눈빛이 아니었기 때문이다. 그 눈빛은 옅은 갈색이었는데 굉장히 맑고 시원해 보였다. 나를 바라보는 그 녀석의 표정에도 전혀 망설임 같은 건 없고 의젓하고 태연했다. 알고 보니 그는 백색 혼혈아였다. 물론 그의 머리칼도 옅은 갈색이었고 피부빛도 옆에 앉아 있는 그의 친구들과는 확연하게 구분될 만큼 허여멀쑥했다.

그는 유창하게 서울의 표준말을 사용하고 있었는데 그게 당연한 일이건만 내 귀에는 그게 신기하게 들렸다. 그 녀석은 좌중에서 유난히 말을 많이 했고 그리고 그 태도가 유난히 쾌활했다. 그런 태도가 몹시 인상적이었다. 무엇보다 내게 인상적이었던 건 그 녀석의 잘생긴 용모라고 할 수 있었다. 나는 그의 얼굴을 보는 순간 이 얼굴이야말로 하나님의 피조물 가운데서 가장 걸작에 해당하는 얼굴이라고 생각했다. 이 말은 결코 비아냥거리는 뜻으로 하는 말이 아니라 정말 조화와 균형이란 측면에서 엄밀하게 따져볼 때 그렇다는 말이다. 보통의 서양인은 코가 지나치게 돌출해서 균형미는 고사하고 위태위태하게 보인다. 눈은 또 어떤가? 너무 심연 깊숙이 들어가버려서 자칫하면 괴물 같은 인상을 줄 우려가 있다. 물론 우리 같은 몽골리언은 그와 정반대의 미적 결함을 갖고 있긴 하지만.

그 녀석은 내가 자기 용모에 감탄하고 있다는 걸 아는지 모르는지 내 쪽엔 더 관심을 주지 않고 계속 쾌활하게 떠들고 있었다. 그런데 그때 갑자기 손님이 한꺼번에 무더기로 몰려들었다. 다소 한적했던 가게 안의 좌석들이 손님으로 모두 점령되었다. 그때부터 이상한 광경이 벌어진 것이다. 손님들의 시선이 모두 그 녀석에게 쏠렸다. 그 까닭은 그 녀석이 지나치게 큰 목소리로 지나치게 쾌활하게 떠든 탓도 있었겠지만 그보다는 역시 녀석의 용모가 다른 사람들과는 근본부터 다르다는 게 더 큰 이유였다. 녀석도 사람들의 시선이 모두 자기를 향하고 있다는 걸 알았다. 그렇다고 갑자기 하던 말을 중단할 수는 없는 일이었다.

녀석은 계속 떠들었다. 그러자, 사람들의 눈빛이 달라졌다. 녀석의 태도가 흥미를 돋궈준 것이다. 어디, 어떻게 하나 보자. 계속해서 네가 유창한 서울말로 떠들 수 있나 보자, 사람들이 모두 이런 생각을 하고 있는 것 같았다. 그건 마치 동물원의 원숭이 우리 앞에서 바야흐로 벌어지는 원숭이의 재롱을 기다리는 구경꾼들의 표정과 흡사한 표정이라고 할 수 있었다. 나는 웬일인지 몸이 오싹 얼어붙는 듯한 긴장 속에서 다음 시간을 기다렸다. 그 녀석은 점점 얼굴이 빨개졌다. 피부빛 때문에 그의 얼굴에 나타난 홍조가 더욱 선명했다. 녀석은 결국 더 버티지 못하고 갑자기 벌떡 일어나서 천천히 나가버렸다. 그 뒤를 따라 그의 두 친구들이 어색한 웃음을 입가에 흘리며 어슬렁어슬렁 밖으로 나갔다. 군중이란 때로는 잔인한 것이다. 그때 나는 내 피부가 황색이란 점에 대해 처음으로 고마움을 느꼈다.

그런 일이 있는 뒤로 하나님의 가장 걸출한 피조물인 그 녀석은 다시는 그린하우스에 나타나지 않았다. 그러나 그 녀석과 나 사이에는 둘을 연결하는 눈에 안 보이는 끈이 있었던 모양이다.

그해 겨울 나는 갑자기 하숙방을 옮겨야 할 처지가 되었다. 길에는 눈이 내려서 발걸음을 옮길 때마다 마치 보료 위를 걷는 것처럼 부드러운 감촉을 느끼게 되는 그런 날씨였다. 오십대의 과부인 하숙집 아줌마는 그날 아침 결단을 내리고 나더러 방을 비워 달라고 말했다. 본래 내가 쓰던 방은 두 사람의 합숙용이었고 따라서 나는 합숙에 해당하는 돈만 지불해왔다. 그런데 나와 방을 함께 쓸 동숙자가 아무래도 나타나지 않은 것이다. 주인여자는 몇 달씩이나 손해를 감수하고 있었다. 사실은 동숙자가 나타나지 않은 게 아니라 그 사이에 세 사람씩이나 나타났었다. 그러나 내가 대낮에 새까만 이불을 뒤집어쓰고 마치 만성결핵환자 같은 창백한 얼굴로 누워 있는 걸 보고는 모두 질겁하고 달아나 버렸다. 처음에는 나는 방을 혼자 쓰기 위해 거짓으로 환자 같은 모습으로 위장하기도 했다. 그러나 주인아줌마에게 차츰 미안한 생각이 들어 다음에는 내 딴엔 방을 깨끗하게 치우기도 하고 내 자신의 외모를 단정하게 가꿔보기도 했다. 이건 마치 술집색시가 갑자기 없는 모양을 내고 손님을 기다리는 것처럼 가슴 두근거리는 일이었다. 그러나 현명한 손님은 이번에도 나에게 속지 않았다. 아줌마는 내가 그 방에 있는 한 결코 동숙자가 들어오지 않는다는 결론에 도달했다. 그래서 눈 내린 겨울 아침에 갑자기 나를 쫓아내기로 한 것이다. 나는 사정이 급했으므로 새 방을 구하기 위해 정오에 행길로 나왔다.

대현동에는 도처에 빈 하숙방이 널려 있었다. 만약 단독으로 쓸 방을 구하기로 했다면 나는 집을 나서기가 무섭게 은신처를 구했을 것이다. 그러나 나는 합숙방을 그것도 한 사람은 이미 들어 있고 나머지 빈자리의 한 사람만을 기다리는 합숙방을 구했기 때문에 그런 방은 좀처럼 나타나지 않았다. 천신만고 끝에 단 한번 그런 방을 찾아냈다. 그런데 이번에는 먼저 그 방에 들어 있는 기득권자가 노골적으로 나를 배척했다. 그 녀석은 나보다 대여섯 살이나 어려 보였는데 내가 나이가 많고 또 행색조차 그다지 단정치 않다는 게 맘에 걸린 모양이었다. 복덕방 영감님과 함께 그 집에서 물러나왔을 때는 이미 저녁 어스름이 허공에 깔리고 있었다. 나는 약간 지쳤고 방을 구한다는 희망도 사라지는 것 같은 기분에 잠겼다. 그러나 마지막 기회란 언제나 있게 마련이다. 내 하숙방으로 돌아가는 길에 나는 이번에는 그날의 내 운세를 시험하는 기분으로(이미 자포자기 상태였기 때문에 내게 그런 여유가 생겼다), 문득 길가의 허름한 복덕방으로 들어갔다. 노인 두 사람과 오십이 조금 지난 듯한 남자 하나가 소파에 앉아 이야기를 하고 있었다. 내가 구체적으로 구하는 방을 설명하자, 노인 두 사람이 약속이나 한 듯 동시에 머리를 옆으로 흔들었다. 그러자, 나는 두말없이 돌아섰다. 그때 오십대의 남자가 나를 불러 세웠다. 그는 머리를 나이에 안 어울리게 병정처럼 짧게 깎아 올렸고 얼굴이나 몸에 살이라곤 붙어 있지 않아서 무척 인색한 느낌을 주는 사람이었다. 그가 내게 처음 한 말은 자기는 복덕방에 있는 사람이 아니라 잠시 놀러 온 사람에 불과하다는 것이었고 두 번째로 그는 합숙비용으로 독방을 줄 수 있는데 그 대신 방이 깜깜해도 좋겠는가를 내게 물었다. 그는 방이 깜깜해서 그 방은 일부러 지금까지 비워두었으며 만약 내가 입주한다면 특별히 좋일 전기를 켤 수 있도록 허용하겠고 전기값은 받지 않겠다는 말도 곁들였다.

"김씨, 잘 생각했어. 공연히 방을 비워두면 뭘 해?"

노인 한 사람이 오십대 남자에게 말했고 다른 노인 한 사람이 내게 말했다.

"운이 좋으시구려. 아주 잘 만났어."

노인의 그 말이 나를 기분 좋게 했다. 깜깜하면 얼마나 깜깜하랴. 설마 지옥보다 더할라구. 지옥이 깜깜한지 어떤지는 모르지만. 더구나 나는 어지간히 어두운 곳에서는 잘 견딜 만큼 단련이 되어 있다.

나는 즉시 김씨를 따라 나섰다.

그의 집은 지척에 있었다. 조그만 기와집인데 대문 옆에는 세탁소를 차려놓고 있었다. 그러니까 김씨는 직접 세탁소 일은 하지 않고 사람을 고용해서 가게를 운영하고 있으며 한편으로는 하숙생을 여럿씩 두고 있는 알부자인 셈이었다.

나는 주인을 따라 집 안으로 들어가서 방을 구경했다. 그 방은 마당에서 복도로 들어가면 복도 끝에 있었다. 방은 겨우 한 사람이 거주할 수 있는 작은 방이었다. 그 방이 그렇게 작다는 것도 전등을 켜놓고 나서야 알았다. 출입문의 반대쪽에 제법 큰 유리창이 있어서 다가가 보았더니 창밖이 이웃집의 담벽으로 차단되어 있었다. 그러니까 이 방에는 일 년 열두 달 동안 햇빛이 찾아올 수가 없는 셈이다. 그날 밤에 나는 리어카에 이불 보따리와 약간의 가재도구를 싣고 김씨의 그 방으로 옮겨갔다.

다음날은 마침 일요일이었다. 나는 세수를 하려고 아침 일찍 마당의 세면장으로 나갔다. 이 집의 하숙생은 나를 제외하고 네 사람이 있었는데 둘은 직장에 나가고 둘은 학생이었다. 김씨가 전날 저녁에 집안의 그런 실정을 내게 알려주었었다. 그들은 휴일의 늦잠을 즐기는지 마당에는 아직 얼씬도 하지 않았다. 그런데 내가 수도에서 흘러나오는 냉수에 얼굴을 씻고 마악 돌아서려는데 밖에서 파란 운동복을 입은 남자가 헐레벌떡 마당으로 뛰어들어왔다. 그 순간 나는 너무 놀라 하마터면 미끄러운 마당의 얼음바닥 위로 넘어질 뻔했다. 방금 마당으로 들어온 사람이 바로 내가 신의 가장 걸출한 피조물이라고 생각했던 백색 혼혈아였던 것이다. 나를 발견한 그 녀석도 매우 놀란 듯했다. 그는 마당 안쪽에 갑자기 멈춰 서서 한동안 나를 뚫어지게 쳐다보았다. 그러나 둘 사이에 말은 없었다. 그렇다고 피차 무슨 적의를 갖고 있는 것도 아니었다.

이 녀석이 이 집의 가족의 한 사람일까? 아니면 하숙생에 불과한 것일까? 이런 의문이 재빨리 머리에서 일어났다. 그리고 고맙게도 곧 이 의문에 대한 회답이 나왔다. 안방에서 김씨의 목소리가 때마침 들렸던 것이다.

"애, 도일이 왔니? 빨리 들어와 아침을 먹어야지."

그건 자상하고 부드러운 아버지의 목소리였다. 그 말소리가 들리자, 마당가에서 나를 쳐다보고 있던 녀석이 황급히 안방으로 들어가 버렸다. 내 방으로 돌아온 나는 다시 새로운 의문에 사로잡혔다. 아버지 쪽일까? 어머니 쪽일까? 그건 아주 고약스런 상상이었다. 그런데 두 사람 모두 녀석과 닮은 데라곤 없었다. 김씨는 얼굴이 주먹만큼 작고 얼굴 빛깔도 구리색이다. 그의 아내는 반대로 머리통이 크고 용모는 에스키모 여인처럼 코도 눈도 입술도 모두 넙적넙적하다. 게다가 난장이를 겨우 모면했을 정도로 키가 작았다. 만약 그녀가 정말 녀석을 낳았다고 하더라도 사람들은 믿지 않을 것이다. 나는 그 정도에서 상상을 그쳤다. 아직 정리하지 않은 책 보따리가 세 개씩이나 방바닥에 뒹굴고 있었기 때문이다.

그날 오후에 정말 뜻밖의 일이 생겼다. 도일이란 녀석이 내 방에 찾아온 것이다. 나는 마음속으로 세상에는 귀빈의 방문이란 말이 있지만 이거야말로 진짜 귀빈의 방문이라고 생각했다. 신의 가장 절묘한 피조물인 녀석이 제 발로 나를 찾아오다니! 그건 내가 전혀 기대하지도 않았고 그런 일이 있을 만한 개연성이라곤 눈곱만큼도 없었던 것이다. 더구나 내 방은 마당에서도 보이지 않는 위치에 있다. 그런 곳에 처박혀 있는 인간을 못 본 척 무시하고 지난들 이상할 게 없을 것이다. 나는 정말 황송스럽고 고마운 심정으로 녀석을 맞이했다.

"방이 너무 어두워요."

방안에 들어온 도일이 약간 장난기 섞인 어조로 말했다. 그게 내 입장을 위로하는 뜻이란 걸 나는 알았다.

도일은 스스럼없이 방바닥에 털썩 주저 앉았다. 가까이서 봐도 역시 녀석의 용모는 어느 곳 하나 흠잡을 데가 없을 만큼 수려하고 단정했다.

"아버님에게서 아저씨 얘길 들었어요. 글을 쓰신다더군요."

"아니, 뭘. 할 일 없으니까 끄적이고 있을 뿐인 걸."

"앞으로 책도 좀 얻어보고 좋은 말씀도 많이 듣고 싶어요. 제가 가끔 놀러와도 괜찮을까요?"

"그야 물론이지. 나도 말벗이 없어서 무료할 때가 많다구."

"고마워요. 그런데 저는 전에 아저씨를 본 기억이 있어요."

"나를 봤다구? 어디서야."

"그린하우스에서 아이스크림을 먹고 있는 걸 봤어요. 그 집엔 아저씨 같은 어른은 없어요. 그래서 특별히 기억하고 있나봐요."

"오, 그랬었군. 내가 우습게 보이지 않았어? 어른이 아이들 속에 섞여 앉아 아이스크림을 빨고 있는 모습이 말야. 마치 자신도 아이나 소년이라고 주장하고 있는 것 같았을 걸."

"아닙니다. 조금도 우습지 않았어요. 누가 그걸 보고 우습다고 생각합니까? 어른도 아이스크림은 좋아할 수 있는 거예요. 안 그런가요?"

도일은 완고하게 내 말을 부인했다. 그의 고지식한 말투가 내 맘에 들었다. 말투는 완고했지만 생각은 아주 자유롭고 대범한 것 같았다. 나는 녀석이 잘 자라온, 아주 좋은 소년이란 걸 금방 알 수 있었다.

"물론 나 자신은 그렇게 생각하고 있지. 그래서 그린하우스에 자주 가는 거야."

"남이 생각하는 건 중요하지 않아요. 자기가 어떻게 생각하느냐가 중요한 거죠."

"나하고 의견이 맞는 걸 보니까 우린 친구가 되겠구나. 그렇지?"

"그럼요, 나도 아저씨와 친구가 되고 싶은 걸요."

"사실은 나도 너를 그때 봤어. 그래서 아침에 마당에서 너와 마주쳤을 때 조금 놀랐었지."

"왜 놀라셨죠?"

나는 잠시 멈칫했다. 막상 그렇게 물어오니까 할 말이 안 떠올랐다. 도일의 눈빛은 맑으면서도 지혜로 가득했다. 선불리 거짓말을 할 수가 없었다. 그렇다고 이런 기와집에서, 더구나 김씨가 주인인 이 집 마당에서 너를 만난 건 뜻밖이었다고 말할 수는 없었다.

"그건 그날 그린하우스에서 네 모습이 그만큼 인상적이었기 때문일 거야. 넌 그때 굉장히 쾌활했었지. 그게 인상적이었던 모양이야. 언제쯤 너하고 이야기라도 하고 싶었어."

"아주 잘 되었군요, 이렇게 만나서."

도일은 내가 거짓말을 한 걸 알고 있었으나 더 따지지는 않았다. 사실은 이 점이 녀석의 큰 미덕이었다. 남의 약점을 건드리지 않을 만큼, 너그러운 성격을 그는 갖고 있었다. 그 대신 다른 사람이 자기 약점을 파고드는 걸 허용하지 않을 만큼 그는 빈틈없이 행동했다. 그건 이제 겨우 고등학교 2학년의 소년에겐 걸맞지 않는 것이지만 결점일 수는 없었다. 녀석의 그 빈틈없는 태도 때문에 나는 몇 가지 궁금한 사실을 하나도 묻지 못했다. 감히 물을 수가 없었다고 하는 게 맞는 말일 것이다. 너는 아버지 쪽이냐? 어머니 쪽이냐? 둘 모두 아니라면 언제부터 김씨의 아들이 되었느냐? 그밖에도 궁금한 일이 많았다. 도일과 김씨와의 그 다정한 부자관계에 관해서도 나는 알고 싶었다. 사실은 무엇보다 여기에 흥미가 더 있었을 것이다. 그러나 나는 감히 아무것도 묻지 못했다.

"그린하우스에는 자주 안 가는 편이지?"

"가끔 가고 싶지만 어쩐지 싫어요. 그 집 우동 참 맛있던데요."

"그렇다면 싫을 것도 없잖니?"

도일이 그렇게 말하는 까닭을 알면서도 나는 짐짓 이런 말을 했다. 도일은 말이 없었다.

"다음번에 나랑 같이 거기 안 갈 거야?"

"생각해보죠."

잠시 후 도일은 일어섰다. 문을 열고 복도로 나가다 돌아서서 그가 말했다.

"저기 건넌방이 제 방이에요. 저녁식사 하시고 시간 있을 때 놀러 오세요."

나는 그러마고 대답했다. 그의 초대가 사실은 반가웠다. 어떤 이유로 그러는지는 몰라도 도일이 내게 특별한 호의를 갖고 있다는 사실이 그 한 마디로 입증되었던 것이다.

종일 전등을 켜놓고 있다고 해도 그 방에 앉아 있으면 동굴 속에 갇혀 있는 거나 마찬가지였다. 나는 어떻게든 구실을 붙여서 밖으로 나가고 싶었다. 그런 심정인데 도일의 초대가 반갑지 않을 수 없었다.

그날 저녁식사 후에 나는 십 분쯤 시간을 끌다가 도일의 방을 찾아갔다. 그 방은 안방과 마루를 사이에 두고 마주 있는 방인데 이를테면 이 집에서 두 번째로 좋은 방이었다. 그만큼 도일의 양친이 아들을 소중하게 다루고 있다는 증거였다. 막상 도일의 방에 들어간 나는 그들 양친의 아들에 대한 정성에 더욱 놀랐다. 내가 방에 들어갔을 때 도일은 책상 앞의 의자에 앉아 기타를 치고 있었다. 녀석의 기타 솜씨는 그저 그런 정도였지만 그가 들고 있는 기타는 아주 값나가는 물건임에 틀림없었다. 도일은 기타를 벽에 걸어놓고 방바닥에 내려앉았다.

"기다리고 있었어요. 제때에 와주셨군요."

"어디 나갈 생각이었나?"

"아뇨, 문간방에 있는 사람이 자꾸 자기 방에 와달라고 아까부터 성화예요. 은행에 나가는데 지난달에 들어왔죠."

"와달라면 가면 되지 않나?"

"그런 초대는 괴로워요. 단순한 호기심, 그런 거 있잖아요."

도일은 정말 귀찮다는 표정을 지었다.

"야아, 이 방은 정말 호화판인데. 눈이 부시구나."

내 말은 과장이 아니었다. 방은 넓고 깨끗했다. 책상과 서가 등이 모두 상급품이고 한쪽 벽을 모두 점령한 책장에는 동서고금의 양서들이 잔뜩 꽂혀 있었다. 그중에는 물론 소설책도 많이 있었고 시집도 있었다. 나는 왠지 얼굴이 화끈거렸다. 녀석이 내 방에 들어왔을 때 나의 빈약한 서가를 얼마나 우스꽝스럽게 생각했을까? 책상 옆자리에는 오디오 세트가 있었는데 그것도 단순한 장난감 수준은 넘는 물건이었다. 무엇보다 내 눈을 끈 건 커다란 옷장이었다. 나는 하숙방을 전전하면서도 옷장이란 걸 가져본 경험이 없다. 그런데 녀석은 커다란 옷장을 가지고 있는 것이다. 저 옷장에는 계절마다 바꿔 입을 수 있는 많은 종류의 옷들이 들어 있을 것이다.

"정말 부럽군."

내가 다시 말했다.

"그러실 줄 알았죠. 모두 부모님들 덕분이죠, 뭐. 내가 필요하다는 건 뭐든 마련해주시려고 해요. 그런데 하나 말씀드릴 게 있어요. 이 방에는 부모님을 빼놓곤 아저씨가 처음 들어오신 겁니다. 아시겠어요?"

도일은 자기 말이 우스운지 빙그레 웃었다.

"그래? 정말 영광이로군. 그런데 난 네게 줄 게 없으니 어떡하지?"

"그냥 친구가 되어주신 걸로 충분해요."

책상 위의 액자로 문득 내 시선이 향했다. 그건 세 사람이 찍은 사진인데 놓여 있는 위치로 봐서 매우 소중한 사진 같았다. 나는 호기심을 참지 못하고 일어서서 책상으로 다가갔다. 사진은 오래된 것이었다. 도일이 가운데 서 있고 김씨 내외가 양쪽에 서 있었는데 도일은 겨우 다섯 살 정도로 어렸다. 물론 김씨 내외도 지금보다는 십 년 이상 젊어 보였다. 도일은 꼬마신사복을 말쑥하게 입고 있었고 나비넥타이도 매고 있었다. 그때도 역시 녀석은 인형처럼 예쁜 얼굴이었다.

"몇 살 때였지?"

"여섯 살. 내가 유치원에 들어간 날이었어요."

김씨가 도일의 아버지가 된 건 내 생각보다 훨씬 빨랐다. 그 사진을 보는 동안 김씨 내외 가운데 한쪽이 도일과 혈연일지 모른다는 생각이 다시 머리를 들었다. 그 사진의 정겨운 풍경이나 세 사람의 얼굴 표정이 그런 상상을 강하게 심어주었다. 그만큼 인물들의 표정이 자연스럽고 의젓했다. 나는 사진으로부터 시선을 거두고 다시 방바닥에 앉았다.

그때 도일이 뜻밖의 말을 내게 던졌다.

"아저씨는 왜 내게 묻지 않으세요? 가령 유치원에 들어가기 전에는 어디 있었느냐? 이런 것 말예요. 또 있죠. 아버지 쪽이냐? 어머니 쪽이냐? 이런 게 궁금하지 않으세요?"

"내가 그런 걸 묻길 원하니?"

"그건 제 사정이구요."

나는 잠시 도일의 얼굴만 쳐다보고 있다가 다시 입을 열었다.

"나는 너를 특별한 인간이라고 생각하지 않는다. 그냥 나와 같은 인간으로 생각해. 그렇지 않으면 친구가 될 수 없지. 너도 그걸 원하고 있지?"

"물론 그렇죠. 그렇지만 사람들은 나를 마치 옷가게의 마네킹 정도로 생각하거든요. 생각도 없고 고민도 없는 인간 말예요. 나 자신은 그런 데 무관심하려고 애쓰지만 이따금 그런 시선을 느낄 때는 정말 어처구니가 없어요."

"그건 잘못된 생각에서 나온 거니까 신경 쓸 가치가 없는 문제야. 이 지구상에는 수백 수천의 다른 종족이 살고 있어. 인간이 모두 같을 수는 없다구. 같은 종족도 성격과 용모가 제각각 다르지. 과테말라나 필리핀은 국민의 태반이 혼혈족이야. 그걸 보면 나 같은 사람도 혼혈이 아니라고 장담할 수는 없는 거야. 수천 년 전, 혹은 수백 년 전에 그런 일이 없었다고 누가 장담하겠니? 결국 너는 혼자고 다수가 아니라는 것이 문제일 뿐 그밖에는 전혀 문제될 게 없다구. 나나 너나 모두 이 지구상의 한 인간일 뿐이야."

"그렇게 간단하면 좋겠는데. 사실 저도 그런 생각을 하고 있었어요."

"그렇다면 됐어. 네 생각은 모두 옳다."

"아저씨는 진정한 내 친구니까 내가 자신의 얘기를 해도 괜찮겠죠. 사실 난 자신의 이력을 부끄럽게 생각해본 적이 없습니다. 사람들이 나를 부끄럽게 만들 뿐이죠. 이건 나도 최근에야 아버님으로부터 들어서 알게된 사실이에요. 그 이전까지는 지금 부모님께서 나를 낳아주신 걸로만 알고 있었죠. 아버님은 그러니까 내가 고등학교에 들어갔을 때 그제서야 진실을 말씀해주셨어요. 지금 부모님은 나를 낳지 않으셨어요. 나는 다섯 살 때 고아원에서 지금의 부모를 따라 나왔었죠. 정작 나를 낳은 양친에 관해선 나는 아는 게 아무것도 없답니다. 다만 아버지 쪽이 백인이고 어머니 쪽이 황색인이라는 것밖에는 아는 게 없어요. 그들이 뭣 때문에 나를 낳아놓고 달아났는지 그것도 모르고, 살았는지 죽었는지도 몰라요. 아마 죽었을 가능성도 많다고 봐야겠죠. 지금 아버님은 당시 미군부대에서 세탁부로 일을 하고 계셨나봐요. 아시다시피 어머니와의 사이에 자식이 없으니까 나를 데려다 기른 거죠."

"그렇지만 네 아버지는 어느 아버지보다 너를 사랑하고 계시지? 어머니도 그렇고."

"정말이에요. 그래서 지금도 어떤 때는 나 자신이 착각할 때가 있어요. 그러다가 깜짝 놀라죠. 그런 때가 제일 견디기 힘들기도 하지만, 착각에서 깨어날 때 말입니다. 난 아버지를 존경하고 있어요. 어렸을 때 기억을 더듬어봐도 아버지께서 내게 잘못하신 일이라곤 하나도 없어요. 정말 완벽하신 분이지요. 아마 세상에서 우리 아버지만큼 훌륭한 사람은 몇 사람 안 될 거예요. 그렇긴 하지만……."

"그렇지만 뭐니?"

"아, 내가 이런 얘기 하면 누구나 나를 욕할 거예요. 나쁜 놈이라고 하겠죠. 관두겠어요."

"뭔데 그러니? 하긴 싫으면 그만두는 게 좋아."

"뭐 아무것도 아니에요. 이미 내 이력은 아저씨가 다 알고 있는 걸요."

도일은 벌떡 일어서더니 벽에 걸린 기타를 내려 들고 기타를 치기 시작했다. 내 눈에는 어떤 상념으로부터 도망치기 위해 갑자기 기타를 치는 것처럼 보였다.

그날 이후 나는 도일의 방을 자주 드나들었다. 어떤 날은 녀석의 방에서 더 오랜 시간을 보낼 때도 있었다. 도일도 가끔 내 방에 왔는데 내가 다섯 번 그의 방에 가면 그가 한 번쯤 오는 꼴이었다. 우리는 그린하우스에 함께 가서 소프트 아이스크림을 사먹거나 냄비우동을 먹기도 했다. 그렇지만 그다지 자주 그곳에 함께 가지는 않았다. 가능하면 그 가게에 손님이 붐비지 않는 저녁때나 일요일 오전 같은 때만 그곳에 갔던 것이다. 사람이 많을 때 우리가 그곳에 앉아 있었던 때도 있었다. 그런 때는 나는 정말 마음이 조마조마했다. 그러나 정작 도일 자신은 태연하게 앉아서 여전히 큰 소리로 우스꽝스런 이야기를 계속하곤 했다. 녀석은 말솜씨가 제법이어서 그가 우스개소리를 할 때는 나도 이따금 소리 내어 웃기도 했다.

"아저씨하고 함께 있을 때는 왠지 마음이 든든해요. 혼자라면 아마 그렇게 많은 사람들 속에서 떠들 배짱이 없었을 거예요."

그린하우스에서 나왔을 때 언젠가 도일이 한 말이다. 단순한 인사치레인지 진심인지 나는 알 수가 없었다. 나는 여전히 도일의 속마음을 알 수가 없었다. 녀석은 아직도 뭔가 내게 비밀이 많은 것 같았다. 그렇다고 도일이 조금이라도 거짓으로 나를 대했다는 건 아니다. 그는 정직했고 거짓말 같은 건 하지 않았다. 과장된 말투를 쓴다든가 실없는 소리 따위도 지껄이지 않았다. 그럼에도 불구하고 밤을 지내고 아침에 녀석을 새로 만날 때마다 도일에겐 어딘지 낯선 구석이 있었다. 나는 그 낯선 느낌이 그의 피부빛 때문인지 모른다고 생각하기도 했다. 그러나 그건 틀린 생각이었다. 원인은 다른데 있었다. 나와 접촉이 그렇게 잦았고 어느 의미에선 거의 함께 살다시피 하면서도 도일의 화제는 늘 일정한 범위 안에 갇혀 있었던 것이다. 그는 농담도 잘하고 학교에서 일어났던 우스꽝스런 일이라든가 그가 읽은 책, 혹은 구경한 영화에 관해서도 많은 이야기를 했다. 그러나 정작 자기 자신에 관해서는 극도로 말하기를 꺼리거나 화제에 인색했다. 내가 도일의 그런 점을 깨닫기까지는 상당한 시간이 걸렸다. 왜냐하면 녀석이 늘 화제를 앞장서서 엉뚱한 방향으로 교묘하게 이끌어갔기 때문에 미처 그걸 깨달을 겨를이 없었던 것이다. 도일은 대학의 경영학과나 경제학과에 진학해서 장차 경제분야에 종사하고 싶다고 말했다. 그리고 테니스를 새로 배우고 싶다고 말했다. 테니스 라켓은 이미 구입해서 그의 방 한쪽 벽에 걸어두고 있었다. 아마 도일이 자신의 장래나 희망에 관해 말한 건 고작 이 정도일 것이다.

보통 그 또래의 학생이라면 으레 이성에 관한 흥미, 혹은 신앙에 관한 다소의 갈등을 갖고 있게 마련이다. 정상적 가족관계에서도 부모나 형제에 관한 갈등은 있을 것이다. 이를테면 절대의 사랑은 가능한 것인가? 하나님은 교회에 나가야만 만날 수 있는 것인가? 이런 문제를 저절로 화제로 삼게 마련이다. 도일은 이성문제 같은 건 입에 담지도 않았고 신앙문제나 가족 간의 문제도 녀석에겐 존재하지 않았다. 그건 아무래도 부자연스럽게 보였다. 이 녀석에겐 대체 고민이란 전혀 없는 것인가? 녀석은 오직 나날이 즐겁고 행복하기만 한 것일까? 어떤 때는 이런 생각을 하게 될 때도 있었다. 우리 앞에 그 아가씨가 나타난 건 따라서 내겐 아주 놀라운 일이었다. 마침 일요일이어서 도일과 나는 한가한 낮 시간에 그린하우스에 앉아 소프트 아이스크림을 먹고 있었다. 그때 고등학교 학생 또래의 사내아이들과 아가씨 하나가 가게로 들어와서 함께 자리를 잡았다. 그들은 들어오면서부터 왁자지껄 떠들어댔다. 그들의 좌석이 우리와 꽤 떨어져 있었기 때문에 그들이 떠들어대지만 않았던들 우리는 좀 더 오래 그곳에 즐겁게 앉아 있었을 것이다. 녀석들은 마치 사람들의 시선이 자기들에게 모이기를 열망하는 것처럼 계속 이상야릇한 억양으로 떠들어댔다.

"뭐야, 이건. 내가 너희들을 먹여 살려야 하니?"

"새끼, 숙녀 앞에서 좀 점잖게 사면 안 돼? 형님들 체면도 살려주고 말야."

뒤이어 아주 밝고 낭랑한 웃음소리가 가게 안을 진동했다. 옆에 있는 아가씨의 웃음소리였다. 그 웃음소리에 이끌려 나는 그 아가씨를 바라보았다. 그리고 가벼운 흥분을 느꼈다. 그녀의 눈빛과 머리칼이 갈색이고 피부빛이 하얗기 때문이었다. 그녀 역시 백색 혼혈아였고 매우 매력적인 용모를 갖고 있었다. 그렇지만 그 용모에 비해 그녀가 너무 경솔하고 우스꽝스럽게 처신하고 있다는 느낌을 받았다. 그런 느낌을 받은 것도 그녀가 그만큼 아름다웠기 때문이었다. 이런 때는 연민과 함께 공연한 불쾌감까지 느끼게 마련이다. 아름다움이란 제값에 어울리는 자리에 있어야 하고 어울리는 행동을 해야 하는 것이다. 모든 세상의 보석들이 그렇듯이.

다행히 도일은 등을 돌리고 있었기 때문에 그쪽을 아직 못 보고 있었다. 그러나 녀석들의 해괴한 말소리와 아가씨의 낭랑한 웃음소리가 되풀이되자, 이윽고 도일이 뒤를 힐끗 돌아다봤다. 그 순간 도일의 얼굴이 빨개졌다. 녀석은 곧 눈길을 이쪽으로 돌리고 짐짓 아무 일도 없었던 듯 태연한 표정을 지었지만 빨개진 얼굴의 홍조는 지울 수 없었다. 그뿐 아니라 도일은 어딘지 긴장하는 기색이 역연했다.

"아는 아이야?"

나는 가볍게 물었다.

"아뇨, 몰라요."

도일의 대답이 약간 퉁명스럽게 들렸다. 그는 입을 굳게 닫고 굳어진 표정으로 앉아 있었다. 그래서 내가 먼저 나가자고 말했다. 그 말이 떨어지길 기다렸다는 듯 도일이 벌떡 일어나서 밖으로 빨리 걸어 나갔다. 그때 그 아가씨가 도일의 얼굴을 보았다. 그녀가 갑자기 긴장된 표정으로 움츠리는 모습을 나는 보았다. 밖으로 나와서 도일과 나는 집 쪽으로 걸었는데 그때 도일이 말했다.

"저런 계집아이를 두고 바로 마네킹이라고 하지요. 바보 같은 계집애. 사내애들이 호기심으로 꼬여드니까 마치 자기가 공주가 된 기분인 모양이지."

그는 화가 몹시 나 있었고 한심하다는 듯 몇 번이나 혀를 찼다. 그런데 우리가 불과 몇 발자국 옮기지 않았을 때였다. 뒤에서 급히 달려오는 소리가 들렸고, "애,애, 거기 좀 서 있어"하는 여자 목소리가 들렸다. 돌아다보니 바로 그 아가씨였다. 그녀는 가게에서 키득거릴 때와는 딴판으로 긴장으로 얼굴이 잔뜩 굳어 있었다. 돌아선 도일은 화가 머리끝까지 오른 얼굴로 아가씨를 노려보았다.

"창피라는 걸 넌 모르니? 왜 길 가는 사람을 부르고 야단이야."

나는 도일이 그런 거친 말투를 쓰는 걸 처음 들었다. 녀석이 아가씨를 모른다고 내게 말한 건 거짓이었다. 녀석이 내게 거짓을 말했다는 것도 아마 이게 처음일 것이다. 우리 앞에 와서 선 아가씨의 얼굴이 긴장에서 약간 풀리고 표정이 부드러워졌다. 그녀가 도일에게 한층 싹싹하게 말했다.

"너 편지 받아봤지? 세 번씩이나 보냈는데 어떻게 된 거야?"

"편지 따윈 받은 일 없어. 아버지께 내게 오는 것 중 불필요한 건 버리고 달라고 말했어. 알겠니? 쓸데없는 짓 그만두라구."

"그럼 네 아빠가 그걸 갖고 있단 말이구나. 아이 참, 이걸 어떡하지?"

그녀는 발을 동동 구르며 나를 힐끗 쳐다보았다. 내가 그곳에 없기를 바라는 눈치였다. 나는 도일에게 먼저 가겠다고 말하고 혼자 집으로 돌아왔다. 도일에게 자기가 보낸 편지의 수신을 확인하는 그 아가씨의 모습이 이번에는 다른 의미에서 내게 연민을 불러일으켰다. 그 편지에서 그녀는 도일에게 어떤 말을 하고 있었을까? 그게 몹시 궁금했다. 가게에서 사내녀석들 속에 섞여 앉아 다소 천박하게 호들갑을 떨 때와 도일에게 달려온 그 아가씨는 전혀 다른 모습이었다. 무엇이 그녀를 금방 그렇게 변모시키는 것일까? 그 점도 궁금한 일이었다.

예상보다 도일은 빨리 집으로 돌아왔다. 나는 그가 분명 그녀에게 몇 마디 욕지거리를 해주고 도망쳐 왔으리라고 짐작했다. 그는 여전히 화가 풀리지 않은 얼굴이었다.

"좀 더 잘 대해주지 그러니? 그쪽은 널 잔뜩 좋아하고 있는 것 같던데."

도일은 순간 사납게 나를 흘겨봤다.

"정신없이 사내들 속에서 놀다가 자기가 혼자란 걸 문득 깨달으면 덮어놓고 내게 달려오는 걸요. 좋아하는 것과는 차원이 다르죠. 난 그 계집애가 가까이 오면 소름이 끼친다구요."

"예쁘던데. 굉장한 미인이야."

"정신없는 계집애죠. 차라리 못생겼다면 그 애를 위해 좋았을 텐데."

"어떻게 알게 되었지?"

"양연회에 갔을 때 만났죠. 오래 됐어요. 하지만 개인적으로 만난 일도 없고 만날 생각도 없어요. 잘하면 곧 미국에 가게 될 거예요. 거기 양부모가 초청했다니까."

"양연회란 양부모를 찾아주는 곳이지?"

"뭐, 그런 곳이죠. 하지만 난 최근에는 가본 일도 없어요."

녀석은 양연회 이야기를 몹시 꺼리는 눈치였다. 그래서 나는 더 묻지는 않았지만 그곳에서 도일이 또 하나의 양부모를 만나지 않았을까 하는 의문이 일어났다. 도일도 그 얘기가 나올까봐 말머리를 돌리는지도 몰랐다.

도일의 입에서 양연회 얘기가 나온 건 나를 얼마간 어리둥절하게 만들었다. 얼마간 나를 실망시킨 것도 사실이었다. 녀석도 그걸 눈치 채고 재빨리 자기는 최근에는 그곳에 가본 일도 없다는 말을 강조하긴 했다. 그게 사실이라 하더라도 도일이 그동안 내 앞에서 위선적인 행동을 해 왔다는 혐의는 지울 수 없었다. 양연회라는 곳은 말 그대로 미국의 양부모와 결연을 추진하는 단체이다. 이런 곳에 한때나마 찾아갔다는 건 지금까지 도일이 보여 온 행동과는 몹시 대치되는 일이다. 그가 원하는 건 뭐든 구입해주는 아버지, 어릴 적의 기억을 더듬어봐도 아버지로서 조그만 과실도 저지르지 않았던 아버지, 그래서 도일도 세상에서 누구보다 존경하고 있다는 그런 아버지를 두고 또 다른 아버지를 구할 이유가 있었을까? 김씨가 자상하고 완벽한 아버지란 건 도일이 내게 기회 있을 때마다 강조했던 사실이다. 녀석은 은근히 자신이 누구보다 원만한 가정 속에서 생활하고 있다는 걸 뽐내왔었다. 녀석의 그런 점이 나는 또 마음에 들었다. 감사할 줄 안다는 것, 그리고 세상을 긍정적으로 보는 것보다 더 좋은 미덕은 없기 때문이었다. 그런데 도일은 양연회라는 곳에 왜 갔을까?

도일이 위선적인 행동을 했다고 말하는 데는 또 다른 이유가 있었다. 도일은 평소에 미국을 싫어했다. 그렇다고 미국인과 미국에 대해 노골적인 저주의 말이나 혐오의 말을 퍼부었다는 건 아니다. 녀석은 나이에 비해 감정의 절제를 잘하는 편이어서 그런 식의 서툰 짓은 좀처럼 하지 않았다. 그러나 자신은 미국이란 나라를 전혀 의식하지 않고 있고 그쪽에다 아무런 희망을 갖고 있지 않다는 걸 의식적으로 나타내려고 애썼다. 그는 누가 미국엘 가고 싶다고 말하면 대뜸 경멸의 눈길을 보냈다. 이따금 거리에서 미국인과 마주쳤을 때 도일은 한 번 힐끗 쳐다볼 뿐, 두 번 다시 그쪽으로 시선을 보내지는 않았다. 그런 때의 녀석의 표정은 싸늘하고 엄숙하기까지 했다. 마치 미국인과 녀석은 잠시나마 같은 길을 걷거나 같은 실내에 함께 앉아 있을 수 없는, 그런 숙명적인 타인의 관계 같다는 느낌을 줄 정도였다. 도일은 영어를 썩 잘했다. 적어도 내가 알기로는 그는 발음도 무척 좋았고 어휘도 굉장히 풍부했다. 학과성적중에서 영어가 제일 높다는 걸 그 자신이 말한 일도 있었다. 그러나 다른 사람 앞에서 허튼소리라도 영어를 입에 올리는 걸 나는 들은 일이 없었다. 언젠가 나는 그의 뛰어난 영어실력을 염두에 두고 도일에게 말했다.

"대학을 졸업하면 미국에 가서 더 공부할 생각이 있겠지?"

도일은 대뜸 코웃음을 쳤다.

"미쳤어요? 그런 돈 있으면 여기서도 책을 갖다가 얼마든지 공부할 수 있는데 뭣 땜에 그런 델 갑니까?"

"그래도 누구나 미국에 가고 싶어하지 않아?"

"난 안 그래도. 흥미 없어요. 가고 싶은 사람들 실컷 가라지요."

그는 여기서도 공부는 얼마든지 할 수 있고 그러기 위해서 자기는 어학만은 철저히 공부하고 있다는 말을 덧붙였다. 녀석의 말이 전혀 엉터리는 아니라고 해도 다소 무리가 있는 건 사실이었다. 그 무리한 논법에는 녀석이 어떻게든 미국이란 나라를 회피하려고 하는 흔적이 엿보이는 것이다. 마치 녀석은 앞으로의 자기 삶의 과정에 그 나라가 관련되는 걸 결코 허용하지 않겠다는 굳은 결의라도 한 듯 보였다. 그랬던 도일이 비록 오래 전 일이라고 하지만 양연회에 찾아갔었다는 말을 들었을 때 나는 충격을 받지 않을 수 없었다.

겨울이 지나가면서 도일은 학업 때문에 점점 더 바빠졌다. 학교 수업을 끝낸 다음에도 그는 다시 학원에 나가 공부했다. 어떤 때는 종일 집에서 녀석을 못 만날 때도 있었다. 그가 없을 때도 나는 그의 방에 이따금 들어가서 라디오를 듣거나 전축을 돌리곤 했는데 그건 물론 방주인이 그걸 허락했기 때문이었다. 그날도 나는 깜깜한 방에 앉아 있기가 지루해서 라디오나 들을까 하고 도일의 방을 찾아갔다. 그 방은 이 집 가정부에 의해 언제나 깨끗이 청소되어 있었다. 나는 주인이 없는 빈 방에 들어가서 라디오를 틀어놓고 책상 앞 의자에 앉아 서가에 꽂혀 있는 책의 목록을 하나하나 읽어가고 있었다. 그러다가 우연히 <생활의 발견>이란 책에 눈길이 갔다. 그건 임어당 선생의 수상록이었다. 나는 무심코 그 책을 서가에서 뽑아들었다. 그때 사진 한 장이 책갈피 속에서 방바닥으로 뚝 떨어졌다. 뭘까? 가벼운 호기심에서 나는 그걸 주워들었다. 그건 무척 낡은 흑백사진이었다. 다섯 살쯤 되어 보이는 사내아이와 역시 그 또래의 계집아이 둘이서 서로 손을 잡고 나란히 서 있었다. 아이들은 영양상태가 별로 좋아 보이지 않는 얼굴을 잔뜩 찌푸리고 먼 허공을 바라보고 있었다. 그들의 배경에 '천혜원'이라고 쓰인 입간판이 보였는데 그들이 서 있는 자리가 어느 고아원의 입구쯤 되는 것 같았다. 두 아이 모두 옷차림이 남루했는데 사내아이보다 계집애 쪽이 더 측은한 모습을 하고 있었다. 그래도 두 아이는 마치 떨어질 수 없는 오누이처럼 서로 손을 굳게 잡고 있었다. 그 모습이 무척 인상적이었다. 나는 사진 속의 사내아이가 누군가를 금방 알아냈다. 비쩍 마른 얼굴로 슬프게 허공을 보고 있는 그 아이가 바로 도일이었다. 그렇다고는 해도 누가 이 비참하게 일그러진 얼굴의 꼬마애를 지금의 도일이라고 쉽게 믿겠는가? 그건 너무나 엄청난 변화였다.

그런데 이 계집아이는 누굴까? 나는 어쩐지 그녀가 낯이 익었다. 결국 나는 알아내고 말았다. 얼굴의 몇 가지 특징을 유심히 관찰하자, 내가 그린하우스에서 보았던 그 아가씨의 화사한 얼굴이 쉽게 떠올랐다. 이름이 순영이라고 했던가?

이 사진을 찍은 건 아마 도일이 김씨를 따라 고아원을 나오기 직전일 것이다. 어쩌면 그곳을 나오면서, 그러니까 그녀와의 작별을 기념삼아 이 사진을 찍었는지도 모른다. 그런데 도일은 양연회에 갔다가 우연히 그녀를 만났을 뿐이라고 내게 거짓말을 했었다.

순영이는 도일이 떠나고 얼마 뒤에 그녀 역시 누군가의 손에 이끌려 고아원에서 나온다. 그녀는 그날 이후 줄곧 도일의 소재를 찾았고 이윽고는 찾아낸다. 그녀에겐 도일이 연인이자 오빠이며 유일한 혈육같이 느껴지기도 한다. 사실은 혈연관계 같은 건 있을 턱이 없지만 순영으로서는 도일이 말고 혈육의 감정을 느낄 대상이 따로 없다. 그래서 그녀는 한사코 도일에게 가까워지려고 애쓴다. 사실 두 사람은 얼굴이 많이 닮기도 했다.

그러나 도일은 순영을 받아들일 수가 없다. 그녀와 공유했던 세계, 거기서 그는 이미 멀리 벗어나 있다고 생각하고 있다. 그는 적어도 정신적으로는 혼혈아가 아닌 것이다. 그 세계에서 빠져나오기 위해 자신은 얼마나 자기를 채찍질했던가? 순영을 받아들인다는 건 다시 그 세계로 돌아가는 것을 의미하는 것이다. 전형적인 혼혈아의 세계로 말이다.

이건 내가 순영과 도일의 관계를 두고 한번 멋대로 상상해본 줄거리다. 그러나 도일로부터 직접 고백을 듣지 못하는 한 그밖에 달리 생각할 길은 없었다.

나는 사진에 관해서는 도일에게 침묵을 지켰다. 다만 마음속으로 그 가엾은 아가씨에게 도일이 좀 더 따뜻하게 대할 날이 오기만을 바랄 뿐이었다. 왜냐하면 그 사진으로 해서 그날의 그 아가씨의 맹랑한 행동을 얼마간 이해할 수 있었기 때문이었다.

그러나 현재로서는 도일이 변한다는 가능성은 거의 없었다. 도일은 냉정한 녀석이며 자기가 옳다고 믿는 건 절대로 양보할 줄 모르는 녀석이었다. 그처럼 지독히도 냉정한 녀석이지만 한 번 내게 거의 자제력을 잃고 무례할 정도로 화를 낸 일이 있었다. 그때는 정말 녀석의 표정이 어찌나 불 같던지 나도 더럭 겁이 날 지경이었다. 나는 그때 도일이 돌아왔다는 걸 알고 그의 방에 찾아갔다. 토요일 오후여서 녀석에게도 모처럼 시간이 난 듯했다. 그런데 방에 있는 줄 알았던 녀석이 보이지 않았다. 그는 그때 아버지가 갑자기 불러내는 바람에 안방으로 건너가 있었다. 나는 방으로 들어가서 녀석이 오기를 기다렸다. 그런데 책상 위에 쓰다 만 편지 한 장이 뒹굴고 있었다. 그건 영문편지였는데 그걸 쓰다가 바쁘게 뛰어나갔는지 아직 채 잉

크도 마르지 않은 상태였다. 사랑하는 아버지와 어머니에게--편지의 서두는 영문으로 이렇게 시작되고 있었다.

나의 사랑하는 양친께서는 그동안 안녕하신지요? 저는 양친의 도움으로 이곳 한국에서 잘 생활하고 있으며 매일매일 공부도 열심히 하고 있답니다. 메어리 누이동생도 공부 잘하고 있는지 궁금합니다. 지난번 보내주신 돈과 사진은 잘 받았어요.

내가 여기까지 읽어 내려갔을 때였다. 뒤에서 도일이 다가와서 버럭 소리를 질렀다.

"비굴하게 뭘 훔쳐보는 겁니까?"

나는 질겁하고 책상 앞에서 물러났다. 도일은 얼굴이 홍당무처럼 빨갛게 상기된 채 책상 위의 편지와 내 얼굴을 번갈아 노려봤다. 나는 도망이라도 치고 싶었다.

"미안하다. 나는 아무것도 모르고 그만."

"관두세요. 교양인이라고 자처하면서 남의 사신을 함부로 봐도 되는 거예요?"

도일은 의자에 가서 등을 돌리고 털썩 주저앉았다. 오랫동안 녀석은 말이 없었다. 그는 자존심에 큰 상처를 받은 듯했다. 오랜 시간이 지난 뒤에 도일은 갑자기 돌아앉더니 그 편지를 내게 불쑥 내밀었다.

"자, 보십시오. 이미 다 알고 계시겠지만 끝까지 봐두시는 게 좋겠죠."

그는 여전히 굳은 얼굴이었다.

"아니, 그게 뭔데 그러니? 그렇게까지 큰 비밀이 거기 있는 건가?"

"하긴 아무것도 아니죠. 비밀도 아무것도 아니죠. 사랑하는 아버지와 어머니께, 이 말을 쓸 때마다 난 목구멍에서 뭐가 넘어오는 걸 참는다구요. 아버지와 어머니께, 제기랄, 난 대체 아버지가 몇이나 되고 어머니가 몇이나 되는 겁니까? 이 세상 어른들이 모두 내겐 아버지가 될 수도 있는 문제라구요. 난 고아니까 말이죠."

“왜 그런 이상한 말을 하는 거지? 도일이답지 않게. 그런 편지 안 쓰면 되는 거 아냐?”

“안 쓴다구요? 이 편지로 난 매달 오백 불씩이나 벌어서 부모님께 바치고 있는 걸요. 만약 내가 이 편지를 안 쓴다고 가정하면 먹고 입고 학교 다니고 하는 데 누가 돈을 대 줍니까?”

“아니, 그거야 네 아버님께서.”

“아버님께서 이 편지를 쓰라고 하니까 쓰는 거지, 그렇지 않으면 내가 뒤통수도 못 본 미국인에게 미쳤다고 사랑하는 양친 어쩌고 하겠어요? 이 편지는 사실 어제까지 양연회에 가져다줘야 하는 건데 난 써지지가 않아 이러고 있는 거예요. 방금 아버지에게 불려가서 이것 때문에 야단맞았어요.”

“내가 괜히 왔나보다. 나갈테니 편지를 쓰렴.”

“아니에요, 그냥 계세요. 오늘 아무래도 이걸 쓰고 싶지 않은 걸요. 이 집에서 쫓겨나도 할 수 없는 일이죠. 그리고 그동안 아저씨를 속인 것 정말 미안해요. 난 아주 나쁜 놈이에요.”

도일이 방바닥에 내려와서 한쪽 벽에 기대어 쭈그리고 앉더니 갑자기 얼굴을 무릎 사이에 파묻고 울기 시작했다. 녀석은 소리를 죽이고 어깨를 들먹이며 울고 있었다. 그 순간 녀석이 지금껏 쌓아왔던 그토록 견고해 보이던 행복의 성이 한순간에 무너져 내리는 것 같았다. 내 눈에는 그 방에 있는 커다란 옷장이며 번쩍거리는 오디오 세트며 벽에 걸린 테니스 라켓 따위가 모두 한낱 무대를 꾸미는 장식물에 지나지 않는 것으로 보였다.

그러나 한 가지 위안은 있었다. 도일이 눈물을 보인 순간 나는 이제야 우리가 흉허물 없는 친구가 되었다는 걸 알았다. 그건 이제 우리 사이에 더 이상 거짓이 존재하지 않기 때문이었다.

삼층집 이야기

삼층집 이야기

송영 단편선

이제 서른을 갓 넘은 나이에 벌써 몸집이 비대해진 오 여사는 하숙집의 안주인치고는 꽤나 거만스럽고 당돌한 여자라고 할 수 있었다. 그녀의 말솜씨 또한 특별한 손님을 상대한 때를 제외하면 꽤나 거친 편이었다. 여사의 이런 점은 그녀의 타고난 성격에도 이유가 있겠지만 특히 미국에서 건축설계소를 차려놓고 한 재산 톡톡히 모았다는 그녀의 친정 오빠에게도 약간의 죄가 있는 모양이었다. 이 장한 오라버니는 지금 고국의 연로하신 양친을 그쪽으로 모셔다놓고 한창 미주유람을 시켜드리는 중이었다. 그러니 그녀가 신바람을 내고 자기 집의 식객들 앞에서 다소 으스대는 것도 무리는 아니었다.

오 여사는 비싼 통화료에도 아랑곳하지 않고 미국에 있는 오빠의 가족들과 자주 얘기를 나누었다. 통화의 내용이란 기껏해야 안부를 묻는 일, 이쪽의 날씨 얘기, 새로 채용한 식모에 대한 평가, 이런 따위였으나 손에 수화기를 쥐고 있는 그녀의 목소리는 언제나 몹시도 고조되어 흡사 아우성처럼 집 안에 찌렁찌렁 울린다. 따라서 그녀의 국제통화는 이 집안의 마음 약한 식객들에게 일종의 시위의 효과마저 내고 있는 셈이었다.

오 여사의 말솜씨가 약간 거칠다고는 했지만 그녀가 자기 집의 식객 한사람을 가리켜 '그놈' 혹은 '그 새끼'라고 말하는 걸 막상 들었을 때 나는 도무지 당황할 수밖에 없었다. 더구나 그때는 내가 대현동의 그 집으로 숙소를 옮기고서 겨우 사흘이 지났을 때여서 나는 새 안주인의 언동에 별로 익숙하지 못했었다.

그날 내가 회사에서 갓 돌아와서 삼층에 있는 내 방으로 가느라고 막 층계를 오르려고 했을 때 뒤에서 오 여사가 나를 불러 세웠다.

이봐요, 장 씨, 장 씨는 그놈하고 대화를 나눠봤수?

계단에서 내가 돌아서자 그녀는 다짜고짜 이렇게 말했던 것이다.

그놈이라니요? 누굴 말씀인가요?

나는 오 여사의 두텁게 살찐 얼굴을 마주보며 이렇게 반문했다. 그녀의 몸매나 얼굴의 틀은 영락없이 여장부 감인데 그 얼굴에 유독 오기가 잔뜩 서려 있는 게 나로서는 영문을 알 수가 없었다.

아니, 장 씨 방 맞은편 방에 있는 그 양키 녀석을 몰라요?

그제야 나는 오 여사가 말하는 '그놈'이 누군가를 얼핏 알아차렸다. 바로 그 전날 저녁때 나는 이층에서 삼층으로 오르는 계단의 중간에서 그 이방인과 처음으로 얼굴을 마주친 일이 있었던 것이다. 그러니까 나는 아직 그 친구와 대화를 나눠 보기는커녕 서로 인사조차 미처 나누지 못한 사이였다. 그의 방이 내 방이 있는 삼층에 있다는 사실도 오 여사를 통해 겨우 알았을 정도로 나는 아직 그 친구에 관해서 모르고 있었다.

층계에서 처음 나와 마주쳤을 때 그 친구는 나에게 씨익 웃어보였다. 그렇게 가볍게 웃어보이는 것이 그의 예법인지도 몰랐다. 그가 그렇게 웃어보였지만 하얀 금속 테의 안경을 낀 그의 얼굴 표정에는 그가 이방인임을 감안하더라도 쉽게 가까워지기 어려운 차가움이 엿보였다.

그는 서양 사람치고는 키가 매우 작아 보였고 얼굴 생김새도 별로 말쑥한 편은 아니었다.

그런데 그 친구가 이 집에 와서 무슨 잘못을 저지른 것일까? 오 여사의 말씨와 표정에서는 우선 그런 느낌을 받지 않을 수 없었다. 내가 그 친구하고는 단지 한 번 마주친 일이 있을 뿐이라고 말하자 그녀는 여전히 오기가 잔뜩 서린 표정으로 약간 실망한 듯 가느다란 실눈을 몇 번 깜짝거렸다.

장 씨 보기에는 대관절 그놈의 직업이 무엇인 것 같아요?

오 여사가 내게 다시 물었다.

아니, 아주머니도 그 사람 직업을 모르고 계셨던가요?

흥, 뭐 본인이 말해주지 않는데 내가 알 게 뭐예요. 그 새끼 아무래도 수상쩍은 게 무슨 첩자나 정보원 끄나풀인지도 모르죠.

여사의 지나친 억측에 나는 다시 한번 놀라는 수밖에 없었다.

그렇게 궁금하시다면 직접 한 번 물어보시면 되지 않습니까?

여사에게 약간 핀잔을 주듯 내가 말하자, 그녀는 그가 이 집에 들어오던 날 이미 그것을 물었노라고 대답했다. 그런데 이 친구는 자기 이름이 월슨이라는 것을 밝혔을 뿐, 그 밖에는 모른다고 말하면서 무작정 고개만 절레절레 내젓더라는 것이다. 아마도 이 친구의 이렇게 애매한 태도가 여사의 의심을 더욱 부채질한 듯이 보였다.

그런데 오 여사가 이 정도로 그냥 주저앉은 것은 아니었다. 그녀는 이미 이층에 투숙하고 있는 고창석 씨로 하여금 삼층에 있는 월슨의 방문을 직접 두드려보도록 시킨 일이 있었다. 고 씨는 세탁제 제조회사에 나가는 사람으로 이 집의 식객들 중에서 아직 서른 살 고비를 넘지 않은 유일한 축이었다. 그는 방금 제대를 하고 새로 직장을 얻은 신입사원인데다 중위 계급장을 달고 월남전에도 참가한 경력이 있는지라 지금 한창 패기가 만만한 친구였다. 그러니까 고 씨가 월슨의 방문을 불시에 두드리게 된 것은 고 씨의 젊은 패기와 오 여사의 참지 못할 궁금증이 서로 잘 합치되어 이뤄진 셈이라고 할 수 있었다.

그러나 고 씨 역시 윌슨의 직업을 알아내는 데 실패했던 것이다. 오 여사를 비롯한 집안 식구들에게 자기의 패기를 한껏 뽐내면서 삼층으로 올라간 고 씨는 윌슨의 방 안에는 들어가보지도 못하고 그냥 돌아왔다. 고 씨가 문을 두드리자, 거의 일 분가량이나 지난 뒤에야 문이 열리고 윌슨이 겨우 얼굴만 문 바깥으로 나타냈다.

무슨 용건이지요?

윌슨은 제법 능숙한 한국말 솜씨로 이렇게 물었다. 그 순간 고창석 씨는 얼굴이 화끈 달아올랐다. 그는 윌슨이 질문을 던진 그때에야 자기가 삼층까지 올라온 용건이 무엇인가를 처음으로 음미했던 것이다. 하지만 고 씨는 역시 패기가 만만한 사람이었다.

당신의 직업이 뭡니까?

고 씨는 군대에 있을 때 흡사 부하를 다루던 말버릇으로 대뜸 이렇게 물었다.

그런 것 알 필요 없어요.

윌슨도 역시 퉁명스럽게 대꾸했다.

그는 잠깐 차가운 눈초리로 고 씨를 바라본 다음 이내 문을 닫아 버렸다.

오 여사는 전날 있었던 이야기까지 들려주고는 이번에는 나에게 고 씨의 대역을 슬며시 청해왔다.

그놈이 무엇 하는 놈인지 장 씨가 좀 알아봐요. 장 씨는 방이 가까우니까 쉬울 거란 말예요.

아무튼 오 여사와 윌슨에 관해서 처음 얘기를 나눴던 날, 저녁 식사를 마친 다음 집안의 식구들이 한자리에 모일 기회가 있었다. 이 집에서는 모든 투숙자들이 같은 시간에 모여서 함께 식사를 하는 풍습이 불문율처럼 되어 있었다.

그러니까 그 시간에 맞춰오지 못하는 사람에게는 식사가 제공되지 않는 것이다. 이런 규율도 물론 오 여사의 약간 고압적인 평소의 태도와 별로 무관한 것은 아니었다.

오 여사와 그녀의 남편 김 주사를 비롯해서 거의 모든 식구들이 일층의 넓은 마루에 모여 앉아 잡담을 시작했다. 법원의 행정서기로 근무하는 김주사는 비교적 성미가 너그러운 편이고 잡담을 퍽 즐기는 호인이지만 별로 실권이 없는 가장이었다. 마루에 앉은 사람들은 처음에는 며칠 전에 정부가 공포했던 대학의 휴업령에 관해서 각자 짧은 견해들을 피력했다. 그러나 곧 그들의 화제는 그 자리에 없는 윌슨에게로 옮아갔다.

그 친구 아직 들어오지 않았습니까?

비누회사 사원인 고창석 씨가 오 여사에게 의미 있는 눈짓을 보내며 물었다.

흥, 그치는 항상 제일 늦게 들어온다우.

오 여사는 대뜸 빈정거리는 투로 말했다.

뭘 하는지는 몰라도 종일토록 쏘다니나 보죠. 그치 들어올 때 보면 늘 땀에 흠뻑 젖어 있다구요.

아아, 이제 그 친구가 뭘 하는 놈인지 알겠습니다.

이번에는 역시 이층에 있는 재단사 김만경 씨가 거들고 나섰다. 그는 나이를 서른일곱 살이나 먹은 노총각이지만 늘 여성 고객만을 상대하는 탓인지 그의 언동에는 바보스러울 만큼 단순한 일면이 있었다.

땀에 흠뻑 젖어가지고 들어온다면 그 친구 틀림없이 그겁니다.

뭐란 말예요?

잔뜩 달아오른 오 여사가 조급하게 물었다.

모르몬인가 하는 별난 교파가 있어요. 그 교파의 전도사들이 길거리를 돌아다니며 아무나 붙잡고 전도하는 걸 여러 차례 봤으니까요.

그 친구 틀림없이 그 교파 전도사라구요.

하긴 나도 그 비슷한 걸로 생각은 했습니다만.

고 씨가 김만경 씨에게 동조했다.

내가 삼층에 올라갔을 때 윌슨은 책상 위에 성경책을 펴놓고 있었소.

내가 문을 두드렸을 때 그놈은 그걸 읽고 있었던 게 분명해요.

그러구 보니까 내게도 떠오르는 생각이 있었다. 자정을 전후해서 윌슨의 방 쪽에서 찬송가를 부르는 소리가 가느다랗게 들려오곤 했었다. 윌슨이 흔히 부르는 노래는 찬송가 중에서도 비교적 널리 알려진 〈내 주는 강한 성〉 혹은 〈시온의 영광〉, 이런 따위들인데 그가 유독 서투른 한국말 가사로 노래를 하기 때문인지 한껏 소리를 낮추어 부르는 윌슨의 노랫소리는 흡사 영악한 밤 짐승의 비명처럼 괴이쩍게 들렸던 것이다.

그 친구 자기 방에서 혼자 찬송가 부르는 걸 나도 들은 일이 있어요.

나는 이렇게 말하기는 했지만 재단사 김만경 씨의 속단에 선뜻 동조할 생각은 전혀 없었다. 성격을 읽고 찬송가를 부르는 행위는 반드시 선교사가 아니라도 할 수 있는 일이기 때문이었다. 이때 좌중에서 비교적 성품이 침착한 김 주사가 전혀 다른 각도에서 재단사의 주장을 부인하고 나섰다.

그거는 그렇지 않아요. 선교사라면 떠돌이 하숙생활을 하지는 않습니다. 그들은 어디를 가거나 확고한 재단의 지원을 받는단 말예요.

하기야 그렇겠군요.

이층의 고 씨가 이번에도 김 주사의 의견에 빨리 동조했다. 단순한 김만경 씨는 주인 남자의 한마디에 금방 움츠러들고 말았는데 김 주사의 의견에는 확실히 일리가 있었다. 우리에게 얼핏 연상되는 서양 선교사라는 것은 내국인의 출입이 통제되는 특별한 구역에 별장과 같은 집을 가지고 있고 고급 승용차를 손수 몰고 가는 그런 모습인 것이다.

그 새끼 알고 봤더니 지독한 가난뱅이라오. 하숙비도 아직 절반밖에 내놓지 않았어요.

이때 오 여사가 불쑥 이렇게 말했다.

그녀의 말을 빌면 윌슨은 처음 들어올 때도 하숙비를 깎자고 졸라댄 사실이 있고 점심과 저녁 식사는 매식을 하고 있는 윌슨이 근처에는 양식집도 많이 있는데 그런 곳엔 별로 출입하는 것 같지 않고 싸구려 분식센터에만 자주 드나드는 것 같다는 것이다.

그 친구 돈이 없기는 확실히 없는 것 같애.

여사의 허수아비 남편이 여사의 말에 맞장구를 쳤다.

그런 새끼는 본국에 가면 영락없이 거지일 거야.

오 여사의 표정에는 가뜩이나 윌슨을 경멸하는 기색이 역연했다. 동시에 그녀는 윌슨이 가난뱅이라는 사실에서 어떤 불쾌감마저 느끼는 모양이었다. 거기에 앉아 있던 다른 투숙자들도 막상 윌슨의 현금 사정을 처음 듣고는 약간의 충격을 받았다. 그들은 싸구려 분식센터에서 저녁 식사를 때우고 하숙비를 깎자고 졸라대는 미국인의 모습이 어쩐지 빨리 수긍이 가지 않았고, 마치 오 여사의 경우처럼 그 사실에서 약간의 불쾌감을 맛보았다. 그런데 아마도 이 불쾌감이란 어쩌면 가짜일지도 모르는 인간에게 속고 있다는 느낌 때문인지도 몰랐다.

그렇다면 십중팔구는 군인이 아닐까요? 지아이들이 봉급이 많다지만 영외거주를 하자면 그렇게 여유 있는 생활은 못할 거요.

김만경 씨가 두 번째로 의견을 꺼내놓았다.

지아이라고? 그가 군복 입은 걸 본 일이 있소? 아무나 영외거주가 허용되는 줄 아오?

이번에는 고창석 씨가 재단사의 견해에 반론을 제기했다.

아니, 군속들 중에는 사복을 입고 다니는 사람도 있을 거 아니오?

이봐요, 김 형. 군속은 더구나 수입이 일반 사병보다 훨씬 많아요. 본국의 일반 봉급쟁이들과 같은 수준으로 지급되니까요. 이런 하숙 생활 구태여 할 필요가 없다구요.

이렇게 되자 윌슨의 정체는 더욱 궁금한 사실이 될 수밖에 없었다. 그가 종교단체의 선교사도 군인도 아니라면 대체 무엇일까? 그렇다고 윌슨을 외교관이라거나 상사(商社)의 주재원이라고 보아주기도 역시 어려운 일이었다. 집안 식구들의 머리에 쉽게 떠오르는 미국인이란 선교사와 군인밖에 없었다. 그들은 윌슨을 거기에 맞춰 보았으나 윌슨은 어느 것에도 맞지 않았다.

이때 정작 장본인이 현관문을 열고 나타났다. 키가 유난히 작은 윌슨은 정말 어디를 그렇게 뛰어다녔는지 땀으로 흠뻑 젖어 있었다. 현관에 들어서자 그는 손수건을 꺼내들고 이마의 땀을 연방 닦아냈다.

그는 마루에 모여 있는 사람들의 시선이 한꺼번에 그에게 쏠리자 매우 당황한 듯이 보였다. 하지만 그는 말없이 식구들의 옆을 지나쳐서 그냥 삼층으로 올라가려고 했다.

윌슨 씨!

그때 집주인 김 주사가 일행을 대표해서 나직한 소리로 그를 불렀다. 계단 입구에서 돌아선 윌슨은 마치 다수의 힘에 억눌린 듯 그 자리에 엉거주춤 서 있었다. 그의 핼쑥하게 여윈 얼굴에는 상대방을 다소 경계하는 기색이 얼핏 스치고 지나갔다.

저녁 식사는 했소?

김 주사가 제법 친절한 말씨로 물었다.

네. 먹었습니다.

저녁에는 무얼 먹었소?

별안간 고창석 씨가 윌슨에게 엉뚱한 질문을 던졌다.

짜장면 먹었어요.

윌슨의 대답은 뜻밖에도 아주 솔직했다. 그의 이런 솔직성 때문에 그리고 윌슨의 태도와는 무관한 다른 또 하나의 이유 때문에 좌중에서는 한바탕 폭소가 터졌다.

윌슨 씨. 이리 와서 좀 앉아요. 여기 있는 사람들은 모두 이 집의 가족들입니다.

김 주사가 자기 옆자리를 가리키며 윌슨에게 말했다. 윌슨은 의사 선생의 가방처럼 크고 무거워 보이는 가방을 계단 위에 내려놓고 김 주사의 옆자리에 와서 앉았다.

장 씨, 장 씨가 한번 물어봐요. 장 씨는 저치하고 이웃사촌이니까 장 씨에게는 말해주겠죠.

오 여사가 더 참지 못하고 내 어깨를 툭 치면서 작은 소리로 말했다. 막상 여사의 청이 들어오자 나는 입장이 사뭇 난처했다. 윌슨과 이웃사촌이라지만 나는 그때까지 이 친구와는 한마디도 얘기를 나눠본 일이 없었으며 윌슨이 내가 자기 방의 맞은편 방에 들어 있는 사람이라는 것을 알고 있는지 어떤지조차 알 수 없었다. 윌슨이 매일처럼 너무 일찍 밖으로 나가고 너무 늦게 귀가하기 때문에 윌슨과 나는 아직 삼층의 복도에서 한 번도 서로 얼굴을 마주친 일이 없었다. 따라서 여러 사람 앞에서 나 역시 고 씨의 전철을 밟게 될 확률이 많았다. 한참 동안 망설이고 있던 나는 결국 내 방에서 급하게 찾아야 할 게 있다는 구실로 삼층으로 올라와버리고 말았다.

이렇게 그 자리를 피하기는 하였지만 나는 늘 오 여사에게 어떤 채무를 지고 있는 듯한 기분을 떨쳐버릴 수가 없었다. 말하자면 윌슨의 직업은 반드시 내가 밝혀내지 않으면 안 된다는 그런 느낌이었다. 오 여사가 일단 내게 그런 청을 해온 이상, 그날부터 나는 그 책임을 떠맡은 셈이나 마찬가지였다. 이 집안에서 오 여사의 요청을 간단하게 뿌리칠 수 있는 작자는 한 사람도 없었으며 나 역시 예외일 수는 없었다. 나는 어떻게 해서라도 이 오만한 하숙집 안주인을 만족시켜주려고 매우 조바심을 쳤다. 그렇지만 한사코 자기 직업의 공개를 거부하는 이 이방인에게 그것을 알아낼 뾰족한 방법은 좀처럼 찾아지지 않았다.

그런데 전혀 생각지도 않았던 방식으로 저절로 기회가 나에게 다가왔다. 윌슨이 뜻밖에도 내 방의 문을 노크했던 것이다. 어느 날 자정이 가까워졌을 때에 복도에서 누가 내 방의 문을 세 번 노크하는 소리가 들렸다. 그것은 지극히 조심스럽게 문을 두드리는 소리였다. 평소에 김 주사나 고창석 씨가 나를 찾아올 때에도 물론 노크를 하였으나 그들이 함부로 문을 두드리던 소리와 이날 밤의 노크 소리는 어딘지 달랐다. 그렇지만 설마 윌슨이 내 방의 문을 두드리고 있으리라고는 상상조차 하지 않았다. 이미 잠자리에 들어 신문을 보고 있던 나는 벌떡 일어나서 문을 열었다. 윌슨이 노트 한 권을 들고 거기 서 있었다. 그는 내가 잠자리에서 일어난 사실을 알게 되자 몹시 당황한 표정으로,

미안합니다, 미안합니다.

하고 되풀이해서 말했다. 윌슨의 한국말 솜씨는 아주 능숙했다. 나는 이 뜻밖의 손님을 방으로 안내한 다음 그에게 의자를 권했다.

자리에 앉자마자 윌슨은 처음에 그렇게 미안해하던 태도와는 달리 한마디 인사말도 없이 다짜고짜 자기의 용건부터 꺼냈다. 그는 책상 위에 그가 가지고 왔던 노트를 펼쳐놓고 노트 위를 손가락으로 가리키며 나에게 물었다.

이 둘 중에서 어느 것이 옳습니까?

그가 가리키는 곳에는 한글로 두 줄의 문장이 쓰여 있었다.

그가 그렇게 하실 것입니다.

그가 그렇게 할 것입니다.

윌슨이 물어온 것은 우리말의 경어사용법에 관한 문제였다. 그는 밤늦게까지 우리말을 혼자서 공부하다가 문득 이 애매한 문제에 부딪쳐 하는 수 없이 가장 가까운 이웃의 방문을 노크했던 것이다. 나는 주어의 변화에 따른 경어 사용의 여부를 몇 가지 다른 예문까지 곁들여서 되도록 성의 있게 그에게 설명해주었다. 윌슨은 아주 열심히 나의 설명을 귀담아들었다. 그러나 내 설명이 일단 끝나는 듯하자, 그는 볼 일을 이제 다 끝마쳤다는 듯이 의자에서 엉거주춤 일어서려고 하였다. 그는 특별한 용건이 없다면 더 이상 내 방에서 머물러 있고 싶지 않다는 듯한 그런 표정으로 나를 멀뚱멀뚱 쳐다보았다. 그 순간 나는 이때를 놓쳐서는 안 되겠다고 퍼뜩 생각했다.

이 자가 제 발로 내 방에 굴러 들어온 이때를 놓쳐버린다면 다시는 마땅한 기회를 얻기 힘들지도 모른다. 나는 엉겁결에 마침 엉거주춤 자리에서 몸을 일으키려는 윌슨의 어깨를 두 손으로 꽉 붙잡고 도로 제자리에 앉히면서 지극히 자연스러운 어조로 그에게 물었다.

한국말을 공부하십니까?

타의로 의자에 다시 주저앉게 된 윌슨은 한동안 상대방의 저의를 몰라 겁먹은 듯한 눈초리로 나를 쳐다보았으나 내가 계속해서 미소를 지어 보이자, 가까스로 나의 물음에 고개를 끄덕여 보였다.

그것을 배워서 어디에 쓰려고요?

나는 윌슨에게 생각할 틈을 주지 않으려고 잇달아서 이렇게 물었다. 나의 계산은 그대로 적중했다. 이 단단하고 경계심이 많은 서양인이 드디어 자기 신상에 관해서 자기도 의식하지 못하는 겨를에 입을 열기 시작한 것이다.

한국말을 모르면 여기서 훌륭한 회화 선생이 될 수 없습니다.

윌슨은 아주 뚜렷한 억양으로 이렇게 대답했다.

당신은 그러면 영어회화를 가르치고 있소? 윌슨 씨.

아닙니다. 지금은 아무 일도 안 합니다. 한국말을 잘 못하면 보수도 적을뿐더러 직업 얻기도 힘이 듭니다.

이렇게 말하는 윌슨의 눈초리에는 어쩐지 피로에 지친 기색이 엿보였다. 그의 얼굴은 마를 대로 메말라 광대뼈가 드러나 보였고 살갗도 아주 거칠었다. 오 여사의 집에서 제공되는 음식이 윌슨의 식성에 맞을 까닭도 없었고 윌슨 자신이 바깥에서 충분한 양식을 취하고 다니지 않는 것도 분명했다. 윌슨은 현금에 매우 궁한 사람이었다.

당신의 한국말은 훌륭한데요. 게다가 한국말을 하나도 못하는 미국인도 얼마든지 회화를 가르치고 있어요.

웬일인지 윌슨은 나의 말을 믿으려고 하지 않았다.

아닙니다, 아닙니다. 그렇지 않아요.

윌슨은 고개를 절레절레 옆으로 흔들었다. 나에게는 이 미국인이 바보거나 아니면 터무니없는 고집쟁이라고 여겨질 정도였다.

그러면 당신은 하루 종일 밖에 나가서 무얼 합니까?

한국말을 배웁니다. 연세대학 한국어학당에 나가고 교회에서 우리 형제님에게 한국말 성경을 배우고 있어요.

이제 나는 윌슨에게 더 물어볼 말이 없었다. 오 여사를 비롯해서 이 집안의 식구들이 그다지도 궁금해하고 그다지도 구구한 억측을 해오던 윌슨의 정체가 이 정도로 아주 싱겁게 밝혀져버린 것이다. 어쨌든 나는 내심으로 쾌재를 불렀다. 나는 오 여사로부터 요청받은 책임을 마친 것이다. 다음 날 날이 밝자마자 나는 내실로 달려가 오 여사에게 이 사실을 알렸다.

막상 윌슨이 무직의 사나이라는 사실이 집 안에 알려지자 이 삼층집 사람들은 누구나 몹시 놀라고 한편 실망을 감추지 못하는 것 같았다. 직업이 없는 미국인, 이것은 확실히 아직까지 그들이 들어보지도 상상해보지도 못했던 사실이었다. 이쪽에 건너와 있는 서양인 중에서 이렇게 아무런 명색도 없는 사람을 그들은 본 일이 없었던 것이다.

오 여사는 이제 한층 노골적으로 윌슨을 경멸하고 모욕하는 태도로 나왔다.

어쩐지 거지새끼라고 생각했더니 내 눈이 틀림이 없군그래. 아니, 직업도 없는 양키는 나는 또 처음인데.

그녀는 사람들 앞에서 얼굴을 실룩거리며 이렇게 떠들었다. 윌슨이 무직이라는 사실에 오 여사가 그토록 분개하는 까닭을 나로서는 얼핏 알도리가 없었다. 따지고 보면 그녀는 윌슨에게서 하숙비만 꼬박꼬박 받아내면 그뿐인 것이다. 윌슨이 하숙비가 밀려 있는 것 같지는 않았다. 그런데도 오 여사는 틈만 있으면 윌슨을 욕하고 심지어는 윌슨의 체구가 서양인치고는 사뭇 왜소하다는 것, 그의 얼굴에서 도무지 위엄이라곤 찾아볼 수 없다는 사실까지 들추어내며 윌슨을 조소하였다.

윌슨을 조소하고 경멸하는 사람은 이 집 안에서 오 여사 한 사람만은 아니었다.

소심하고 비교적 말조심을 하는 그녀의 남편 김 주사까지도 자기 아내에 덩달아서 이제는 윌슨을 숫제 그 새끼라고 불렀다. 비누회사 사원 고창석 같은 사람은 윌슨의 얘기만 나오면 덮어놓고 집이 떠나갈 듯이 폭소를 터뜨렸다. 그가 무엇이 그렇게 우스워서 그러는지 그 영문도 역시 알 수가 없었다. 윌슨이 무직이라는 사실이 밝혀진 뒤로 윌슨을 대하는 고 씨의 태도는 완연히 달라졌다. 그는 흡사 군대에 있을 때 자기 부하를 다뤘음 직한 아주 거칠고 고압적인 태도로 윌슨을 대하였는데 이때마다 윌슨은 몹시 고통스러운지 얼굴을 찌푸리곤 하였다.

어느 날 윌슨이 저녁 늦게 현관문을 열고 집 안으로 들어왔을 때 마침 마루에서 주인 아내와 잡담을 하고 있던 고창석 씨가 들어오는 윌슨을 보자 벌떡 일어서더니 윌슨에게 뚜벅뚜벅 걸어갔다.

당신 오늘 저녁에는 무얼 먹었지?

고 씨는 윌슨의 코앞에서 다짜고짜 이렇게 물었다. 그러자 윌슨의 안색이 금방 창백해졌으며 그의 약간 노기가 서린 눈초리가 고 씨를 정면으로 쳐다보았다. 윌슨은 고 씨에게 자기의 저녁 식사 메뉴에 관해 결코 대답하지 않고 묵묵히 고 씨를 쳐다보고만 있었다. 그는 고 씨의 언사가 반말지거리라는 것까지도 알고 있었던 것이다.

보기는 뭘 보냐구? 이 쪼다 양반아.

고 씨가 심술궂게 웃으며 이렇게 말했다. 윌슨은 그 순간 신발도 벗지 않은 채 마루로 성큼 올라서더니 고 씨와 똑바로 마주서며 여태껏 그에게서는 처음 들어보는 아주 커다란 목소리로 고 씨에게 다그쳐 물었다.

무엇이라구? 쪼다라구? 쪼다가 뭐야? 고 씨, 그것을 지금 당장 설명하십시오.

윌슨의 서슬이 어찌나 시퍼렇던지 마루에 앉아 있던 사람들이나 고 씨까지도 한동안 어안이 벙벙하였다.

고 씨, 쪼다가 무엇인지 그것을 지금 설명하십시오.

침묵을 깨뜨리고 윌슨이 다시 큰 소리로 말하였다. 그렇지만 윌슨의 기세에 눌린 고 씨가 윌슨에게 그것을 고분고분 설명해줄 까닭이 없었다. 한참 동안 숨을 씨근거리며 고 씨와 그렇게 마주 서 있던 윌슨은 잠시 후에 신발을 벗어놓고 아무런 말도 없이 삼층의 자기 방으로 올라가버렸다. 그가 올라가고 나자, 마루에서는 윌슨이 방금 취했던 우스꽝스러운 언동을 두고 또다시 한바탕 폭소가 일어났다.

그날 밤 윌슨은 갑자기 짐을 꾸리기 시작했다. 막상 윌슨이 이 집에서 떠나기로 작정했다는 사실을 알게 되자, 나는 이 집 안에서 누구보다 나 자신이 윌슨에게 큰 죄를 저질렀다는 것을 깨닫지 않을 수 없었다. 그렇지만 이제 그가 다른 집으로 숙소를 옮기는 걸 만류할 도리는 없었다. 내가 짐을 꾸리고 있는 윌슨에게 달려가서 그를 이 집에 붙잡아 두는 데 성공한다고 해도 그것은 윌슨에게 아무런 도움이 못 되기 때문이다.

계절

계절

송 영 단 편 선

수업이 끝나자, 학생들이 복도로 우루루 몰려나갔다. 중학교 일학년 아이들은 휴식 시간만 되면 마치 고삐에서 풀려난 놈들처럼 유달리 소란을 피워댔다. 녀석들이 거의 자리를 떠난 다음에야 기요는 책과 백묵통을 들고 천천히 교단에서 내려왔다. 그는 방금 수업 시간 중에 많이 떠들었고 유독 많은 판서를 했기 때문에 목이 칼칼하게 메말랐고 바른쪽 팔이 찌뿌듯이 저려왔다. 그렇지만 교무실로 들어가서 사환아이에게서 한 잔의 보리차를 얻어마시고 담배 한 대를 피우고 나면 이까짓 증세는 곧 사라질 것이다. 그는 다음 시간에도 수업이 있었는데 역시 유독 많이 떠들 수밖에 없는 일학년 학급의 수업이었다.

다음 시간에 수업이 있는 사람에게는 오 분의 휴식 시간이 아주 짧게 느껴졌다. 기요는 부리나케 교무실로 돌아와 먼저 사환아이에게서 보리차를 얻어 마신 다음에 곧 자기 자리에 가서 앉았다. 그는 다음 수업의 교재 준비를 제쳐놓고 우선 책상의 서랍 속에서 담배와 성냥을 꺼냈다. 교재를 간추리는 일은 천천히 담배를 피워가면서 하여도 늦지 않은 것이다. 기요는 늘 그렇게 해왔다. 그가 담배를 입에 물고 막 성냥을 켜려고 했을 때 두 명의 남자가 교무실로 성큼성큼

들어왔다. 앞에서 선 사람은 서른 댓 살쯤 되어 보였고 뒤에 따라오는 사람은 스물 댓 살쯤 되어보였다. 성냥을 켜려다 말고 기요는 낯이 선 그 두 사람을 넌지시 지켜보았다. 이때 앞에 선 사람의 눈길과 기요의 눈길이 잠깐 서로 마주쳤다. 그 사람은 손님치고는 다소 무례할 만큼 딱딱하게 굳은 표정으로 기요의 얼굴을 바라보았으나 기요는 별로 개의치 않고 한동안 그 사람을 마주 쳐다보았다. 교무실에는 각종의 직업에 종사하는 부형들의 낯선 얼굴들이 하루에도 몇 차례나 나타난다. 따라서 교사들은 이런 풍경에는 비교적 익숙했다.

"어느 분이 김기요 선생입니까?"

앞에 선 사람이 여전히 기요의 얼굴에서 눈길을 거두지 않은 채 마치 자기 아이의 담임선생을 찾는 듯한 어조로 물었다.

"제가 김입니다."

기요는 입에 물고 있던 담배를 얼른 책상 위에 내려놓고 자리에서 벌떡 일어섰다. 그는 흔히 그렇게 해왔듯이 선 자리에서 허리를 약간 굽히면서 매우 부드러운 어조로 그 사람에게 물었다.

"실례지만 누구의 부형 되십니까?"

앞에 선 사람은 기요의 물음에는 대답하지 않은 채 다시 기요에게 물어왔다.

"당신이 김기요입니까?"

"그렇습니다. 제가......."

"그렇다면 이쪽으로 좀 나와주십시오."

기요의 대답이 채 끝나기도 전에 그가 교무실 바깥을 손으로 가리키며 재빨리 말했다. 기요는 무심코 그 사람의 말에 따랐다. 교무실로 처음 찾아온 부형들 중에는 성격이 몹시 괴팍스런 사람이 있었다. 어떤 사람은 자기 부하를 다루듯이 자기 아이의 선생을 다루었고 어떤 사람은 질이 나쁜 세리를 바라보듯이 아주 불쾌한 표정으로 선생을 보았다. 그들이 복도로 나왔을 때 복도에는 왁자지껄 떠들어대는 아이들이 한창 붐비고 있었다. 세 사람은 한동안 거기에 멈춰서서 머뭇거렸다.

"여기서 제일 조용한 방이 어딥니까?"

"교장실이지요."

기요는 무심코 대답했다.

"마침 잘 되었군. 우리는 그분도 만나뵈어야 하니까."

그 남자는 교장실로 자기들을 안내하라는 듯이 기요을 쳐다보았다. 기요는 잠깐 망설였으나 이내 그들을 교장실로 데리고 갔다. 기요는 그 남자가 하필이면 '가장 조용한 방'을 찾는 것이 얼핏 의아스러웠지만 왜 그런 곳을 찾느냐고 묻지는 않았다. 교장실에는 마침 방의 임자가 잠깐 자리를 비우고 있었다.

기요는 우선 그들에게 소파의 자리를 권했다.

"괜찮아요. 우리는……."

나이가 많은 남자는 손을 휘저으며 사양했고 한편으로는 안 호주머니에 손을 넣어 조그만 수첩을 꺼냈다. 그는 수첩을 펼쳐 기요의 코밑으로 바짝 내밀면서 말했다.

"우리는 여기서 왔습니다."

기요는 그 남자가 내미는 수첩을 얼핏 보았으나 졸지에 눈이 어찔어찔해서 그것이 무엇인지 확실히 알아내지 못했다. 젊은 남자는 자기 선임자의 뒤편에 우두커니 서서 기요의 일거일동을 자세히 지켜보고 있었다.

"이제 알겠소?"

나이가 많은 남자가 수첩을 거둬들이면서 넌지시 물었다. 기요는 그의 수첩을 분명하게 확인하지는 않았으나 가만히 고개를 끄덕였다. 그는 잠시 동안 꼿꼿하게 서서 창 바깥을 바라보았다. 교장실 창 바깥에는 조그만 화단이 있었고 그 화단에는 지금 초여름 오후의 뜨거운 햇살이 한창 내리쬐고 있었다. 작은 완상목들과 꽃나무들은 요즈음 자라는 속도가 더욱 빨라지고 있었다. 이맘때에는 누구든지 자기의 일을 새롭게 시작하려는 의욕을 느끼는 것이라고 기요는 문득 생각했다. 벌써 수업이 시작되었는지 교사(校舍)의 주위가 조용했다. 그는 얼떨결에 수업 시간을 알리는 종소리도 듣지 못하고 있었다. 이미 수업이 시작되었다면 서둘러서 담당한 교실로 돌아가야지. 버릇처럼 이런 조바심이 고개를 쳐들었지만 기요는 서있는 자리에서 한 발자국도 움직이지 않았다.

"김 선생님, 어디 계십니까?"

사환아이가 서무실로 들어와서 그를 부르는 소리가 들려왔다.

"수업이 시작되었는데 어디로 가셨지?"

대답 소리가 없자 답답한 듯 이렇게 혼자서 중얼거렸다.

"제가 나가서 말해주고 오겠어요."

선임자를 향해 이렇게 말하면서 기요가 막 걸음을 옮기려고 하자, 뒤에 서 있던 젊은 남자가 갑자기 기요의 앞을 가로막았다. 그는 그의 선임자보다 한층 긴장된 표정으로 기요를 쏘아보며 몹시 거칠게 말했다.

"지금부터 당신은 우리 허락 없이 꼼짝도 하면 안 된다구."

"그렇지만 다른 사람이라도 수업에 들여보내야 할 게 아닙니까?"

기요는 억지로 웃어보이며 나이가 많은 남자에게 말했다. 그 남자는 기요의 말에는 아무런 대꾸도 하지 않고 자기 동료를 돌아다보며 말했다.

"역시 이 기관의 책임자에게 얘기는 하고 가야겠지?"

"교장이 지금 없는데 어떻게 기다리죠? 상사님, 까짓거 그냥 갑시다요."

"아냐, 얘기는 해두는 게 뒤에 탈이 없다구. 교장 선생은 어디 가셨수?" 상사라고 불린 남자가 기요를 쳐다보았다.

"확실히 모르겠는데요. 그러나 바쁘시다면 서무과에 얘길 해도 괜찮겠지요."

"그럼 내가 서무과에 갔다오겠으니 넌 여기서 기다리고 있어."

상사는 젊은이에게 당부하고 교장실과 이웃하여 있는 서무실로 갔다. 그가 자리를 비운 사이에 두 사람은 한 마디도 나누지 않고 묵묵히 서 있었다. 이 분쯤 지난 뒤에야 상사가 서무계 서기와 함께 다시 나타났다. 서무계 서기는 매우 마땅치 않은 듯한 표정으로 기요에게 대뜸 물었다.

"아니, 이분들이 왜 김 선생님을 데리고 가는 겁니까?"

"이분이 방금 말씀하지 않았는가요?"

상사를 눈으로 가리키며 기요가 말했다.

"이분 이야기는 데리고 가야겠다, 단지 그 말 뿐인데요.'

"그럼 선생이 간단히 말해주시오."

상사가 기요에게 퉁명스럽게 말했다.

기요는 그러나 아무런 얘기도 할 수가 없다. 그는 갑자기 벙어리가 되어버린 사람처럼 멍청한 표정으로 늙은 서무계 서기를 바라보고 있었다. 잠깐 사이에 기요의 이마에는 식은땀이 배어났다. 그는 서무계 서기를 속일 생각은 털끝만큼도 없었으나 장소가 장소이고 그리고 이 늙은 서기가 이 상태에 관해서 아무것도 모르고 있었기 때문에 돌연히 그 얘기를 꺼내기가 어려웠다.

"하여튼 제가 갔다 와서 말씀드리죠."

기요가 간신히 이렇게 말하자, 눈치가 빠른 서기는 금방 기요의 심중을 알아차렸다.

"그럼 잘 다녀오십시오. 제가 교장 선생님께도 말씀드리지요."

서기는 일에 쫓기고 있다는 듯 곧 서무실로 돌아가버렸다.

"상사님, 이제 갑시다."

젊은 남자가 뒤 호주머니에서 수갑을 꺼내면서 서둘러댔다. 그가 들고 있는 수갑은 유리창을 통해 비껴드는 햇살에 비치어 허옇게 번쩍거렸다. 그 강철의 수갑을 쳐다보면서 기요가 떠듬떠듬 말했다.

"절대로 도주하지 않을 테니까 그냥 이대로 가십시다."

상사가 화가 난 얼굴로 기요를 쏘아보았다.

"누구 맘대로 그렇게 하겠다는 거야? 오 년이나 도주하고 다닌 사람 말에 우리가 속을 줄 알고?"

그는 코웃음을 치면서 빨리 수갑을 채우라고 눈짓했다.

"우리가 이 정도로 대우하는 것을 고맙게 아쇼, 응. 우리는 선생에게 신사적으로 하고 있는 거요."

젊은이가 기요의 앞으로 다가와서 수갑을 내밀며 말했다. 기요는 순식간에 머리가 뜨겁게 달아올랐다.

"아이들 앞에서 내 꼴이 뭐가 됩니까? 학교를 벗어난 다음에 채워주시오."

기요는 두 남자를 바라보며 부르짖듯이 말했다.

"흥, 체면은 알고 있는 친구로구먼. 그러니까 제자들 앞에서는 곤란하다 이 말씀인가."

상사가 몹시 당황하고 있는 기요를 쳐다보며 빈정거렸다.

"우리가 특별히 당신에게 가혹하게 구는 것이 아니고 이제는 누구라도 마찬가지요. 절대 당신 편할 대로 해줄 수 없어요."

젊은이가 수갑을 쳐들어 보이며 완고하게 말했다.

"절대 도주하지 않을 거요. 나는 전부터 이미 각오하고 있었다구요. 오 년 동안 도주하고 다녔다고 말하지만, 나는 한 번도 스스로 피해본 일이 없어요. 당신들이 나를 찾아내지 못했을 뿐이지."

기요는 흥분을 가라앉히면서 나직하게 말했다.

"그러면 우리가 당신 사정을 특별히 봐주겠소. 일단 학교를 벗어날 때 까지는 수갑을 채우지 않겠소. 그러나 혹 엉뚱한 생각일랑 아예 하지 마쇼."

상사가 이렇게 말하고 먼저 교장실 밖으로 걸어나갔다. 세 사람이 복도로 나왔을 때 복도에는 사람이 하나도 보이지 않았다. 그들은 긴 복도를 지나서 현관으로 나왔다. 그들이 현관 바깥으로 막 나오려고 했을 때 뒤에서 수업계 담당 교사가 헐떡이며 쫓아나왔다.

"김 선생, 오후에 두 시간이 더 있는데 어떻게 하시겠소? 금방 돌아오신다면 그대로 두겠지만, 그렇지 않으면 대책을 세워야 하니까요."

"오늘은 수업하기 어렵겠는데요."

기요는 웃어보이며 수업계 담당 교사에게 말했다.

"졸지간에 손님이 오셨기 때문에 딱하게 되었군요. 그러나 한 시간 정도면 돌아오실 수 있지 않겠어요? 무슨 그렇게 긴 얘기가 있습니까?"

도수 높은 안경을 쓰고 있는 수업계 담당 교사가 옆에 서 있는 두 사람을 힐끗 쳐다보았다.

"하여튼 제가 가급적 빨리 돌아오도록 노력하지요. 그럼 수고 좀 하십시오."

기요는 서둘러서 말끝을 맺었다.

교문을 빠져나오자, 기요는 한층 흥분이 가라앉았다. 길을 걸을 때는 상사와 젊은이가 기요의 양편에 나란히 서서 걸었다. 그들은 한 발자국도 앞서거나 뒤로 처지지 않게 매우 신중하게 기요의 옆에 붙어서 걸어갔다.

"버스로 갈까요? 상사님."

젊은이가 상사에게 물었다.

"가만 있어. 우선 어디서 수갑을 채우고 가야지."

상사는 주위를 두리번거리며 말했다. 그들은 이미 번잡한 거리로 나와 있었기 때문에 수갑을 채우는 데 마땅한 장소가 얼핏 눈에 뜨이지 않았다.

"이 근처에 파출소가 있으면 좋겠는데."

"이 근처에 파출소가 없습니까?"

"여기서 이백 미터쯤 걸어가면 있지요."

기요가 행길 저쪽을 턱으로 가리키며 대답했다.

"갑시다, 거기로."

상사가 말하고 다시 걷기 시작했다. 두 사람은 여전히 기요의 양쪽에 꼭 붙어서 걸었다. 그들은 이렇게 신중한 동작이 이미 몸에 배어 있는 것처럼 보였다.

"그런데 그동안 쭈욱 어디에 숨어 있었소?"

상사가 약간 부드러운 말투로 기요에게 물었다.

"나는 특별히 내가 숨어 있었다고 생각하지는 않습니다. 다만 당신들이 나를 찾아내지 못했을 뿐이지요."

"하하, 이 친구 뱃심이 보기와는 다르구먼. 그러니까 내가 떳떳하게 돌아다녀도 너희들이 감히 나를 찾아내겠냐 이 말이군. 이거 보쇼, 우리가 오 년 동안 당신을 줄곧 찾고 있었다는 사실을 알고 있소?"

기요는 묵묵히 걷고만 있다가 한참만에 힘없이 말했다.

"그 기간은 내게도 아주 지루했지요. 언제쯤 이런 때가 올 줄은 알고 있었지요. 이제 그때가 왔으니까 차라리 마음이 편하군요."

"당신은 왜 군대를 걷어차고 나가버렸소? 더구나 장교 신분을 가졌던 사람이. 군인이 싫어졌소? 싫어졌다면 정당하게 나가는 길도 있었지 않소."

"그때 상황으로는 어쩔 수가 없었죠. 군인이 싫다거나 좋다는 그런 이유 때문이었다면 정당하게 빠져나올 기회도 있었겠지요. 그러나 그때 내가 튀어나오게 된 것은, 아니, 이야기가 길어지니까 관두겠소.

"그럼 그 이야기는 두었다가 검찰관 앞에 가서 하쇼. 우리는 당신을 데리고 가는 것이 임무이니까."

파출소 앞에까지 와서 그들은 멈춰 섰다. 상사가 먼저 파출소 안으로 뚜벅뚜벅 걸어 들어갔다. 경관 한 사람이 사무실 입구에 앉아서 무엇인가 끄적이고 있다가 머리를 들고 상사를 쳐다보았다. 상사는 안 호주머니에서 조금 전에 기요에게 보여줬던 수첩을 꺼내서 경관에게 살짝 보여주며 뭐라고 간략하게 말했다. 경관은 잘 알겠다는 듯이 곧 머리를 끄덕였다. 상사가 뒤를 돌아다보며 파출소 안으로 들어오라고 손짓했다. 이때 젊은 남자가 갑자기 기요의 한쪽 팔을 붙잡고 파출소 안으로 떠밀고 갔다. 혼자서 파출소를 지키고 있던 경관은 별다른 흥미도 없다는 듯이 매우 덤덤한 눈길로 그들의 거동을 지켜보았다. 기요는 얼떨결에 두 손을 모아서 앞으로 내밀었는데 젊은 남자는 뒤 호주머니에서 수갑을 꺼내더니 한쪽은 기요의 왼쪽 팔에 채우고 한쪽은 자기의 오른쪽 팔에 채웠다. 그때 기요는 왼쪽 손가락에 아직까지 백묵가루가 허옇게 묻어 있는 것을 보았다. 그는 미처 손을 씻고 나올 겨를도 없었던 것이다.

"훈장은 역시 별수가 없군."

백묵가루가 묻어 있는 그 손을 보고 상사가 말했다. 젊은 남자도 기요의 왼쪽 손을 한 번 힐끗 쳐다보고 다시 기요의 얼굴을 쳐다보았다. 그는 기요에게 무슨 말을 할 듯하다가 곧 입을 닫아버렸다. 그들은 파출소에서 나와서 다시 행길을 천천히 걸었다. 이제 상사는 기요의 옆에 바짝 붙어서 걸을 필요가 없었다. 상사는 두어 발자국 앞서 걸어갔고 젊은 남자만이 어쩌는 도리 없이 기요와 나란히 걸어갔다. 그 남자는 행인들의 시선으로부터 두 사람의 팔목에 채워진 수갑을 감추느라고 기요에게 더욱 가깝게 붙어서 걸었다. 특별히 주의를 기울여 보지 않는다면 그들 두 사람이 사슬로 서로 연결되어 있다는 것을 쉽게 알아차릴 수는 없었다.

"남자라면 이런 경험도 한 번쯤 있어야지요."

바짝 옆에 붙어서 걷고 있는 젊은이가 어색하게 웃어보이며 말했다. 그는 이제 상대방이 도주할 염려가 없어졌기 때문에 마음이 놓이는 모양이었다. 기요는 그가 위로 삼아 하는 말에 아무런 대꾸도 하지 않았다.

"교원 생활을 오래 했소?"

젊은이가 나지막한 소리로 다시 기요에게 물었다.

"몇 년 되지요."

기요는 덤덤하게 대답했다. 표정이 몹시 딱딱하던 그 젊은 남자는 한결 부드러운 눈초리로 기요를 돌아다보았다.

"아까는 사실 나도 혼났수다. 이 생활이 벌써 몇 년째지만 그런 경우는 처음이었다구요."

"어떤 경우 말인가요?"

"나도 고등학교 나온 지 몇 년 안 되거든요. 아까 복도에서 수업 끝나기를 기다릴 때는 참 난처했지요. 그것 참 못할 짓이던데요."

앞서 가던 상사가 뒤돌아보며 젊은 남자에게 물었다.

"야, 김 병장. 너 여기서 파견대까지 몇 킬로쯤 되는지 알어?

"글쎄요. 직코스로 가면 십 킬로쯤 되겠지요."

"그럼 택시로 가자."

상사는 마침 그들의 옆에 와서 손님을 내려놓고, 곧 떠나려고 하던 택시를 잡아 세웠다. 김 병장과 기요가 먼저 뒷좌석으로 올랐다. 기요는 가운데에 앉았고 상사와 병장이 기요의 양쪽에 각각 앉았다.

"운전사 양반. 대방동까지 직코스로 가는데 말이지, 한번 최고 속도로 뽑아보쇼."

상사가 마치 부하에게 지시하는 사람처럼 운전사에게 말했다.

"속도 위반에 걸리면 댁에서 책임지실 거요?"

운전사가 돌아다보지도 않고 볼멘소리로 투덜거렸다.

"그러면 우리가 시방 드라이브나 하는 사람들같이 보이우?"

상사가 짓궂게 다시 말했으나 운전사는 더 대꾸하지 않고 차를 몰았다. 택시는 수색 정거장 광장을 지나서 새로 포장된 널따란 도로로 들어섰다. 이 도로는 신촌 방향으로 뻗어 있었다. 시가지를 벗어나면서부터 차의 속도가 빨라지자 반쯤 열어둔 차창을 통해 시원한 바람이 비껴 들어왔다. 그들은 잠깐 동안 도로 주변에 새로 조성되는 주택 지구를 바라보느라고 말이 없었으나 병장이 곧 그 침묵을 깨뜨렸다.

"학교로 다시 돌아갈 수는 없을 텐데 어떻게 할 참이요?"

그는 정말 딱하다는 표정으로 기요를 돌아다봤다.

"나도 알고 있어요. 그러나 불가능하다는 것은 알고 있지만 만약 돌아갈 수가 있다면 꼭 돌아가고 싶은데요."

기요는 똑바로 앞을 보면서 헛소리처럼 중얼거렸다.

"당신 얘길 듣고 보니까 우리들이 영락없이 악당들이 되었는데."

상사가 한숨을 쉬고 나서 말을 계속했다.

"하기야 우리들이 찾아내지 못했다면 당신은 당분간 무사하게 교육자 노릇을 할 수가 있었겠지. 그러나 우리는 이것이 직업이고 잘못은 우리보다 당신에게 더 많은 거요. 당신은 좌우간 군대의 법을 어겼으니까.

"꼭 불가능하다고만 말할 수는 없죠."

병장이 다시 기요에게 말했다.

"나중에 재판받을 때 검찰관이나 심판관에게 잘 말해보쇼. 혹시 아우? 정상 참작이란 것도 있으니까."

"야, 임마 금년부터는 군기가 더 엄해져서 그런 것 없다구."

상사가 병장의 억측을 한마디로 부정했다.

"오랫동안 무사했지만 결론적으로 당신은 운수가 좋지 않은 사람이라구. 하필이면 금년에 와서 붙잡힐 건 또 뭐야. 정말 금년부터 군기가 훨씬 엄해졌다 이 말이오. 작년에만 붙잡혔더라도 혹 모를 텐데. 거기 가보면 내 말이 사실인지 아닌지 곧 알 거요."

상사는 몇 번이나 혀를 차면서 안타까운 표정을 지어보였다.

"사실은 나도 입대했던 첫 해에 도망친 일이 있었죠. 두 번씩이나 부대에서 이탈했다가 붙잡혀가지고 되게 혼이 났죠."

병장이 무슨 자랑처럼 그의 경험담을 털어놓았다.

"정말 그때는 선임자들 등쌀에 하루도 배겨내지 못할 것만 같았다구요. 에라 될 대로 되어라. 어디 가서 술이나 잔뜩 마셔버릴까 부다. 하루에도 수십 번 이런 생각이 솟구쳤지 뭐요.

"야, 임마. 말도 말아. 네 따위는 인제 겨우 시작이야. 나는 이 생활이 십 년째야. 입에서 썩은 냄새가 풀풀 나오는 지경이라구."

상사가 가소롭다는 표정으로 병장을 건너다보았다.

"누구나 좋아서 하는 놈은 없다 이거야. 너나 나나 그리고 이 양반까지도. 이 양반은 싫다고 걷어차고 나가버렸지만 그러나 이 양반도 비록 본의는 아니겠지만 다시 돌아오고 있으니까 마찬가지 입장이지."

"어때 교원 생활은 재미가 좋았소?"

상사는 담배를 꺼내 입에 물고 나서 기요에게도 담배를 권했다.

기요가 한 대의 궐련을 받아 입에 물자, 그가 라이터를 꺼내어 불을 붙여주었다. 기요는 담배를 한 모금 태우고 난 뒤에 말했다.

"사실 가르치는 일도 매일 되풀이하다 보면 지독한 고역이죠. 그러나 지금 생각은 그렇지만은 않은데요."

"알 만하겠소."

상사가 기요의 얼굴을 힐끗 돌아다봤다.

"나도 중학교 다니는 놈이 하나 있다우. 선생은 담당 과목이 뭣이었소?"

"영어요."

"영어? 우리 집 그놈은 그런데 영어를 지독하게 못한다 말야. 이 놈이 수학은 어지간히 하는데 말이지. 영어 공부는 어떻게 시키면 되우?"

"특별한 방법이 없지요. 집에서 보게끔 좋은 참고서나 한 권 사주시오."

"아이구, 말 마쇼. 내가 사준 책이 열 권도 더 될 거라구. 하여튼 난 사달라는 대로 죄다 사줬으니까."

"그렇게 많이 사주면 더 공부를 안 하게 되죠. 참고서는 딱 한 권이면 충분합니다."

"그런가요? 무얼 알아야 면장을 해먹지."

택시가 합정동 로터리에서 강변도로로 접어들자, 차창을 통해 마포 강변이 펼쳐졌고 강변 저쪽 건너편으로 영등포 공장지대의 우뚝우뚝 솟아 오른 굴뚝들이 멀리 바라다보였다. 그들은 목적지가 가까워졌다는 것을 깨닫고 갑자기 부질없는 사담을 뚝 그쳤다. 특히 기요의 양쪽에 앉아 있는 상사와 병장은 가운데 앉아 있는 사람과 그들 자신과의 관계를 새삼스럽게 깨닫고 금방 표정이 굳어져버렸다. 이때 기요는 팔목의 시계를 보았다. 벌써 오후의 두 번째 수업이 끝났을 시간이었다. 누가 나의 대리로 수업에 들어갔을까? 내가 돌연 수업에 나오지 않은 것을 알게 된 아이들의 반응이 어땠을까? 그는 비로소 그 학교의 교실과 아이들을 떠올려보았다. 그러나 그 아이들은 아직 아무것도 모르고 있을 것이다. 시간이 더 지난 뒤에도 그 아이들은 모르고 있을 것이다. 그 아이들에게 알려질 필요는 없다. 기요는 이렇게 생각했다.

"대방동 어디라고 하셨죠?"

제2한강교를 지나면서 운전사가 물었다.

"OO파견대가 있는 곳을 아오?"

병장이 운전사에게 다시 물었다.

"네, 압니다."

"그럼 됐소. 목적지는 거기요."

병장이 퉁명스럽게 말했다.

상사의 지시에 따라 택시는 파견대의 정문이 멀리 바라다보이는 지점에서 정차했다. 차에서 내린 그들은 그 길로 곧장 파견대로 향하지 않고 근처의 식당으로 들어갔다.

"우리는 여태 점심도 거른 채 돌아다녔지 뭐요. 이 직업이 원래 그런 직업이라구."

맨 먼저 식당 안으로 들어서던 상사가 기요를 돌아다보며 이렇게 투덜거렸다. 그들은 이 식당에서 제일 조용한 방이라고 생각되는 맨 구석방으로 들어가 자리를 잡고 앉았다.

"우리 두 사람은 간단하게 우동으로 하겠는데 댁은 뭘 드실라우?"

상사가 여전히 딱딱하게 굳은 표정으로 기요를 보면서 물었다. 기요가 머리를 옆으로 흔들자, 상사가 다시 말했다.

"먹기 싫어도 무어든 시키쇼. 이거는 사회에서 마지막 식사가 될 테니까 무어든 기름기 있는 걸로 시키쇼. 사실 우리는 구내식당에 가면 더 싸게 먹을 수 있지만 일부러 여기 온 거요. 내 말뜻 알겠소? 그러나 요금은 각자 부담이니까 그런 줄 아쇼."

기요는 상사의 권유를 따르기로 했다. 그가 상사에게 말했다.

"그러면 나는 곰탕을 시키겠소. 두 분도 기왕이면 기름기 있는 걸로 시키십시오. 요금은 내가 지불하죠."

이번에는 상사가 기요의 제의를 완강하게 거절했다.

"그럴 필요 없어요. 우리 꺼는 우리가 지불할 거니까."

"별다른 뜻은 없으니 오해하지 마십시오. 다만 내 호주머니에 지금 몇 푼 있는데, 이것은 앞으로 별로 필요하지도 않을 것 같고, 그리고 동기야 무엇이든 두 분이 오늘 나 때문에 수고하셨으니까."

기요의 옆에 앉아 있던 병장이 기요의 말을 가로막았다.

"그 점에 대해서는 걱정하지 마쇼. 우리는 오늘 실적으로 우동값 정도는 보상을 받으니까요."

"그러나 우리는 오늘 처음 만났고 또 헤어질 텐데 야박하게도 음식값을 지불하는 문제로 왈가왈부할 필요가 있습니까?"

"그거는 이 양반 얘기가 옳다. 그럼 우리도 곰탕을 시키자구."

상사가 수월하게 결론을 내렸다. 그들은 식사를 끝낸 뒤에 각각 담배를 꺼내서 입에 물었다. 이번에도 상사가 기요가 물고 있는 궐련에 불을 붙여 주었다.

"부인은 있소?"

병장이 갑자기 생각난 듯 기요에게 물었다.

"만약에 나에게 부인이 있다면 내일쯤에는 아주 비극적인 장면이 벌어지겠지만 유감스럽게도 나는 미혼입니다."

"그거 다행이로군."

상사가 혼잣말로 중얼거렸다.

"그러면 애인은 있을 거 아니오? 애인도 없소?"

젊은 병장이 호기심이 가득 찬 눈초리로 기요를 쳐다보았다.

"애인이 있다면 더욱 비극적이게요?"

기요가 빙긋이 웃어보이며 병장에게 반문했다.

"애인이 없다는 사람은 나는 또 처음 보는데?"

병장은 기요의 말이 쉽사리 믿어지지 않는 모양이었다. 이때 상사가 헛기침을 두어 번 하고 나더니 자못 엄숙한 표정으로 기요를 똑바로 쳐다보았다.

"이것은 어디까지나 가정이지만, 만약에 우리가 임의대로 하려고 한다면 여기서 당신을 돌려보낼 수도 있소. 아직 신고를 하지 않았으니까. 그렇게 하려면 지금이 마지막 기회지요. 하필 지금 와서 내가 왜 그 이야기를 꺼내는지, 그 이유를 나 자신도 모르겠으나 나는 처음부터 쭈욱 그런 충동을 느껴왔던 게 사실이오. 택시 안에서도 나는 줄창 그 생각만 하고 있었소. 당신을 우리 임의대로 돌려보낸다면 물론 우리는 군법을 어기는 것이지만 그거야 저놈하고 나하고 두 사람의 입만 꾸욱 다물고 있으면 무사하게 넘어갈 수도 있지요. 택시 안에서 내가 생각한 것은 이거요. 당신은 교사로서 국가에 훌륭하게 봉사하고 있다 이 말이요. 그런데 그런 사람을 붙잡아다 놓으면 군기는 약간 세워지겠지만 결과적으로 국가에 득이 있는 일이냐? 이 점을 생각했던 것이오. 그러나 나의 결론은 내가 그런 것을 생각하고 결정할 입장이 아니라는 것이오. 나는 어디까지나 호송인이니까."

"상사님, 너무 늦었지 않습니까?"

병장이 팔목의 시계를 들여다보며 상사에게 말했다.

"음, 알았어. 덕분에 잘 먹었수다. 이 다음에 언제 좋은 때가 오면 그때는 내가 한턱 내겠수다."

자리를 털고 일어서며 상사가 기요에게 말했다.

파견대의 정문을 지키고 있던 위병은 세 사람이 정문을 통과할 때 그들을 거들떠보지도 않았다. 물론 두 사람에 관해서는 낯이 익었겠지만 위병은 새 손님에게조차 전혀 흥미가 없는 듯한 표정이었다. 일행이 들어간 방은 녹색 단층 건물의 어둑어둑한 방이었다. 대위 한 사람이 방 가운데에 놓여 있는 책상 앞에 앉아서 옆자리의 사병과 큰 소리로 잡담을 나누고 있다가 문을 열고 들어서는 세 사람을 쳐다보았다. 상사가 그 대위 앞으로 뚜벅뚜벅 걸어가더니 거수경례를 붙이고 절도 있는 어조로 말했다.

"한 놈 붙잡아 왔습니다."

"누구 말이야? 이리 데리고 와봐."

대위가 매우 번거롭다는 듯이 미간을 잔뜩 찌푸리며 말했다. 상사가 다시 뒤로 돌아와서 병장더러 잠깐 기요의 팔목에서 수갑을 풀라고 말했다. 수갑에서 풀려난 기요는 대위 앞으로 끌려갔다.

"이름이 뭐지?"

기요의 얼굴을 힐끗 쳐다보고 나서 대위가 물었다.

"김기요입니다."

"이자가 우리 기록으로 넘어온 게 언제부터지?"

대위가 이번에는 상사에게 물었다.

"오 년쯤 되었습니다."

"오 년이라구? 그럼 징역을 오 년은 살아야겠군. 데리고 가라."

대위는 더 묻기가 귀찮은지 다시 옆자리의 잡담 상대자 쪽으로 돌아앉아 버렸다. 신고는 이렇게 간단하게 끝났다. 왼편 팔목에 다시 수갑이 채워진 기요는 그 어둑어둑한 파견 대장실에서 곧 바깥으로 끌려나왔다. 현관 앞에서 한 대의 군용 스리쿼터가 시동을 걸어놓고 그들을 기다리고 있었다. 이 차야말로 기요를 마지막 지점으로 데려다줄 호송차였다.

"자, 나는 여기서 작별이오. 그쪽에 가면 우선 답변을 잘해야 됩니다."

현관에 우두커니 서 있는 기요의 잔등을 상사가 손바닥으로 두어 번 두드려주며 말했다. 기요는 상사에게 웃어보이면서 고개를 끄덕였다. 상사는 차가 출발하기도 전에 돌아서서 금방 건물 안으로 사라져버렸다.

병장과 기요, 단지 두 사람만을 적재함 위에 태운 스리쿼터는 파견대의 정문을 빠져나와 도로를 달리기 시작했다. 기요는 팔목의 시계를 다시 보았다. 이미 그 학교의 아이들은 오후의 수업마저를 끝내고 집으로 돌아갈 시간이었다.

"미결감에 있는 동안이 제일 어렵다오. 건강에 제일 힘써야 할 거요."

기요와 나란히 앉아 있던 병장이 말했다. 그는 기요와 서로 수갑을 나누어 차고 있었으므로 얼핏 보면 병장 자신도 흡사 호송되어가는 죄수처럼 보였다.

"여기서 그곳까지 얼마나 걸립니까?"

기요가 병장에게 물었다.

"십오 분 뒤면 거기 도착할 거요."

"그러면 부탁이 있는데 들어주시겠소?"

"무어요? 무어든 말해보슈."

"당신이 보았다시피 나는 아무에게도 알리지 못하고 와버렸소. 나의 어머니하고 친구 몇 사람에게 연락 좀 해주겠소?"

"그것은 사실 금지사항인데 그러나 내가 연락해드리겠소. 시간이 없으니까 빨리 주소를 적어주쇼."

기요는 조그만 종잇조각에다 주소와 전화번호를 적어서 병장에게 건네주었다.

"이것뿐이오? 애인이 있으면 말하쇼. 나중에는 기회가 없다구요. 지금 말해주면 죄다 전해주리다."

쪽지를 받아들고 병장이 빙긋이 웃어 보이면서 말했다.

"내가 애인이 없다고 아까 말하지 않았소? 만약에 애인이 있다고 해도 나는 지금 그 여자에게 연락하지 않을 거요."

"하하, 이 양반은 그 여자가 변심할까 봐 겁이 나는 모양이군. 그렇지만 사실이 그렇다면 그건 잘못 생각하는 거라구요. 내가 작년 여름에 잡아온 놈 이야기를 할까요. 그 녀석이 지독하게 좋아하는 여자가 있었는데 이 여자가 평소에는 그 녀석을 지독하게 싫어하다가 막상 그 녀석이 덜컥 수감되니까 교도소 문턱이 닳아지게 면회를 왔다구요.

그러니까 애인이 있다면 서슴지 말고 얘기하쇼. 나는 어디까지나 형씨에게 좋은 일 하고 싶어서 그러는 거요. 나도 이제 석 달만 있으면 제대할 텐데 그때는 이 생활도 끝이지요. 우리 상사님은 이 생활에 취미가 붙어버린 모양이지만 난 그렇지가 못해요."

"그렇다면 내가 한 가지 더 부탁하겠는데 들어주겠소?"

"무어요? 뭐 별로 어렵지 않은 부탁이라면 힘써보지요."

기요는 잠시 동안 침묵을 지키고 있다가 가까스로 입을 열었다.

"식당에서 그 상사가 왜 나에게 그런 얘기를 하였는지 당신은 그 이유를 내게 말해줄 수 있소?"

"그게 지금 말한 부탁이라는 거요?"

병장이 난처한 표정으로 기요에게 물었다.

"그렇습니다."

"그것 참 어려운 부탁이군. 그러나 내가 일단 약속을 했으니까 대답을 하지요. 상사님은 언제나 신고하기 직전에 그 비슷한 얘기를 상대방에게 한다구요. 어떤 때는 정말 곧 돌려보낼 듯이 말하는 바람에 옆에 앉아 있는 나까지도 깜짝 놀랄 때가 있죠. 하지만 나도 이젠 상사님 얘기에는 면역이 되었다구요. 어때, 이만하면 대답이 되겠소?"

기요는 고개를 끄덕였다. 그들이 얘기를 나누는 동안에 사람을 태운 호송차는 계속해서 차도 위를 달려갔다. 이미 저녁나절이 되어 거리에는 귀성객들의 행렬이 잔뜩 붐비고 있었다. 인도로 걸어가는 행인들이나 혹은 지나가는 버스 안의 승객들이 이 낡은 군용차의 적재함 위에 나란히 앉아 있는 두 사람을 자주 쳐다보았다. 그들은 두 사람이 무엇인가 얘기를 주고받는 모습에 더욱 흥미를 느꼈으며 특히 두 사람이 수갑을 서로 나누어 차고 있는 것을 발견한 사람은 마치 흉악범의 얼굴이 어떻게 생겼는지 알고 싶은 사람처럼 두 사람의 얼굴을 몇 차례나 거듭거듭 쳐다보았다.

선생과 황태자

선생과 황태자

송 영 단 편 선

나는 어느덧 나도 모르는 사이에 내가 어쩌면 환자가 아닐까 하는 자각 증상에 사로잡히고 만 것입니다. 혹시 어디 아픈 데라도 없을까, 그때까지 몸에 이상이 있거나 이렇다 할 만큼 치료를 받아본 일이 없는데도 공연한 남들의 인사말,

요즘 어디 아프냐?

혹은

자넨 밤낮 무슨 걱정거리가 그다지도 많은가?

이따위 인사말 때문에 자기는 정말 환자가 아닐까 하고 자꾸 자문해보다가 나중에는 자기 몸 어느 한 부분이, 아니면 거의 전체가 병들어 있을지도 모른다는 근거도 없는 의구심에 사로잡혀 버렸지요.

게다가 자기가 남달리 걱정거리가 많은 사내다, 아무것도 아닌 일로 공연히 시달림을 받고 있는 사나이다, 하고 느끼는 증상은 더욱 심했죠. 웬만하면 표면에까지 드러내지 않아도 될 텐데, 자기 고민을 표면에까지 드러내는 건 어느 모로 보나 유쾌하달 수 없는 일인데 오죽하면 그걸 상대방이 금방 깨닫게 될까, 내 표정에서 그것을 감추고 지낼 수는 없을까 하고 생각했죠.

이 증상은 가속되어 이윽고는

나는 병든 사나이다.

혹은

나는 남달리 걱정거리가 많고 그리고 그것을 감출 수 없으리만큼 거기에 몹시 시달리고 있는 사나이다.

라고 스스로 규정지어 놓고는 매사에 자신을 잃게 되었습니다.

여보 그게 연애 이야기요?

맞은편 벽에 기대앉은 하사 하나가 이때 퉁명스레 물었다. 순열 씨는 깜짝 놀란 듯 눈을 들어 맞은편을 바라보았다. 그의 이야기를 가로막은 하사는 변소 바로 곁에 앉아 있었다. 그는 나는 너에게 기대고 있다, 기댈 만큼 기댈 테니 양해하라는 듯이 변소 옆 벽에 잔뜩 기댄 채 얼굴 윤곽이 잘 보이지 않을 만큼 머리를 수그리고 있었다. 그래서 순열 씨에게는 하사의 이마밖엔 보이지 않았고 그의 이마는 온통 굵다랗고 깊이 팬 주름투성이여서 순열 씨의 시야에는 그 뚜렷한 주름살이 더욱 크게 부풀어 올랐다.

저 사나이는 지금 왜 변소 곁에 앉아 있을까, 순열 씨는 그게 이상하게 여겨졌다. 저곳은 그의 자리가 아니다. 순열 씨를 중심으로 모여 앉아 있는 사람들로부터 그는 유독 혼자 몇 자만큼 떨어져 앉아 있었고, 아주 편한 자세로 벽에 기댄 채로 머리를 잔뜩 수그리고 있는 걸 보면 하사가 지금 이야기를 듣고 있지 않는 것은 물론 방금 질문을 던져온 것 같지도 않았다. 그래도 질문의 목소리는 분명히 그의 것이었다.

그런데 왜 그는 저만큼 혼자 떨어져 앉아 있을까. 그는 혼자서 잠을 자고 있었거나 혹은 깊은 생각에 빠져 있었는지도 모르지. 하지만 왜 저기 변소 바로 옆에 앉아 있을까. 저곳은 그의 자리가 아니다.

순열 씨는 입을 닫은 잠깐 사이에 맞은편에 앉아서 얼굴을 보여주지 않는 하사에게 이렇게 머리를 썼다. 그는 약간 불안하기까지 했고 눈을 들어 다시 그 부풀어 오르는 굵다란 주름살을 보았을 때 까닭 없는 불안은 더 심해졌다.

계속해요. 그냥.

이때 이 중사가 손으로 순열 씨의 잔등을 가볍게 치면서 재촉했다. 그가 구태여 잔등까지 치는 걸 보면 이 중사는 벌써 순열 씨의 마음에 스쳐가는 한 가닥의 불안을 읽었음에 틀림없었다. 그는 고참자답게 눈치가 매우 빠른 사나이였다. 비록 늘 눈을 가늘게 치뜨고 입을 지랄병자처럼 약간 헤벌리고 있어서 이 자가 잠자는 것이나 아닐까 하는 느낌을 상대방에게 주지만 그것은 중사의 얼굴에 밴 습관에 불과한 것이고 그는 잠을 자고 있거나 혹은 어떤 잡념에 빠져 있는 것은 아니었다. 오히려 그렇게 반수에 빠진 듯한 그의 눈과 그리고 여타 촉각은 실내의 구석구석까지, 또는 실내에 있는 사람들의 마음 구석까지 하나도 놓치지 않고 지켜보고 있는 것이었다. 그러므로 그의 눈치가 빠르다는 것은 적절한 표현이 되지 못했고 중사의 눈치는 이미 귀기(鬼氣)에 이르고 있다는 것이 적절한 표현이리라.

만약에 이때 중사가 손으로 자기의 잔등을 가볍게 두드리며 재촉하지 않았다면 순열 씨는 맞은편 하사의 이마에 너무나도 뚜렷하게 혹은 사나우리만큼 굵다란 선으로 그어져 있는 주름살로부터 그의 멍청스런 시선을 거두지 못했을 게다. 그는 확실히 한 가닥의 불안에 사로잡혀 있었고, 그 불안의 정체가 무엇인지 잘 잡히지 않아 한동안 멍청하니 앉아 있었다. 그런데 중사의 가벼운 손길에는

그따위에 개의치 마시오,

라는 뜻이 분명 담겨져 있어서 그는 겨우 하사로부터 시선을 거두었다.

중사는 순열 씨를 껴안기라도 할 듯이 한쪽 무릎은 그의 무릎 밑에 밀어넣고 한쪽 무릎은 세워서 그의 잔등을 받쳐주고 있었다. 무엇을 받아먹기라도 하려는 듯이 앞으로 내민 중사의 뾰족한 턱은 곧 그의 턱과 마주칠 것처럼 가까이 있었고 중사의 입에서 훅훅 내어 뿜는 뜨거운 숨결에서는 고약스런 냄새가 자꾸 스며나와 그의 후각을 괴롭혔다. 그리고 다른 사람들 여남은 명이나 되는 한 방의 동료들도 순열 씨와 중사를 둘러싸고 덩어리지어 앉아 있었다. 그들 모든 사람들의 입에서도 한결같이 뜨거

운 숨결이 내뿜어졌고 그리고 그 숨결에는 모두 순열 씨의 후각을 괴롭히는 고약스런 냄새가 스며 나왔다. 그들의 냄새는 한결같이 같은 종류의 것이었다. 개고기를 구운 것 같은 약간 노린내에다 썩은 푸성귀에서 나는 퀴퀴한 냄새가 섞여 있는 냄새, 그러니까 그것은 거리의 싸구려 음식점 주변의 하수구에서 맡을 수 있는 것과는 조금 다른 냄새였다.

순열 씨는 그 특유한 고약스런 냄새들로 자기가 겹겹이 에워싸여 있다는 걸 새삼 깨달았고 그들의 눈이 자기의 입을 열심히 지켜보고 있으며 그들의 가쁜 숨결이 그들이 지금 매우 초조하게 무엇인가를 기다리고 있다는 것을 말하는 것이라고 믿어졌으므로 이야기를 계속해도 되겠다고 생각했다.

실은 이게 그 이야기의 전제로서 필요했기 때문에 한 것입니다. 그냥 이걸 생략해버리고 연애 이야기로 들어간다면 다음 이야기에서 내가 왜 그렇게 했을까, 왜 일을 그렇게 처리했을까에 대해서 당신들이 이해하지 못할까 봐 그러는 겁니다.

그는 방금

그게 연애 이야기요?

라고 사뭇 퉁명스럽게 질문을 던진 하사의 존재를 계산하고 일부러 이렇게 부연했다. 그렇지만 그가 지금 자기의 이야기를 과연 듣고 있었는지는 알 수 없었다. 그는 지금 변소 옆에 바싹 붙어 앉아 있고 그곳은 무리지어 앉아 있는 이쪽에서 몇 자 떨어진 곳이었다. 그곳은 그의 자리가 아니었다. 그렇지만 순열 씨는 그의 질문에 한마디도 부연하지 않고 그냥 넘어가지는 못했다.

이야기는 이제부터 시작입니다.

순열 씨는 곁에 있는 중사의 얼굴을 향해 다시금 말했다. 중사는 입을 비틀고 비쭉 웃어 보였다. 두터운 아랫입술을 삐뚜름히 내밀고 그가 소리 없이 웃을 때는 귀여운 느낌마저 주었다. 하여튼 그의 얼굴이 평온한 채로 있을 때는 얼굴에서 이따금 어린애의 얼굴을 발견할 때도 있다. 그렇지만 그가 감방장의 권위를 찾기 위해 표정을 일단 딱딱하게 만들거나 또는 누구에겐가 고함을 지르거나 발작적으로 주먹 혹은 발길을 휘두를 때는 그 귀여운 웃음이나 어린애의 얼굴은 찾을 길이 없다. 그 무서운 얼굴이 저토록 귀엽게 표변하는 데 대해 순열 씨는 내심 몹시 감탄하고 있었다. 빨리 하슈라는 듯이 중사는 지금 그 귀여운 웃음을 보내주고 있었다.

바로 이런 까닭 때문에 어느 날 나는 한강 백사장을 찾았지요. 아마도 여름 휴가였을 거요. 굉장히 뜨겁고 무더운 날이었으니까. 한강 백사장은 끝없을 만큼 넓어요. 한남동에서 철로가 있는 둑으로 올라가 보면 거기 사장이 얼마나 넓어 뵈나 단숨에 알지요. 옳지 되었다, 하고 우리집 마루에 앉았을 때 생각한 겁니다.

뭘 말요?

참지 못해 중사가 물었다.

들어보슈.

순열 씨는 귀여운 고참자를 힐끗 바라보며 말했다.

한 장소에 오래 서서 살을 태운다는 것은 일종의 형벌 아니겠소? 그러니까 좀처럼 그 짓을 감행한다는 건 어려웠단 말이죠. 그런데 이 넓은 백사장을 걸어간다면, 끝이 없는 것처럼 보이는 이 백사장을 끝없이 하염없이 걸어간다면, 너무 빨리 걷지 않고 조금 천천히 걸어간다면, 물론 하늘을 보고, 그러면 멋들어진 산보와 살 그을리는 일을 동시에 할 수가 있다는 생각이 우리집 마루에 앉았을 때 떠오른 겁니다. 나는 그 길로 한강 백사장으로 달려갔습니다.

백사장에서 산보했다는 얘기는 생략하죠. 내가 멋들어진 산보를 했건 말건, 혹은 거기서 진짜로 살을 태울 수 있었건 역시 태우지 못했건 그건 별로 관련이 없으니깐.

하여튼 두 시간쯤 백사장에서 보내고 집으로 오는 길이었습니다. 그때 시간은 오후 두세 시 무렵, 해가 제일 뜨거운 때였죠. K동의 언덕배기를 걸어 올라와 한숨 돌리고 비교적 평평한 한길을 걷고 있는데 맞은편에서 누군가 걸어왔소. 주위는 주택가였는데 모두 새로 들어선 집들이어서 비교적 집들이 깨끗했지요. 그래서 난 그 마을을 신흥촌이라 불렀지요. 그러니까 그 신흥촌 입구를 막 들어선 참에 맞은편에서 누가 온 겁니다, 흰 옷을 입어서 햇빛의 반사 때문에 처음엔 사람이 잘 보이지 않다가 점점 가까워지니까 윤곽이 드러납니다. 나는 햇빛 때문인지 또는 다른 무엇 때문인지 맞은편에서 오는 사람이 내 앞에 바싹 다가올 때까지 그게 그토록 예쁜 처녀라는 걸 느끼지 못했지요. 아니 그게 그토록 예쁜 여자였기에 내 눈이 어릿어릿했을지도 모르지요.

그녀가 바싹 내 앞에 다가왔을 때에야 나는 그 여자가 참말 예쁜 여자라는 것, 마치 숲에서 나온 요정처럼 예쁜 여자라는 것, 당신들 영화에서 요정을 보았겠지만 팔등신이 아니면 얼굴이 제아무리 예뻤댔자 요정으로 보이지는 않는 법이요. 그 여자는 어디 하나 흠잡을 데 없이 곱고 늘씬했소. 내가 그걸 깨닫고 너무 충격이 커서, 하필이면 백사장의 산보에서 돌아오는 길에 행인 하나 없는 한길에서 딱 둘이서 마주쳤다는 사실에 너무 충격이 커서 머리 한구석이 찌르르 울렸을 때는 때가 이미 늦어버렸소. 그녀는 잽싼 걸음으로 나를 지나쳐간 거요. 물론 때가 늦지 않았던들 별 뾰족한 수가 있는 건 아니었지만.

나는 곧 뒤로 돌아섰는데 그녀가 계속 걸어가면 미행할 참이었죠. 우선 할 수 있는 일은 미행해서 그녀가 어디 사는 누구라는 걸 알아두는 것뿐이었으니까. 일단 그걸 알고 난 뒤에 차츰 방법을 생각해야 되니까.

그런데 이 여자는 몇 걸음 더 걷지 않아서 바로 길가에 있는 어떤 집의 대문 앞에 서는 것이었소. 나도 그 자리에 우뚝 멈춰 섰소. 그렇지만 그녀는 나를 느끼지 못했는지 뒤쪽의 나는 거들떠보지도 않고 손을 들어 대문의 벨을 눌렀소. 참 하얗고 포동포동 살찐 손이었죠. 찌이찌이 벨 소리가 울리고 이어서 집 안에서 누군가 신발 끌고 나오는 소리가 들렸고.

인제 오니?

응.

하는 콧노래 같은 가벼운 문답이 들린 뒤에 문이 열렸소. 거기까지밖에는 기억이 안 나요. 문이 언제 열렸는지 그녀가 언제 집 안으로 들어가버렸는지 얼떨떨한 기분이라 도무지 느끼질 못했거든요. 하여튼 그 여자가 눈앞에서 사라져버린 거요. 그러니까 처음 눈앞에 나타나서 사라질 때까지 불과 몇 초 걸린 셈이죠.

그래서 어떻게 된 거요?

중사가 성급하게 재촉했다. 그는 거의 입이라도 맞출 듯이 순열 씨의 얼굴에 그의 얼굴을 맞대고 있었다.

그런 뒤에!

하고 순열 씨는 다시 입을 열었다.

이때 관망대에서 귀찮아 내뱉는 듯한 목소리가 아주 작게 들려왔다.

정좌.

관망대의 난간에 어깨를 기대고 졸고 있던 근무자는 몸을 일으키고 드높은 천장을 향해 한바탕 기지개를 켠 뒤에 방금 내린 자기의 지시가 제대로 이행되었나 보느라고 눈으로 한 바퀴 반원을 그렸다. 새하얀 파이버 밑에 가려진 그의 눈은 표범 눈처럼 반짝거렸다. 그리고 독기마저 내뿜고 있었다. 방금 조느라고 게슴츠레했던 눈이 어느 사이 그렇게 빛과 독기를 한꺼번에 뿜어내게 되었는지는 알 수 없었다.

순열 씨는 이야기를 더 계속하지 못했다. 근무자의 작은 목소리가 떨어지자마자, 순열 씨를 둘러싸고 앉아 있던 모든 사람들이 허둥지둥 제자리를 찾아 순식간에 흩어져 가버렸기 때문이었다. 순열 씨의 곁에 남은 사람은 겨우 이 중사 한 사람뿐이었다. 그곳은 그의 자리였던 것이다.

본의 아니게 이야기를 중단한 순열 씨는 그의 얘기에 귀 기울여주고 있던 2호 감방의 동료들에게 미안하게 생각했다. 그가 조금 이야기의 템포를 빨리 했더라면 근무자의 지시가 내리기 전에 이야기를 끝마칠 수 있었을지도 모른다고 생각되었던 것이다. 그렇지만 이야기가 늦어진 것은 그가 이야기를 충실하게 끌어가려고 노력했기 때문이었다.

편히쉬어 자세가 아니라면 이야기는 도무지 불가능했다. 그나마도 맨 앞에 앉아서 참새 잡는 당번이 끊임없이 근무자의 거동을 지켜보아야 했고 거기다가 어느 정도까지는 재소자의 수칙이나 근무자의 권위로부터 이탈해보겠다는 이 중사의 대담한 배짱이 밑받침하고 있었다.

순열 씨는 계면쩍은 표정이 되어 꼼짝도 하지 않는 동료들의 중머리 뒤통수들을 묵묵히 바라보았다. 그는 이 중사와 나란히 맨 뒤에 앉아 있었으므로 이 위치에서는 삼열 횡대로 정좌하고 앉아 있는 동료들의 중머리 뒤통수들이 모두 한눈에 바라다보였다. 그들의 중머리들은 꼼짝도 하지 않았으므로 뒤쪽에서 보면 마치 여러 개의 같은 석불상이나 목불상들을 나란히 앉혀 놓은 것 같았다. 그리고 불상들은 실은 생명이 전혀 없어 뵈는 것이다. 정좌할 때는 손가락 하나 까딱하지 못했기 때문에 그들의 뒷모양은 숨조차 제대로 쉬지 않는 듯이 보였고, 꼼짝도 하지 않는 삼열 횡대의 뒤통수들에서는 정말 생명의 자취라곤 조금도 찾아볼 수 없다는 느낌을 받을 때가 있었다. 이렇게 느껴질 때 순열 씨는 어쩐지 소름이 끼쳤다.

내 얘긴 그년을 어떻게 조졌느냐 이거요.

이때 이 중사가 2호실 안에서만 들릴 만큼 낮은 목소리로 말했다. 그는 순열 씨를 슬쩍 돌아보면서 말했으나 그 귀여운 웃음을 보여주지는 않았다. 그의 표정은 정좌할 때 그가 늘 그러듯이 딱딱하게 굳어 있었다. 이렇게 굳은 표정으로 중사가 말하는 것은 그가 참말을 하고 있다는 증거였다.

이 중사의 참말에 대해 실내에서는 아무도 웃는 사람이 없었다. 왜냐하면 지금은 웃을 만한 시간이 아닌데다가 그보다도 이 중사의 참말은 그들에게도 역시 참말이었던 것이다.

근무자는 관망대에서 내려와 동물원의 우리처럼 반원으로 늘어선 감방 앞을 천천히 걸어다녔다. 복도의 시멘트 바닥에 군화 부딪치는 발소리는 마치 초를 헤아리는 시계추 소리처럼 일정한 간격으로 또렷하게 들려왔다.

하여튼 박 씨의 구라는 삼삼해. 놀랐어.

마침 발소리가 7호, 8호 쪽으로 멀어져 간 사이에 중사가 말했다. 그러자 중사의 바로 앞에 앉아 있던 정 하사가 불쑥 뒤를 돌아다보았다.

그게 삼삼하다구요? 난 통 싱거워서 못 듣겠는데.

정 하사는 순열 씨의 구라 솜씨를 칭찬하는 이 중사의 말에 화가 나서 참지 못하겠다는 듯이 버럭 소리쳤다. 그는 뒤쪽의 두 사람을 부릅뜬 눈으로 한바탕 흘겨보고는 곧 다시 얼굴을 앞으로 돌렸다.

뭐라구? 이 새끼가 갑자기 미쳤어.

이 중사의 말이 떨어짐과 동시에 그의 큰 주먹이 하사의 뒤통수를 맹렬하게 갈겼다. 하사의 머리에서 퍽 하는 소리가 들렸지만 그는 방금 자기가 실수를 저질렀다는 걸 곧 깨달은 듯 꼼짝도 안 했다.

이 새끼.

중사는 노기로 숨가쁜 소리를 내면서 자기 말을 부정한 인간에게 같은 주먹질을 몇 번인가 되풀이했다.

이 새끼, 그 소리 다시 한 번 해봐.

근무자의 발소리가 멀어졌을 때 중사가 나지막한 소리로 다시 말했다. 그의 어조에는 어느덧 노기가 사라졌고 비양거리는 투의 장난기마저 섞여 있었다.

한 차례 주먹 세례를 받은 정 하사는 여전히 꼼짝 않고 등을 보인 채 앉아 있었다. 그렇게 참아내는 그는 누구보다 중사의 발작적인 노여움을 잘 알고 있었으므로 그는 중사의 주먹질이 몇 번으로 그친 것을 도리어 다행으로 여기고 있었다.

넌 선생에게 모욕을 주었어. 이 새끼야, 날 따라 말해. 선생의 구라는, 아니 선생님의 구라는 삼삼합니다.

그래요. 선생님의 구라는 삼삼합니다.

마지못해 모기 소리처럼 작은 소리로 정 하사가 복창했다.

이 새끼, 한 대 더 맞아야 알겠어? 기합이 빠져 있어 이 새끼야, 다시. 선생님의 구라는 삼삼합니다.

이번에는 감방 밖에까지 소리가 들릴 만큼 큰 소리로 복창했다.

뭐야? 뭐라고 했어?

이때 2호 앞으로 걸어오던 근무자가 철창 안을 들여다보면서 물었다.

아니오. 아무것도 아닙니다.

맨 뒤쪽에서 이 중사가 황급히 대답했다. 그는 엉겁결에 몸을 반쯤 일으켰고 그의 얼굴은 어느덧 그 귀여운 웃음을 흘리고 있었다. 그러는 중사와 눈이 마주치자 장 수병님은 하는 수 없이 웃고 말았다. 하지만 그는 곧 웃음을 거두고 싸늘한 표정으로 돌아갔다. 두꺼운 입술은 굳게 닫혀버렸고 눈을 가릴 듯이 깊이 내려쓴 새하얀 파이버 안쪽에서 표범의 눈 같은 장 수병님의 눈은 지극히 조용한 거동으로 철창 안을 한 바퀴 휘둘러보았다. 그러다가 그의 눈이 나이 먹어 뵈는 맨 뒤쪽의 신참자에서 잠시 정지했다. 그는 한 마디도 건네지 않고 몇 초 동안 신참자를 지그시 내려다보았다.

흥 저놈은 턱수염이 쭈뼛쭈뼛 나고 움푹 팬 눈이 피로하게 뵈는 게 꽤 나이가 많은 게로군. 그런데 저놈의 눈과 마주치면 어쩐지 기분이 거슬린단 말야. 그는 내심 이렇게 생각했으나 정작 그가 이상스레 여기는 건 그 사나이의 그런 외양이 아니었다. 그는 며칠 전부터 2호 앞을 지날 때마다 이 신참자가 두 번째 상좌라고 할 수 있는 이 중사의 바로 옆자리에 앉아 있는 걸 보고 매우 이상하게 생각했다. 순서로 따진다면 그 녀석은 제가 아무리 나이가 많든 또는 사회에서 쓰여 먹는 무슨 대단한 재간을 지녔건 앞자리에 바로 창살과 마주 앉아서 참새잡이나 전령 노릇을 해야 하는 것이다. 그런데 어떻게 해서 저놈은 자기보다 고참인 여남은 명의 동료들을 죄다 제쳐 놓고 두 번째 상좌에 앉게 되었을까. 물론 그렇게 결정한 것은 2호 감방장인 이 중사이겠지만 그렇지만 장 수병님은 이 중사로 하여금 감방 질서를 깨뜨리게 만든 이 사나이에게 약간의 호기심을 느끼지 않을 수 없었다.

하여튼 2호는 재미있어.

그는 무슨 뜻인지 2호 사람들이 잘 알 수 없는 말을 혼자 지껄이고는 1호 쪽으로 걸어갔다.

작살날 뻔했어. 이 새꺄.

2호 앞에서 장 수병님의 뒷모습이 사라지자마자 이 중사가 정 하사의 뒷덜미를 향해 말했다.

그래요. 중사님.

여전히 앞을 향한 채 정 하사가 대꾸했다. 그가 구태여 대꾸하는 것은 이 중사의 임기응변이 위기를 모면케 해주었다는 것을 덩달아 표시해주기 위해서였다.

아까 두 번째 복창은 좋았어.

이번에는 정 하사에게만 들릴 만큼 속삭이듯 이 중사가 말했다.

이따가 취침 전에 선생님께 강아지 한 마리 드려.

네. 드리겠습니다.

정 하사의 대답이 끝나자, 중사는 옆자리의 순열 씨를 힐끗 돌아다보았다. 순열 씨가 그를 마주 보았을 때 그는 그 귀여운 웃음을 보내주고 있었다.

그렇지만 순열 씨는 딱딱한 표정으로 그의 미소를 받았다. 그러고는 얼른 정면으로 머리를 돌리고 부동자세를 취했다. 적어도 아직 이 중사의 흉내를 낼 수는 없다고 그는 생각하는 것이다. 이 중사의 미소나 고개 움직임, 손짓 발짓, 혹은 기분 내킬 때 한두어 마디 내뱉는 따위의 여유를 그는 도저히 흉내 내서는 안 되는 것이다. 비록 두 번째 상좌에 앉아 있지만 그는 매우 조심했다. 왜냐하면 이 중사가 상좌를 차지한 것과 자기가 두 번째 상좌를 차지한 것은 그만큼 개념이 다르다는 것을 그가 잘 알고 있었기 때문이다.

정좌 시간에 부주의한 행동을 하면 그것은 곧 같은 호의 동료들에게 나쁜 영향을 미친다. 그러므로 개인적인 부주의는 모두가 용납하지 않았다. 단지 이 중사만이 호 자체의 그러한 규제 밖에 있었다.

순열 씨의 상체는 꼼짝도 하지 않았지만 무릎을 꿇고 있는 그의 다리 근육은 이따금 생각난 듯이 꿈틀거렸다. 그는 무릎을 꿇은 지 삼십 분도 채 못가서 발과 다리의 마디 사이에 힘줄이 끊어질 것 같은 통증을 느꼈다. 그리고 그 통증을 한참 견디어내자 이번에는 허벅지에 무겁게 짓눌리고 있는 다리 근육에서 쥐가 나기 시작했다. 그는 이 통증에 반항하듯 시멘트 바닥에 깔려 있는 다리를 향해 상체의 압력을 더욱 가중했다. 유월 초순, 아직 여름 무더위는 아니지만 사방이 차단된 실내는 몹시 무덥기만 했다.

이렇게 힘을 주어보면 발과 다리 사이 마디의 힘줄이 늘어나고 말겠지. 그리고 다리 근육도 한층 딴딴해질 게다.

그것은 꼭 그렇게 될는지 믿을 수 없는 일이었다. 하지만 고통을 참아내는 별다른 길도 없었다.

오태봉, 넌 감실에 갔다온 게 며칠째야?

예, 보름 조금 덜 됐습니다.

이 새꺄, 보름이면 보름이고 한 달이면 한 달이지 좀 덜 됐다는 게 뭐야?

이 중사의 미간이 찌푸려지자 철창 가까이 벽에 기대앉았던 오태봉은 얼른 상체를 바로 세우고 평좌로 고쳐 앉았다.

예, 만 십삼 일 열두 시간 되었습니다.

좋았어, 오태봉.

중사는 빙그레 웃는 얼굴로 좌중을 한 번 둘러보았다. 그러자 오태봉은 아주 날렵한 동작으로 평좌를 흩뜨리고는 다시 벽에 기대앉아 싱글싱글 웃기 시작했다. 그는 특별한 긴장이 없을 때는 늘 싱글싱글 웃고 있었다.

넌 며칠이면 공판이 붙겠다. 씨팔놈, 좋아라 날뛰지 마, 삼 년은 썩어야 하니까.

그렇지 않아요. 난 이 년 잡구 있어요.

온통 주근깨로 덮여 있는 오 하사의 조그만 얼굴은 상대방의 약을 올리려는 듯이 여전히 싱글싱글 웃고 있었다. 그의 밝은 표정에는 이 년은 견딜 만하다. 이 년을 때린다면 즐겁게 살아주겠다라고 씌어 있는 것 같았다.

뭐라구 이 새꺄, 이 년이라구. 새씹 같은 소리 작작하라구 이 새꺄, 넌 기름칠 이 년 아냐? 기름칠 이 년이면 갈데없는 석삼 자라구, 그렇지 않나, 정철훈?

중사가 옆에 다리를 세우고 앉아 있는 정 하사에게 동의를 구하자 하사는 얼른 자세를 바로잡고 평좌로 고쳐 앉았다.

네, 그렇습죠.

그봐, 이 새꺄, 오태봉, 너 똑똑히 들었지?

중사님, 악담 좀 그만하세요. 그래 삼 년이라구 해두죠.

오태봉은 마지못해 감방장의 구형을 받아들였다. 그렇지만 이 중사는 오태봉이 방금 악담 운운했기 때문에 잠시 미간을 찌푸렸다. 그는 이 녀석에게 당장 게걸음을 시킬까 하고 생각했다. 그의 앞으로 게 걸음걸이로 오태봉이 다가오면 바른쪽 다리를 들어 발바닥으로 놈의 얼굴을 한번 씻겨 주는 순서였다. 그러나 그의 찌푸린 얼굴에 개의치 않고 연방 싱글거리는 오태봉의 주근깨투성이 얼굴을 보자 그는 그 순서를 지워버렸다.

아아 씨팔 미치겠구나 선생, 난 이제 이십 일만 참아내면 나가는 거요.

그래요?

하고 순열 씨는 다소 놀란 듯 중사를 바라보았다.

여태 몰랐죠? 이십 일만 있으면 이십 공판이 있으니까 그때 붙으면 나가는 거요.

거기에 확실히 붙는다는 걸 알고 있소?

알구말구요, 흥 이번에는 진짜 ㅇ八을 쓴 거요. ㅇ八을 썼으니까 틀림없다는 걸 알지요. 이 년 육 개월이나 ○八을 쓰지 않고 버티다가 이번에는 정말 쓴 거요. 옜다 먹어라 하고. 일심에서 난 삼 년이었는데, 씨팔 이 년 육 개월이나 살았지만 정말 이제 육 개월은 더 못 견디겠소. 꼭 미칠 것 같은 거요. 선생.

하고 중사는 점점 어조를 낮추어가며 말했다. 나중에는 순열 씨만 들릴 만큼 작은 소리로

선생, 정말 이제 육 개월을 살라면 어디로든 도망가겠소. 죽고 말지 못 견딜 판요. 전에 삼 년 형기가 다 끝나 내일이면 출감할 놈이 그만 하루를 못 참아 탈옥한 일이 있다우. 저 변소 말요. 변소 천정으로 올라가 굴뚝으로 빠졌다우. 지독한 놈이지만 삼 일 뒤에 다시 체포되어 여기로 돌아왔죠. 그래서 특수도주 죄목으로 사 년을 또 받은 거요. 흐흐 우습죠. 그놈을 욕했지만 이제야 그놈의 심정을 알 것 같아요. ……그래서 이심에 항소해놓고 내가 아버지에게 편지한 거요. 쓰라구. 내가 쓰라구 했으니까 꼭 썼을 겁니다. 전에는 아버지가 쓰겠다구 해두 내가 못 쓰게 했으니까.

어쨌든 다행이요. 이십 일은 눈 깜짝할 사이 아뇨?

당신은 이제 괴로울 것 하나도 없겠소.

그게 아니오, 선생. 바로 이 좆 같은 이십 일이 문제라니까. 하루가 꼭 일 년 같다니까.

중사는 금방 사나운 눈초리로 철창을 노려보았다.

노오랗게 변색된 얼굴이 일단 흥분되자 옆에 앉은 순열 씨에게는 그가 한 마리의 늑대같이 보였다. 중사는 굳게 잠겨 있는 철창의 문과 높다란 삼면의 벽을, 거의 세 해 동안이나 묵묵히 자기를 감금하고 압박해온 삼면의 벽을, 사납게 노려보았다.

에이 더럽다 씨팔, 모든 게 개씹 같단 말야. 야 천 하사, 나 외출하겠어.

말이 떨어지자 오른편 삼 열에 앉아 있던 천 하사가 벌떡 일어섰다. 그는 2호에서 제일 당당한 체격을 가졌고 제일 말이 적은 사나이였다. 그는 잘 길들여진 소처럼 벌써부터 등을 약간 구부리고 후면

벽 쪽으로 어정어정 걸어갔다. 이 중사는 외출하기 위해 일어섰고 순열 씨도 천 하사가 설 자리를 마련해주기 위해 일어섰다.

천명오는 고릴라의 손같이 큰 손으로 깍지를 끼고 후면의 통풍구에 각도를 맞추어 자리 잡고 섰다.

니기미, 오랜만의 외출인가 부다.

힘을 내기 위해 기합을 준 듯 중사는 말하고 천명오의 큰 손깍지에 오른발을 얹었다. 동시에 그는 손으로 천명오의 어깨를 짚고 훌쩍 올라섰고 다시 같은 동작을 거듭하자 어느덧 중사는 천명오의 어깨를 밟고 우뚝 서 있었다.

그의 솜씨가 체조선수같이 민활한 데 순열 씨는 놀랐다.

두 손으로 통풍구의 창틀을 꽉 붙잡고 선 중사는 밑에 서 있는 순열 씨를 내려다보고 한 번 씨익 웃었다. 아래서 보니까 웃을 때 드러나는 중사의 왼쪽 뻐드렁니가 순열 씨에게는 유난히 크게 보였고 그 노오란 이빨은 언젠가 그가 화면에서 본 일이 있는 어떤 야수의 그것과 흡사해 보여 순열 씨는 흠칫 놀랐다. 저 귀여운 웃음 속에 저토록 사나운 이빨이 숨어 있었구나.

중사는 자기가 선 기반이 튼튼한가를 시험하느라고 두세 번 발을 굴렀다. 중사의 발은 비록 혈색이 깡그리 바래져 얼핏 죽은 자의 발처럼 싯누렇게 떠보였으나 골격은 매우 넓적하고 굵어서 우람하기 짝이 없었다. 그 사나운 발이 자기의 어깨를 밟고 거침없이 두세 번을 굴렀건만 하사는 얼굴을 찌푸리거나 조금도 괴로워하지 않고 그냥 표정 없는 얼굴로 묵묵히 서 있었다.

선생, 해가 보인다니까.

중사는 어린애처럼 한쪽 팔을 휘두르면서 즐겁게 소리쳤다. 2호의 모든 사람들이 그의 소리에 갑자기 깨어난 듯 통풍구 쪽으로 시선을 돌렸으나 양쪽 벽을 따라 늘어앉아 있는 그들은 무언가를 체념한 듯 이내 시선을 거두고 말았다. 그들은 하나 같이 입을 굳게 닫고 묵묵히 앉아 있을 뿐이다.

지금 버스가 스톱했다. 이제 곧 떠날 게다. 암 으흥, 벌써 떠나는구나.

중사는 변사처럼 그의 시야에 들어오는 것을 혼자서 신이 나서 떠들어 댔다. 그러다가 문득 천명오의 곁에 엉거주춤 서 있는 순열 씨를 내려다보면서 말했다.

선생, 거기서 저 나무가 보여요?

그가 통풍구 바깥을 손으로 가리켰으나 순열 씨의 위치에서는 아무것도 보이지 않았다.

안 보이는데요.

참, 혼자 보기 아깝구나. 저 잎사귀들 좀 봐. 푸릇푸릇한 잎사귀들, 한창이구나. 며칠 사이에 저렇게 됐어.

중사는 자못 감상적인 투로 혼자 지껄이고는 통풍구의 창틀에 턱을 괸 채 한참 동안 말없이 바깥만을 향하고 서 있었다. 이윽고 그가 외출을 끝내고 천명오의 어깨 위에서 시멘트 바닥으로 훌쩍 뛰어내렸을 때는 중사의 얼굴에선 장난기는 사라지고 없었다. 2호의 동료들은 그가 자기의 집을, 자기의 마누라를, 그리고 그의 재소 중에 태어났다는 자기의 딸을 생각하고 있다는 걸 얼른 알아차렸다.

여보, 박 형, 박 형도 외출 한번 하고 싶소?

땅에 내려선 중사가 말하자, 순열 씨는 얼핏 대답을 못하고 주춤거렸다. 그의 머릿속에서는 방금 그 푸릇푸릇한 잎사귀들이 맴을 돌고 있었다. 그는 중사가 떠들어대는 소리로 해서 비로소 자기는 금년의 유월을 보지 못했다는 것을 깨달았고 그것을 깨닫자 갑자기 그 유월이 보고 싶어진 것이다. 그렇지만 중사의 제의에 놀라는 동료들의 시선과 마주쳤을 때 그는 곧 자기의 충동이 사치라는 걸 깨달았다. 그가 대답을 못하고 머뭇거리자 중사는 자기 쪽에서 선뜻 결정을 내렸다.

이봐, 천 하사, 선생님을 위해서 한 번 더 수고를 해야겠어.

이미 제자리에 돌아가 평좌로 단정히 앉아 있던 천명오는 다시 벌떡 일어나 뒤쪽으로 뚜벅뚜벅 걸어왔다.

하긴 나도 일 년이 넘도록 외출은 꿈도 못 꿨지.

중사는 불만을 감추고 묵묵히 앉아 있는 동료들의 굳어버린 얼굴들을 어루만지듯 말하고는 이렇게 감방의 질서를 깨뜨려보는 것도 일견 재미있는 일이라는 듯이 한참 혼자서 껄껄대고 웃었다. 천명오는 기계와 같은 동작으로 금방 아까와 같은 자세를 취했다. 벽에 등을 딱 붙이고 두 손에 힘을 모아 깍지를 끼운 그의 표정은 뜻밖의 사나이를 모신다는 데 대한 불쾌감마저도 찾을 수 없었다. 그는 다만 중사를 위해서만 봉사해왔었다. 그렇지만 이제 중사의 지시라면 상대가 누구이건 즐겁게 손깍지를 끼울 수 있다는 듯이 다만 그 큰 눈을 껌벅거리면서 순열 씨가 오르기만을 기다렸다.

올라가시우, 나중엔 뛰지게 하고 싶어도 못할 때가 있으니까.

순열 씨는 가까스로 자기의 오른쪽 발을 하사의 손깍지에 올렸다. 몸을 올리느라 그의 손을 힘껏 밟으면서 그는 이 사나이가 별안간 그의 몸뚱이를 저 시멘트 바닥으로 동댕이질치지 않을까 하고 겁을 냈다. 하사의 새까맣고 우락부락한 얼굴은 언제고 그럴 수 있는 폭력을 감추고 있는 듯이 보였던 것이다.

중사가 곁에서 엉덩이를 힘껏 밀어올리는 바람에 순열 씨는 단숨에 하사의 어깨 위에 올라섰다. 그가 허리를 길게 펴자 천정 밑에 있던 통풍구가 그의 얼굴 앞에 다가왔다. 그는 통풍구의 창틀을 두 손으로 힘껏 부여잡고 얼굴을 바깥으로 내밀었다.

뭐가 보입니까?

이때 밑에서 중사가 다시 호들갑을 떨기 시작했으나 순열 씨는 아무런 대답도 하지 못했다. 그는 비록 천 하사가 아주 튼튼하게 믿음직스럽게 밑에서 받들어주고 있다고는 해도 우선 다리가 덜덜 떨리기 시작했고 그런 연유로 그의 시야도 몹시 불안했다. 푸릇푸릇한 잎사귀를 찾아보자라고 그는 먼저 생각했다. 그의 코로 스며드는 유월의

공기는 확실히 상쾌했다. 그는 이윽고 푸릇푸릇한 포플러의 잎사귀들이 유월 저녁나절의 햇빛에 반사되어 그 무수한 배때기들을 번쩍거리고 있는 것을 보았다. 저게 바로 벽을 사이에 두고 지척에 있었구나. 그는 속으로 중얼거렸다. 그는 얼른 시야를 넓혀가기 시작했다. 포플러들이 서 있는 부근에는 사령부 영내를 구분하는 철조망 바리케이드가 커다란 구렁이의 허물처럼 길게 펼쳐져 있었다. 그 바리케이드 건너에는 미군부대의 거대한 조달창들이 눈앞을 가로막을 듯이 널따란 지역을 차지하고 늘어서 있었다. 그는 얼른 조달창의 뾰족한 지붕 건너편으로 시선을 들어 그가 마지막으로 보고자 했던 대상을 찾았다.

선생, 무어 재미있는 게 있소?

중사가 밑에서 다시 물었지만 역시 순열 씨는 대답하지 못했다. 막상 그가 멀리 빨갛고 검은 기와지붕들이 오밀조밀 모여 있는 마을을 보았을 때 그는 더럭 겁이 났던 것이다. 그것은 어렸을 때 남의 집 담장을 기어 올라가 몰래 뒤란을 훔쳐보고 있을 때 느끼던 불안과 흡사한 것이었다. 그는 이 불안 때문에 좀 더 오래 그 마을의 정경을 지켜보지 못했다. 여전히 다리가 덜덜 떨렸고 그 떨림은 지금 철창 밖의 복도에서 근무자 중의 누군가가 그의 하반신을 노려볼는지도 모른다는 생각을 그리고 그런 가능성 때문에 2호의 동료들이 불안하게 그의 거동을 지켜보리라는 생각을 새삼 불러일으켰다. 그는 어떤 힘에 이끌리듯 곧 바닥으로 내려서고 말았다.

그보쇼. 외출하고 나면 항상 그 모양이라니까.

순열 씨가 말없이 뒷구석의 자기 자리로 돌아가 앉자 중사가 말했다. 그는 방금 바닥에 내려온 순열 씨의 얼굴에서 역시 어두운 그늘을 발견한 것이다.

우린 말요. 보지 않고 지내는 게 건강에 이롭단 말요. 내가 저 녀석들의 외출을 허락지 않는 것도 다 까닭이 있는 거요.

2호의 동료들은 그의 말을 수긍하는지 아니면 부정하는지 알 수 없는 표정으로 잠자코 앉아 있었다. 그들은 벽에 기대어 본다든가 허리를 펴고 평좌로 앉아 본다든가 그 어느 것에도 싫증이 난 듯 무릎을 세우고는 자라처럼 목을 움츠리고 있었다.

저 새끼들은 되게 참지 못하는군.

중사는 혼자서 지껄이고는 벌떡 일어나 철창 쪽으로 걸어갔다. 그는 철창 문 바로 위에 꽂혀 있는 휴지통에서 《새 시대에 맞는 성경》 두 페이지를 꺼내들고

2호 일명 소변.

하고 가볍게 소리쳤다. 그가 돌아서서 변소 앞으로 다가설 때 정철훈 하사는 얼른 자기 다리를 두 손으로 만지면서

드릴까요?

하고 말했다.

있어?

네.

몇 마리나……?

두 마리뿐입니다.

겨우 고거야?

네.

애연가가 늘어나니까 조달이 큰 문제로군. 가만있어. 이따 1호로 연락해보자. 이번엔 난 참겠어.

그는 빈손으로 그냥 변소 문을 열고 들어갔다. 소변을 보러 가면서도 휴지를 들고 가는 짓은 하나의 습관이었다. 변소에는 흡연자의 부주의로 담뱃재나 필터의 가닥이 남아 있을 가능성이 있기 때문에 그것을 치우기 위해서였다. 만약 그것을 미처 치우지 못한 사이에 갑자기 변소 검열을 받게 되면 그야말로 2호는 볼장 다 보기 때문이다.

중사가 변소 문을 열고 나오자 이번에는 순열 씨가 철창 앞으로 나아갔다. 그는 휴지통에서 《새 시대에 맞는 성경》 두 페이지를 꺼내 들었

다. 《새 시대에 맞는 성경》이란 성경을 아주 간명하게 요약한 조그만 책자로 매우 열성적인 신흥교파의 선교부로부터 배부받은 것이었다. 그것을 그들은 읽기도 했지만 그 기간은 배부를 받은 뒤의 이삼 일에 불과했다. 이삼 일이 지나면 감방장은 휴지를 마련하기 위해 그 작은 책자들을 모두 뜯어서 네 겹으로 접으라는 지시를 내리지 않을 수 없었다.

휴지를 꺼내던 순열 씨는 철창 앞에 잠시 부동으로 섰다. 이런 때에는 반드시 근무자의 눈을 찾지 않으면 안 된다는 것을 그는 언젠가 배운 일이 있었다. 근무자가 지켜보는 순간에 바로 신고하지 않는다면 그것은 신고로 인정되지 않는다는 것이다. 그는 열심히 근무자의 눈을 찾았으나 장 수병님과 교대한 이광일 수병님은 지금 7호 앞에서 7호의 누군가와 얘기하고 있었으므로 그의 주목을 도무지 받을 수가 없었다.

2호 일명 변소.

그는 얼떨결에 이렇게 소리치고 뒤로 돌아섰다. 그러자 그와 눈이 마주친 2호의 동료들이 모두 소리를 내지 않고 웃고 있었다. 단지 정철훈 하사만이 무언지 화가 난 얼굴로 그를 노려보았다.

여보, 변소가 뭐요?

잔뜩 부르튼 얼굴로 정 하사가 묻자, 순열 씨는 선 자리에서 그만 얼어붙고 말았다. 정 하사는 이제는 참을 수 없다는 듯이 마음껏 눈을 부라려 그의 앞에 서 있는 마르고 나이든 사나이를 노려보았다. 그리고 그의 커다란 눈이 일단 상대를 노려보자, 이렇게 흉악하고 위압적인 얼굴이 된다는 걸 순열 씨도 처음 알았다. 그의 주름진 이마, 까만 눈썹 밑에 상대를 그만 태워버릴 듯이 타고 있는 커다란 눈, 그리고 노기로 부르튼 위아래 입술, 이것들이 만들어내는 얼굴은 분명 호랑이의 상을 본뜬 것이었다.

왜요? 변소가 잘못 되었나요?

순열 씨는 자지러드는 목소리로 가까스로 반문했다.

이 새꺄, 가르쳐드려. 소변이라고. 여보 그렇죠, 소변이죠?

이때 중사가 가로막고 나서서 정 하사의 다음 폭언을 제지했다.

몇 번이나 가르쳐줬어요. 그런데도…….

또 가르쳐드려, 이 새꺄.

2호 일명 소변, 아니면 대변 마음 꼴리는 대로 골라 하슈.

하사는 못 볼 것을 보았다는 듯이 혹은 못 참을 것을 참는다는 듯이 여전히 열기로 불을 뿜는 눈으로 사방을 한바탕 휘둘러보고는 이내 고개를 숙여버렸다.

그때야 순열 씨는 돌아서서 철창 앞으로 다시 걸어갔다. 그는 하사에 대한 까닭 모를 두려움에 소변과 변소의 어휘마저 구분하지 못한 자기의식에 대한 수치심이 겹치어 관자놀이가 뜨겁게 달아올랐다.

2호 일명 소변.

그는 기어나오는 목소리로 다시금 신고하고 천천히 변소로 들어갔다. 그의 뒷전에서 웃음과 조소를 참았던 자들이 쪼다, 무엇이라고 수군거리는 소리를 그는 들었다.

만일 엉터리 신고가 들키면 우리 모두 작살납니다.

그가 변소에서 나오자 중사가 정색을 하고 말했다.

선생은 그 가장 쉬운 걸 잊어먹나요?

글쎄요. 나도 모르겠군요.

아무튼 저놈에겐 조금 주의해두쇼.

중사는 순열 씨의 곁으로 바싹 다가앉으면서 정철훈 하사를 손으로 가리켰다. 그들은 제일 상좌에 자리 잡고 있었으므로 늘 가까이 앉아 있었다. 그런데 열을 지어 정좌나 평좌를 하는 때를 제외하고는 정철훈 하사는 늘 세 번째 상좌를 사양했다. 그는 서열로 본다면 당연히 지금 순열 씨가 앉아 있는 중사의 옆자리에 앉아야 하는 것이다. 그런 그가 편히쉬어나, 열을 짓지 않는 평좌 시간에는 세 번째 상좌마저 사양하는 것은 아무래도 부자연스러워 보였다. 그는 거의 말석에 가까운 변소 문 바로 옆자리에 묵묵히 앉아 계속 머리를 떨어뜨리고 있었다.

저놈은 내 후계자가 될 게요. 그래서 지금부터 훈련을 조금씩 시키고 있죠.

그가 훈련을 시킨다는 것은 2호의 동료들이 정 하사에게 공포감을 느끼게 만드는 일련의 과정을 뜻하는 것이었다. 중사는 자주 자체 징벌의 하수를 정 하사에게 떠넘겼고, 때로는 정 하사 스스로 신참을 벌하는 일도 많았다.

내가 걱정하는 건 그거요. 이십 일 이후면 나는 나가는데 그때부터가 걱정이란 말요. 물론 내가 저놈에게 선생을 잘 보살피라고 이르고 나가겠지만.

이때만은 중사도 정 하사가 듣지 않도록 적당히 소리를 낮추어 말했다. 그가 그답지 않게 정 하사에게 신경을 쓰고 있다는 것, 그리고 그 까닭이 무엇인지를 알자 순열 씨는 저절로 웃음이 나왔다.

하여튼 나는 중사님께 감사하고 있어요. 하지만 내가 겁쟁일까 봐 너무 걱정하지 마십시오. 나는 또 견디어 갈 겁니다.

물론 그러셔야지. 그렇고말고.

그는 너스레를 떨고 나서 다시 하던 말을 이어갔다.

내가 저놈을 지금 매우 학대하는 것 같지만, 그건 일부러 그러는 거죠. 나는 사실 저놈을 매우 좋아하거든요. 저놈하곤 이 년 가까이 함께 지냈으니까 정이 들었죠. 생각해보슈, 우린 모포 한 장 없이 이 바닥에서 한겨울을 함께 지냈거든요. 지금은 호텔입니다. 작년 겨울만 해도 우린 서로 가랑이를 끼고 서로의 체온으로 밤을 지새웠거든요. 그래 난 저놈을 못내 사랑하죠. 저놈은 틀림없이 일류 감방장이 될 게요.

중사의 목소리는 자기도 모르는 새 점점 커져서 2호의 누구나 그의 말을 들을 수 있었다. 정철훈 하사는 중사가 자기 얘기를 하고 있다는 걸 깨닫자 세운 무릎 사이로 잔뜩 숙였던 머리를 치켜들고 중사의 얘기를 가만히 듣고 있었다. 듣고 있을 뿐만 아니라 그는 말하는 중사의 표정이며 손짓 발짓까지를 유심히 지켜보고 있는 것이다. 순열 씨는 그가 이따금 얘기를 듣고 있는 자기 쪽도 흘끔흘끔 바라보고 있다는 걸 알았다. 그의 눈길을 느낄 때마다 순열 씨는 왠지 자기 몸이 자꾸 움츠러드는 듯한 기분에 빠졌다. 저 사나이는 중사의 후계자이다. 이제 중사가 그걸 공언했고 그리고 지금 저 사나이를 보면 확실히 후계자다운 기상이 엿보이는 것이다. 그는 마치 미구에 먹이 사냥을 나서기 위해 덩굴 속에 숨어서 잔뜩 움츠리고 기다리고 있는 맹수처럼 변소 문 옆자리에서 꿈쩍도 하지 않고 노려보고만 있을 뿐이었다.

선생, 당신은 저놈의 죄명을 들은 일 있소?

없어요.

그럴 게요. 저놈은 자기 신상에 관해서 아무에게나 말하지 않는 놈이죠. 지금까지 저놈하고 속을 털어놓고 얘기한 건 나뿐일 게요. 난 저놈의 항고 이유서까지 써주었으니까. 그런데 저놈이 말요. 전도사에게 침을 뱉은 놈이요. 그 왜 있지 않소. 일요일이면 할렐루야! 하고 소리치면서 히틀러처럼 손을 번쩍 쳐들고 들어오는 복음 교회의 앤경 낀 전도사 말요. 그 새끼가 저놈에게 다가와서

당신과 얘기하구 싶소. 하느님은 당신의 죄 따위는 죄라고 여기지도 않으니까 이 세상에는 당신 말고도 정말 큰 죄인이 얼마든지 있으니까 당신의 괴로움을 하느님께 얘기만 하면 당신은 죄에서 구원될 수 있다. 하느님은 여하한 범죄 자체보다도 속죄 않느냐, 그가 속죄하느냐 이걸 중히 여기신다.

하고 따리 붙이며 유혹해왔을 때 저놈이 그 앤경 낀 새끼에게

이 새꺄, 칵.

하고 침을 뱉고는

너두 결국은 도둑놈일 게고, 그러니까 도둑놈과는 말도 하기 싫다. 라고 쏘아붙이고 만 거죠. 흐흐흐. 그러니까 저놈은 그 새끼가 이 세상에는 더 큰 죄인이, 진정한 죄인이 있다고 속임수를 쓰고 따리 붙이려고 할 적에 거게 넘어가지 않은 거죠. 아무튼 저놈은 묘한

놈이 돼 나서 아무에게도 자기 신상에 관한 얘기는 안 해요.

이때 오른편 3호 쪽에서 쿵쿵 이쪽 벽을 치는 소리가 들려와 중사는 얘기를 멈췄다. 맨 앞에서 전령을 보던 오태봉이 잽싸게 철창 앞으로 나아갔고, 그는 이내 3호에서 건너오는 메시지를 받아들고 이 중사 앞으로 다가왔다.

근무자가 보지 않았어?

예 광일이는 지금 6호에서 타작하고 있습니다.

오태봉은 두 손으로 방금 3호에서 전달되어 온 쪽지를 중사에게 내밀고는 부동자세로 서서 대답하고 있었다.

누가 맞나?

어제 온 신참입니다. 그 새끼 되게 작살나고 있습니다. 그 새끼가 이 수병에게 말대꾸를 한 거 같애요.

그 새끼가 뭐라구 했어!

이 새끼 기름칠이구만.

오태봉은 결코 6호에서 벌어진 광경을 보았을 까닭은 없는데 단지 자기의 상상을 적당히 각색해서 이광일 수병님과 그의 주먹에 작살났다는 신참의 흉내를 열심히 내고 있었다.

그래 기름칠이요. 그러니까 어떻다는 거요?

오태봉은 뻣뻣하게 서서 중사에게 대드는 시늉을 했다. 하, 이랬다는데요. 기름칠이라구 괄시 마라 이거지요.

그 새끼 배짱 한번 좋았어.

변소 문 옆에 앉아 있던 정철훈 하사가 여전히 머리를 숙인 채 말했다.

그 새끼 맞아야 되겠구만.

중사는 간단히 결론을 내렸고, 오태봉은 철창 쪽으로 돌아갔다. 이때 어이쿠! 어이쿠! 하는 비명과 철창문이 흔들리는 소리가 연거푸 들려왔고 이 새꺄, 뭐라구? 이 씨팔새끼 뭐라구? 하는 이광일 수병님의 노성도 들려왔다. 이 수병님은 말이 적은 대신 펀치가 비길

데 없이 세고, 그리고 일단 손을 대면 쉽게 끝나지 않는다는 것을 누구나 알고 있었으므로 6호 쪽에서 어이쿠! 어이쿠! 소리가 계속 들려와도 재소자들은 하나도 놀라지 않았다.

한쪽에서 방금 3호에서 전달되어 온 메시지를 읽고 난 이 중사는 주먹으로 턱을 괴고 아주 난감한 표정으로 정철훈 하사를 바라보았다.

어떻게 하지?

뭔데요?

정 하사가 묻자, 중사는 대답 대신 메시지를 하사에게 던졌다. 하사는 그것을 빠르게 읽고 역시 난감한 표정으로 중사를 건너다보았다.

결정하시죠.

두 마리뿐이라고 그랬지?

네 딱 두 마리.

대가리는 있나?

대가리도 세 개뿐입죠.

하사는 강아지와 대가리가 감추어져 있는 자기의 바른쪽 발목을 손으로 탁 쳐보였다.

무어라고 썼어요?

순열 씨는 중사의 난처한 표정을 향해 말했다.

그거 좀 보여드려. 그리고 볼펜과 종이를 내놔.

이윽고 결정을 내린 듯 중사는 하사에게 지시하고는 정 하사가 던져 주는 메시지를 받아 읽고 있는 순열 씨의 거동을 넌지시 지켜보았다.

2호에게

이 중사님

생략하옵고 국방부 고등군법 회의는 이십 일경 있을 예정이라고 함. 본 건 어제 감실에 다녀온 배 하사의 전달 사항임. 중사님의 행운을, 그리고 지난번 문의 사항에 대해서 우선 2호의 선생님은 죄명이 무엇이며 사회에서 하신 일은 무엇인지요? 죄명을 좀 더 구체적으로 적어 보낼 것. 그렇지 않으면 형량을 추측키 곤란함. 2호의 선생님께 본인의 존경과 또한 만수무강의 기원을 아울러 전함. 소생 미흡하와 선생님의 존함은 일찍이 뵙지 못했으나 아침에 세수하실 때 선생님의 존안을 여러 차례 뵈온 일이 있음. 그리고 이 중사에게 우리들의 변함없는 의리와 우정을 위해 축배를 듭시다. 물론 소금국물을 포도주로 알고 말입니다. 2호에는 지금 강아지의 여분이 있는가요? 지난번 면회 때 ○八을 잡지 못한 죄의 대가로 오늘은 종일 굶었습니다. 여분이 있으시다면 우리들의 변함없는 우정을 위해 3호에게도 한 모금을 베풀어주시기를. 즉각 회신 바람.

신종술 배상

3호에서

순열 씨는 3호의 데빡이 자기를 알고 있다는 것. 그리고 자기에게 상당한 관심을 가지고 있다는 데 우선 놀랐다.

흐흐히 놀랐죠?

이때 고개를 든 순열 씨의 곁에서 중사의 얼굴이 바싹 다가왔다.

그 녀석은 나와 절친해요. 이 신 중사로 말할 것 같으면 사령부 교도소의 최고 고참이죠. 내가 이놈에게 지난번 메시지를 통해 선생의 형량이 어떻게 되겠나 물었죠. 이놈의 구형은 거의 하루도 틀리지 않으니까요. 그건 그렇구 의리니 만수무강이니 장황하게 늘어놓았지만 요점은 강아지 좀 달라 이거요. 흐흐 씨팔놈들. 여기서는 의리 찾다가 굶어 뒈지기 딱 알맞죠. 하여튼.

하고 중사는 정철훈 하사를 바라보았다.

강아지 한 마리와 대가리 한 개 꺼내 보내시겠어요?

할 수 없지. 우리도 아쉬울 때 얻어 피웠으니까.

그는 정 하사가 마련해준 종이와 볼펜을 가지고 엎드려서 3호에게 보낼 회신을 쓰기 시작했다. 정 하사는 철창 쪽에 등을 보이고 돌아앉아 바른쪽 발목의 목이 긴 군용 양말을 까내리고 있었다. 긴 양말을 신고 있는 그의 바른쪽 다리의 발목은 2호의 강아지와 대가리 조달창인 것이다. 이때 물론 철창 근처에서는 참새 잡이와 전령이 철창 바깥 복도를 열심히 지켜보고 있었다.

선생, 당신은 이탈죄에다 항명죄까지 겹친다구 했죠?

쓰다 말고 중사가 물었다. 순열 씨는 고개를 끄덕였으나 이때만은 중사의 호의가 별로 달갑지 않았다. 그는 중사가 자기가 받을 형량에 대해 열심히 물어주고 그리고 비록 벽 하나 사이로 지척에 있지만 아직 자기와는 일면식도 없는 3호의 데빡까지 거기에 관심을 표시해왔지만 막상 그 자신은 이상하게도 자기의 형량을 별로 알고 싶지 않았다. 그는 그 형량이 결코 짧지 않으리라는 정도는 예측이 되었지만 그것이 짧든 길든 지금으로서는 그냥 미궁에 덮어두고 싶었다. 그러므로 그는 중사나 3호의 데빡이 자기의 형량에 관해 서로 의견을 교환하고 자주 표면에 드러내는 일이 그다지 달갑지 않았다.

이탈 기간이 정확히 얼마입니까?

이때 중사가 다시 물어왔으므로 그는 내뱉듯이 대답했다.

만 칠 년이요.

중사는 순열 씨의 표정에는 아랑곳하지 않고 메시지를 열심히 써 내려갔다. 서신용의 용지가 귀하기 때문에 겨우 손바닥만 한 종이에 작은 글씨를 빽빽이 채우느라고 그는 펜을 쥔 손에 잔뜩 힘을 주고 있었다.

3호에게

신종술 중사님

보내주신 글월 잘 받았음. 국방부 고등군재 소식은 본인이 가장 고대하던 소식이었음. 기다리자니 미치겠습니다. 신 형, 정말 이십일만 있으면 나가게 될 텐데 이렇게 미칠 것 같군요. 이십 일에 공판이 열린다는 것은 누구의 말인지, 감실에서 누구에게 들었는지 배하사에게 다시 물어서 회신 바람. 신 형, 이해하쇼. 말하자면 기다리다 미친놈이 된 격입니다. 불안해서, 여러 가지 불안에 시달려 미칠 지경임. 우선 이십 일에 공판이 꼭 열릴 것인지 그리고 공판이 열린다 해도 그게 꼭 붙게 될 것인지. 그리고 붙는다고 해도 그 까마귀들이 나를 풀어줄 것인지. 그리고 풀어준대도 공판 당일에 풀어주는 것인지. 아니면 장관 결재가 날 때까지 석 달 여섯 달 무작정 썩힐 판인지. 이하 약함.

우리 선생님은 근무이탈 만 칠 년에 항명죄가 포함되어 있음. 항명건에 관해서는 본인이 발설을 고수하므로 더 밝혀드릴 수 없음. 만약 신형이 2호에 함께 있다면 우리 선생님의 삼삼하신 구라를 함께 누릴 수 있을 텐데 그렇지 못하는 게 신 형을 위해 천추의 한이라고 생각됨.

우리들의 변함없는 의리와 사나이의 우정을 위해 건배하겠음. 불란서의 코냑은 방금 바닥이 났고 아쉬운 대로 캔 맥주라도 터뜨리겠소. A레이션에 있던 건포도로 안주를 삼고 말요. 참 그 지아이 새끼들 전쟁터에 술안주까지 가지구 다니는 놈들 나 손들었소. 신 형. 다낭의 메디슨 클럽인가 맨손 클럽인가에서 실컷 마시던 밤이 생각남. 그게 마지막이었으니까. 그날로 난 찌그러진 거요. 2호에도 강아지가 바닥날 참이요. 두 마리 중에서 한 마리 보내 드림. 우리들의 변함없는 우정을 강아지 한 마리로 보내드리는 괴로움, 이루 말할 수 없소.

추신. 총장이 아까부터 7호와 5호에만 자꾸 따리 붙이는데, 총장이 강아지 한 섬을 수입 잡았다는 정보를 방금 입수했소. 우리도 나누어 피우자고 하슈. 2호는 몰라도 3호는 외면하지 못할 게요. 사령부 호텔 최고 고참을 외면했다면 총장 그 새끼도 내 손에 작살날게요. 모레는 우리도 ○八을 칠 거라구 하슈. 우리도 나누어 피자구.

이창달 배상
2호에서

메시지를 쓰느라고 한참이나 땀 흘리며 엎드려 끙끙거리던 중사는 가까스로 끝을 맺고는 허리를 폈다.

이거 전해라.

그는 종이를 정철훈 하사에게 건네주었고 하사는 그것을 받아서 그것으로 방금 자기의 양말 섶에서 꺼낸 한 대의 강아지와 한 개의 대가리를 조심스레 쌌다. 정 하사는 메시지를 손수 전할 참인지 일어서서 3호 쪽의 벽가로 비켜섰다.

주십쇼. 일루.

전령을 보고 있던 오태봉이 손을 내밀었으나 하사는 손을 저었다.

비켜.

정철훈 하사는 주먹으로 3호 쪽을 두어 번 두드렸다. 두꺼운 콘크리트 벽은 하사의 주먹이 아무리 세다고 해도 꿈쩍도 하지 않았으나 다만 쿵쿵 하고 낮은 소리로 울렸다. 그것은 간다, 받아라 하는 신호였다.

오태봉이 비켜선 자리로 정 하사는 조심조심 다가섰다. 전령을 제쳐놓고 손수 벽을 따라 철장 쪽으로 조심조심 다가가는 하사의 이 태도는 나는 결코 실수하지 않는다. 위험한 일은 이제부터 내가 도맡겠다라고 그가 웅변이라도 하는 것처럼 매우 믿음직스럽게 보였다.

하사의 재빠른 솜씨로 메시지는 순식간에 전달되었다. 그는 일을 마치고 돌아서면서 그 두꺼운 입술에 싱그레 미소를 지어 보였다. 그것은 그가 근무자에게 발각되지 않고 메시지를 무사히 전달했다는 증거였다. 그는 쉽사리 해치웠다라고 뽐내는 듯 벌쭉벌쭉 웃으면서 느긋한 걸음으로 이쪽으로 다가왔다.

이 새꺄, 웃지 마.

이때 능글맞게 웃으며 다가오는 정 하사에게 중사는 화를 벌컥 냈다.

하사는 흠칫 놀라 그 자리에 멈춰 섰고 사나운 얼굴에서 재롱을 떠는 듯한 웃음은 싹 가시었다.

넌 이 새꺄 썩었어.

중사는 다시 영문 모를 욕지거리를 정철훈에게 내뱉었다. 정철훈은 금방 자기가 실수했다는 걸 깨달은 것 같았다. 그가 자기의 능글맞은 웃음을 중사에게 보였고, 또 중사가 보는 앞에서 여유작작하게 걸어왔던 것은 확실히 그의 실수였다. 2호에서 다른 놈은 그따위 웃음이나 걸음새를 흉내 낼 수 없는 것이다. 그런데 요사이 와서 그는 가끔 착각을 일으킬 때가 있었다. 이를테면 적어도 2호에서는 자기 거동을 지켜보는 눈이 없으리라는 것이다. 하지만 중사의 일갈로 그는 정신이 번쩍 들었고 아직도 2호에는 그 눈이 있다는 걸 깨달았다. 그는 꿀 먹은 벙어리처럼 시무룩한 얼굴로 변소 쪽으로 어슬렁어슬렁 걸어가 변소문 옆에 쭈그리고 앉았다.

저 새끼도 이제 돌았다구.

이 중사는 아직도 화가 덜 풀린 듯 잔뜩 찌푸린 얼굴로 혼자서 지껄였다. 그는 예의 그 늑대의 옆눈길로 잠시 동안 정철훈을 노려보더니 이내 히히 흐흐 하고 웃기 시작했다.

하긴 미친 척하고 사는 기라, 하지만 저 새끼 웃는 거는 불쾌하단 말야. 뭐이 좋다구. 쓸개 빠진 새끼. 난 너 이 새끼 웃는 까닭을 알구 있다구. 내 나가면 왕이 된다 이거지?

중사의 늑대 눈이 그를 노려보았지만 정철훈은 세운 다리 사이에 머리를 깊이 처박은 채 잠자코 있었다.

선생.

중사는 시선을 갑자기 순열 씨에게 돌리고 가만히 말했다.

저놈의 형기를 아우? 모르죠? 저놈은 원래 무기징역이었죠.

무기징역이 뭐요?

하고 순열 씨는 자기도 모르게 반문했다. 그는 순간 하사의 형기가 무기라는 사실보다도 그 어휘가 주는 엄청난 파문에 놀라 어리둥절하고 말았다.

그러면 무기징역이란 말이요.

그렇죠. 무기였죠. 하지만 지금은 무기는 아니죠. 원래 무기였다, 이겁니다.

그럼 지금은 어떻게 됐죠?

월남 현지 재판에서 무기를 받았지만 여기 압송된 뒤에 이심에서 십사 년으로 감형된 거요. 지금 또 상고 중이지만 벌써 기각된 일이 있으니까 이번에도 결과는 뻔하죠. 씨팔 십사 년이면 말이 십사 년이지, 좆도 완전히 찌그러진 거요.

저 사람 죄명이 무언데요?

양민 학살입니다. 저 새낀 사람 많이 죽였다우. 3호의 배 하사 새끼도 사람을 죽이고 들어온 놈이지만 그건 그래도 다섯이고, 이놈은 수백 명을 무더기로 깐 거요. 저놈 눈을 보면 핏발이 서 있는 게 조금 다른 데가 있어요. 사람 죽인 놈 눈은 확실히 다릅니다. 이따가 선생도 저놈 눈을 자세히 보슈. 저놈이 쏘아보면 나도 섬뜩할 때가 있다니까. 씨팔놈.

정철훈은 중사가 자기 얘기를 하고 있다는 걸 알면서도 섣불리 말참견을 하지 않았다. 물론 한마디 무어라고 반론을 제기한다 해도 이 중사에게서는 본전도 찾지 못한다는 걸 그는 잘 알고 있었다. 그는 다만 기다린다, 무엇인가 눈에 뵈지 않고 쉽사리 손에 잡히지도 않는 그 무엇을 기다린다는 태도로 잠자코 앉아 있었다. 그는 세운 다리 사이에 얼굴을 깊이 처박고 쭈그리고 앉아 있으므로 이쪽에서는 그의 사나운 이마 굵다란 주름투성이 이마밖에 보이지 않았다. 그리고 일단 정철훈이 침묵으로 들어갔을 때 그 주름투성이 이마는 더욱 포악하고 완고하게 보이는 것이다.

이때 순열 씨는 약간 놀란 눈길로 하사의 완고한 이마를 바라보았다. 저 사나이가 무기수였다고? 저 튼튼하고 배짱 좋은 사나이가. 그는 그게 쉽사리 믿어지지 않아 속으로 반문했다. 그는 마치 이 중사에게, 아니 그보다는 정철훈에게 단단히 속아 넘어간 기분이었다. 그가 보기에는 적어도 정철훈은 튼튼하고 즐거운 사나이였다. 그는 하찮은 일로도 자주 혼자서 벌쭉벌쭉 웃기를 잘했고, 이따금 신바람이 나서 춤추는 듯한 걸음걸이로 걸어다녔다. 그 때문에 이 중사에게 자주 쿠사리를 당했었지만, 그런데 그 만만한 배짱이나 패기는 어디서 연유하는 것일까. 순열 씨는 그의 형기에 놀라고 있는 것이 아니었고 그가 일단 무기수였다는 것을 알고 난 지금 남을 조롱하고 싶은 충동이 없이는 그럴 수 없는 그의 느긋한 걸음걸이, 능글맞은 웃음 따위에 놀라고 있었다.

그런데 선생, 저놈 얘기가 웃기는 겁니다.

중사는 혼자서 헤헤거리며 웃다가 갑자기 순열 씨에게 다가들었다. 웃느라고 마음껏 크게 벌려진 중사의 입이 순열 씨의 코앞으로 다가들자 하마의 이빨처럼 길고 꼴사나운 중사의 뻐드렁니가 훤히 드러났고, 그의 입에서는 노리끼한 악취가 물씬 풍겨나왔다.

저놈은 말요, 글쎄 월남에서 재판받을 때 얘긴데, 저놈 말이 재판받기 전에 굉장히 혼났다 이거요. 왜 그랬느냐 하면 자기는 갈 데 없이 사형인 줄 알았다, 이겁니다. 월남 민간인들이 떠들고 월남 정부에서도 옵서버가 나와서 압력을 가하는 판이니까 이건 사형이구나, 난 죽었다. 하하 난 틀림없이 죽었구나 하고 눈 딱 감아버렸다 이거요. 그러고는 막상 땅 하고 판결 떨어지는데 이건 웬 떡이냐? 무기더라 이거요. 그래서 정말 무기일까. 정말 살아난 것일까. 믿어지지 않아서 지 허벅다리 살을 꼬집어보고는 사실이기에 벌떡 일어나서 만세 했다 이겁니다. 하하, 좆새끼, 만세는 무에가 만세냐, 무슨 갈보년 거기 썩어 문드러진 만세냐, 내 말은 이겁니다. 그랬더니 저놈 말이 무기였으니까 만세 했다. 이겁니다. 흐흐흐 히히 선생. 이게 말이 되는가요? 무기니까 만세 했다. 무기니까 만세.

글쎄요. 그럴 수도 있겠죠.

순열 씨는 정철훈의 눈치를 보면서 조심스럽게 말했다.

그래요? 그러니까 똥치보다는 갈보가 낫다 이건가요? 저 새끼 배짱 한번 좋았어.

멀어져갔던 발소리가 점점 가까워지자, 2호에서는 여기저기 힘쓰는 소리가 들렸다. 군화 발소리는 시계추 소리처럼 아주 규칙적으로 들렸기 때문에 그들은 조 수병님이 지금 몇 호 앞을 가고 있다. 자기 호에 얼마쯤 가까이 와 있다는 것을 눈으로 보듯 빤히 알 수 있었다. 그들은 또 조 수병님의 걸음걸이가 그 육중한 체중 때문에 매우 느리고 그의 입이 무거운 대신 그의 펀치가 매우 폭발적이라는 것도 잘 알고 있었다. 근무자들은 누구나 자기 특징을 가지고 있었고 특징이 없는 자는 특징이 없는 동안은 근무자로서 위신이나 권위가 전혀 서지 않기 때문에 다시 말하면 죄수 새끼들이 전혀 알아주지를 않기 때문에 자기 특징을 만들려고 안간힘을 쓰는 것인데 조 수병님의 특징은 바로 이 느린 걸음과 무거운 입, 그리고 무엇보다 그 폭발적인 펀치에 있었다. 그러니까 그의 완만한 평소의 동작이나 무거운 입은 다만 그 강력한 펀치라는 특징을 한층 두드러지게 해주는 부차적인 특징에 불과한 것이다.

그는 별다른 이상을 발견하지 않는 한 1호에서 7호까지의 반원형의 복도를 계속해서 걸어다녔다. 매우 느린 걸음걸이로. 이것이 그가 근무 시간에 하는 일의 전부였다. 그는 특별한 반역이 눈에 띄지 않는 한 한마디도 지껄이지 않는다.

조 수병님의 발걸음 소리가 가까워지자, 뻗어 뻗어.

라고 중사가 말했다. 그의 말소리는 여느 때와는 달리 숨이 차고 기운 없게 들렸다. 그도 그럴 것이 중사도 지금 벽에 의지해서 거꾸로 서 있었던 것이다. 그러나 중사의 지시가 떨어지기 전에 2호 동료들은 이미 가까워오는 군화 소리를 들었고, 다리를 뻗기 위해 안간힘을 쓰고 있었다. 하지만 벽에 기댄 다리는 자꾸만 비틀거렸고 다리를 반듯이 세우기 위해 다리에 힘을 쓰면 쓸수록 다리는 점점 더 무거워만 갔다. 그렇지만 조 수병님이 2호 앞에 다가섰을 때는 그들은 용케도 흔들리지 않고 잘 버티어냈다. 이 순간만 버티자, 조 수병님이 2호를 지나 1호 쪽으로 건너갈 때까지만 잘 버티자. 그들은 모두 조 수병님의 그 강력한 펀치를 생각하면서 이렇게 스스로를 채찍질했다.

조 수병님이 2호 앞을 일단 지나가버리자 2호 사람들은 다리에 힘을 빼고 편한 자세로 바꾸었다. 그들은 다리를 적당히 구부리고 벽에 최대한으로 의지해서 자기들의 힘을 덜 소모하는 방법을 알고 있었다.

이때 순열 씨는 자기 체중을 지탱하고 있는 팔에 심한 경련을 일으키고 있었다. 뿐만 아니라 그의 눈앞에는 지금 단조로운 시멘트 바닥과 시멘트의 벽이 팔랑개비 모양으로 빙글빙글 돌아가고 있었다. 벼찌붙어, 벼찌붙어는 내게는 벅차구나. 그는 그걸 인정하지 않을 수 없었다. 그는 확실히 아직 거꾸로 서는 자세에는 숙달되지 못한 것이다. 그렇지만 그는 몹시도 경련하는 자기 팔이 매우 부끄러웠다. 이 팔은 지금 자기의 체중을 지탱하지 못하고 있다. 그게 그는 매우 부끄러웠다. 그는 이런 자세가 이렇게 벽을 향해 거꾸로 서서 버티는 자세가 어떤 시대에 어떤 경우에 반드시 필요한 자세인가를 생각할 겨를도 없이 다만 지금 자기 체중을 지탱하지 못하는 자기 팔이 매우 부끄러울 뿐이었다.

그는 자기 시야에서 빙글빙글 맴돌고 있는 바닥과 벽을 똑바로 붙잡으려고 충혈된 눈을 부릅떴다. 하지만 시야의 사물들은 그의 시선에 쉽게 붙잡히지 않고 여전히 빙글빙글 맴돌았다. 그는 마치 그 표정 없는 바닥과 벽에게 우롱당하는 기분이었다. 그것들은 지금 그의 거꾸로 선 자세를 비웃고 그의 충혈된 눈을 우롱하는지도 몰랐다.

그는 현기증이 일어났고 몸의 중심을 잡기가 더욱 힘들었다. 그는 눈을 감아버렸다.

씨팔 이십 일이다. 이십 일.

갑자기 중사가 침묵을 깨고 내뱉었다. 그가 이십 일이라고 말하는 것은 이십 일만 기다리면 자기는 출감하게 되고 따라서 이 벼찌붙어라는 고역도 면하게 된다는 이야기였다. 그는 매우 헐떡거리고 있었지만 그의 소리는 힘껏 부르짖는 절규였다. 그는 벌겋게 상기된 얼굴로 시멘트 바닥을 노려보며 절규했고, 그러고는 다시 숨을 헐떡거리기 시작했다. 이때만은 데빡도 누구를 탓하거나 원망할 수 없는 처지였다. 다만 그가 지금 원망하는 것은 시간인 것이다. 그가 원망할 수 있는 것은 결국 시간뿐이었다.

조 수병님은 너그럽게도 시간을 잘 지켰다. 그는 삼십 분이 경과하자 곧 자기 근무시간의 첫 번째 메뉴를 거둬들였다. 정좌, 평좌. 열중 쉬어 따위의 몇 단계를 거쳐 편히쉬어로 들어가자 2호 사람들은 모두 벽으로 기어들었다. 그들은 벽이 그립고 미더웠으며 그것이 방금 그들을 괴롭히는 형틀 노릇을 했다는 사실조차 잊어버린 듯 거기에 마음껏 등을 기대고 편한 자세를 취했다.

선생, 그래서 어떻게 된 거요?

뭐가 말요?

순열 씨는 돌연한 중사의 질문에 어리둥절해져 반문했다. 그는 아직 숙달되지 않은 고역을 치르고 나서 피로에 지쳐 있었다,

그 대문을 열고 들어간 여자 말요. 그년을 결국 조졌소?

아, 아니오, 조진 게 아닙니다.

그럼 뭐요? 재미없게 됐구만.

중사는 실망했는지 잠시 시무룩한 표정으로 양쪽 벽을 따라 늘어앉은 동료들을 휘둘러보았다. 잠시 후에 그는 뭔가 떠오른 듯 눈을 깜박거리면서 순열 씨를 보았다.

그거는 고상한 애긴가 분데, 나는 압니다. 선생이 얘기하는 걸 물론 나는 알죠. 나는 이래봬도 고등학교 출신이고, 이래봬도 나는 음악이라든지 문학, 거 왜 괴테의 로미오와 줄리엣 있지요? 아니 그게 아니고 내가 지금 틀리고 있죠? 그건 누가 썼죠? 그래 맞다. 셰익스피어, 그 새끼 거물이야, 하여튼 학교 때는 그것도 읽었으니까, 난 선생의 얘길 알죠. 하지만 저 새끼들은 그렇게 얘기하면 김 팍 새는 거요. 그러니까 선생, 그년을 조졌다고 얘기하슈. 조지지 않았더라두 조졌다고 하란 말요.

중사는 신이 나서 지껄인 뒤 순열 씨의 반응이 어떤가 하고 짓궂은 눈초리로 순열 씨의 얼굴을 유심히 바라보았다. 중사의 그 짓궂은 눈초리를 보자, 순열 씨는 저절로 웃음이 나왔다. 그는 잠시 혼자서 생각한 뒤 중사를 향해 고개를 끄덕였다. 비록 중사가 낮은 어조로 말했지만 그의 제의는 지금 거의 강요에 가깝다는 것을 순열 씨는 이해했던 것이다.

그가 고개를 끄덕이자 이 중사는 만면에 미소를 가득 띠고 그의 넓적한 손바닥으로 순열 씨의 무르팍을 탁 쳤다.

당신은 센스가 있단 말야. 당신은 우리들을 이해하고 있어. 그래서 나도 당신이 좋다 이거야. 그가 말하지 않았지만 그가 순열 씨에 대해서 이렇게 생각하고 있다는 걸 순열 씨는 중사의 표정에서 읽을 수 있었다.

됐어 그럼 됐다구. 히히 흐흐.

그는 천하리만큼 멋대로 웃고는 손을 저어 동료들을 불렀다.

이 새끼들아, 그렇게 찌그러져 있지 말고 이쪽으로 오라구. 우리 선생님이 얘기를 하신다.

그의 말이 떨어지자 오태봉과 천명우 그리고 중대가리 신참들이 서로 눈치를 살펴가며 앉은뱅이 걸음으로 슬슬 뒤쪽으로 모여들었다. 다가오는 그들의 표정은 무슨 비밀의 절도에나 가담하는 것처럼 하나같이 의미심장했는데 그것은 변소문 옆에 앉아 있는 정철훈이 아직 꿈쩍도 하지 않고 있었기 때문이었다. 그들은 정철훈이 순열 씨의 이야기를 탐탁지않게 여긴다는 것을 알고 있었고, 그리고 지금 정철훈의 노여움을 사둔다는 게 자신을 위해 별로 이롭지 못한 짓이라는 것도 알고 있었다. 하지만 그들은 결국 정철훈을 제외한 전원이 순열 씨와 중사를 에워싸고 모여 앉았다.

그런 뒤에 그 문은 다시 열리지 않았지요. 나는 그러니까 닭 쫓던 개 모양으로 맥이 풀린 거죠.

씨팔 내 같았으면 담을 뛰어넘는 거라.

이때 오태봉이 몹시 답답한 듯 거들고 나섰다. 그는 눈치코치 보지 않고 기분에 들떠서 팔을 휘둘러댔다.

이 새꺄, 잠자코 듣지 못해? 괜히 무드 깨지 말라구.

중사의 일갈에 오태봉은 쑥 들어가버렸다.

그래서 난 한참을 거기서 서성거린 거요. 신흥촌이라 마침 그 집 맞은편에 축대를 쌓아올린 공지가 있었는데, 나는 이 공지의 축대 난간에 서서 행여 그 집 대문이 열리나 하고 기다렸죠. 그녀가 어쩌면 한 번쯤 다시 나올까 하고. 그때 그녀가 나와본들 내게 무슨 뾰족한 방법이 있었던 건 아니지만, 그때만 해도 아직 순진했으니까. 그런데 그날 해가 질 때까지 축대 난간에서 기다렸지만 그녀는 얼씬도 안 했죠. 그래서 그날은 허탕을 치고 그냥 돌아왔어요. 그 뒤로 내가 얼마 동안 그 공지의 축재 난간에서 배회한 줄 알아요? 반년을 매일 쫓아 다녔어요. 저녁나절이면 으레 출근하듯이 그 신흥촌 언덕배기로 올라가서 그 공지에서 서성거렸단 말요.

왜 거기 가서 서성거렸느냐, 왜 매일 그랬느냐 하면 그 공지의 축대 난간에서는 그 집의 안뜰이 건너다 뵈었거든요. 이층집인데 앞마당에 나무가 너무 많아서 저녁 무렵 그 집 사람들이 마당에서 오락가락하는 모습을 보려고 해도 나무 잎사귀에 가려서 잘 보이지 않았어요. 그래도 나는 그 나무 사이로 그녀가 행여 어느 때나 보일까,

그녀의 모습이 보일까 하고 열심히 기다리면서 눈을 두리번거렸죠. 그런데도 그녀는 내 시야에는 얼씬도 안 했소. 그러니까 혹 그 집 마당에 그녀가 나타났다구 해도 그놈의 빌어먹을 나무 잎사귀에 가리어 보이지 않았을는지 모르죠. 아마 그랬겠죠. 그러니까 그놈의 나무들이 나를 얼마나 초조하게 만들었는지 몰라요. 하여튼 나는 반년 동안 그 공지에서 서성거렸지만 그녀를 한 번도 볼 수 없었어요.

순열 씨는 잠깐 이야기를 멈추고 호흡을 가다듬었다. 그의 동료들은 귀가 좋지 않은 탓인지 혹은 순열 씨의 목소리가 작기 때문인지 어느덧 서로 무르팍이 겹치도록 가깝게 좁혀들었기 때문에 순열 씨는 약간 갑갑증을 느꼈다. 그들의 입에서는 역시 그 특유하게 노리끼한 악취가 새어나왔고 그들의 호흡이 가빠지자 그 악취는 더욱 순열 씨의 후각을 괴롭혔다. 그는 또 그의 주변에서 느껴지는 다소의 불안 때문에 이야기를 끌고 나가는 데 매우 불편을 느꼈다. 그는 빠른 눈길로 철창 바깥 복도의 동정을 살폈고, 건너편에 앉아 있는 정철훈의 동정을 살폈다. 그가 이야기하고 있다는 것. 그보다도 2호는 지금 난데없는 만담을 즐기고 있다는 것이 근무자에게 발견된다면 작살이 나지 않는다는 보장은 없었다. 게다가 지금 근무자는 입이 무거운 대신 폭발적인 펀치를 가진 조 수병이었다. 그는 반역이 발견되면 서슴지 않고 키를 따고 감방 안으로 들어온다.

정철훈은 벽 쪽으로 비스듬히 돌아앉아 벽에 머리를 기대고 있었다. 그는 눈을 감고 있었고 이따금 그쪽에서는 코 고는 소리까지 들렸다. 하지만 순열 씨는 그가 결코 자고 있지 않다는 것, 그의 태도는 자기 이야기를 거부하는 일종의 시위라는 것을 알았다.

그렇지만 이 중사는 눈치가 빠른 사나이였고 그는 아직 2호의 데빡이었다. 순열 씨는 그가 주먹으로 자기 허벅다리를 한바탕 문지르자, 방금 스쳐간 한 가닥 불안을 곧 잊어버렸다.

그런데 이 반년 동안에 그녀의 모습은 보지 못했지만 딱 한 번 그 여자의 소리, 말소리, 그게 그 여자의 말소리인지 확실하지는 않지만 아마 그 여자 소리였겠죠. 그 소릴 들은 일이 있어요. 어느 날 저녁, 그러니까 여름밤의 아홉 시 무렵인데 이미 주위가 어두워져 눈앞으로 십 미터도 잘 보이지 않을 때죠. 비가 부슬부슬 내리고 있었는데 그날 나는 유독 늦게까지 그 공지에 서 있었죠. 이제는 기다리는 데 만성이 되어서 이미 내 마음에서는 그 여자를, 여름 대낮에 잠깐 스쳐본, 그것도 반년 전에 딱 한 번 본 그 여자 얼굴을 잊어버리고 있었는지도 모르죠. 그러니까 난 그 여잘 기다리는 게 아니고 이제는 그 여자를 기다리는 내 마음을 기다리고 있었는지 모르죠. 그러니까 그 여자 자체는 까마득히 잊어버리고 있었다 이겁니다.

그러니 어두운 공지에 서서 그냥 우두커니 역시 어두운 건너편 집 정원을 지켜보는 참이었죠. 그건 누가 나타나기를 기다린 게 아니고 그냥 습관이었다 이겁니다.

그런데 갑자기 그 마당 쪽에서 말소리가 들려왔어요.

아주 부드러운 처녀 목소리로

아줌마, 비가 와요, 빨래를 걷어야죠.

그러고는 조금 걸걸한 여자 목소리로

어마, 나 좀 봐. 깜박 잊어버리고 있었네.

그러고는 두 사람의 신발 끄는 소리가 들려오고 이어서 그 처녀의 목소리가 다시

내 수건은 어디 있어요? 어디?

그러고는 바쁘게 신발 끄는 소리가 나더니 곧 조용해져버렸어요.

어두운데다 그 나무들 때문에 아무것도 보이지는 않았지만 나는 귀를 바짝 기울이고 그 소리를 들었고, 그리고는 있구나! 거기 있었구나 하고 속으로 부르짖었죠. 왜냐하면 내가 잊어버렸던 것이 하두 오래 나타나지 않으니까 거기 없을는지도 모른다. 혹은 그 여자는 거기 살지 않을는지도 모른다 하고 거의 잊어버린 사람의 목소리를

들었으니까 그렇게 부르짖은 거죠.

일단 그 여자가 그 집에 있다. 그동안에도 있었다. 내가 비록 볼 수는 없었지만 틀림없이 거기 있었다는 것을 알고 나자, 그 목소리가 그 여자 목소리라는 걸 어떻게 믿느냐고요? 나는 육감으로 알았죠. 우윳빛 소리, 소리에 빛깔이 있는 것은 아니지만 이를테면 희뿌연 우윳빛 소리인데다 보통 듣기 힘든 맑고 수줍어하는 것 같은 한마디 한마디가 가락에 맞추듯 조심조심 울려 나오는 걸로 보아, 그 여자의 살빛이 희뿌연 우윳빛이었으니까. 그리고 그 여자는 처녀였고, 그 집에서 그렇게 곱다란 말소릴 가진 처녀란 그녀밖에는 없을 것이므로 그 목소리는 틀림없이 그 여자의 것이라고 믿은 거죠. 나는 육감으로 알았어요.

하여튼 그 여자가 이때까지 그 집에 있었던 것이다라고 생각하게 되자 나는 공지에서 하릴없이 서성거리며 보내버린 반년의 시간이 허망스럽기 짝이 없었다는 것, 그리고 그렇게 보내지 않을 수 없었던 자기 자신의 태도를 비판하지 않을 수 없었죠. 그렇게 거기 서서 시간을 보내며 기다린다. 자기가 갖고 싶은 것은 바로 지척에 있으나 그것은 저절로 다가오거나 저절로 얻어지는 것은 아닌데 한 번도 거게 손을 뻗어보지 않고 그냥 기다린다. 그냥 막연히 기다린다는 것은 대관절 무슨 의미가 있는 것이냐. 나는 존재란 획득하는 과정이라는 걸 일찍부터 알고는 있었죠. 다시 말하면 살아간다는 것은 자기가 갖고 싶은 것을 탐내고 그 새로운 것을 얻기 위해 계획하고 노력하는 그런 과정이라는 것을 알고는 있었다 이거죠. 하지만 나는 탐을 낸 일은 있지만 아무것도 노력하지 않았던 겁니다. 말하자면 우두커니 서서 막연히 기다린 나머지 이윽고는 일찍이 탐냈던 것이 무엇이었던가 그게 한 번 본 일은 있지만 어떻게 생겼던가조차도 잊어버리고 있었던 참이죠.

그런데 문제는 이겁니다. 노력해야 얻을 수 있다. 이 정도는 알고 있던 내가 왜 노력하지 않았던가, 왜 서서 기다리고만 있었던가 이겁니다.

솔직히 말해서 나는 자신이 없었죠. 어떤 대상이 자기가 갖고 싶은 대상이 막상 나타나도 거기에 접근하기가 두렵고 겁만 앞선 겁니다. 왜냐하면 접근해서 좀 더 구체적으로 방법을 모색하고 노력해봐도 결국은 별수 없다. 결코 되지는 않을 거다. 왜 되지 않는가, 어째서 좌절되고 말 것인가. 그렇게 될 만한 무슨 필연적인 곡절이라도 내게는 있는가를 따져볼 겨를도 없이 그냥 지레 겁을 먹고 그 대상에서 멀찌감치 떨어져서 있기만 하는 겁니다.

이윽고 나는 자기에게는 결코 성취되지 않는, 또는 획득되지 않는 어떤 필연적인 곡절이 정말 있을까 하고 생각하기 시작했죠. 그런데 곰곰이 생각해보니까 확실히 곡절이, 필연적인 곡절이 있기는 있었는데 그것은 터무니없는 자각증상에 있었다 이겁니다.

아까도 말했지만 나는 병들어 있다. 그렇다고 몸에 별다른 이상이 있는 것도 아닌데 나는 틀림없이 어느 곳에 병이 들어 있다는 생각과 또 나는 누구보다 걱정이 많은 사나이다. 누구보다 불안하고 걱정이 많아 몹시도 거기에 시달리는 사나이다. 걱정이 많다는 것도 따져보면 자기가 그만큼 무능하고 자기 내부에 그만큼 불가항력적인 요소가 잠재해 있다는 것을 자각하고 있는 증거이기 때문에 결국 병들었다는 거나 같은 얘기죠. 이따위 생각들 때문에 자신을 잃고 있었다 이겁니다. 그런데 이따위 증상이라는 게 어디서 연유했죠? 순전히 다른 사람들의 겉치레 인사말에서 그것도 막연한 추측으로 우연히 내게 던진 몇 마디 말.

요즘 어디 아프냐?

혹은

자넨 밤낮 무슨 걱정거리가 그다지도 많은가?

이따위 몇 마디 말에서 연유했다 이겁니다. 그러니까 나는 다른 사람들의 단순한 몇 마디가 이윽고 나의 고정관념으로, 어쩔 수 없는 고정관념으로 되어버리는 무서운 과정을 깨달았죠. 그것은 뭐냐 하면 그들이 너무도 끊임없이 만나는 사람마다 하나같이 같은 말을 끊임없이 내 귀에 대고 지껄였기 때문이었죠. 나는 결국 그 고정관념을 깨뜨렸습니다.

제기랄 그러니까 그 고정관념은 조진다는 거요? 조지지 않겠다는 거요? 난 지금 똥창이 빼근하다 이거요. 내가 그걸 꽉 막고 있으니 망정이지 살짝 열기만 하면 당신도 질식하고 말 거요.

중사의 말에 주위에서는 키들거리며 웃어댔다. 한바탕 웃어댄 그들은 퍼뜩 정신이 들어 철창 밖을 바라보았다. 조 수병님의 발소리가 7호 근처에서 들려왔지만 그들은 여태 그 발소리를 잊고 있었다. 그들은 오늘은 시간이 빨리 흘러갔다고 생각했고 무엇보다 그들이 시간을 느끼지 못하는 사이에 시간이 빨리 흘러갔다고 생각하자 아주 기분이 유쾌했다.

순열 씨는 잠깐 입을 닫고 무엇인가 생각하고 있었다. 이때 그를 둘러싼 모든 사람들은 그의 닫혀 있는 입을 열심히 지켜보고 있었다. 그는 그들이 지금 기다린다는 것, 그리고 무엇을 기다린다는 것도 알았다. 그들의 눈길은 또 빨리 끝을 내라, 얘기가 너무 길어지면 재미없다고 말하고 있었다. 순열 씨는 그 여자를 조지는 장소를 찾고 있었다. 그는 곧 그것을 찾아냈다.

나는 말하자면 용기를 얻은 거죠. 나는 병들지도 않았다. 또 나는 특별히 걱정이 많은 사나이도 아닌 것이다. 이렇게 생각했고, 그리고 그 생각을 믿은 거죠. 나는 그래서 남자가 여자를 탐하고 그걸 갖기 위해 노력한다는 지극히 당연한 생각을 그제야 지극히 당연하다고 인정하고 어느 날 그 오래 닫혀 있던 대문을 두드렸죠.

그는 잠깐 숨을 몰아쉬고 얘기를 계속했다.

알구 보니 그 여자는 바걸이었어요. 놀라운 일이죠. 그녀는 내가 자기에게 반해서 자기를 찾아온 것을 지극히 당연하게 여겼죠. 그녀는 참 순진한 양반도 다 보겠네. 아무튼 놀러 와요. 나 M동의 홍접(紅蝶)에 나가요. 여섯 시부터 2번을 찾으면 돼요.

이렇게 내게 말했어요. 그러니까 내가 공지에서 서성거리고 있을 때는 그녀는 바의 어두운 박스 속에서 술과 웃음과 간지러움을 파느라고 여념이 없었다. 이겁니다. 다소 김이 샜지만 나는 결국 여기저기서 돈을 꾸어서 목돈을 만들어가지고 '홍접'의 2번을 찾아갔죠. 나는 그날 밤 그녀를 돈으로 산 겁니다.

끝난 거요?

순열 씨는 뒤로 조금 물러앉으면서 중사에게 고개를 끄덕였다.

모여 앉았던 동료들은 라스트 신이 싱겁게 된 영화를 보고 나오는 관객들처럼 씁쓰레한 얼굴로 주춤주춤 제자리로 돌아갔다.

당신은 그녀의 맛이 좋았다든지 나빴다든지에 대해서는 언급을 회피하는구먼. 너희들 상상에 맡긴다 이거지? 좋았어. 아무튼 선생, 수고했수다. 야 정철훈.

중사는 한바탕 지껄이고는 갑자기 성이 난 사람처럼 언성을 높여 정철훈을 불렀다. 그는 자기 말마따나 지금 똥창이 터질 것 같아 초조한데다 정철훈이 아직도 잠자는 시늉을 하고 있었으므로 더욱 다급했는지도 몰랐다.

중사의 부름에 정철훈은 퍼뜩 눈을 뜨고 중사를 향해 돌아앉았다. 그는 손등으로 연방 눈을 비벼댔으나 그의 커다란 눈은 방금 자고 있었던 것 같지는 않았다.

선생에게 강아지 한 마리 드리라구.

중사의 지시에 정철훈은 깜짝 놀라 중사와 순열 씨를 번갈아 쳐다보았다. 놀란 것은 정철훈만이 아니었다. 벽을 따라 앉아 있던 오태봉이나 천명오 그 밖의 신참들도 모두 놀란 얼굴로 중사를 바라보았다.

한 마리밖에 없습니다, 중사님.

정철훈은 매우 조심스럽게 그러나 분명한 어조로 중사에게 말했다.

알구 있다구. 이 새꺄, 드리라면 드리는 거야. 말이 많아.

정철훈은 하는 수 없이 철창 쪽에서 등을 대고 돌아앉아 그의 바른쪽 다리의 발목 근처를 더듬기 시작했다. 그는 하얗고 목이 긴 군용 양말을 홀랑 까내리고 뚤뚤 만 조그만 종이 꾸러미를 양말 속에서 꺼냈다.

순열 씨는 중사의 제의를 선뜻 받아들이기가 몹시 거북했다. 그는 물론 오래 참고 견디었으므로 생각은 간절했지만 한 마리의 강아지를 맨 먼저 태운다는 것은 서열로 보아 너무나 무리라는 것을 알았다. 그는 정철훈이 반발한 것은 당연하다고 생각했다.

중사님 먼저 들어가시죠.

그는 중사를 돌아보며 계면쩍은 표정으로 첫 번째 차례를 사양했다.

선생, 먼저 들어가쇼.

중사는 그의 사양을 한마디로 일축했다.

난 말요, 2호 일명 똥 싸러 갑니다 이거요. 알겠어요? 쭈그리고 앉아서 꽁초나 먹겠다 이겁니다.

이렇게 말한 그는 순열 씨에게 재빨리 눈짓을 보냈다. 그것은 어물거리지 말고 빨리 들어가라. 여기서는 사양은 미덕이 되지 않는다고 말하고 있었다.

순열 씨는 엉거주춤 일어나서 정철훈에게 다가가 강아지와 대가리를 받아들었다. 그는 그것을 얼른 손아귀에 감추고 철창 앞으로 나아가 신고를 마친 다음 변소문을 열고 변소로 들어갔다.

조그만 문은 그 외양과는 달리 매우 두껍고 무거웠다. 그 문이 일단 닫히자 바깥에서 일어나는 소리는 조금도 들리지 않았다. 물론 바깥이라야 여기서는 기껏 2호의 감방이나 철창 밖 복도 따위를 두고 하는 말이다.

변소 안에 들어간 순열 씨는 갑자기 마음이 평온해졌다. 그는 군화 소리, 욕지거리, 미친 듯이 킬킬대는 웃음소리, 취사 당번들의 그릇 씻는 소리, 구타당하는 신음 소리, 근무자의 위협하는 소리 따위의 소음으로부터 그의 청각을 보호해준 조그만 문에 고마움을 느꼈다.

그는 불과 반 평도 못 되는 좁은 면적에서 가까스로 자리를 잡고 서서 벽에 비스듬히 등을 기대었다. 그는 쪼그라진 아리랑 한 개비를 조심스럽게 입에 물고 단 하나의 성냥알을 그어서 궐련 끝에 불을 붙였다. 이것은 2호에 남은 마지막 강아지였다라고 느끼자, 그는 새삼 그

첫 번째 한 모금이 소중하게 여겨졌다. 더구나 이것은 노란 띠였고 노란 띠가 수입되는 것은 그다지 흔한 일은 아닌 것이다. 보통 총장이 수입해주는 것은 필터가 없는 저질의 담배뿐이어서 노란 띠나 흰 띠를 구경하기는 힘들었다. 총장은 이따금 특히 ○八을 많이 잡아준 호에 보너스 격으로 노란 띠나 흰 띠를 한두 마리 섞어서 수입해주는데 그것은 데빡이나 대단한 고참이 아니고서는 입에 댈 엄두도 내지 못했다.

순열 씨는 연기를 깊숙이 빨아들였다가 그것을 천정을 향해 천천히 내뿜었다. 연기는 넓고 얄따랗게 벽 위로 펼쳐지면서 천천히 어두컴컴한 천장으로 빨려 올라갔다. 그는 궐련을 손가락 사이에 끼우고 그것을 빨아들이고 연기를 다시 뿜어내는 일련의 동작을 통해서 비록 잠시나마 자기가 감금에서 해방된 듯한 착각에 빠졌다. 이토록 겹겹이 사슬로 묶인 우리의 가장 깊은 곳에서 잠시나마 이런 느낌을 갖는 것은 아주 야릇한 일이었다.

당신은 시를 쓰느냐고 중사는 말했고, 난 시를 쓸 줄 몰라요, 하고 순열 씨는 대답했다. 난 당신이 시를 쓸 줄 알았다구. 어쩐지 그렇게 보였어 하고 중사는 덧붙였다.

하지만 써보슈. 당신은 쓰면 될 거야. 우린 생각은 많지만 대가리가 워낙 썩어놔서 어림없다구. 종이하고 연필을 줄 테니까 한번 써보슈. 심심풀이로.

난 시를 써본 일이 없어요. 시는 여기도 많이 쓰여 있는데요.

순열 씨는 손으로 시멘트 바닥과 벽을 가리켰다. 거기에는 쇠붙이 조각으로 시멘트를 파서 새긴 크고 작은 글자들이 여기저기 널려 있었다.

삶
1965. 3. 2. 대구 이길남.
삶
1967. 8. 11. 포항 박우범.

눈물의 삼 년
1968. 5. 30. 광주시 학동 이성우
삶
제주시 김봉래.
배고파 미치겠다. 영자야.
1965. 9. 17. 삼천포 이건길.

이게 낙서지 시는 무슨 시요?

중사가 반문했다.

이거는 훌륭한 시죠. 이거 봐요, 삶, 이 한 자는 얼마나 많은 이야기를 압축한 것입니까? 이건 참 훌륭한 시입니다.

선생, 내 얘긴 이따위 시 얘기가 아니고 선생이 그 말한 거 있지 않소? 변소에서 생각났다는 거 말요. 그걸 쓰면 진짜 시가 되겠다 이거요. 한번 써보슈.

아, 알겠어요. 그러니까 내가 시를 쓸 수 있었다면 좋았겠다, 하고 말했었죠. 내가 변소에서 느낀 것은 여기가 낙원이구나 하는 거죠, 변소문은 말요, 우리에게 출입이 허용된 유일한 문이고, 그리고 그 속에 들어가 있으면 이상하게 마음이 편안해지죠.

그렇긴 해요. 나도 그렇게 생각했거든,

그러니까 내가 시를 쓸 줄 알았다면 〈여기는 낙원〉 이란 제목으로 하나 쓰겠다 이겁니다.

그렇지만, 히히, 당신은 재밌는 사람이야, 이 속에서 시는 무슨 시야? 하지만 재미있다구, 그 제목도 참 재미있고. 제목까지 잡아놓았으면, 그러지 말고 써보슈. 야. 정철훈, 선생께 편지종이 한 장하고 연필을 갖다드려.

그는 순열 씨의 의견을 듣지도 않고 멋대로 지시를 내렸다.

정철훈은 갑자기 중사가 미쳤나 하고 휘둥그레진 눈으로 중사를 바라보았지만 그는 거역하지 못하고 침구 곁으로 엉금엉금 기어갔다. 편지지나 연필 따위는 평소에 침구 속에 감춰놓고 있었던 것이다. 잠시 동안 침구 속을 뒤지고 있던 정철훈은 그냥 빈손으로 다시 돌아섰다.

종이는 있지만 연필은 총장이 가져갔습니다.

그 새낀 왜 자꾸 남의 것을 가져가지? 그 새끼더러 연필 돌려달라구 해.

총장이 취침 전에 돌려주겠다고 했습니다.

정철훈은 몹시 딱하다는 듯이 머리를 긁적거리며 제자리에 주저앉았다. 총장이 그렇게 말했다면 총장이 돌려줄 때까지 기다릴 수밖에 없었다. 누구보다 이 중사가 그걸 잘 알고 있었다.

씨팔 모처럼 시 구경 좀 할까 했더니!

그는 순열 씨에게 이따 쓰시오. 이따. 여기가 낙원이라구? 히히 그 제목 재미있구먼 하고 말했다.

순열 씨는 절반쯤 타들어가는 궐련의 매듭을 물끄러미 바라보고 있었다. 그에게 허용된 자기만의 시간은 바로 그 매듭까지였다. 그는 머릿속에 떠돌았던 잡념을 뿌리치듯 지워버리고 한바탕 심호흡을 했다. 그는 다음 차례인 중사를 위해 불을 끄지 않은 채 남은 궐련조각을 높은 벽에 파인 홈에 꽂아 놓고 변소를 나왔다.

난 이 새끼들이 요즘 발랑 까졌다는 걸 알고 있어. 오태봉 이 새꺄. 이죽거리며 웃고 있던 중사는 갑자기 뭔가 생각난 듯 얼굴을 잔뜩 찌푸리고 말했다. 방금 변소에서 흡연을 하고 나온 오태봉은 영문을 몰라 중사 앞에서 머뭇거리고 서 있었다.

천 하사 들어가.

그는 변소에서 타고 있을 담배를 생각하고 얼른 지시를 내린 다음 다시 오태봉을 노려보았다.

넌 이 새꺄 변소에서 뭘 꾸물거리는 거야, 너 공주를 범했지?

아닙니다.

오태봉은 황급하게 부인했다.

이 새끼, 범했으면 범했다고 해. 너 변소에서 지금 공주를 범했지?

아닙니다. 거긴 보지두 않았어요.

뭐야 이 새끼, 그렇다면 박아.

오태봉은 하는 수 없이 머리를 바닥에 꽂고 엉덩이를 높이 쳐들었다. 그는 몇 번 꼬꾸라질 듯 비틀거렸지만 곧 두 팔을 허리에 두르고 똑바로 박아 자세를 취했다.

이 새끼들은 내가 인심을 써도 몰라준다구.

그는 아침에 총장이 백양 다섯 개비를 새로 구입해주었기 때문에 오래 차례를 거른 동료들에게 고참 순으로 인심을 쓰고 있었다. 그런데 오태봉은 변소에 너무 오래 머물러 있었다.

이 새끼 얼굴이 요즘 자꾸 노오래지는 게 수상쩍지? 그지?

하고 중사는 정철훈에게 동의를 구했다. 정철훈은 빙그레 마주 보고 웃고는 끙끙거리는 오태봉을 향해 욕설을 퍼부었다.

이 새꺄 어따 대고 용두질야, 아직 피도 안 마른 새끼가 감히 데빡님의 애첩을 범해?

중사는 정철훈의 아첨에 마음이 흡족한 듯 금방 키들거리며 웃고 있었다.

이 새꺄, 난 공주님을 범했습니다. 죽여주십쇼, 라고 해.

중사님, 정말 범하지 않았습니다.

끙끙거리면서도 오태봉은 완강히 부인했다.

뭐야, 이 새끼.

갑자기 화가 치민 이 중사는 그의 널따란 발바닥으로 오태봉의 머리통을 냅다 질렀다. 오태봉은 바닥으로 벌렁 넘어졌으나 그는 재빨리 몸을 일으키고 곧 똑바로 박아 자세를 취했다.

이 새꺄, 난 공주님을 범했습니다. 죽여주십쇼, 라고 해.

난 공주님을……범했습니다. 죽여……주십쇼.

끙끙거리면서 오태봉은 간신히 복창했다. 그의 주근깨투성이인 얼굴은 충혈로 빨갛게 상기되어 있었다.

좋았어. 이번만은 내 용서한다. 오태봉 네 자리로 돌아가.

오태봉은 이 정도로 끝이 난 게 다행이라는 듯이 얼른 몸을 일으키고 헤죽헤죽 웃으며 벽가로 비켜났다.

선생, 변소에 있는 내 마누라 보았수?

순열 씨에겐 얼핏 떠오르는 여자의 얼굴이 있었다. 그는 그녀가 비록 젊고 예쁘기는 하지만 창부처럼 천박하게 웃고 있다고 생각했다. 그렇게 생각하는 것은 그녀가 하필이면 변소문의 안쪽에서 괴로운 사나이들을 유혹하기 때문만은 아니었다. 그녀는 온몸을 발가벗고 꽃이 만개한 모밀밭을 헤치면서 이쪽으로 다가오고 있었다. 순열 씨는 잠자코 고개를 끄덕였다.

흥, 망측하게 생각 마슈, 그 왜 마누라와 오래 떨어져 있으면 현지조달이라는 게 있지 않소? 말하자면 그런 거요.

중사님은 참 예쁜 '이것'을 가지고 있군요.

순열 씨는 바른손의 새끼손가락을 세워 보이면서 웃었다.

히히히, 예쁘긴 확실히 예쁘죠? 내 본 마누라는 거게 비하면 똥치감 밖에 안 돼요, 아차 실수, 난 몹쓸 놈이죠. 내 딸의 엄마에게 이게 무슨 말버릇이야.

이 중사는 자기 주먹을 들어 자기 입을 퍽 소리가 나도록 쳤다. 그는 어이쿠! 하고 비명을 지르면서 그 자리에 엎어져 한참 동안 죽은 듯이 있었다. 중사가 머리를 다시 들었을 때 그의 눈초리는 다시 사납게 돌변해 있었다.

넌 잡았어?

이때 마침 흡연을 마치고 나오는 신참에게 중사는 사나운 어조로 물었다. 유난히 머리통이 큰 이 신참은 불과 며칠 전에 투숙한 가장 신참이었다. 그는 맨 마지막 차례로 변소를 다녀오는 길이었다.

뭡니까? 중사님.

신참은 영문을 몰라 몹시 난처한 얼굴로 반문했다.

뭐야, 이 새끼 이만큼 다가와봐.

신참은 길들인 짐승처럼 순순히 중사 앞으로 다가섰다. 그러자 중사는 앉은 채 오른쪽 다리를 들어 이 건강한 짐승의 가슴을 힘껏 걷어찼다.

어이쿠 비명을 지르며 신참은 뒤로 벌렁 넘어졌고 중사는 무슨 대단히 화난 일이라도 있다는 듯 숨을 헐떡거리며 다시 일어서는 신참을 노려보았다.

뭡니까, 라구? 이 새끼 그 말버릇 한번 좋았어. 이 새꺄 잡는 것도 몰라. 너 잡는 것을 깨우칠 때까지 거기 정좌하구 있어. 천명오 너 가서 잡고 와.

천명오는 벌떡 일어나서 휴지를 찾아들고 강아지를 잡기 위해 변소로 들어갔다.

정철훈 넌 이 새꺄, 어떻게 돼먹은 새끼가 감방 질서를 이 모양으로 해 놓았어? 넌 신참 교육을 시킨 거야? 난 너를 믿고 네게 일임했는데.

데빡님, 죄송합니다.

정철훈은 얼른 대답하고 일행을 한바탕 노려보았다.

이 새끼들, 난 한 방이면 없어. 난 중사님처럼 인정은 두지 않는다구.

그는 굳게 쥔 주먹을 허공에서 한 번 휘둘러 보였다. 그의 주먹은 그의 머리통만큼이나 커 보였고 그의 동작은 번개처럼 빨랐다.

이 새꺄, 허풍 좀 작작 떨라구.

중사는 이렇게 말했지만 순열 씨는 정철훈이 결코 허풍을 떨고 있지 않다는 것을 알고 있었다. 그는 며칠 전 정철훈이 신참 교육을 시키느라고 신참을 다루는 광경을 보았다. 정철훈은 앉은 채로 주먹과 다리를 능숙하게 휘둘렀고 그 솜씨는 오히려 중사보다 한층 흉포하고 잔인했다.

정철훈, 요즘 같아서는 내가 나간 뒤에 네놈이 잘할까 걱정이야.

정색을 하고 중사가 말하자, 정철훈은 소리 내지 않고 능글맞게 웃었다.

중사님, 염려 마십쇼, 사실 난 이 새끼들 숨통을 꽉 눌러놀 자신이 있죠. 삐딱하는 놈은 벌써 황천으로 나는 겁니다.

정철훈은 중사의 염려가 한낱 기우에 불과하다는 듯이 자신만만하게 말했다.

이때 순열 씨는 정철훈이 즉위를 눈앞에 둔 황태자 같이만 보였다.

그는 확실히 데빡의 출감을 어떤 면에서는 데빡 자신보다 더욱 고대하고 있었고 또 즉위에 대비해서 무엇인가 끊임없이 준비하고 벼르고 있었다.

당신은 이를테면 지금 황태자의 신분이군요.

순열 씨는 정철훈을 향해 그가 몹시도 부럽다는 어조로 말했다. 정철훈은 순열 씨를 힐끗 보았지만 별로 화가 난 것 같지는 않았다.

이 새꺄, 넌 출세했어. 네 따위 주제에 황태자가 다 뭐야? 넌 여기 와서 출세했다구. 히히 흐 선생, 이 새끼가 황태자라면, 그럼 난 뭐요?

중사는 재미있어 못 견디겠다는 듯이 주먹으로 순열 씨의 허벅다리를 발작하듯이 문질러댔다.

당신 이름은 따로 있어요. 당신은 네로야.

뭐라구? 네로? 흐흐 히.

당신 연기는 기가 막혀요. 중사님 쿠오바디스란 영화를 봤소?

보았죠. 그건 옛날 영화죠? 내가 중학교 때 본 것 같으니까.

그래요. 난 그 영화를 보면서 네로의 연기에 몹시 감탄했죠. 그런데 지금 당신 연기는 그놈을 능가해요.

순열 씨의 말에 중사는 또다시 발작하듯 웃기 시작했다. 그는 웃을 뿐만 아니라 주먹으로 순열 씨의 허벅다리를 문지르고 두 다리를 발광하듯 흔들어댔다. 그러다가 그는 갑자기 그 발광을 딱 멈추고 조그만 소리로 말했다.

선생, 사실 미친 척하구 사는 거요. 그렇지 않으면 벌써 진짜로 미쳤을 거요. ……사실 그 새끼가 권총만 빼지 않았대두 그 씨팔 새파란 소위 새끼가.

중사의 음성은 저절로 커지고 있었다.

누구 말인가요?

순열 씨는 그의 흥분되어 가는 얼굴을 향해 나지막이 물었다.

내가 그 새끼 땜에 씨팔 이 년 반을 지금 여기서 썩는 거요. 씨팔 새끼가 새파란 소위 새끼가 상관이라구 나 더러워서. 그러니까 크리스마스 날 저녁때였죠. 다낭의 클럽에서 지금 5호에 있는 박 중사허구 꽁까이 하나씩 옆에 끼고 거나하게 마시는 참인데 그 새끼가 들어왔죠. 그 새낀 벌써 어디서 진탕 처마시고 오는 참이었다구. 이 새끼가 들어오더니 술도 안 마시고 다짜고짜 까이를 내놓으라구 하지 않소? 주인이 여자는 지금 없다. 여자는 지금 모두 손님에게 가 있다 하니까, 이 새끼가 다짜고짜 우리에게 와서 박 중사의 까이 어깨를 잡아당기는 거요. 하 씨팔 새끼. 쫄병 새끼들이 함부로 누구 앞에서 기분 내느냐고 호통치면서 말요. 그래 박 중사가 한 대 친 거요. 그런데 그게 설맞았다 이거요. 박 중사 새낀 성질만 급했지 주먹은 약하거든. 이 새끼가 설맞아 노니까 길길이 날뛰지 뭐요. 씨팔 쫄병 뭐라고 연방 씨부렁거리면서. 술이 확 깨버렸죠. 내가 뭐 그때 경거망동한 줄 아슈? 난 그래도 참으면서 박 중사가 붙으려는 걸 말렸다 이거요. 그런데 싸움 말리는 참인데 어퍼컷이 훅 날아왔죠. 눈에서 불이 번쩍하는데 정신 있을 게 뭐요? 참아서 남 주나 하지만 그때 참는 새낀 쌍말로 개 뭣에서 나온 새끼지, 에이 씨팔 나도 모르겠다 하고 한 방 보냈죠. 그걸 맞고 안 쓰러지고 배겨요? 그 새끼가, 그 새끼가 픽 나가 쓰러지는데 이건 뭐요? 보니까 권총을 빼들었지 않아요? 이 새낀 누운 채 몇 번 버르적거리더니 팡팡 하고 공포 몇 방을 쏜 거요. 그러니까 그 소리 듣고 엠피가 와서 챈 거죠. 그 씨팔 권총만 쏘지 않았대도 끄떡없는 건데.

야 정철훈, 강아지 하나두 없냐?

그는 강아지가 없는 줄 알면서도 입버릇처럼 물었다.

어제 저녁 다 떨어졌지 않습니까?

벽에 기대앉았던 정철훈이 얼른 몸을 세우고 대답했다.

이 새꺄, 말 안 해도 알고 있다구. 이 새끼들 주지 않는군. 3호에서도 소식이 없고. ──`아무튼 이제 찌그러졌으니까 할 말은 없다구.

정철훈은 몸을 반쯤 일으키고 안절부절이었다. 그는 강아지가 없는 게 자기 책임이나 되는 것처럼 몹시 괴로운 눈초리로 데빡을 바라보았다.

3호로 연락을 해볼까요?

관둬. 신종술은 있으면서 보내지 않을 놈은 아냐. 난 그놈 의리를 알아. 3호는 지금 2호에 없다는 걸 알지?

그렇죠.

그럼 기다려보는 거야. 3호 아니면 총장이라도 한두 마리쯤 갖다주겠지. 총장 그 새끼도 양심이 있지. ㅇ八을 며칠 걸렀다구 설마 싹 씻겠나 이거야.

중사는 침구 곁으로 엉금엉금 기어가더니 벌렁 자빠져서 팔베개를 했다.

우리 선생, 목이 타도 좀 참으슈.

그는 그 귀여운 웃음을 보내면서 순열 씨에게 말했다.

당신 그런데 고생하려구 강아지 귀신이구먼 그래. 당신 도대체 사회에 있을 때 하루에 강아지 몇 섬씩이나 태웠수?

두 섬 정도 태웠죠.

허, 두 섬? 내 그럴 것 같았어요. 난 당신이 2호에 처음 들어올 때, 흥 강아지 귀신이 들어오는군 이랬다구. 난 누가 새로 투숙해오면 맨 첨 그것 먼저 보죠. 이 사람 강아지를 얼마나 태우나 하고 관상을 본다 이거요. 당신이 처음 들어올 땐 참 멋있었어. 머리 스타일이나 인상이 꼭 불란서 배우 같았다구. 지금은 찌그러졌지만.

야, 정철훈, 넌 이 새꺄 널 출세시켜준 선생님께 고맙다구 인사나 드려. 만약 선생님이 아니었더라면 넌 네 신분도 모르고 지냈을 거 아냐?

정철훈은 잠시 동안 정색을 하고 묵묵히 생각에 잠기는 것 같았다. 그는 방금 명령을 받은 것과 그리고 거기에 따른 절대 권력을 곧 자기 손아귀에 쥐게 된다는 데 자못 감동한 것 같았다. 그는 이내 싱글벙글 웃기 시작했고 그가 그렇게 얼굴에 가득 웃음을 띠는 것을 순열 씨는 처음 보았다.

중사님 말씀이 맞아요. 난 출세했죠. 난 월남에서 C레이션을 까먹고 지낼 때를 빼놓고는 지금이 제일 좋아요.

순열 씨는 깜짝 놀라 말하고 있는 정철훈의 얼굴을 빤히 쳐다보았다. 이 사나이는 지금 무어라고 말했는가. 그는 정철훈이 농담을 하지 않나 생각했지만 정철훈의 표정은 어느 때보다 진지했다.

군대 나가기 전엔 시장에서 구루마를 끌고 채소를 운반했죠. 그런데 하루 종일 좆 빠지게 왕십리에서 동대문까지, 동대문에서 청량리까지 뛰어 다녔지만 돈벌이는커녕 굶고 지낼 때가 많았다 이겁니다. 그래서 월남으로 지원했죠. 씨팔 월남서는 한때 좋았죠. 한바탕 뛰고 나면 먹을 것은 얼마든지 있었으니까.

하사님 그럼 당신은 먹기 위해서 월남에 갔다 이거요?

순열 씨는 부지중에 이렇게 물었다.

그래요. 배불리 좀 먹을까 하고 간 거요.

정철훈은 외치듯이 갑자기 사나워진 목소리로 대답했다.

그러니까 먹고살려고 죽음의 곁으로 간 겁니까?

뭐요? 뭐 잘못된 게 있소? 그런 거는 얼마든지 있다구. 화장장이도 있고 묘지기도 있고, 난 비겁한 새끼들처럼 죽는 것은 무서워 않는다구.

정철훈은 눈을 부릅뜨고 순열 씨를 노려보았다.

이거 봐요, 당신은 전쟁에 나가본 일 있소?

그가 퉁명스럽게 묻자, 순열 씨는 다소 당황했다. 그는 하사가 이렇게 묻는 의도를 알았다. 아니 하사는 벌써부터 순열 씨가 적을 죽여보지 않았다는 사실을 알고 있을 것이었고 그것은 하사가 순열 씨를 경원

하는 이유 중의 가장 큰 것임을 순열 씨는 어렴풋이 느껴왔던 것이다.

난 싸워보지 않았소.

그렇다면 당신은 나에게 말할 자격도 없다구. 당신은 무어라고 떠들지만 내 귀엔 들어오지 않아, 난 까다로운 건 질색이야.

그는 자못 경멸조로 말하고 혼자서 느긋해진 표정으로 중사를 보았다.

중사님, 내 삼십 명 죽였단 얘기 할까요?

그는 신이 나서 중사의 대답도 듣지 않고 떠들어대기 시작했다.

난 총 들고 싸우러 나가면 재미가 나요. 질질 매고 꽁무니 빼는 새끼들은 이해가 안 간다 이거요. 그날 우리는 베트콩 포로를 무더기로 잡았죠. 소대장이 야 정철훈, 네가 처리해 이러잖아요, 소대장님 상부 지시를 받았습니까? 하니까 이 새꺄 급한데 상부고 나발이고가 어딨어 이러잖아요. 하긴 우린 곧 다음 작전 지역으로 이동하는 참이었고 포로 호송할 병력도 모자라는 판이었죠. 이 새끼들 삐딱하면 뺀다 이겁니다. 그래 내 분대를 데리고 그 새끼들을 구덩이 속에 넣어놓고 수류탄을 몇 개 넣어줬죠. 꽝 하더니 어깻죽지, 손가락, 대가리, 뭐가 뭔지 모르게 조그만 쪼가리들이 하늘로 막 날읍디다. 그런데 구덩이에 안 들어가겠다고 앙탈한 여자 하나가 있었죠. 난 그걸 따로 떼어놓았죠. 부하 어떤 놈에게 그건 네가 해치워 하니까 이 쪼다 새끼가 분대장님 전 못해요, 이러잖아요. 쪼다 같은 새끼, 하는 수 없이 내가 나섰죠. M16 참 무서워요, 그때 막 지급받은 참이었죠. 내가 이년을 겨누고 쏘는데 한발 쏘았더니, 대가리가 이마 위쪽만 칼로 둥글게 쪼갠 듯이 날아가 버렸죠. 나는 M16을 처음 쓰던 때라 놀랐죠. 저러는 수도 있나 하고, 그래 그만 돌아설까 했죠. 그런데 이 여자가 눈만 남아가지고 날 무섭게 노려보잖아요, 날 무섭게 증오하는 눈초리로. 난 자기를 미워할 생각은 없었는데, 그래서 그 눈을 겨누고 한 방 더 쏘았죠. 이번엔 모가지까지 훽 날아버렸죠.

이 새꺄 난 그 얘기 벌써 두 번째 듣는 거야.

아니 갑자기 그 여자 눈이 생각나서 그랬죠, 난 미운 생각은 없는데 그 여자는 날 지독하게 쏘아보더라니까요.

그래 이 새끼 넌 그 귀신들에게 맞아 죽을 거야 이제.

하하, 귀신이 주먹이 어딨어요? 귀신이 어딨어.

정철훈은 어처구니없는 듯 낄낄대고 웃었다.

난 이렇게 끄떡없이 살만 찌고 잘 지내는걸요.

이때 3호 쪽에서 쿵쿵 벽치는 소리가 들려왔다. 팔베개를 하고 누워 있던 중사는 용수철에 튕기듯 벌떡 일어나 앉았다.

왔다, 받아라.

그러나 중사의 지시가 떨어지기 전에 오태봉은 벌써 3호와 맞붙은 철창가의 벽 모서리에 찰싹 붙어 있었다. 오태봉은 이내 종이로 싼 조그만 꾸러미를 손아귀에 감춰 들고 중사 앞으로 다가왔다.

있구나 있어.

중사는 갑자기 활기를 띤 목소리로 말했다. 그는 마치 수혈을 받은 환자처럼 표정이 밝아졌다. 하지만 그는 꾸러미를 자기가 받지 않고 정철훈에게 받으라고 손짓을 했다. 이때 그의 밝은 표정이 갑자기 경련하는 것을 순열 씨는 얼핏 보았다.

펴봐, 펴봐.

하고 중사는 조급한 소리로 정철훈에게 재촉했다.

꾸러미 속에서는 강아지 두 마리 대가리 두 개가 나왔다. 정철훈은 얼른 철창 쪽에 등을 대고 돌아앉아 그것을 자기 양말 속에 집어넣은 다음 메시지를 읽기 시작했다.

2호에게

이 중사님

방금 배 하사가 감실에 다녀왔기에 소식 전함. 국방부 공판은 또 연기될 것 같소. 날짜는 확실히 모르나 다만 이십 일경 열리지 않는 건 확실함. 이상 감실 조 상사 얘기니 틀림없는 듯. 2호의 선생님은 아마 이 년 육 개월이 될 거요. 항명죄의 내용을 모르니까 거기에 얼마나 더 추가될지는 알 수 없음. 아마도 잘 될 거요. 잘 되시기를 빈다고 선생님께 전해주시기 바람. 강아지 두 마리 보냅니다. 총장에게 한 섬 요구했는데 ○八만 마시고 배신했소. 다섯 마리 갖다준 거요. 총장 이 새끼 내 사회에 나가면 갈아 마실 결심임. 당분간 두 마리로 참고 견디시오. 내일 3호는 한 섬 수입할 계획이 짜졌음. 그건 비밀임. 기대하시라. 지난번 강아지 한 마리 보내주신 이 중사의 의리와 우정 뼛골에 사무침. 건투 앙망.

신종술 배상

3호에서

메시지를 읽고 난 정철훈은 벽에 기댄 채 반쯤 누워 있는 중사를 보았다. 중사는 잔뜩 찌푸린 얼굴로 정철훈을 잡아먹을 듯이 노려보고 있었다.

뭐야 이 새꺄, 뭐라고 썼어?

중사님, 또 미끄러지셨는데요.

뭐? 또 연기됐다구?

중사는 벌떡 일어나 앉더니 정철훈의 손에서 거칠게 메시지를 낚아챘다. 그는 창백해진 얼굴로 믿을 수 없다는 듯이 메시지를 보고 또 보았다.

이 새끼들, 사람 미치게 노는군, 이 새끼들은 바둑 한 판 더 두려구 자꾸 공판을 연기한다구.

맥이 풀리는 듯 중사는 멍청한 눈으로 철창을 바라보았다. 2호의 동료들은 숨을 죽이고 중사의 거동을 지켜보고만 있었다. 그들은 지금 잠자코 중사가 비록 우두커니 앉아 있지만 그의 머리는 실망과

분노로 뜨겁게 달아올라 있다는 것을 알고 있었다. 그들은 그 분노의 화살이 이번에는 누구에게 날아올까 하고 마음을 졸였다.

하지만 중사의 화살은 이번에는 그들을 겨냥하지 않았다. 그는 갑자기 부르쥔 주먹을 높이 들어올리더니 퍽 소리가 나도록 시멘트 바닥을 힘껏 두드렸다.

좋다구, 내 또 먹어주겠어. 가만히 앉혀놓고 멕여주겠다는 데야 할 말 있나, 야, 오태봉 너 이 새꺄, 이번 토요일엔 내 국에 꽁치 큰 거 넣어달라구 식사당번에게 말해.

그는 마치 공판이 연기된 사실을 그것도 언제 열릴지 알 수 없다는 사실을 잊어버린 사람처럼 즐겁게 키들거리며 떠들어댔다.

야 정철훈, 미안하지만 난 너를 좀 더 들볶고 나가야겠어.

좋습니다, 중사님.

정철훈은 공손한 태도로 말했다. 그는 이미 그것쯤은 각오하고 있다. 다시 말하면 공판이 연기되고 또 연기된다는 사실과 설사 공판이 쉽게 열린다 하더라도 막상 이 중사의 형 집행 정지가 결정될는지도 의문이므로 거기에 따라 자기의 즉위도 늦어진다는 것을 각오하고 있다는 듯이 느긋한 눈길로 중사를 보았다. 그도 그럴 것이 그에게는 아직 시간이 많았다. 그는 십사 년의 여유를 가진 것이다.

이봐요, 당신은 이 년 육 개월이야.

중사는 구겨서 쥐고 있던 메시지를 순열 씨에게 내밀었다. 순열 씨는 덤덤한 눈길로 중사를 바라볼 뿐 그가 내미는 메시지는 받지 않았다. 그는 3호로부터 강아지가 수입된 뒤부터 갑자기 목이 타오르기 시작했고 중사가 그의 욕구를 빨리 간파해주기만을 기다리고 있었다.

왜 태우고 싶소?

중사는 메시지를 건네다 말고 순열 씨의 멍청한 얼굴을 향해 말했다.

당신은 내 말을 믿지 않는군. 하지만 종술이의 구형은 어김없다구. 당신은 이 년 육 개월이야.

순열 씨는 역시 멍청하니 앉아 있었다. 그는 중사의 얘기라든가 또는 3호 데빡의 구형을 의심하는 것은 아니었다. 하지만 그는 2라든가 6이라든가 혹은 그보다 훨씬 더 큰 숫자라 할지라도 그런 숫자에 별달리 흥미를 느끼지 못했다. 내가 두려워하는 것은 시간이 아니야. 그 점에서 보면 정철훈의 경우와 마찬가지였다. 그는 중사의 말마따나 얼마든지 먹어줄 수 있다. 길고 긴 세월을 먹어줄 수 있으리라고 생각했다. 그는 마음속으로 이렇게 생각했지만 쉽사리 그것을 말하지는 못했다.

태우려거든 태워요. 반쯤 태우고 거기 꽂아두쇼.

순열 씨로부터 별다른 반응이 없자, 그가 지금 강아지 생각 때문에 여념이 없다고 판단한 중사는 이윽고 끽연을 권했다. 순열 씨는 겸연쩍은 표정으로 엉거주춤 일어서려다 그만 제물에 주저앉고 말았다. 강아지를 꺼내줄 정철훈이 이때 꼼짝도 않고 앉아 있을 뿐 아니라 그의 사나운 눈초리가 막 일어서려는 순열 씨를 뚫어지게 노려보았던 것이다.

중사님, 오늘은 강이지 수입이 더 없을 겁니다.

정철훈은 강경한 어조로 말했다.

이따 저녁 식사 때와 취침 전에는 어떻게 하죠?

중사는 정철훈의 주장을 수긍하는 듯 몹시 딱한 얼굴로 순열 씨를 돌아보았다.

저 새끼 말이 맞아요. 당신도 식사 때와 취침 전에는 더 못 참을 거요. 참읍시다.

그들은 잠시 동안 침묵을 지키고 앉아 있었다. 그들은 정말 참지 않으면 안 된다는 것을, 참지 않고는 별다른 도리가 없다는 것을 잘 알고 있었다. 순열 씨는 그만 무안해져 슬그머니 벽 곁으로 물러앉았다.

그런데 선생, 당신 구라 좀 들어봅시다.

이때 중사가 다시 침묵을 깨뜨렸다.

난 알고 싶은 게 있다구. 당신 항명죄 얘기 좀 해보슈. 내일은 3호에서 강아지 대여섯 마리 올 거요. 그러니까 내일은 안심 푹 놓고 태우슈.

그 애긴 재미없어요.

순열 씨는 덤덤하게 대꾸했다. 그렇지만 그는 아픈 데를 찔린 듯이 속으로 움찔 놀랐다. 그는 그곳이 자기의 치부라고 생각해왔고 지금도 그 생각은 마찬가지였다.

뭘 그래, 당신 구라는 아무튼 재미있다구. 빼지 말아요.

중사는 쉽사리 단념하지 않았다.

순열 씨는 하는 수 없이 입을 열었다.

난 내가 갖고 싶은 것을 가지려고 한 것뿐이요. 이게 항명이라는 거요.

그 여자 말요?

말하자면 그렇죠.

순열 씨는 빙그레 웃고 있었다.

뭐가 그리 간단해요. 당신은 자꾸 빼는군.

아니에요. 이게 전부예요.

그는 중사의 찌푸린 얼굴을 향해 진지한 어조로 말했다.

그러니까 나는 다른 사람들이 그것은 가질 수가 없다. 그것은 여기에 없다고 믿고 있는 고정관념을 깨뜨리고 그것을 가지려고 욕심을 낸 거죠. 말하자면 나는 선택을 해보려다 실패했다, 아니 그게 아니라 선택의 결과가 이거였다 이겁니다.

순열 씨는 두 손을 모아 합장을 해보였다.

난 당신 수작을 알만 해.

이때 갑자기 정철훈이 거들고 나섰다. 나는 죄가 없다. 억울하다 이거지. 너희들은 다 죄가 있지만 나만은 죄가 없다 이거지. 하지만 그 따위 좆 같은 수작은 귀가 시리도록 들었다 이거야. 사령부 교도소에 억울하지 않은 놈 하나 있는 줄 알어?

개기름이 흐르는 정철훈의 커다란 얼굴은 능글맞은 웃음을 흘리고 있었다.

난 죄가 없다고 하지 않았어요. 난 죄가 있으니까 지금 여기 있는 거요.

그럼 그렇게 말하면 됐지 왜 선택이니 고정관념이니 어려운 애기로 개수작 떠느냐 이거야. 난 하려고 했는데 안 되더라 이거지? 그거 쪼다들이 하는 애기라구. 난 내 맘 꼴리는 대로 했는데 뭘, 당신이 말하는 그 선택을 했다 이거야.

그는 의기양양하게 말하고는 자못 위압적인 눈초리로 순열 씨를 노려보았다. 그의 눈과 마주치자 순열 씨는 약간 당황하지 않을 수 없었다. 그의 내부에서는 창자가 뒤틀리는 듯한 경련이 일어났고 그것은 지금 그의 치부를 가렸던 벽이 무너지고 있다는 느낌 때문이었다.

당신이 선택했다고?

순열 씨는 자기도 모르게 언성을 높이고 있었다.

그래, 십사 년도 당신이 선택한 거요? 그렇지는 않겠지. 한마디로 당신은 쫓겨다녔을 뿐이오. 당신은 마치 옛날 왕십리에서 동대문까지, 동대문에서 청량리까지 구루마를 끌고 쫓겨다녔듯이 그 이후로도 계속 쫓겨다녔단 말요. 당신은 흡사 궁지에 몰린 쥐새끼처럼 이리저리 쫓겨다니다가 이윽고는 함정에 빠졌다 이거요. 당신이 선택한 건 하나도 없다구. 당신은 이렇게 말했지? 나는 그 여자를 미워하지 않았는데 그 여자가 나를 증오하는 눈초리로 쏘아보길래 한 방 더 갈겼다구, 그것 봐요, 그건 충동에서 나온 행동이지 선택이 아니다 이거요. 당신은 실컷 쫓겨다니다가 함정에 빠진 거 아니오?

정철훈은 약간 질린 듯 한동안 말을 잃고 묵묵히 순열 씨를 노려보고 있었다. 하지만 그는 자기가 무서운 인간이라는 것, 자기는 적의 빗발치는 탄환 앞에서도 별로 겁내지 않았다는 사실을 잊지 않고 있었다. 순간 그는 자기 앞에 앉아 있는 인간을 다짜고짜 패고 싶은 충동을 느끼고 주먹을 부르쥐었다. 이때 그는 중사의 날카로운 늑대 눈이 그의 거동을 조용히 지켜보고 있는 것을 깨달았다. 그는 가까스로 이 충동을 억눌렀다.

지금 뭐라고 했지? 당신 선생이면 단 줄 알어? 좆 같은 소리로 사람 겁주려고 하는데, 난 지금은 당신이……멋대로 지껄이게 내버려두겠어.

그는 낮은 목소리로 침착하게 말했지만 그의 눈빛은 도끼를 든 백정의 그것처럼 살벌하고 험악했다.

난 함정에 빠진 쥐가 어떻게 군다는 걸 알고 있어요.

순열 씨는 정철훈의 시선을 피하지 않은 채 조용한 어조로 다시 말했다.

그러니까 당신은 구태여 날 위협하지 않아도 된다 이거요. 당신이 무섭다는 것은 알고 있으니까.

그는 말을 끝내자 이내 벽가로 물러나 벽을 향해 돌아앉았다. 그러고는 자기가 방금 지껄였던 행동을 곧 후회했다. 나는 빗나갔어. 나는 지금도 중사의 말마따나 술에 취해 있는지도 모르지. 그렇지만 나는 하사를 미워하지 않았는데 그는 나를 증오하는 눈초리로 보았기 때문이야. 그는 정철훈의 말을 흉내 내어보고는 속으로 공연한 너털웃음을 웃고 있었다.

영 시 삼십 분에 불침번 교대를 한 순열 씨는 벽에 기대고 서서 시간이 빨리 지나가기만을 기다렸다. 이따금 근무자의 발소리가 2호 앞을 지나가고 있었지만 그는 똑바로 서는 부동자세를 취하지 않았다. 불침번이 벽에 기대는 게 근무자에게 발각되면 작살이 난다는 경고를 데빡으로부터 받은 일이 있지만 순열 씨도 이제 감방 질서에 조금씩 도전해보는 데 재미를 느끼고 있었다. 그는 그것이 바로 감방에 적응해가는 과정이라는 걸 빨리 이해한 것이다.

밤 시간은 낮보다 한층 빠르게 지나간다고 그는 생각했다. 그는 또 이 벽은 자기가 기대기에 충분할 만큼 견고하다고도 생각했다. 그는 졸음에 시달리면서 동료들의 몹시도 코 고는 소리를 들었고 이따금 그들의 다리가 옆 사람의 가랑이 사이로 파고들어가는 것을 보았다. 그는 그들이 비좁은 잠자리에서 서로 껴안기도 하고 어떤 놈은 팔을 벌리고 다가오는 상대방의 가슴패기를 힘껏 밀어버리기도 하는 모양을 자녀가 많은 어느 가난한 부친처럼 한동안 물끄러미 내려다보고 있었다.

이때 정철훈이 안쪽 잠자리에서 부스스 털고 일어났다. 그는 눈을 가렸던 수건을 걷어치우고는 잠자는 동료들을 건너뛰어 변소 안으로 들어갔다. 잠시 후 변소에서 나온 정철훈이 이번에는 철창 옆에 서 있는 순열 씨에게 다가왔다.

선생, 태우고 싶지 않소?

곁에 바싹 다가온 정철훈의 소리를 듣자, 순열 씨는 졸음이 한꺼번에 달아난 듯 깜짝 놀란 눈으로 정철훈을 바라보았다.

지금 거기다가 강아지하고 대가리 꽂아놓고 나왔소. 내가 대신 여기 서 있을 테니까 근무자 눈치 채지 않게 들어가서 태우고 나와요.

반신반의하는 순열 씨의 태도에는 아랑곳하지 않고 정철훈은 덤덤하게 말했다.

강아지는 아까 취침 전에 바닥나지 않았소?

이건 내가 데빡 몰래 비상용으로 감춰둔 거요. 난 변소 천정에 개인 조달창이 따로 있어요. 가서 실컷 태우고 나오슈, 한 마리 다.

순열 씨는 변소로 들어가 노란띠의 필터가 탈 때까지 미친 듯이 연기를 빨아댔다. 그는 자기에게 베풀어진 호의를 가늠할 겨를도 없이 흡연의 즐거움에 취해버렸고 이윽고는 현기증이 일어나 변소의 벽에 머리를 기대고 오랫동안 취기가 가시기를 기다렸다. 잠시 후 그는 다시 불침번의 자리로 돌아왔다.

이젠 풀코스는 뛰기 힘들군요.

그가 말하자, 정철훈은 빙그레 웃었다.

그래도 선생은 아직 센 편이요. 데빡도 풀코스를 뛰고 나면 비틀거린다구요.

정철훈은 자기가 깨어 있는 걸 근무자가 볼까 봐 순열 씨의 곁에 바싹 붙어섰다.

그런데 선생, 아까 일은 잊읍시다.

그는 근무자가 들을까 봐 속삭이듯 작은 소리로 말했다.

난 잊어버렸어요, 벌써.

그는 키가 작은 하사를 돌아다보며 역시 작은 소리로 대꾸했다.

그런데 선생, 내 상고 이유서를 못 보았죠?

그게 어딨어요?

저기 휴지통 안쪽에 끼워 놓았어요.

그건 누가 쓴 거요? 당신이 쓴 거요?

아니오, 데빡이 써준 거요. 난 국졸이라 말할 줄도 모른다구요. 쓰는 것은 더구나 절벽이라구요……내가 지금 상고 중이라는 건 알지요? 난 이걸 써놓았지만 이번에도 보나마나 기각될 거니까 포기 상태였죠. 하지만 생각할수록 뭔가 이상하게 된 것 같다 이거요. 난 정말 억울하단 생각이 들어요. 난 십사 년 아니라 십사 일도 억울하단 생각이죠. 난 훈장을 다섯 개나 탔어요. 그 속에는 월남정부 것도 있죠. 내가 훈장을 많이 탔대서가 아니라 이 새끼들이 훈장을 줄 때는 언제고 여기 처넣을 때는 언제냐 이거요. 난 똑같은 적을 죽였을 뿐인데.

그렇지만 당신이 죽인 사람들이 적이라는 걸 증명할 수 있겠소?

하, 그게 바로 까마귀들이 하는 소리라구요. 씨팔 내가 뒈져서 썩어버린 놈을 이거다 저거다 어떻게 증명해요?

하지만 선생은 내 얘길 들어보면 알 거요.

그는 한숨을 푹 쉬고 나서 다시 말을 계속했다.

그날 나는 작전에 앞서 수색대를 이끌고 작전 지구로 나갔죠. 그런데 적이 점령하고 있으리라고 생각했던 마을이 텅 비어 있었어요. 적은 벌써 우리 작전을 예측하고 마을에서 개울 하나 건너 있는 고노이 성으로 철수해버린 거죠. 난 분대를 이끌고 무인지경인 마을로 들어가 집, 돼지우리 할 것 없이 막 뒤지고 다녔다 이겁니다. 그런데 내가 어떤 집 뒤뜰을 지나가는 데 이상한 예감이, 수군수군 말하는 소리 같은 게 들려서 난 벌써 거기 뒤뜰 절벽에 뭐가 있다 즉각 안 겁니다. 아니나다를까 거기 절벽에 가마니로 교묘하게 은폐된 굴이 있었다 이거요. 나와, 이 새끼들아 하고 내가 월남어로 소리치자 수군수군 하는 소리가 딱 그쳤죠. 나와, 이 새끼들아 하고 그래서 다시 소리쳤죠. 그래도 안 나와요. 그래서 수류탄의 안전핀을 까들고 가마니를 휙 젖히고 굴로 들어갔죠. 이 새끼들 안 나오면 수류탄을 집어넣겠어, 하고 굴 속에서 소리치니까 손을 들고 나오는데 보니까 쉰 넘어 뵈는 남자 하나 여자 하나 이렇게 둘이었죠. 또 하나는 돼지우리 속에서 잡았어요. 이 치가 몸에 돼지 똥을 잔뜩 바르고 돼지를 꼭 껴안고 있더라 이겁니다. 참 별놈 다 봤어요. 이 새낄 내가 뒷덜미를 잡아 끌어냈죠. 이 새끼가 끌어내려고 하니까 돼지를 꽉 껴안고 안 나오려고 하는 게 나는 돼지다 난 보다시피 돼지다. 돼지니까 그냥 돼지로 알고 지나가거라 이런 식이죠, 흐흐흐, 참 별놈 다 봤어요.

난 셋을 잡아다 길가에 앉혀놨어요. 이걸 죽일 생각은 물론 없었죠. 소대가 도착하면 곧 후송시킬 참이었다구요. 잠시 후에 곧 소대가 도착했어요. 그런데 엠병할, 소대가 도착하자마자, 여태 잠잠하던 고노이 성 쪽에서 일제 사격이 시작되는 거요. 고노이는 적의 아성인데다 워낙 숲이 많아서 새끼들이 어디서 쏘는지 도무지 뵈질 않아요. 그날은 또 유독 안개가 자욱했죠. 우리 소대는 그러니까 미처 포진이고 나발이고 할 겨를도 없이 마구 고노이 쪽에 대고 갈긴 겁니다. 정신없이 갈기는데 이 새끼들이 도망친다 이겁니다. 나이 먹은 치들이 어떻게 번개같이 도망치는지 난 놀랐죠. 돌아오지 않으면 쏜다, 하고 나는 몇 번이나 소리쳤어요. 이 새끼들은 한 번 빼면 그런데 절대로 돌아다보거나 돌아오지 않는다는 걸 알죠. 그래도 처음에 쏘지 않고 공포 몇 발 쏘고 돌아오라고 불렀죠. 이 새끼들이 돌아옵니까. 그런데 이 새끼들 도망치는 방향이 고노이 쪽이다 이거요. 작전 중인데 더 생각할 게 있어요? 그냥 쏘아버렸지요.

그러니까 당신은 그들이 틀림없이 베트콩이다 하고 확신한 거군요.

그렇죠. 그 새끼들 고노이 쪽으로 간 것만 봐도 틀림없어요. 또 우리 대대 방침은 작전 지구에서는 지뢰를 매설할 수 있는 놈은 모두 적으로 보아라, 그러니까 제 발로 걷는 놈은 모두 적으로 보아라 이겁니다.

정철훈은 말을 마치고 제 풀에 지친 듯 바닥에 주저앉아 버렸다.

선생, 어떻게 생각하시우? 난 십사 년이면 마흔 살이 돼요.

정철훈의 목소리는 갑자기 아주 맥이 풀린 것처럼 들렸다.

난 당신 이야기가 충분히 수긍이 가요. 당신 말마따나 십사 년은 고사하고 십사 일도 억울할는지 모르죠. 그렇지만 나는 까마귀가 아니니까 내가 어떻게 생각하든 그 따위는 지금 아무런 쓸모도 없죠.

그게 아닙니다.

정철훈은 순열 씨의 말에 생기를 얻은 듯 힘을 주어 말했다.

난 선생께 부탁 하나 있어요. 선생, 그걸 좀 써주시오. 내 상고 이유서 말요. 데빽이 써준 게 있지만 선생이 새로 하나 써주시오.

정철훈은 순열 씨를 올려다보면서 마치 어린애처럼 연거푸 간청했다.

그걸 쓰는 거야 그렇게 어려운 일은 아닙니다. 써 달라면 써드리죠. 하지만 종이 한 장에 무슨 기대를 걸 수는 없을 거요. 까마귀들은 특히 그런 종류의 호소나 애원에는 강하니까요.

하지만 해보는 데까지 해보기루 작정했어요, 해볼 때까지. 내일, 아니 벌써 오늘이군요. 날이 새면 종이하고 연필을 준비해드릴 테니까 초안을 잡아봐요.

정철훈은 벌떡 일어나 잠자는 동료들을 건너뛰어 다시 그의 잠자리로 돌아갔다.

순열 씨는 돌아가는 정철훈의 뒷모습을 물끄러미 바라보고 있었다. 그의 얼굴은 오늘 따라 마치 병약한 사내처럼 어두운 그늘로 덮여 있었고 그의 숨소리는 고통스런 신음 소리로 변해 있었다. 순열 씨는 이때 정철훈의 상고 이유서에 어쩐지 자기 자신의 이야기를 쓸 것 같은 기우에 사로잡혔다. 그것은 말하자면 정철훈의 가사를 빌려 자기의 곡조를 노래하는 격이었다. 그는 이 기우가 기우로 끝나기만을 바랐다. 왜냐하면 그것은 취한의 노래처럼 들릴 것이고 그 결과는 분명히 정철훈에게 역효과를 가져다줄 것이기 때문이었다.

두 시에 5번 교대를 하려고 눈을 뜬 천명오는 철창 앞 불침번 자리에 쭈그리고 앉아 있는 순열 씨가 울고 있는 것을 보았다. 그는 탈진한 사람처럼 얼이 빠진 얼굴 위에 눈물을 줄줄 흘리면서 훌쩍거리고 있었다. 천 명오는 너무 놀라 발이 묶인 듯 그 자리에서 우두커니 순열 씨를 바라보고만 있었다. 천명오가 놀란 것은 단지 순열 씨의 울음 때문이 아니라 그가 아무것도 거리끼지 않고 천연스럽게 울고 있는 태도였다. 이때 순열 씨의 울음소리는 갑자기 폭발하듯 더욱 격렬해졌다. 그 바람에 2호 동료들이 하나 둘 깨어나기 시작했다. 이 중사, 정철훈, 오태봉 그리고 그 밖의 신참들은 자다가 놀라 깨어나 눈을 비비고 그들의 수면을 방해한 울음소리가 들리는 쪽을 바라보았다. 그들은 울음소리의 주인공이 순열 씨라는 것을 알자, 이번에는 더욱 놀랐다.

저 친구가 갑자기 미쳤나? 가서 울지 말라고 해.

중사가 이렇게 말했지만 아무도 순열 씨에게 다가가 그가 우는 것을 제지하려고 하지 않았다. 그들은 우선 이 조용하고 침착한 사나이가 저토록 어깨를 들먹이며 짐승처럼 끼륵끼륵 괴이한 소리로 마구 울고 있는 모양이 흥미롭기도 했지만 그들의 힘으로는 어쩐지 선생의 울음을 제지할 수 없으리라는 예감을 느끼고 있었다.

누구야. 우는 게?

이때 울음소리를 듣고 어느새 2호 앞에 다가선 근무자가 물어왔다. 그는 펀치의 위력을 특징으로 하는 이광일 수병님이었다.

2호의 동료들은 질겁을 하고 눈을 가리듯 깊이 내려쓴 근무자의 하얀 파이버를 바라보았다. 그들은 이제 드디어 선생이 근무자에게 작살이 나는 거라고 지레 짐작하고는 가슴을 졸이며 기다렸다.

이광일 수병님은 근무자가 다가와도 여전히 격렬한 울음을 멈추지 않는 순열 씨를 어처구니없다는 표정으로 한동안 물끄러미 내려다보고 있었다. 하지만 그의 표정과 거동에는 2호의 동료들이 예측했던 그런 변화는 오지 않았다. 도리어 그는 이 초라한 사나이가 어깨를 들먹이며 거리낌없이 마구 울고 있는 매우 우습고도 삭막한 풍경을 2호 사람들과 더불어 오랫동안 구경하고 서 있었다.

부랑일기

송영 단편선

Diary of a Vagabond

SONG YONG STORIES

Diary Of A Vagabond

SONG YONG

TRANSLATED FROM THE KOREAN BY JASON PARK

HUFS PRESS

Diary of a Vagabond

First printed : November. 15. 2008.
First published : November. 25. 2008.
published by the Hankuk University of Foreign Studies Press
Address : 270 Imun-dong Dongdaemun-gu, Seoul, 130-791
Tel : 82-2-2173-2495～7
Fax : 82-2-2173-3363
Homepage : http://press.hufs.ac.kr
e-mail : press@hufs.ac.kr
Registration of publisher : 6-6(Apr. 30. 1969)

ISBN 978-89-7464-510-6 03810 ₩13000

Introduction

In the early 80's, at the peak of General Chun's dictatorship, I lived at my mother's tiny apartment in Seoul. One day my brother, a college student, came home with the entire twenty-four volumes of The Third Generation of Korean Writers, a contemporary Korean literature series published by Samseong Publishing Company. The third generation refers to a post-war generation of writers who started their careers in the 60's and 70's.

The first story I read in Song Yong's collected work as a teen was a novella, "Teacher and the Crown Prince." Its unusual subject matter and unconventional style were striking. It was nothing like any Korean fiction, and I became even more interested in his work after learning that his stories are semi-autobiographical.

After graduating from college, Song Yong was drafted as a Marine Corps officer for compulsory military duty, but soon went AWOL. He lived as a fugitive for several years, without steady jobs and human relationships. He was finally arrested and sent to military prison but released after serving only a few months. An understanding judge decided to send him back to society after

learning he had become a writer by publishing stories in prestigious Korean literary journals such as Changbi Magazine.

Song Yong is not one of the more celebrated writers in Korea but more of an outsider looking in on the mainstream writing establishment in Korea. His work has never seen commercial success, nor is itwell-known in Korea, although he is respected among prominent literary critics. The lack of interest in Korean literature in North America makes it difficult to find a publishing venue for "out-of-the ordinary" fiction such as Song Yong's.

Song Yong's work had not been introduced in the English speaking world until my translation appeared in American literary journals. Much of his work has not gotten a deserved critical attention in his native Korea. For example, "Diary of a Vagabond", a novella, was out of print for decades. It drew attention in Korea when my translation of it appeared in PEN America Journal alongside with the names of Jorge Luis Borges and Steven Millhauser.

Song Yong's fictional world is different from the mainstream Korean fiction in the 70's and 80's that tend to reflect the political struggle for democracy and the consequences of rapid industrialization. It focuses on the alienation of individuals who are marginalized from society for various reasons. They are vulnerable within homogenous society where dominant public discourse enforces rigid hierarchy, obedience, and conformity. There is little precedent in Korean fiction for Song Yong's calm, subdued and often detached narrative voice. He is one of the few Korean writers influenced by Existentialism in the 70's, and the themes of existential angst and despair appear throughout his work.

In "A Friend", we witness the hopelessness of an Amerasian kid raised in his adopted parents'traditional Korean household. In "Teacher and the Crown Prince" where the main character is arrested and held in a military prison, we peek into a bizarre Korean prison system, and meet an isolated middle-aged man at odds with disciplinary society. In his stories, we can feel the presence of 40,000 American soldiers stationed in Korea. An African-American GI appears in "Diary of a Vagabond," and the main character in "A Friend" is an Amerasian kid abandoned by his birth parents, most likely an American GI and a Korean bar girl living in one of the American camptowns. In "Teacher and the Crown Prince", one inmate fought in the Vietnam War and returned to Korea, traumatized by the violence he had committed against Vietnamese civilians. In "At the Stairs", and "Three-story House", we see the failure of communication between characters that leads to a tragic confrontation.

Song Yong's stories have a surreal tone which is rare in Korean fiction. Unlike that of Haruki Murakami, it is not forced for dramatic effect, but remains subtle so that his stories walk the fine line between the real and the unreal. His stories never follow a standard formula or contrived plots but employ a unique narrative voice and technique that can be identified as distinctly his. They may deal with taboo topics in Korean society such as the unequal American-Korean relationship, materialism, and disturbing physical and mental abuses prevalent in the Korean military penal system. The portraits of an ugly side to Korean society explain why conservative critics of Korean literature are hesitant to include his work as representative of Korean literature.

Song Yong's stories display a Kafkaesque world of ordinary people trapped in authoritarian society. They present a different Asian fiction to readers accustomed to the two most common genres: Chinese books on Mao's Cultural Revolution and Murakami's brand of weird-for- weird's-sake Japanese fiction.

Jason Park 2007

Contents

Song Yong Stories

Diary of a Vagabond

Diary of a Vagabond

Song Yong Stories

Like a hungry wolf or a vagabond who had just been kicked out of a youth shelter for his advanced age, I wandered the streets, my deep eyes moving around nervously. Then all of a sudden old memories flashed across my mind like a moving panorama: half a year of my life at the shanty on the bank of the stream running under Youngmi Bridge; a year of my life in the attic of the house of Mrs. Yeo, a prostitute for GIs; seven months of my life as an attendant in a cheap inn. But I didn't have time to look back on my life. I was out on the streets without a place to stay for the night, desperate to find a safe haven where I could sleep and get two meals a day with a couple of cigarettes.

At least I had freedom when I had lived in the shanty on the bank of the small stream near Youngmi Bridge. The room was so small that I often felt like I was in a coffin when I lay on the floor. At the back of the room there was a ventilation hole. Whenever I opened it, I was assaulted with a wretched stench blowing in from the sewage-filled stream below my room. But it

was quiet all day. No one in the house bothered me at all. After the revitalization of the area, the sewage-filled stream had disappeared, but I'll never forget the awful stench. It was as if all the sewage in the area were flowing in the stream.

I had rented a room in the shanty and had paid 300 won per month. The residents in the house weren't bothered at all if they paid the rent on time, and they all kept to themselves. Every month I barely managed to pay my rent, and after that, I'd starve for days. If I had learned one thing from the half of a year of my life in the shanty house, it was probably how to withstand days of starvation. I had once ran into one of my college friends on the street, but I didn't show any sign of being hungry. I just smiled and then started talking about a girl I had fallen for in college.

I just drank water when I hadn't eaten anything for several days and stayed in my room all day, trying to go to sleep. Lying on the floor motionless and silent like a corpse was one of the best ways to cope with hunger. No one came to see me, and I didn't have any friends to visit. During my stay in the shanty house, none of my college or hometown friends visited me. So I'd lie on the floor like a corpse for a couple days, four days in a row, or a week, empty-stomached, with no one bothering me. I had slept for days and nights and even when my eyes were open, I was in half-sleep or a state of coma. Then all of a sudden I sprang up, kicked my door open, and got out of my room to get some sunshine. I staggered toward the bridge and stood in the middle of it for a while, bathed in the sunshine, under a blazing mid-afternoon summer sky.

When people fast for several days in order to treat a gastro-

intestinal disorder or lose some weight, they often experience a momentary state of ecstasy. There is also a theory stating that we are more clear-minded when our intestines are cleaned out.

I took a deep breath in and exhaled a few times. I felt good and fresh as if I were inhaling the first morning air in a foreign country. The scenery in front of myeyes was so full of life and crystal-clear like a watercolor painting that it dazzled me. To be honest, what was really in front of me was the sight of one of the dirtiest and ugliest slums in the city, but it looked different to me after several days of sleep in the dark room—my eyes couldn't adjust to the sunlight right away.

On the sides of the bridge, middle-aged women were selling fast foods such as noodles, fried squid, rice cake, yellowish bread that was probably past the expiration date, steamed sweet potatoes and corn. On both ends of the bridge, on the banks of the stream, there were rows of shanties, which for a moment looked to me like a beautiful mirage. I stood there, on an empty stomach, enjoying a momentary state of ecstasy.

I had left the shanty because of my hunger. One day I got out on the street and met a friend from my hometown. Although I was unemployed, hungry, and lived in the shanty, although I had the pale blank face of a clown in a circus after several days of suffering from or fighting with my hunger; although I dressed like a beggar, I had never avoided my friends. It didn't faze me at all to see my friends surprised at me in such a condition. I was willing to meet them because I thought I could get some money out of their pockets. That day I met a friend of mine from elementary school. He had graduated from a regional college and now worked as an engineer for a pharmaceutical company. I was

surprised to see him wearing a nice suit and hear that he had landed a good job in this bad economy. He didn't look like a smart kid when we were boys, so I always thought that he would never make it.

It must be a well-paying job. When I asked for money, he gave me 200 won without any hesitation. It seemed that even his personality had changed.He had now become a cool, generous man. I thought that if I met a friend like him every day or once a week, I wouldn't have to worry about food anymore.

With the unexpected money I got from my friend, I would be able to eat as many yakitoris as I wanted. I had craved yakitori for a long time, and the vendors were selling what I had been dreaming about day and night. I walked to them and ordered five boiled eggs, twelve cut pieces of rice cake, two-seasoned noodle dishes, two and a half steamed sweet potatoes, and six hot donuts. I ate them all in one sitting, but soon I started having stomach aches, which was understandable since I hadn't eaten anything for days. From that moment on, I was in pain. All night I couldn't lie down or sit. I leaned forward against the wall, pressing my arms against it, my body convulsing with pain. The wall I was bracing myself on was not of solid brick but thin wooden boards, and whenever I struggled with my stomach pain, the wall board started shaking. I was concerned it mightcollapse. Like a caged beast, all night I howled at the wall, but the pain continued for days. The sudden consumption of a large amount of food in a short time after days of starvation must have caused my stomachache. I was in such a severe pain I felt as if my intestines were being torn apart.

For days I couldn't sleep at all and struggled with my sto-

machache, leaning forward against the wall. Then the landlord came after hearing my moaning.

"Hey, you're not going to get any better if you just stand there like that. Sorry to see a young man like you suffer,"she said loudly after banging the door open.

I looked blankly at the first person who had ever visited me during my struggle with stomachache. She said that I must be suffering from indigestion. Then she dragged me to a woman known for curing indigestion.

The healer's stature was as imposing as that of a man, and she looked very strong. She placed a washbowl in front of me and sat awkwardly on her knees next to me. Then, without a warning she punched me in the back of my neck, which forced me to lean forward and drop my head to the bowl. She then hit me hard on the back twice. She was strong as I expected. When she punched me on the back, it was so powerful that I was afraid that the force of her punch might rip my intestines from my stomach.

She grabbed my chin with one hand and tilted it up. Then she forced me to open my mouth and shoved her right hand into it, poking her fingers around my throat. It happened so quickly that for a moment I was not aware of what she was doing to me. Although she thrust her fingers a couple more times, nothing came out of my mouth. She and my landlady were as disappointed as I was. I was sure that I wasn't suffering from indigestion but the strong healer insisted that itwas the cause of my pain. She told me to come to see her again around dinner time when she would clear away the undigested food from my stomach.

But I didn't go to see her again, nor did I returned to my

tiny coffin-like room in the shanty house. As soon as I got out of the healer's house, I was afraid of everything: what had happened in her room and what would happen to me if I'd come to see her again. I was even afraid of starting my starvation again, then eating food at the end of it, which would cause me to suffer from a terrible stomachache again. I was also afraid of loneliness I'd feel again while crying in pain for several days.

"I got to get the hell out of here," I said to myself. "I gotta get the hell out of this coffin."

I decided to leave theshanty not because I wanted to skip out on any unpaid rent but because the place reminded me of the pain I had gone through for the last several days. But I felt as if I were violating an unwritten law as I left.

For several days, I wandered the streets, still not fully recovered from my stomachache. It was mid-summer and mid-afternoons were unbearably hot in. The heat released from the sizzling pavement made it worse. I wandered on the streets with no destination in mind, just looking for a shaded place to cool off, but I was more afraid of the night than the summer heat because I didn't have a place to sleep. For the first couple of nights I slept outdoors, which I sort of took as a new experience rather than an ordeal. I spent two nights under a pine tree on the mountain behind a Buddhist temple in Anam district, and one night under the bank of the JR stream. For me they were perfectly quiet places where no one was around once it got dark, but I didn't feel like sleeping outdoors anymore. I couldn't sleep all night and around dawn I found myself wet with dew and shivering from the cold. After such a night I didn't have any strength to walk the streets any more. Everything around me was

blurry and I felt like falling down on the ground.

I fought with this urge to return to the shanty and decided against it because it would be the same as crawling back into a coffin. So nothing changed for a while. At least the coffin-like room offered me a comfortable place to sleep, and freedom but I felt as if the ghost of hunger were waiting for me in that room. During the sleepless nights outdoors I had repeatedly told myself that even if I had starved for ten or fourteen days in that room, nobody had cared to visit me, and I had kept myself from having any more thoughtsof returning to the shanty house. One good thing that happened to me during this period was that my stomachache had stopped. I felt fortunate to get my health back but also wondered what caused it, whether it was the long walks I had every day, or the change of my environment.

It's time to talk about my life at Yeo's house. I had never been there before. It was through a chance meeting that I ended up moving into her house. On the fifth day after I ran away from the shanty at Chonggeychon, I was at the entrance of a street market, staring at the piles of seasoned noodles that middle-aged female street vendors were displaying on the table, when an old woman tapped my shoulder. She introduced herself as the grandmother at Yeo's house and said, "This is exactly my son's face. How similar you are to my son!"She told me that I looked exactly like her only son, Seungnam Yeo, who was killed during the Korean War.

Basket in hand, the old lady was staring at me in surprise, clucking her tongue. I saw an opportunity to ask her to buy me some food—the glistening noodles that were steaming just out of

the water.

She accepted my request without hesitation and even took me to her house to treat me to a real dinner with side dishes. I sat on the ground and quickly satisfied my hunger with the noodles, and then I went to her house and ate another meal so fast that she was surprised by my appetite. Seated there on the shiny floor, I tasted the seaweed soup and ripe kimchi and got so emotional that I almost cried. I hadn't had a home- cooked dinner in a long time. After learning that I didn't have a job or home to go to, the old lady asked me to stay at her house from that day on. I thought that I would never get hungry again and could have dinner at Yeo's house every day. I came to have dinner, but fortunately I ended up living there.

But when I look back on my life at Yeo's house, I can't really say I was fortunate to live there. Even though I was well fed, I didn't have any freedom. It was the opposite of my life in the shanty by the open ditch. The old lady, who had no authority in the house, decided to keep it a secret from other family members that I was living there, which forced me to keep hidden from their sight.

The old lady's only son, Seungnam Yeo, was killed many years ago, and his widow became the sole breadwinner for the family. She worked as a bar girl in a UScamptown. She lived in the camptown on weekdays and came home with her GI boyfriend during the weekend; so on weekdays the old lady watched her grandson and granddaughter and during the weekend she kept an eye on her daughter-in-law. She knew she should be more careful when her daughter-in-law was in the house. She told me once that if she found out, she would kick me out right away.

So I followed her instructions not to get caught. On the first day she asked me to climb up to the attic above the main room and told me I was not allowed to come out unless she said so. The attic was dark even during the day. It was directly below the roof. Its ceiling was so low I couldn't stand but could only sit up straight on the floor. At the beginning of my stay I was afraid and also upset that I had to be confined all day in the small attic, but I thought about the excellent food and decided to put up with it. The good meals were more important than my freedom.

I was like an animal in a cage. The old lady brought my meals on time. After the meal, I crawled around the attic and then lay on the floor like a corpse, feeling my knees and back grow numb. It was dark all day in the attic, so there was no difference between day and night. As time went on, my sleep became irregular. I slept during the day and was up all night, constantly fidgeting. I couldn't tell what time of day it was, but I couldn't get out and ask the grandchildren. The old lady and her grandchildren lived in the main room below the attic. She only brought meals when she was alone in the house; that is, when the two kids were at school or played outside with other kids.

While lying on the floor of the attic, Icould hear the kids whispering or laughing out loud. I could hear their grandmother scold them, or the kids complain about something. I could hear everything through the thin sliding door. Whenever I heard them, I had the illusion that I was reliving the days I spent with my family, and as time went on, I felt like they were my family. We lived in the same house, ate the same meals, and every day I listened to them talk about their daily lives. I felt close to the

old lady and her grandchildren, and this feeling helped to ease my loneliness even though it was just my imagination. The grandchildren, Shinmyung and Mirae, didn't know for almost a year that I had been living in the attic, and I had never seen them even though I knew a lot about them from the conversations I overheard.

Whenever the old lady brought meals, she slid the door open without knocking, catching me by surprise as I was lying on the floor, with my legs straight out. I would sit up quickly, feeling like a thief who had sneaked into an attic and had been hiding there, waiting for an opportunity to get out and steal, but was now caught by surprise. As soon as the door would slide open, I would wake from my dream and realize that the closeness I thought I shared with the old lady was just my imagination. I was afraid of the outside world. It got worse as time went by. I became afraid when she opened the door and the bright room appeared in my view. My heart raced, as if I had committed a crime just by looking at the room. Frightened, I stared out from the dark attic at the neat, tidy, well-organized room with a wardrobe, desk, and dresser. Only after the old lady left the meal and closed the door would I feel comfortable again in the darkness. It was paradise once again. Though I was confined inthe small space, I was free in my imaginary world, and it was so dark inside that it was easy to fly into my dream world. I looked back on my life, sometimes feeling regret for my failed dreams, or sometimes immersing myself in making new plans for a bright future.

The old lady's daughter-in-law returned home with her GI boyfriend every Saturday afternoon. He was her boyfriend and

also her customer. It seemed to me that she came home with a different GI every Saturday, but I had never seen any of them. They took the main room below my attic and the old lady and the children moved to the other room, so I couldn't help but listen to the couple all day.

The daughter-in-law was over forty, but when she was with her GI boyfriend, she was cheerful, talking and laughing like a woman in her twenties. When I listened to her flirt with her younger boyfriends or laugh out loud, I felt embarrassed for her, considering her age. I thought about her husband, Seungnam Yeo, who was killed during the war and her small children in the other room who became very quiet every time their mom came home with a GI boyfriend; but I admired her ability to provide for her family. She tried her best to support them. Once the old lady showed me her photograph. She was not young anymore and not at all pretty, but it seemed to me that the GIs were having a good time with her. They didn't seemed to care whether other people in the house might overhear them and would say loudly, "I love you," and then make sexual requests. I felt weird and myheart raced when I heard them having sex. I also felt guilty because I was not only hiding from them but also listening to their love-making, but I couldn't help it because I couldn't leave the attic.

When they were having sex in the room, I was very careful not to make a sound. I wondered what would happen if they found out that someone in the attic was listening to them. It gave me goose bumps just to think about it. So I stopped crawling around for a while and tried my best not even to make any breathing sounds, but it wasn't easy because the more I tried,

the harder I breathed afterwards.

A year had passed since the summer when I moved into the attic at Yeo's house. It was summer again and I couldn't believe I had lived there for a year. It felt like aseason, or at most half a year. I had become as lazy as possible during my stay in the attic, and since my body had been inactive for a long time, I felt paralyzed like my body had stopped functioning, except for my ears. If nothing had happened, I might have stayed there another year, because I had grown used to my life in the attic, feeling more comfortable in the small dark space. But something unexpected happened. As a result I was kicked out of my safe haven. It was the first mistake I made since I moved in there.

It was Sunday. I knew it was Sunday because the daughter-in-law had come home with a GI the day before. I was awakened by the church bell that seemed to ring longer than usual that morning, but I couldn't tell whether it rang for the morning service or for the evening service. As I said before, my sleeping patterns were erratic during my stay in the attic. I didn't have a watch or anything else to tell me the time of day. I was lying down, daydreaming, when I heard a man quaking with laughterin the room. Since the daughter-in-law brought a new GI home every Saturday, I thought it must be him. It was lewd laughter, and a woman's soft and dry laughter followed. The sound roused me from my daydreaming, and I realized that I had to be very quiet.I was tense with fear that they might slide the door open without any warning, so I put my ear to the door to check what they were doing—I wasn't interested in hearing them moan and cry with pleasure. I lived in fear every Saturday afternoon and all day on Sunday. They could grab the door handle and easily

slide the door open. It sent a shiver down my spine just to think about what would happen when they found me, a strange man, hiding in the dark attic.

And it happened. It happened because of a rat. A rat—which couldn't have had any grudge against me—caused me to get kicked out of my safe haven. I was carefully listening to what was going on in the room, when I heard a gnawing sound from the corner, the sound of a small fierce animal scratching something wooden with its claws. I thought it must be a rat that had sneaked into the attic from the roof. There was old broken furniture in the corner of the attic but nothing a rat could eat. It was the first time that a rat had come into the attic and I was startled to hear it. I was afraid that the couple could hear it too and think there was someone in the attic. So I was really nervous about the noise and quickly decided to drive the rat out of the attic. I, who had been lying like a corpse, quickly turned over and got on my knees, and quietly crawled towards the corner. I thought the sly rat would run away, sensing my approach, but strangely it didn't and the noise didn't stop. Then I moved faster, closer to the corner, but when I was hit in the forehead by something hard, a pile of old utensils collapsed, clattering all over the wood floor. It happened in a second.

Now I didn't care about the damn rat. I was terrified, waiting for what would happen to me. Finally the door slid open. A big black soldier appearedfirst and then the daughter- in-law, a short middle-aged woman in a nightgown standing behind him. They both peered in with a surprised look, but it was so dark inside that it took time for them to recognize me kneeling awkwardly on the floor. The daughter-in-law screamed in Korean, "Oh, my

God! A thief! A thief! A thief in my attic!" and grabbed the soldier's arm. The soldier stared at me, very tense and angry, and asked her a question in loud English, probably asking whether I was a thief or a houseguest who was allowed to stay in the attic. But there was no way that she could know that I had been living there for more than a year, because the old lady had kept it a secret from everybody in the house. So it was the first and last time she saw me.

"He's a thief! He sneaked into the attic! I can't believe this!"

The daughter-in-law started talking loudly, feeling safe next to a strong man.

"Look at him stare at us. Why don't you take him out, honey?" she shouted at the man, and then he made an intimidating face, motioning for me to get out. I'll never forget his face that looked like a fierce wild animal in a jungle or a brutal hoodlum in the dark alleys of a city. He was boiling with anger because I had interrupted their lovemaking. I was frozen by their stares for a while but as he motioned me out again, I crawled out of the attic. I wasn't afraid anymore. Realizing that there was no use crying over spilled milk, I felt a sense of relief and even freedom when I finally got out of the dark attic for the first time in almost a year. When I came down to the room, the black man grabbed me by the neck. He was so strong, like a weight lifter, that I could barely breathe in his grip. He dragged me to the yard, and the old lady ran out of the kitchen. She just stood there speechless. The man was still holding me by the neck in the middle of the yard, not knowing what to do with me. I was looking around, breathing hard, my face red hot. The old lady watched us silently. I saw the anger in her face, but even now

I don't know who she was angry with. I didn't know whether she was angry at me for not being careful in the attic and getting caught or at the black man for roughing up a man who looked like her dead son, or at her daughter-in- law who had sold her body to such a man.

"Do you know how that bastard got into the attic?" the daughter-in-law asked her mother in law, staring at her with piercing eyes.

"Why would you ask me such a question? How could I know a thief was in the attic?" the mother-in-law lied skillfully. The daughter-in-law shook her head, still wondering how I got into the attic.

In the end, the black man pushed me out of the house. It was fortunate that they didn't take me to the police. It seemed they didn't want to bother with the police, but they obviously didn't have any sympathy for me.

The back alley was brightly lit by the hot summer afternoon sun. I felt dizzy, probably because I had not been out for a long time, and it was hard even to walk straight on the road. I was afraid the soldier might change his mind and chase after me, and just the thought of his fierce face gave me the chills, so I quickly got out of the alley.

When I was out on the crowded streets, I asked myself where I should go and soon realized I had no place to go. I couldn't even think of any friends or relatives to visit. I realized I would end up as a homeless man again, wandering the streets. I began to miss the attic at Yeo's house where I slept comfortably and got free meals. Though I was confined in such a small space, I didn't have to worry about where to sleep and get food. The more

I missed the attic, the more I cursed the rat. Lost in these thoughts, I was standing at a street corner, when the old lady appeared behind me. She was breathing hard, probably from running all the way from her house to see me again.

"Do you have any place to go?" the old lady asked me with a concerned look. I couldn't see any sign that she was blaming me for what happened. I felt it was strange. I looked up at the blue sky, not answering the question, and a silence followed. I felt like this old woman was my mother. She had taken care of me for a year, and any animal would have shown the same affection for its owner if it had been taken care of for a year. So it was not strange for me to think her as my real mother.

"If you have no place to go, come back to my place in a few days,"she said with some hesitation after a long silence. I said I would but I have no intention of going back to live there again because I knew her position in the house and I had a tendency never to return to my previous residence once I had left. Even if I have often fallen into really difficult situations where I felt like there was no way out. I have never gone back to the places where I have lived before, because they remind me of my past failures and frustrations.

The old lady took some folded paper money from her jacket and held it out. I took the money without a moment's hesitation, and we parted without a word, as if we were to meet again at her house in a few days as promised. But I didn't go back to her house and never saw her after that day.

That day, with some cash in my pocket, I roamed the summer streets all day like a dog let off from his leash or a political

fugitive who had just emerged from years of hiding. One thing I liked about being a vagabond was that I could go wherever I wanted whenever I wanted. On my first day out of the dark attic, I was fully enjoying my freedom despite the sweltering summer heat, and I was mesmerized by what I saw on the streets: the sunlight, the crowd of pedestrians, and the hustle and bustle of daily life in the city. I walked on aimlessly, completely forgetting that I should look for a place to stay. It was getting dark. I saw people returning home from work and started worrying about where to stay for the night. I went into Jangchoongdan Park, sat on a rock in the bushes, and looked up at the dusky sky. I might have spent the night there, but after a year of my life in the attic, I didn't feel like sleeping outside in the park.

I decided to pay for room and board with the money I had received from the old lady at Yeo's house. "Live for today and don't worry about tomorrow," I muttered to myself, standing up from the rock to look for an inn nearby.

Strangely, things worked outfor the best. I never thought that the money the old lady had given me as a farewell gift would help me land a job that would guarantee me free room and board for half a year. That night I checked into a cheap, dirty inn near a public bathroom at the entrance of the East Gate area. In addition to its bad location, both the outside and the interior of the inn were in poor condition. It looked like a deserted inn, with trash strewn at the entrance, but I didn't care much about it because what had drawn me to the building in the first place was its dingy and gloomy look.

That night I had a good solid sleep as a paying guest of the inn. When I got up the next morning, it was already three p.m.

It looked as though all the previous night's guests had already left. A middle-aged proprietress of the inn, who had the cold, grim look of a widow, was probably the only person in the building.

"I've had so many guests, but I've never seen someone sleep as long as you."

They were the first words she said when I opened the door for her. I smiled silently. There was no way that she could have known about my lifestyle at the shanty house.

"You don't look like a busy person. May I ask you a favor?" she asked, after a moment of hesitation.

"Go ahead," I said casually.

"Thanks," she said. She took a step inside the room and sat down hesitantly near the door, with an awkward smile on her face.

"I need to go out for a while. Can you cover the front desk for a couple of hours? I should have hired someone but it's not easy to find a good worker these days," the owner said, scrunching her forehead, with a somewhat embarrassed look on her face, as if she had just realized that it was not courteous to ask a guest such a favor.

But I quickly saw this as a moment of opportunity, and Iwas determined not to lose it. I told her that I could cover the desk for more than a couple of hours, even for several months. I was not concerned at all whether my words might take her by surprise. She looked surprised as if she couldn't believe what she had just heard. I repeated that I meant what I had said, and even explained that if she let me work for her, it would be like her helping me out rather than the vice versa. In the end she accepted my offer.

So that's how my life as a bellhop started. The life of a bellhop is similar to that of a Buddhist monk or a Catholic priest, since it requires a lot of hard work and a mind of great mercy and compassion. Bellhops must serve criminals and people indulging in secret affairs with a understanding mind, always with a smile on their face. If all the inns in Seouldealt only with guests who needed a room for sleep, most of them would soon be out of business.

Most of the patrons of Wonheung Inn were either crooks or immoral parasites. It had all kinds of people as its guests: a couple, an elderly man and a middle-aged widow, who visited the inn once a week for a secret rendezvous; a young gigolo with a middle-aged woman; Miss Kim, a bar girl at a nearby club, who came with a different man almost every day a couple of young lovers who came mid-day. They all came to the inn to have discreet sex, but there were also people who came for different reasons: a man who rented a room for half an hour to shoot cocaine; petty thieves who rented a secluded room to divide the stolen goods they had just snatched, hoodlums in the East Gate Market who sought a place to hide from police after they had been caught stealing or fighting. As a bellhop, I treated them all the same, showing them all the same respect, but the proprietress appreciated short timers such as petty thieves and fornicators more than full-timers who spent the night because whether they rented a room for half an hour or a night, they all paid almost the same and because short-time guests during the day were the main source of income for the inn—without them the inn couldn't manage to stay open.

I ran errands for swingers, getting them drinks from a nearby

store or sometimes rubbers from a drug store. I was surprised that rubbers were so widely used among people. People had always thought that the byproducts of the Korean War were only sugar, coffee, and mixed children, but even twenty years after the war, they had yet to realize that condoms should be added to the list. They were still reluctant to talk about rubbers.

As days went by, I got used to my work at the inn—probably people tend to get used to a menial job more easily. I would guide adulterers to the rooms and then run out of the inn to get them soju, Chinese vodka, rubbers, or energy drinks. I'd becomelight-hearted, even cheerful for some reason, and I felt the same way towards petty thieves and hoodlums when they looked satisfied with their room. I was proud of my job and glad that I quickly got used to my role as their accomplice.

I had never treated my guests rudely or made a face in front of them since I had never been upset with them. Although they were adulterous fornicators or despicable miscellaneous felons, I always served them with a smile on my face, and most of all, I was satisfied that the felons never kept an eye on me. But there was one thing that bothered me. As days went by, I got to know patrons of the inn and soon became on friendly terms with them, but it was painful to remain a spectator of their carnal pleasures. In other words I wanted to be like them. I wanted to do what they did for fun.

For the first time in my life I started smoking and drinking. Although I was twenty five, I had never tried to smoke or drink until I met some drunk guests who had invited me to their room for adrink, but what I really wanted to do but couldn't was to sleep with a woman. There was no way I could avoid thinking

about sex during the first several months of my working at the inn. People came to have sex, but nobody had invited me to a ménage à trois with their girlfriends although they often offered me a cigarette or a drink. I was burning with sexual desire when I led the elderly man and middle-aged widow to a room and left them, saying, "Have a good time" at midday when I overheard the strange sounds of heavy breathing and the moaning and grunting noises through the door of a young couple's room; when the young gigolo and his sex hungry middle-aged woman entered the inn, one with a confident look on his face, the other looking embarrassed.

How could I remain calm like a Catholic priest? After leading the guests to their rooms, I walked up and down the corridor or in the small dirty backyard, my body trembling with shame and anger. I was angry that I had never had a chance to make love to a woman nor had any money in my pockets. If I had had money, I would have bought love, because I couldn't console myself with my sweet memories of a one-sided love I once had in the past. I wanted to buy a woman but I had never had money to pay for a prostitute. AllI received for my work at the inn was room and board.

But finally my savior arrived when I had been struggling with my sexual desire for almost four months. Although the man with a strange name, Sando, introduced himself as a sales manager in a department store, he was a fence from a slum area in Changshin District. He was well-dressed like a real sales manager. With his pomaded hair combed back, he was wearing an expensive Rolex watch and pants and a shirt made in the US. It wasn't too much of a stretch for him to call himself a department store manager,

as he was in a business relationship with other department stores, occasionally selling his goods to them.

Sando had visited the inn a few times, each time with a different girl. On each visit, he mentioned nothing about the girl as if he weren't aware that he had come with a different one. He simply said that he wanted to use a dark secluded room. Although there was nothing wrong with his attitude, I couldn't avoid thinking of him as a cheeky guy. I didn't say anything about it but just stared at his round flat face full of arrogance.

One day after letting his girl leave the inn alone, Sando had politely asked me to have a drink, and I couldn't turn down a patron's offer. After a couple of drinks, Sando admitted that he was not a department store manager but a fence, but also added that he made more money than a sales manager. After bringing himself down the social ladder, he tried to push me up the ladder by saying, "You don't look like a bellhop; you should do a lot better than that."Whether he meant it or not, I felt good about myself. No one had said anything good about me for a long time. I returned his compliment by saying that I also had a good impression of him.

"Humanly speaking, I'm a lonely man. Even though I'm doing good these days, I often feel lonely as a human can be. Bro, let's be good friends with each other as humanly as possible."

I almost laughed at these sentimental words from a fence who controlled most of Changshin District, and I wasalso surprised to see there was a soft side to him, a streetwise man always wearing fancy clothes and expensive jewelry. I recognized sincerity in his voice and expression. Sando waited restlessly for my response, fixing his bulging eyes on me, and I could read his strong

emotions. Petty thieves, hoodlums, and lowlifes liked to use the word, "humanly,"usually to get out of an adverse situation, but they rarely said it in a normal conversation. They were even ashamed of saying it because it sounded like a weak man's whine to them. I knew that Sando meant what he had said when he had repeated the word three times, in the most honest way possible.

When we became slightly intoxicated after several drinks, we started talking like buddies— although there was a difference in social status between us, a bellhop and a fence. He made a decent living as a fence but I didn't. Compared to his life, I led a pitiful life as a bellhop who had to work all day in the dim-lit inn, but Sando treated me as his equal as if he didn't see any difference between us. Without Sando's tremendous generosity, I wouldn't have dared to try to be his friend.

"You thought I'd have many friends since I walked around my turf all day, didn't you? But that's not true. I don't have anybody that I can think of as my friend. If there's anyone, they're all my business acquaintances. After a deal, we part our ways and don't care about each other whether we're killed or arrested the next day," Sando said, looking me in the face with his bloodshot eyes.

It was an afternoon when the inn was usually empty, and the owner was out, so there was nobody who overheard our awkward conversation. Sando's voice got louder as he became more drunk.

"I went to the big house for dealing stolen jewelry in Bomoon District. For six months nobody came to visit me, even the guys who worked under me. I realized that none of them were my friends; I didn't have any friends. I was really mad that no one

came to visit me."

Sando stubbed his cigarette out in the ashtray and sighed.

"I know what you're saying," I said, looking at him with sympathy. "When did you get out of jail?"

"Two months ago."

"You must have had a hard time. I too...."

I didn't finish the sentence. I almost started talking about my life at Yeo's house after realizing that we were in a similar situation: he had been released from the big house two months ago, and I had just left the Yeo's attic, ending a year of my stay there. But I didn't want to break my rule of never telling anybody about my personal life.

"Let's not talk about our past. I know a lot about you even though you don't tell me much,"Sando said as if he had read my mind and offered me a drink.

I wondered what he knew about me, when Sando looked at his watch and sprang to his feet, saying that he had someone to meet. It was about three or four p.m. We had finished only a bottle of soju, but I reluctantly let him go.

"Wait for a few days. I'll buy you a real drink," Sando said, leaving the entrance.

He kept his promise. A few days later he came to pick me up around eleven am, knowing that I couldn't go out at night because of my work at the inn.

"Please dress up, and let's get out of here. Hurry up," Sando said, standing at the kitchen window, but I didn't have any going-out clothes. All I had for clothes was what I had on, a worn-out jacket and corduroy pants.

"Do I look OK?" I asked, looking at Sando, who was dressed

up like a dandy in the downtown fashion district.

His fancy suit dazzled my eyes in the daylight. Whatever he did for a living, he looked great, but I, in my shabby clothes, looked worse when I stood next to him. I thought everyone could tell from my look that I was a bellhop who made a living by delivering rubbers or drinks for the guests in the inn. I didn't feel like walking next to him. Sando looked at me up and down with a look of sympathy for a moment and then clapped his hands as if a good idea had come across his mind.

"All right. If I had known this in advance, I would have brought it here. A real nice suit came in yesterday."

I didn't understand him but I realized what he did for a living and soon understood what he had meant.

"Wait here. I'll be back in ten minutes," Sando said and rushed out of the building.

Within less than ten minutes, Sando came back, panting, with a small bag in his hand, and I realized that his home or hideout was not far from the inn. Sando opened his bag and took out an expensive-looking maroon suit. It wasn't brand new, but was in good condition.

"Try this. It's made of fabric imported from the UK. You can't get this kind of suit from a clothing store," he said with his eyes twinkling as if he were talking to one of his clients.

I quickly shed my worn-out jacket and corduroy pants and tried it on. To my surprise, the maroon suit fit me perfectly as if someone had stolen it for me.

"Wow, with that suit on, you look like an actor," Sando said.

I agreed with him that I looked like a different person, and thought that if I walked on the street, dressed like this, nobody

would think of me as a bellhop.

"Lee, from now on, you'll meet my clients, and I'll introduce you to them as my childhood friend. I want to show them that I have a real friend," Sando, a little excited, whispered.

"But, what do I tell them if they ask me what I do?"

That was what I was most concerned about. I didn't want him to lose his face in front of his friends for having a bellhop as a friend.

"I'll take care of that. You just nod at whatever I say."

We left the inn and walked down the road.

"To tell you the truth, I hit it big yesterday. I got brand new items from a store...,"Sando whispered as we walked in the crowded underground tunnel near the East Gate.

"What did you get?"

"It's a secret, but I'll tell you because you're my friend. Ten TVs and two stereo systems."

"Can you get the full value for them?"

"No, but at least the half price."

I was excited that he had enough money for us to have a good time that day. Since I hadn't had a job for years, I had not seen any big money recently. I enjoyed his company because he was always loaded with cash. He was on a different road than I was, the road to big money. I would never make money like him. I thought about myself walking up and down the corridor of the inn, angry at myself for not having any money to buy love. If I had told him about it, Sando would have laughed at me, because if he wanted, he could buy ten girls at one time.

We walked in the alley for a while until Sando stopped at a building and went down the stairs to a bar in the basement

where beer and rice wine were sold. There were not many customers. It was too early for a drink. The hall was dark except for a table in one corner where several men sat around the table with candlelight on it.

"Damn it. Can you be on time at least once?" one of the men at the table said in an irritated voice.

"Where's Madam Oh?" Sando asked, ignoring the man.

"I've been waiting for you, my darling."

A soft voice of a woman came from the counter near the entrance. Then she came out of the darkness and stood in front of Sando, but it was so dark that I couldn't see her face. Madam Oh wrapped her arms around his waist.

"Honey, spend some quality time with me today. If you don't, you won't get any love from me."

"Oh, shut up please. How many girls did you call?"

"Two girls are here but Miss Chang couldn't make it. She's off today."

"Didn't I tell you that I want her to be here today."

"It's her off-day."

"Whether it's her off-day or not, if I said I wanted to see her, she should be here by now. I'm here with a guest for her. Call her right now."

"Then you have to pay more."

As Sando nodded at Madam Oh's request, she went to the counter to pick up the phone, and Sando sat at the table.

"Man, stop bitching about the girls and sit your ass down," said the man, still unhappy about Sando showing up late.

"Shut up and be quiet. I'm here with a special guest," Sando said in the cold calm voice of a gang leader.

I had never seen such a grim-faced Sando. It seemed that he had turned into a different man when he was around his partners. He was the ring leader and the top fence in the area.

Everyone around the table went silent.

"Is he the man you talked about?" a man asked politely.

"Didn't I just tell you that?" Sando said bluntly.

All the men around the table looked over Sando's shoulder at me. Sitting between the men were also the two bar girls Madam Oh had mentioned.

"My friend, please step forward," Sando said to me kindly.

All eyes were on me as I stepped forward to the table, feeling strange that they would never think of me as a bellhop. When Sando and I took seats next to each other, he introduced me to the people.

"This is my man, the secretary of Senator Kim."

All the other men around the table almost stood up from the chairs, with a look of surprise, but I was more surprised to hear Sando's introduction than the other people. I had never imagined that he would raise my status to the secretary of a senator, and he did it with no sign of hesitation. I felt uncomfortable that I had just become a senator's secretary. My heart started beating fast. I felt dizzy and short of breath, but I couldn't confess that I was a bellhop.

"I'm Kim, at your service."

A man stood up and bowed 90 degrees to me. A couple others did the same, but the girls didn't dare to introduce themselves and just sat silent between the men, burying themselves in their arms.

"This is my man, and this guy here runs a pawn shop. That

guy is a mama-san."

"Mama-san? Can a man become a mama-san?" I asked the man in a serious tone.

He was silent, hesitating, just scratching his head.

Sando explained for him: "He'd been a regular john for a long time, so it was not hard to make a smooth transition to working as a pimp. My friend, it's like you become a senator someday after working as a secretary for a while. You don't want to stay a secretary forever."

Sando made sense. He was smart to know that many senators started their political career as a secretary. If one spends most of his time in a coffee house, he'll end up managing a coffee house someday; a barfly may become a bar owner; an avid reader will tryto write a book someday. A man ends up doing what he has learned to do. So if I inferred from this principle, Sando must have been a thief before he became a fence. He might have become a fence after his retirement from years of his career as a thief. A fence is like a father figure among petty thieves.

Madam Oh passed along a drink, and I noticed that I was the only man without a girl next to me.

"Miss Chang will be here soon. She's a knockout. Good luck with her, secretary," Sando whispered in my ears.

I was excited to meet the most popular girl in the bar, but also uncomfortable I had to pretend to be a senator's secretary. The pimp with his head low and the tense pawn shop owner were both afraid of me as a senator's secretary, and their attitudes made me think about who I really was. I felt that Sando's show of friendship was too much for me. A bellhop like me would be happy with just a cheap street girl, who would cost him one or

two thousand won, but I wasn't upset with him. Instead I even appreciated his discreet arrangement, a proof of his sincere friendship.

After meeting Miss Chang in the bar for the first time, I had seen her for almost a month. I always met her during the day and never forgot to wear the maroon suit I had got from Sando. The suit was like my disguise. Without it I was a bellhop, but with it on, I turned into a senator's secretary. During our affairs, Miss Chang never doubted that I was a senator's secretary. Sando also gave me money so that I was not out of cash when I was with her. We went to an inn a few times. I felt strange when I met other bellhops. I could see the anger through their eyes when they greeted us, but they were never rude to me. They guided us to a dark secluded room, always with smiles on their faces.

A month later I ended our affair, following Sando's order. It was not like I was one the underlings he bossed around. I simply accepted his advice because it made sense. He said that if I kept seeing one girl too long, she might find out who I really was, or I might develop some feelings for her. I thought he was absolutely right, and I was even embarrassed at myself for not seeing the danger ahead of me. Sando said that it would benefit me more if I changed girls often instead of sticking with one girl, which I thought was a good advice from a man who had experience with women. He wasn't just saying it but gave me opportunities to meet other girls. He visited me during the day when I was not busy, and took me to a bar, a coffee house, and even a secret brothel in aresidential home. But he never went to the brothels whose mama-sans he knew through business. I once asked him

the reason, and he said, "I do business with them. I can't live without the fancy goods from these mama- sans. So I have to keep work and private life separate."

The goods were what mama-sans' clients pawned to pay for sex. They were seized when the clients failed to pay back on time. Sando was an excellent business man.

My fun time with Sando didn't last long. One late night when clients had almost stopped checking in, Sando showed up. He looked flustered, different from his usual relaxed and confident self. He asked for a quiet room and wanted to talked to me. So I led him to the room at the end of the corridor.

"I'm in deep trouble. I need to be away for a while," Sando said in a hurry, breathing hard.

"What're you talking about?"

"The guy who brought me the hot goods has killed someone. Cops're all over the place, looking for where the hot goods went. If he hadn't killed anybody, there should have been no problem. Damn it, if I get caught again, I'll get five years this time," Sando said, with a pale look on his face.

"Did you know he had killed a man when you got the goods from him?"

"I didn't know shit about it. Who's going to take goods from a murderer?"

"But how do the cops know you have the hot goods?"

"My ex-partner snitched on me. He and I have been fighting over turf. He has been waiting for an opportunity to get rid of me."

"Where're you going to go?"

"I don't know yet whether I'll go into hiding in Seoul or leave

the city. There're so many people here who know my face, so I'll have to stay underground at least six months. Two more fucking years, and I'd have made some money and retired for good," he said and let out a deep sigh.

I felt sorry for him as if it were my misfortune. I'd never felt such a strong sympathy for other people's misfortune. I had a hunch that I'd never see him again after today, and Sando probably felt the same way. He quickly grabbed my hand and said, "Bro, will you forget about me when I'll be gone for a while?"

"Forget about you?" I asked, raising my voice. "Don't say such nonsense. Just try to find a safe place to hide so that we can meet again in the future."

"All right, I'll leave before it gets too late. I'll come to see you again."

Sando sprang to his feet and got out of the door. He put on his shoes and walked down the corridor to the entrance. Then he turned to glance at me standing by the wooden floor. I greeted him with a blank stare. There was a sadness in his eyes. I was well aware of what went through one's mind when he had to leave his family and friends to go into hiding. I also knew what kind of help an escapee wanted from his friends, but there was nothing I could do for him.

Sando was in a similar situation to mine. I had been in hiding for almost two years. If there was a difference between our situations, it was that Sando was at the starting line of his long hiding but I was in the middle of it. I stood there, with a blank look on my face, staring at the entrance, where he had just run out.

After Sando was gone, my life went back to the way it was before. There was no one who gave me allowances or took me

to a bar or brothel, so I didn't have to dress up in the nice suit Sando had given me and act like a senator's secretary anymore. I had to be satisfied with who I was, a bellhop in a cheap inn. My time with Sando was like one night's dream. Sando was a cool and smart guy who knew how to make money and also how to spend it, but I was sure that I'd never see him again because I'd be gone by the time he'd come to see me again. I couldn't wait for him forever.

The proprietress was mad at me for not having done my work well during the time I hung out with Sando. She would have already fired me if she had found another man like me who was willing to work only for food and board. Since the murder incident Sando was involved in, the inn had been struggling financially. The police had intensified its search for the murderer and stepped up its crackdown on criminal activities in the East Gate area, causing all the petty thieves and hoodlums in the area to go underground, and the number of day-time guests in the inn had reduced by half. On a bad business day, the owner would vent her anger at me, and I felt guilty as if it were my fault. I had this guilty feeling every employee goes through when the business is bad, and it got worse as time went on. I started thinking that it was time to leave the inn.

In the early winter of that year, I was fired. If I had known that in advance, I'd have rather quit, which might have made me feel better, but I had already lost that opportunity. I had kept putting off my departure until I had to go through the humiliation of getting fired.

It was not clear why she had fired me. Sheexplained that she was getting rid of me because she planned to sell the inn, but

that was a lie. The real reason was that she blamed me for the bad business, which I think was a misunderstanding on the part of the old widow. Like I said before, I had never made my guests feel uncomfortable or treated them badly. My attitude towards guests had never changed during the time I hung out with Sando and even after that, although I admit that I took a little too much time off from my job during the day. I was penniless but I went out as often as I had done when Sando had still been around. I missed my time with him and followed the roads and the alleys where we had walked together before. But I did this in my idle time during the day. So that couldn't be an excuse for firing me, but I didn't want to argue with her. I felt it had worked out better for me. She had made a decision for me when I had been hesitant to make my own.

With a bag in my hand, I walked out of the entrance of Wonheung Inn without feeling any regret. All I had in my bag was the nice suit, Sando's gift, and some worn out clothes I had got from the inn. There was nothing expensive I could pawn.

I hastily ran out into the streets. It was cold outside. Pedestrians, huddling up in their coats like turtles, walked briskly as if they were afraid of running into their acquaintances and then having to stop to talk them in the middle of the road. I walked to the West Gate from the East Gate, not because there was someone I needed to see at the East Gate but simply because my feet guided me that way. I had no place to go. If Sando had hung around nearby as he had used to, I would have gone to see him, but he was gone.

I began to walk, swinging my arms widely. Now that I didn't have to work at the inn anymore,I felt free like a dog released

from his leash. I had some cash in my pocket, about 5000 won, which the proprietress had given me as a discharge allowance. It was the first and last pay I had ever received in my life as a bellhop.

I walked all afternoon to reach the West Gate. Then after satisfying my hunger with a bowl of noodle soup, I wandered in the area like a tourist who had just arrived in the city from the country, but winter is a hard season for have-nots like me. It was so cold that I couldn't walk comfortably as I used to do in summer. My hands were red and swollen with the cold, my ears frozen brittle. So I went into a coffee house by the roadside, sat down in a comfortable seat, and ordered a cup of coffee. It was so warm and quiet inside that I drifted into quiet contemplation. I wasn't engrossed in meditation, but thoughts of a more immediate concern like where to sleep for the night. There was no easy solution even after I had come to the West Gate area from the East Gate.

I thought about taking this opportunity to go back to my hometown. It was hard to see me surviving in this city anymore—things looked bleak in winter, but I didn't have anyone in my hometown. Although I had some acquaintances, I didn't think they would welcome a beggar like me. Since I had left my hometown ten years ago, I had never returned there; so I even doubted that they would recognize me. I decided not to return to my hometown.

In the end I had come to a conclusion that I should hang tough in this city. In a worst scenario, I might freeze to death sleeping next to the chimney of a house. I told myself that I should stick around in the city. Then I got up and wandered out into the cold street.

At the stairs

At the stairs

Song Yong Stories

Ki-moon Kim's first mistake was to take the man in as a lodger. Perhaps it was the biggest mistake of his life. He didn't know why he had rented out the room so easily. In the past he had always questioned a prospective lodger in detail about his job, his education, his hometown, his monthly salary and so on. After that, he would pay close attention to the man's facial features and then decide whether to rent out a room or not. When it came to finding a lodger, Kim was very selective, and he had his own way of doing things.

This time, however, instead of asking tough questions, it was Kim who was interrogated when the man came for an interview. From the beginning, Tae-oh Ahn was such a rude and strange man. As soon as he set foot in the yard, without introducing himself, Ahn asked Kim, a total stranger, every detail about the rent, laundry charges, who lived in the next room and what he was like, and whether or not there were any noisy electrical appliances. Reluctantly but politely, Kim responded. After listening to Kim's answers, Ahn nodded arrogantly a few times,

expressing his satisfaction and his intention to rent the room. For the first time ever, Kim had not only lost his chance to say "No,"but he had also forfeited the opportunity to assert himself as a landlord by questioning Ahn and being the one to decide. This was Kim's mistake. Had Kim been able to ask at least one question and have found out some truth about Ahn, could Tae-oh Ahn have invaded Ki-moon Kim's fortified castle? Not likely.

That same day Ahn carried up his baggage and moved into the third room from the right on the second floor. The second floor had four rooms. A medical resident lived in the first room, a male college student in the second room, and a widower in the fourth. Most of the time the resident was at the hospital and came to his room only once or twice a week to enjoy his private life. The middle-aged widower in the fourth room also stayed in his room only two or three days a week, perhaps because he had a country home or was too busy with his shipping business. So on the second floor the college student and Tae-oh Ahn were the only people who ran into each other with any frequency. To be precise, even the college student was hardly ever in his room. It was understandable that such a young man couldn't take being confined to a small room. Perhaps he didn't even have enough time to play billiards with his friends, have a drink, and see his girl friend. For a variety of reasons, the spacious and clean second floor of Ki-moon Kim's house was quiet like a main Buddha hall in a temple on a mountain.

Tae-oh Ahn's only property was a big trunk. It was very worn, out of style, and covered with dust. There were also dirty spots and stains on the surface. The big trunk was secured with a rope, a clear indication that he was never going to open it up

to others.

When Ki-moon Kim, his chubby wife, even his son—who had failed the college entrance exam and was preparing to take it again—and the twenty-two year old housemaid saw the mysterious trunk, they all were curious but didn't have the courage to question the stranger. It was not because Ahn was a new lodger but because they had immediately detected his hostile expression: he had made such an unfriendly impression that it was difficult for them to approach him.

Ahn avoided eye contact with everyone in the house, merely squinting without focusing. He eyed people in the streets with the same vacant stare. This attitude encouraged the family to think him arrogant and rude. His hair was disheveled, and though he wore a suit and a necktie, his clothes were wrinkled and stank as if they had not been washed for months.

"What does he do for a living?"

When his wife put this question to him, Kim was drinking a glass of sugared wateron the wood floor, and he felt embarrassed by her question. Even though he had given a banquet on his sixtieth birthday a few years ago, he still liked drinking sugared water and beer and smoking. So his wife offered him a glass of sugared water or beer on a tray several times a day.

When she asked about the new lodger's profession, she expected her husband to know, but he blushed and shook his head: Ki-moon Kim felt ashamed that he hadn't asked about the man's job. Since he hadn't asked the first time hemet Ahn, he thought he had forfeited his only chance. With a restless expression, his wife urged him to ask.

"It's ridiculous that you don't know. Please go upstairs and

ask!"

"No, you go upstairs and ask! I don't feel like it!"

"Me neither. How can I want to do what you don't want to do?"His wife was seething in anger. She had never seen her husband give in to a new lodger like this. She herself felt uncomfortable with Ahn and was even afraid of him.

The maid came in to take out a jar of kimchi from the refrigerator and said to the couple, "Sometimes he goes out early; other times he goes out in the afternoon. I have no idea what his job is."

"What is he carrying when he goes out?" the wife asked the housemaid.

"I have never seen him go out with anything. He goes out empty-handed."

"Have you been in his room? You must have been in his room because you bring him food," Kim asked.

"No, sir. When I knock on the door, he comes out and takes his food, and when he is done he leaves the small table outside in the corridor. And he locks the door when he goes out."

"So you have never gotten a look at his room?"Kim said, staring at the maid whose face glowed red because she knew an awful secret but was uncomfortable about telling Kim. Nonetheless, she decided to reveal the secret: "I looked into the room when he went to the bathroom, leaving his door ajar. Ah! The terrible smell! The floor of the room was like a garbage dump, covered with newspapers, magazines, an empty beer bottle and vial, pieces of fruit, cookie crumbs, and things like that. I think he never cleans his room."

"Smell! What kind of smell was it?" the wife turned to the

maid and asked.

"I don't know what kind of smell it was. Perhaps it might be the smell of sweat, smoke, or stale fruit."

"Bastard!" Kim shouted and stood up quickly. *One of my rooms on the second floor is in total disorder!* He was so angry that his legs and arms were trembling. *You couldn't find any trash in any corner of this house.*It was spotless inside, even the garden and backyardwere spotless because every morning and night, twice a day, Kim made the maid clean every nook and corner of the house. He believed that a house should make a resident feel good and comfortable. It was Kim's most important principle of life. He couldn't believe that Ahn occupied such a small space but was filling the whole house with stinking garbage and trash.

Kim's mixed feelings towards Tae-oh Ahn turned into hate. *Bastard! He is a dirty bastard. That's the reason I've felt uncomfortable with him from the beginning. Now I understand clearly. Considering the way he keeps his room, I don't have to try to find out what he does for a living, where he comes from and what he is made of. He must do something dirty.*

I want to go upstairs, throw the door open, and sweep up all the stinking garbage and trash. When a lodger doesn't keep his room clean, as a landlord I have the right to clean it without the lodger's permission. But now it is impossible to open the door because Ahn has locked the door and gone out. Even when Tae-oh Ahn comes home, who's going to confront his disgusting, arrogant face and do what I want to do? Kim sighed again and again.

Kim spent much more time than before cleaning up his house

or remodeling it inside and out. It was his way of combating the dangerous situation created by the monstrous man upstairs. By cleaning and remodeling the rest of the house, he kept trying to forget his frustration with the filthy room over which he had no control. His furious activity was a kind of revenge and a demonstration of power, and it was the method most familiar to him. Kim had a long history of energetically repairing and remodeling his own house. He didn't have to worry about the expenses for repairs and remodeling because, besides this house, he had inherited several large real estate properties from his parents.

It would be almost impossible to list in detail all the funds he had expended up until this point on home improvement. A few examples: replacing roof tiles; replacing the metal front gate with one made of the newest material; substituting for a worn-out crossbar one that was stronger and easier to handle; replacing the white tiles of the bathroom floor with green ones; taking out the old toilet and bathtub and installing the newest models. In particular he had remodeled the urinal several times, because the model kept changing. Now he set up a new half-cylindrical toilet. He changed the building material of the stairs to the second floor and the wood floors of all the storeys. He replaced the railing with one that had a little showy design carved on it. The copper flashing under the eaves he replaced with the latest synthetic metal that did not tarnish. The repairs were diverse, but his detailed financial statements revealed that each season the same kinds of repairs were undertaken several times. Making repairs was Kim's specialty. Of course, Kim himself did not do the work. He hired skilled workers even for the most trivial

job, and he was good at making accurate estimates, buying the supplies needed for a task, and supervising construction.

At first Kim Ki-moon started remodeling the bathroom. It was the most expensive and complex project, which might be why he chose it as his first task.

Two laborers appeared in the yard. They were skillful workers, veterans of the ongoing campaign of restructuring Kim's house. Consequently, when Kim called and told them that the important part was the remodeling of the toilet, they asked no questions. They didn't consider his intention strange, though they knew the toilet had been replaced only five months earlier and that it had cost a large sum of money. To some degree, the two laborers understood Kim's principle of life.

The two workmen went into the bathroom, and with hammer and chisel they got to work. First they broke up the tiles, removed them from around the toilet, and finally pulled out the big toilet. It would take no more than a week for the latest model to be fitted snugly in place of the old toilet and be ready for use. During that time, a "Do Not Use" notice was posted on the door of the bathroom.

For several days the piercing noise the two workers made as they broke up the tiles with hammers echoed throughout the house. From morning to night the earsplitting noise continued to reverberate except for one or two twenty-minute breaks, when the laborers paused to eat or to take a drink the landlord offered them.

While the resonating noise shook the house, Kim stood with his arms crossed, the smile on his face showing his pleasure and satisfaction. No, it would be better to say that his expression

showed happiness. It was the moment Kim felt that he was doing something and that his life was worth living. On the other hand, he might have cried "Bravo"in his mind for a totally different reason.

Kim knew that Ahn really hated noise because the first time Ahn came to his house he had made a point of asking whether the house was noisy. It was strange and funny that the man who could put up with stink was afraid of noise. There was another reason why Kim cried "Bravo"in his mind: the deafening sound of hammering was an indirect warning that he himself would never allow a bastard such as Tae-oh Ahn to fill his house with bad odor and trash, and at the same time it demonstrated his absolute desire for a pleasant residential area. Was that all? During the whole week when the "Do Not Use" notice was posted on the door, the inconvenience Ahn would have to endure was too much to describe.

The remodeling of the toilet made steady progress as planned without any problem, but within two days of beginning the work, Kim felt something strange and ominous was going on. Tae-oh Ahn didn't complain about the noise or the temporary "Do Not Use" notice. Kim could notice that Ahn was disturbed by a burning desire to ask for a change in the present situation but he was suppressing it. Still, Kim had to endure Ahn's piercing stare every time he ran into him. When Ahn would come home and go downstairs to use the neighbor's bathroom, Kim's eyes would momentarily meet Ahn's. Afterflashing a cold and very hostile look, Ahn would quickly avoid eye contact. Ahn's stare was so cold and quiet that for a moment Kim found himself shaken up. At first he considered his own malaise funny, but he

took it seriously when similar scenes took place repeatedly. *What makes me so nervous when I run into Ahn on the stairs? Did I commit a crime against him? Or did Ahn break the relationship between the landlord and temporary lodger, sneak deep into my own life, and detect my shame hidden very well in the secret place in my mind? Does Ahn have any right at all to complain about the situation? It is nonsense! Anyway he must be an unpleasant and very dirty man.* In the end Kim started avoiding Tae-oh Ahn. When Kim heard Ahn take a first step down the stairs, Kim would hide in the bathroom or quickly walk across the wood floor. Things got worse. This type of temporary avoidance was not enough to deal with the trash and the stink and Ahn's unfounded hostility towards him

A day after the remodeling of the toilet was finished and the notice "Do Not Use"was removed, a very rude toilet user had destroyed the cleanliness and function of the toilet. The maid was the first to witness the tragic scene. When she went into the bathroom, she found a residue of coal tar—that must have come from the soles of shoes—imprinted like a stylish design on the clean white tile floor. Nor was that all. The toilet was full of cigarette ashes and butts, the stale contents of a canned food container, a soft drink of a strange color that you couldn't name. Somebody had used the new toilet as a trash can, and the drain was clogged.

The maid, who had entered the bathroom barefoot, was at a loss, trying to find a place to set her foot. She was so loyal to the landlord that she quickly regained her calmness and quietly started removing the sticky coal tar from the tile floor and the trash from the toilet to minimize the shock that the landlord

would get. Despite her good efforts to clean it up, she couldn't change the tragic scene of a planned revenge. She had to report the incident to her landlord.

"What fucking son of a bitch did this?"Kim shouted, his voice full of anger. His big face turned red; the reddish blood vessels showed through the skin of his neck. Furious, Kim stared in the direction of the third room on the second floor for a long time. He didn't have to make any special effort to seek the offender. In his mind he knew who it was.

"What are you doing here? Go upstairs and kick the son of a bitch out!" Kim's wife came up to him and shouted. Even though he thought his wife's rebuke was understandable, he felt uncomfortable. He asked himself: "Am I able to do that?" but he couldn't answer easily. This time, however, he could not avoid trouble.

"Is the bastard here?" he asked the maid.

"Yes, sir, he has just come in."

"Is he in his room?"

"Yes, sir."

Ki-moon Kim bounced up the stairs; it was fortunate that he didn't slip. His wife and the maid stood quietly on the wood floor downstairs, waiting for the outcome of a determination that Kim had not shown for a long time. This was a non-negotiable situation. There could only be one outcome, but for a long time the women waited patiently to hear some news. After about ten minutes, Kim came slowly down the stairs. He was surprisingly pale. He didn't tell his wife and the maid, who were staring at him, anything about the outcome of the determined posture he had shown off minutes before. Instead he asked his wife for two

bottles of cold beer. That day Kim gulped them down, and when he started feeling drunk, he took a nap, lying on the wood floor.

Unfortunately the premeditated revenge didn't stop. Only a few days after the toilet trash incident, a part of the beautiful garden outside the building was destroyed by trash. There was a pond with about twenty expensive aquarium fish in the center of the garden. At the margin of the pond was a small, elegantly designed fountain. The pond was the foremost symbol of the beauty of the house of which Kim had been so proud. Crumbs of stale bread, dirtycheap beverage bottles, used bathroom tissue, and an empty cigarette pack had been thrown into the pond. The trash changed the transparent and blue surface of the pond into a black swamp. The aquarium fish, which had swum freely in the pond, were all dead. The pond itself was dead.

This unexpected tragic scene enraged Kim and his wife. They thought that their overlooking the last incident had made the suspect reveal his intention more deliberately this time. Kim and his wife both thought that now it would not be enough just to kick him out of the house.

"This time I am going to take care of this. I can't trust you," Kim's wife said to her husband with a chilling look, dragging her shoes, getting into the yard.

"How?" Kim looked at his wife with a doubtful look.

"I am going to report this to the police."

His wife talked loudly. Then, without asking her husband's opinion, she ran out of the gate. She had decided to go to the police station, but when she reached the point where she could see the front gate of the station, her resolve faltered. She thought the problem had better be taken care of inside her house. It was

against her husband's principles that the problem be exposed to the outside world. The more strongly their castle was protected against the outside world, the more their life would keep its pleasantness and comfort. With tears in her eyes, she turned towards home.

Kim thought that now the continuous remodeling of the house was the only solution to the stinking trash and the man's senseless rebellion. He started concentrating on a new task. The task he chose carefully was to lacquer the wood stairs to the second floor and the whole wood floor upstairs. While planning this task, Kim wore the same complacent smile of satisfaction on his lips as during the previous project.

The wood floor and stairs were near Tae-oh Ahn's room, and the man had to walk through them to get to his room. Kim had two purposes: first, to cause Ahn a lot of inconvenience in getting to his room during the period of the lacquering; second, to stress the perfect cleanliness of the area near his room full of stinking trash. The lacquer was the symbol of cleanliness for Kim: he had a superstition that it could absorb even the shapeless filth in Ahn's room.

Two workers showed up in Kim's house, carrying plenty of lacquer in a box. Kim summoned the two men in coveralls. Usually three coats of lacquer were considered sufficient, but on this occasion Kim told them that they should increase the number of coats to more than three and especially emphasized that they didn't have to worry about the amount of lacquer they used. When the first layer of lacquer was almost dry, they would start painting the second coat. The break between those times was almost two hours. So it took four hours to finish lacquering the

floor three times and it took more than five hours to be able to walk on the lacquered surface. Kim's specifications were necessary to cause a seemingly endless delay. The workers posted a "No Passage" notice on the wall beside the stairs of the entrance before they started working. Of course this prohibition did not apply to any specific person. Nobody should step on the wet lacquered surface.

Kim was not so reckless as to offer no alternative while blocking the only passage. He borrowed a ladder and positioned it against the balcony upstairs. From now on, for a few days it would be the only way to go upstairs. Unfortunately the ladder he borrowed was not in good condition and it didn't look strong enough to support his body: its upperpart was broken and held together by a hempen rope. When Kim stepped on the ladder and tapped it lightly with his hand, everything shook. Now Kim was gleefully anticipating the spectacle of the arrogant Ahn hanging on the shaky ladder as he attempted the climbing. He looked at the ladder and waited for Ahn to come home.

As dinnertime approached, Tae-oh Ahn pushed open the heavy metal gate and appeared in the yard, shabby as always. He didn't know that the corridor and stairs had been blocked off. So, first he walked to the entrance and, probably seeing the notice that had been put up, he came back to the yard. Kim didn't think it necessary to give Ahn any special directions. Soon Ahn discovered the new passage. Without saying anything he approached the ladder and stood in front of it. It was strange and surprising that he didn't utter a word of complaint and didn't show the slightest sign of embarrassment or hesitation. Silently and willingly he submitted to the humiliation and adapted to the

landlord's overbearing constraints.

Grabbing both sides of the ladder and looking up in the direction of the balcony he started climbing the ladder carefully. The weak ladder had already started shaking. When his skinny and long lower body came near the middle of the ladder, the moment of greatest danger drew near, just as Kim had expected. The broken ladder shook mightily and started leaning slowly to one side. It could not bear the weight of a man. Kim's hands were wet with sweat. Ahn was desperately trying to keep his balance, stretching his arm as far as he could and firmly grabbing the upper rung of the ladder. The ladder was a bridge which led to purgatory, and the man hanging on the bridge was a man subject to disciplinary punishment and fated to be a penitent. The motions he made in the air, trying not to fall, looked like clumsy acrobatics and a desperate struggle to survive on Earth. The process of humiliation ended without an accident. Ahn successfully landed on the balcony.

Kim was satisfied. Now he sought some comfort from this incident, through which he had proved that he could take control of his house again. Furthermore his satisfaction was doubled by the obedient attitude of the man who suffered the humiliation without resistance. For a few days the suspension of the use of the stairs continued and only two painters moved like ants from the stairs to the wood floor upstairs, from the wood floor to the stairs, and repeated the same work endlessly.

It was Kim's hasty misjudgment that Tae-oh Ahn would endure such humiliation without resistance. Not five days had elapsed since Kim had enjoyed that pleasant moment. The man's footprints of resistance destroyed the clarity of the lacquer newly

painted on the stairs and the wood floor. Rough footprints were left here and there on the stairs and wood floor that had been clean like a mirror. Somebody must have tromped up the stairs and across the wood floor without taking off his shoes, ignoring the "No Passage"warning sign. There was no witness but from the footprints Kim could imagine vividly how Ahn walked on the stairs and the wood floor.

"What son of a bitch would do such a thing? Can you find him?" The two laborers thought their sacred labor had been scorned. One man threw the brush he was holding onto the ground in front of the landlord. The other took off the coverall he was wearing, as an obvious statement that he was quitting. Ki-moon Kim was at a loss. What to do? His face and the skin around his neck were getting red; the quickly-pumping blood made the veins in his neck stand out. He was troubled by his loss of authority and by his hatred of the disgusting Ahn. He needed to recover his authority quickly in front of these workers.

Kim ran upstairs. He wanted to yank Ahn out of the room, accuse him, and kick him out of the house. But a big padlock was hanging on the door. Kim suddenly felt tired. He turned and walked carefully across the floor to the top of the stairs. Just then Tae-oh Ahn was entering the house. He began to climb the stairs, not feeling guilty at all, ignoring the ladder. When he saw Kim, Ahn gave him a calm, cold stare. Kim was so angry that he felt his head would explode. He could feel the blind hatred in Ahn's stare. But Kim was not afraid of such a bastard at all. He had the courage to tell him anything, no holding back.

Ahn was at the foot of the stairs, and Kim glared down at him as if he wanted to grab him with his penetrating gaze. And

then it happened: in his hurry to descend those wet lacquered stairs, Kim was careless and the next moment his foot slipped and his heavy body came tumbling down the stairs.

Everything happened so quickly that Tae-oh Ahn couldn't explain how Kim's tragic fall had happened. He was just standing there at the foot of the stairs.

Ki-moon Kim was transferred to the hospital, and after being in a coma for four days, he died. And the day after Kim's death, Tae-oh Ahn disappeared alone, leaving no trace behind.

A Friend

A Friend

Song Yong Stories

In Daehyun-dong there was a small cafeteria called Green House, where I was a regular customer, attracted by some items on the menu. Their specialties were noodles and ice cream. They had several noodle dishes: cold noodles with fresh mixed vegetables, with sesame sauce and other seasonings on top, steaming hot thick noodles in soup with onions and clams, and buckwheat noodles in cold soup with shredded vegetables. They also sold both soft and hard ice creams. My favorites were a bowl of noodles in hot soup and soft ice cream. I especially liked the tasty soup and the unique ice cream flavor.

The Green House had a new soft ice cream maker. It was fun to watch vanilla ice cream coming out of the dispenser in a coil. Even though I enjoyed my time at the Green House, I had a more important reason for frequenting thecafe. At that time I lived in a rented room in Daehyun-dong, where most of the rental rooms were so small and dark that even during the day it felt like living in a cave. My room admitted almost no daylight, but I couldn't keep the lights on all day because my landlord paid the electricity.

I often felt so miserable in daytime that I tried to avoid staying in my room and looked for somewhere else to spend time.

When I walked out of the house without any destination in mind, I was at a loss where to go. Nobody—who had not experienced this kind of dark and gloomy feeling—could understand me. It was the Green House that saved me. I would sit alone in the cafe, with a soft ice cream in my hand. I would try to eat the ice cream as slowly as possible, licking themelting drips from the cone rather than slurping from the top. I was not waiting for anybody; I was just observing the customers going in and out of the cafe or watching vanilla ice cream coming out of the new soft ice cream maker.

I was older than most of the customers who seemed to be high school students or college freshmen at most. I was over thirty and obviously looked a bit odd to the others. In the beginning, the waitresses and the other customers glanced at me as if it were unusual for me to be sitting alone in the cafe, but I showed up every day and sat at the same table. Soon I became a fixture, and as time went on, I could relax and ignore their stares.

One hot day I saw a stranger at the Green House who immediately caught my attention. I walkedinto the cafe and approached the table in the back corner where I usually sat, but there were already three high school students there. I ordered a soft ice cream and glanced over, making eye contact with one of them. As if electrified, I couldn't turn my eyes away. He didn't have dark, shady, Mongolian eyes but clear light brown ones. He stared at me impassively. I realized that he was an Amerasian boy. He had light brown hair and a lighter complexion. He could pass as white, I thought.

He spoke fluent, nearly native Korean, but for some reason it sounded strange to my ears. He was cheerful, talking much more than his friends, but I was more impressed by his good looks. I thought he was one of the most beautiful boys I had ever met. I am not exaggerating. His harmonious face deserved my admiration. Caucasians have long noses that look perilous and disrupt the facial balance. And their eyes? They have such deep-set eyes that they look spooky sometimes. Of course we Mongolians have the opposite aesthetic qualities.

He continued to talk loudly as if he didn't care that I was so obviously admiring his appearance, and just then a group of customers walked in and took all the available seats in the half-empty cafe. Then, a strange scene took place: all eyes were turned on the Amerasian boy, not because he was loud, but rather because he looked different from everyone else. The boy noticed their stares but he didn't stop talking. He continued to talk, which made people more curious. It was as if they were waiting for his reaction, wondering whether he could continue to speak Korean fluently. They looked like spectators at the zoo, waiting for a monkey to do cute tricks. I waited, frozen, for something to happen.

The boy's face reddened. I could see him blush more clearly because of his light skin. He jumped up from his chair and slowly walked out, as if he couldn't take it any more. His two friends followed him, strolling out of the cafe with awkward smiles on their faces. A crowd is often cruel to a person who is different. For the first time in my life I thanked God for having yellow skin. After that incident, the boy never showed up again at the Green House, but I knew that there was an invisible line connecting us.

That winter I was forced to move out of my room. It was snowing outside. The snow was soft on my feet as I walked the streets. It felt as if I were walking on a traditional Korean mattress. That morning the middle-aged, widowed landlady had made a final decision and asked me to move out of the room. It was a room for two people, but I lived alone and paid only half of the rent because nobody was interested in becoming my roommate. She had lost the other half of the rent for months. It's not true that nobody was interested. Three different people had come to look at the room; but as soon as they saw me lying there, with a black blanket pulled over my body, and the pale face of a chronic TB patient, they were all taken aback and ran away.

In the beginning I pretended to be sick because I didn't want to sharethe room with anybody, but then I started feeling sorry for the landlady. I cleaned the room and tried to keep a neat appearance like a rookie hostess in a bar all dolled up and waiting for her first customer, her heart throbbing. Despite my efforts, I couldn't fool the last guy who came to take a look at the room, and the landlady finally realized that she would never find me a roommate. She decided to evict me one snowy winter morning and gave me a final notice. So I was out on the streets at noon, desperate to find another room as soon as possible.

Many rooms were available in Daehyon-dong. If I had wanted to find a single room, I could have found it as soon as I walked out of the house. But it was not easy to find a double. Despite visiting realtors all day, I only found one room that fit my needs, but this time the resident rejected me. He looked several years younger than me, and he probably didn't like me because I was

older or because I didn't have a neat appearance.

It was dusk as an old real estate agent and I walked out of the house. I was tired and hopeless, but there is always a last chance. On my way back to my old apartment, I happened to run into a shabby-looking realtor as if I had wanted to test my last luck that day. I had given myself up to such despair that it was a last-ditch effort, born of desperation. Two old men and another man who looked barely over fifty were talking, sitting on the sofa. I explained to them what type of room I was looking for, and the old men shook their heads. I turned without saying a word, and then the middle-aged man called me back. He had a crewcut and a very bony face and body, and he looked mean.

He first told me that he didn't work for the realtor but that he was there to have a chat. Then he said he couldrent me a single room for half of a double price, but he asked me whether it was OK if the room was dark—so dark that it had been vacant for a long time. If I wanted the room, he said, he would let me keep the lights on all day without charging me for the electricity.

"Mr. Kim, that's a good idea. What's the use of a room if you leave it empty?" one of the old men said.

"You are lucky to have met him," said the other old man; and I was happy. I asked myself how dark it would be and I hoped it would not beas dark as hell, even though I didn't know whether or not hell was dark. It didn't bother me much because I was used to living in the dark, so I immediately followed Mr. Kim to take a look.

His house was nearby. It was small with a traditional Korean tile roof, and next to the entrance was his dry cleaning business. He was a wealthy man. He didn't work at the cleaner's but hired

someone to manage it for him. He also had several lodgers in his house.

I followed him into the house. We entered a corridor fromthe yard, and the room was at the end. I turned on the light. It was a tiny room, just big enough for one person. There was a big window opposite the door, but when I got close to it, I realized the neighbor's wall was in front of it. It meant that year round there would be no sunlight coming in the window. That night I loaded a bundle of my quilts and my other belongings into a pushcart and moved in.

The next day was Sunday. Early in the morning I went to the wash stand in the yard to wash my face. Mr. Kim had told me the night before that there were four other lodgers in the house. Two of them had full-time jobs and the other two were students. They had not yet shown up. I assumed they were enjoying sleeping late on Sunday morning. After washing my face with the cold water gushing from the pipe, I was about to turn, when I saw someone in blue run into the yard. He was breathing hard. I was so surprised that I might have fallen down: it was the beautiful Amerasian boy. The boy also looked surprised when he saw me. He stopped and stared at me for a moment. No words passed between us, but certainly no animosity either.

Is he a member of this household? Or just one of the lodgers? These questions flashed through my mind, and the answers came quickly, thanks to Mr. Kim, whose voice came from the main room. "Is that you, Doil? Come inside quickly and have breakfast." It was a father's kind and gentle voice. The boy who had been staring at me hurried into the room, and I returned to my room.

In my room the question dogged me: "Which one is his real parent? Is it his father or mother?" I was getting nosey. I thought he didn't take after his father or his mother. Mr. Kim had a very small copper-colored face. On the other hand, his wife had a large head. She had a broad nose, wide eyes, and thick lips like an Eskimo, and she was short like a midget. Nobody would have believed her if she said she had given birth to this son. I gave up thinking about his birth, because I had three bundles of books in disarray on the floor.

That afternoon something unexpected happened. Doil came to my room. It was truly a VIP visit. The handsome boy came to see me on his own! I didn't expect it at all and I didn't think it was possible. My room couldn't be seen from the yard. He could have easily ignored a lodger in such a room. I showed him in, closing the door behind us. I felt honored and thankful for his visit.

Doil said in a playful tone, "It is too dark here." I knew that he meant to put me at ease. Without any hesitance, Doil plopped down on the floor. He was good-looking and neat.

"My father told me about you. Are you a writer?" he asked.

"Well, I don't have anything else to do, so I write a little."

"From now on, I want to borrow books from you and listen to your stories. Do you mind if I often drop by?" Doil said.

"Not at all, I don't have any friends to talk to, so I often get bored."

"Thanks. I remember seeing you before."

"Where?"

"I saw you eating ice cream at the Green House. Usually I don't see any adults like you there. That might be why I remember

you."

"Oh, I see. I must have looked funny. A man eating ice cream among kids, acting like he's still a boy."

"No, you didn't look funny at all. Who's going to think it's funny? Adults can enjoy ice cream like us,"Doil said. I liked his open and honest way of talking to me. He was straightforward and well-mannered.

"I think so, too. So I often go to the Green House," I said.

"It doesn't matter what other people think of you, but what you think of yourself," Doil said.

"If we can agree like this, I think we can be good friends," I said.

"Yes, I want to be your friend, too."

"To be honest with you, I saw you at the Green House, too. That's why I was surprised to see you again in the yard."

"Why were you surprised?" Doil asked.

I hesitated for a moment. I couldn't come up with an easy answer. Doil's bright eyes were full of wisdom, and I couldn't lie. I couldn't say that I was surprised to see him in this traditional Korean house, even more surprised to see him in Mr. Kim's house.

"I suppose because I had such a strong impression at the Green House. You were very cheerful. I wished I could have had a chance to talk to you someday."

"Then, it's great for us to meet like this."

Though Doil knew I lied, he didn't press any further, which in fact was his virtue. He was often considerate enough to overlook other people's lies, but he was also very careful to never allow anybody to dig into his secrets, which I think was rare in a teenager—he was only a sophomore in high school—but

couldn'tbe a flaw. He was so careful not to reveal his secrets I could hardly ask any questions about him. It might be more accurate to say I dared not ask him. Which one is your real parent? Is it your father or mother? If neither of them is your real parent, since when did you become Mr. Kim's son? I was curious about many things—I wanted to know most about the close father and son relationship—but I dared not ask any questions.

"You don't go to the Green House as often as you did, do you?" I said.

"Sometimes I want to go but for some reason I hate going there. Their noodles taste great, don't they?"

"If you like the food, why don't you want to go there?" I said, even though I knew the reason.

Doil was silent.

"Do you want to go with me next time?" I asked.

"I'll think about it,"Doil said and stood up. He opened the door and was about to step outside into the corridor. He turned and said, "My room is on the opposite side of the living room. Please come to see me whenever you have time after supper." I said I would. I was happy about his invitation. Though I didn't know why, his invitation made me think that he had some feelings for me. Staying in my room was like being confined in a cave, even though I had the lights on all day. I wanted to get out with whatever excuses I could come up with. For this reason I appreciated his invitation.

I waited for about ten minutes after dinner and then went to Doil's room. It was across from the main room, and it was the second-best room in the house. This showed how much Doil's

parents cared about him. Inside the room I was even more surprised at his parents'devotion to their son. Doil was playing a guitar, sitting in his chair at the desk. His playing was mediocre, but the guitar looked like an expensive one. He hung it on the wall and sat on the floor.

"I was waiting for you. Thanks for coming."

"Were you planning to go out?"

"No, but the man in the room next to the entrance has been begging me to come to his room for some time. He works at a bank and moved in last month."

"If he asked you to come, you could drop by. What's the problem?"

"Invitations like that bothers me. It's only curiosity. You know what I mean, what those kinds of people are like," Doil said with a tired look.

"Wow! This is a really nice room."

It was notan exaggeration. It was a big clean room. The desk and the bookcases were all well-made and the bookshelves on one side of the wall were filled with Eastern and Western classics and modern literature, including many novels and poetry collections. I was embarrassed, thinking he must have laughed at my meager collection of books when he was in my room. There was also a stereo system next to his desk. But it was the large wardrobe that impressed me the most. I constantly moved from one rented room to another and never had a wardrobe, but he had a large one. I imagined that there would be various kinds of clothes for all four seasons.

"I'm jealous of you," I said.

"I knew you would be like that. Thanks to my parents I can

have all these things. They try to get me whatever I need. I have something to tell you. Did you know that you're the first person who's ever been in my room besides my parents?" Doil smiled, as if his words amused him.

"Oh, really? I feel honored, but I should have brought something for you. I hope that's OK."

"It's enough that you become my friend."

My eyes moved toward a framed picture on the desk. It was an old picture of three people. Since he kept it on the desk, I thought it must be important. Doil was standing in the middle of the Kim couple. He looked about five years old, and the couple looked ten years younger. He was in a neat suit and even wearing a bow tie. His pretty face was doll-like.

"How old were you?"

"I was six. It was the day I entered kindergarten."

Mr. Kim became Doil's father earlier than I had guessed. Studying the picture, it crossed my mind again that either Mr. or Mrs. Kim might be his real parent. Their affectionate expressions made me think that. They looked natural and unforced. I took my eyes off the picture and sat on the floor again, and then Doil shot me a question: "Why don't you ask me questions? Where I lived before I went to kindergarten? Is he your real father? Is she your real mother? Aren't you curious?"

"Do you want me to ask?"

"I don't really care."

Staring at his face, I started talking again. "I don't think you're different. You're just like me. If that weren't true, we couldn't be friends. You want to be my friend, don't you?"

"Of course, but people think I am a mannequin, a person

without any thoughts or feelings. I try to ignore them, but when I feel them staring; I get frustrated."

"They are wrong, so don't pay attention to them. There are tens of thousands of different races on Earth. They all look different. Even people of the same race have different characteristics and appearances. For example, most of the people in Guatemala and the Philippines are mixed. I can't even prove that I am not mixed. Nobody can say that his ancestors had never been mixed hundreds or even thousands of years ago. So it's not a problem at all. It is just that you're a small minority here. But you and I are just both human beings on the same planet."

"I wish it were that simple. But I agree with you."

"That's good. Because it's true."

"Since you are my real friend, I feellike I can talk about myself. I have never been ashamed of my past, but some people make me feel ashamed. I heard the truth from my father not long ago. Before that, I thought my parents were my real parents. When I got into high school, my father told me the truth. They adopted me from an orphanage when I was four years old. I don't know anything about my real parents. I was told that my father is a white American and my mother is Korean. I don't know why they gave me up or if they're still alive. It's possible that both of them are dead. My father worked as a laundry man in a USmilitary camp. I think he adopted me because he couldn't have his own kids."

"But your father loves you very much, doesn't he? Your mother does too, right?"

"That's true, but sometimes I wonder whether they might not, and then all of a sudden I am startled. It's the most difficult

time. I mean when I wake up from the illusion. I have great respect for my father. He has never treated me badly. He's like a perfect father. Not many fathers are as nice as mine, but...."

"What is it?"

"Ah, if I start talking about it, people will call me names like ungrateful bastard. I'd better not go into it."

"What? But if you don't want to talk, you don't have to."

"It's nothing. You already know everything about my past."

Doil jumped to his feet and picked up his guitar and started playing, as if he wanted to escape from an idea that haunted him.

After this first visit, I went often, and there were even days I spent more time in his room than in my own. Doil often came to my room too, but I visited him much more often than he did me. We would go to the Green House and have ice cream and noodle soup, but not that often. We tried to avoid the busy hours, going there only at night or on Sunday mornings, but sometimes we sat there when it got crowded with customers. It made me tense, but it didn't seem to bother him at all—he continued to tell me funny stories. He was such a talented storyteller that I often laughed out loud at his jokes.

"I feel safe when I am with you. If I were alone, I wouldn't have dared to speak as loudly as I did,"Doil said when we were outside. I couldn't tell whether he said this out of courtesy or sincerely. I couldn't read his mind. It seemed that he was still hiding many secrets from me, but I don't mean that he tried to fool me. He was honest and he didn't lie. He didn't exaggerate or talk nonsense, but every morning when I saw him, there was something strange about him. I thought perhaps his skin color might have something to do with this feeling, but it wasn't that.

There was another reason. Though we saw each other almost every day, we practically lived together in a way, our conversation was always limited to certain topics. He was good at telling jokes and liked to talk about funny things that happened at school, the books he read or the movies he watched, but he always shied away from talking about himself. It took me a while to realize this, because whenever the conversation came around to him, he always skillfully led it in a different direction so that I didn't figure out what he was doing.

Doil told me he wanted to study business management or economics in college and pursue a career in the finance industry. He also wanted to learn how to play tennis, and he had already bought a tennis racquet. That was all he said about his future plans or ambitions. It would have been normal for a kid his age to take an interest in the opposite sex or perhaps get involved with some religion. In a normal household, a kid his age might have had a disagreement with his parents or brothers. He might have been asking questions like "Is absolute love possible?" or "Can you only find god by going to church?" But Doil never talked about girls nor did he seem to have any religious or family problems. It didn't seem natural to me, a kid without any problems at all? Is he always happy? I asked myself these questions.

Then, it surprised both of us when a girl showed up. We were eating ice cream, when a group of high school boys and a girl came into the cafe and sat down. They started talking in loud voices. Since they were some distance away, we would have stayed longer even though they were so boisterous. But they continued to talk loudly as if they wanted to attract attention.

"What's this? Do I have to do everything for you guys?"

"Man, can't you behave yourself in front of a girl? Please don't embarrass us."

Then, I could hear the girl's loud laughter reverberating through the cafe. It drew my attention to her and when I looked, I felt a flush of excitement—she had brown eyes and hair and white skin. She was an Amerasian girl. I thought she was attractive but her behavior was somewhat careless. I felt both compassion and displeasure at the same time. A beautiful girl should be in a better kind of place and behave herself.

Since Doil sat with his back towards them, he couldn't see them, but their loud voices and the girl's sharp laughter finally made him turn and glance at them. He blushed and quickly turned back to me, as if he hadn't seen them, but he couldn't hide his red face. I also noticed he was tense.

"Do you know them?" I asked him casually.

"No, I don't know them." He answered bluntly, with a grim face, his lips pursed tight. "Let's go," I said, and he got to his feet as if he had been waiting for my words and quickly walked out. The girl was staring at Doil. I noticed her wince. We walked towards our house. Doil was quiet.

"People call her kind a mannequin. Stupid girl. She thinks she's a princess because guys chase after her out of curiosity."He was angry and clicked his tongue a couple of times.

Before we got very far, I heard someone running after us and shouting, "Hey, please stop." We turned and there was the girl. Now she looked serious, different from the laughing face she had in the cafe. Doil stared at her, his face red hot with anger.

"Aren't you ashamed of yourself? Why do you stop people on

the streets?"

I had never heard him talk like that before. It was a lie that he didn't know the girl. It was probably the first time he had ever lied to me. The girl stood before us. The tension in her face quickly disappeared, and a friendly look appeared.

"Did you get my letter? My last three letters?" she blurted.

"I never received any letter. I told my father to throw away any mail he thinks I don't need to read, so don't waste your time anymore."

"Then, your father has those letters? Shit! What am I going to do?"

She glanced up at me, stamping her feet on the ground. It seemed that she wanted to be alone with him. So I told Doil that I wasgoing to go home alone and left them. I pitied her asking whether or not Doil had received her letters. I wondered what she had written. She looked totally different from the frivolous, exuberant girl in the cafe a few moments ago. I wondered what caused such a sudden change in her.

Doil was back home sooner than I expected. Perhaps he had run away after calling her names. His face was still full of anger.

"Why were you so mean to her? She seems to like you."

Doil gave me a fiery sidelong scowl.

"She flirts with guys, and when she realizes that she's all alone, she comes to me. It's different from liking me. I feel goose bumps whenever she's near."

"She's pretty. She's a beautiful girl."

"She's a fool. It would have been better for her if she were ugly."

"Where did you meet her?"

"I went to Yangyonhoe and met her there. It was a long time ago. I never see her alone and don't intend to. She may move to America if things go well. Her American sponsors invited her."

"Is Yangyonhoe a place to match Amerasian kids with American parents?"

"Yes, but I haven't been there recently."

It seemed he was reluctant to talk about Yangyonhoe. So I didn't ask any more questions but I wondered whether he had ever met his own prospective American parents. Doil would have changed the subject if I had asked this question. I was perplexed and disappointed when he mentioned Yangyonhoe. Noticing my disappointment, he said he hadn't been there recently, and even if it was true, I couldn't ignore the fact that he hadn't been honest with me. Yangyonhoe is an adoption agency for abandoned Amerasian kids. I couldn't imagine he had ever been to a place like that, considering the way he had been acting until that time. His father got him whatever he wanted. He said that looking back on his childhood, his father never mistreated him. Then, was there a reason he had to look for another. He had great respect for his father. Doil was constantly saying that his father was warm-hearted, perfect. He boasted that he lived in a happy home. I liked him for appreciating his father's love and looking at the world positively. Then, I asked myself, why did he go to Yangyonhoe?

There was another reason I could say he had been lying to me. Doil had always hated America, but he never openly expressed this hatred. He rarely did anything so foolish. He could control his emotions well for his age, but he often tried to show that he didn't care about America and that he didn't pin his

hopes there. He had contempt for anyone who said that they wanted to go to America, and whenever we ran into an American man on the streets, Doil glanced at him once and never looked again. At those moments he took a grave and even hostile expression, as if the American and he were predestined to be strangers who could never walk together or sit together in a room, even for a moment.

Doil was good at English. As far as I could tell, his pronunciation was very good, and he had a rich vocabulary. He once told me that he made the best grade in English among all his subjects, but I never heard him speak any English, even jokingly, in front of other people.

"Are you planning to study in the U.S. after college?" I once asked Doil, considering his excellent English. Doil laughed at that question.

"Do I look crazy to you? If I had that much money, I could study here with the books I need. Then why would I have to go to America?"

"But doesn't everybody want to go to America?"

"I don't. I am not interested, but I don't have a problem with people who want to go."

He said that he could study whatever he wanted to study here, but to do that, he added, he must study English very hard. Even though his logic was not completely contradictory, I had reason to believe that it was a little unrealistic. He seemed determined to avoid America in every possibleway. It was as if he had made up his mind to never in his lifetime set foot in the U.S.For this reason, I was surprised to hear that he had been to Yangyonhoe, though it was a long time ago.

Doil was busy with his schoolwork during the winter. Even after school, he went to study in a private after-school program, and there were days I didn't see him at home all day. But even when he was not at home, sometimes I would go to his room and listen to the radio or play his records on his stereo. He had given me permission. One day I was so bored sitting in my dark room that I went to his room to listen to the radio. The room was kept clean by the housemaid. I turned on the radio and then started going over the titles of the books on the bookshelf one by one. I stopped at "The Discovery of Life." It was an essay collection by Im Uh Dang. When I pulled it out, a picture fell on the floor. I picked it up with curiosity. It was an old black and white photograph of a boy and a girl who looked about five years old, standing next to each other, hand in hand. They stared into space, with grimaces on their haggard faces. Behind them was a plaque over the gate that bore the inscription, "Chonheywon," and it looked like an entrance to an orphanage. They were both wearing shabby clothes, but the girl's appearance made me feel sadder than the boy's. They were holding each other's hands, as if they were inseparable siblings. I was deeply moved. I knew the boy in the picture at once. It was Doil who was staring into the air, with a sad expression on his gaunt face; but who would believe that the small kid with the miserable grimace was Doil? It was such a dramatic change. And who is this girl? She looked familiar. I studied her face carefully. She reminded me of the pretty girl Ihad seen at the Green House. Was her name Soonyoung? I thought the picture was probably taken before Doil left the orphanage with the Kims. They might have taken it to commemorate their separation. Doil must have lied to me when

he said he had met her only at Yangyonhoe.

Not long after Doil left, Soonyoung also leaves the orphanage with someone else. From that day on, she tries to locate Doil. She feels like Doil is her sweetheart and older brother and only family member, though it is unlikely that they are related by blood. Soonyoung doesn't have any family she can feel very close to. So she tries to get closer to Doil. In fact their faces bear many resemblances.

But Doil can't accept her. He thinks he is far away from the world he shared with her at the orphanage. He thinks he is not an Amerasian kid anymore, at least in his mind. How hard did he push himself to get out of that world? If I get close to Soonyoung again, it means that I will have to go back to that world, the world of typical Amerasian kids.

This was a story line I imagined for myself about the relationship between Soonyoung and Doil. It might be true or it might not, but I found myself convinced it was, at least until Doil himself told me something different.

I didn't ask Doil about the picture. I just wished that there would come a day when Doil would treat the poor girl with more kindness. Because the picture helped me understand her, but I thought it was unlikely that he would change. Doil would never budge an inch from what he believed was right. He was cool-headed, but he once lost his composure and flew into such a rage that I was scared, looking at his face red-hot like fire. That day I went to his room, knowing that he was back from school. Since it was a Saturday afternoon, I thought he would have some free time, but he was not in his room. His father had called him to his room. I stepped inside and waited for him, and then I saw

an unfinished letter on his desk. It was written in English. The ink was not even dry because he had left the room just moments earlier. "Dear father and mother," the letter started, and continued: "How are you? I am fine here in Korea with your help. I study hard every day. I would like to know whether or not my sister Mary also studies well. Thanks for the money and the pictures you sent recently...." I was just reading this when Doil came up behind me and shouted, "What the fuck are you reading?"

I was taken aback and moved away from the desk. Doil flushed and looked back and forth between the letter and my face. I wanted to run away.

"I am sorry. I didn't know...," I said.

"Shut up. You've been acting like an educated person. How dare you read a letter that's not yours?"

He flopped in the chair, his back towards me, and was silent for a while. It seemed that his pride was hurt. It took a long time before he suddenly turned and thrust out his letter.

"Here. Read it. You already know what it's about, but you might want to read it to the end." His face was still stern.

"What is it? Is there such a big secret in this letter?"

"It's nothing. There is no secret. Damn! Whenever I write, "My dear father and mother,"I feel like throwing up. Dear father and mother? Shit! How many fathers and mothers do I have? The problem is that any adult on earth could be my father because I am an orphan."

"Why do you say such strange things? It's not like you. What's the big deal? Just don't write them."

"Stop writing? This letter makes us three hundred dollars a

month, money I can give my parents. If I stop writing, who's going to support me for my food and education?

"Of course, your father will...."

"I am writing this because my father asked me to. Why else would I write a letter to Americans I never saw in my life, calling them my dear father and mother? I am supposed to take this letter to Yangyonhoe, but I couldn't finish it. My father was just scolding me about it."

"I am sorry I came here. I'll go away so that you can finish the letter."

"No, don't leave. Today I don't want to write. I don't care if they kick me out of this house, it's OK. I am sorry that I have lied to you from the beginning. I'm a bastard."

He got up from his chair and crouched on the floor, leaning against the wall. He buried his face between his knees and started sobbing, his body convulsing with great heaves.The solid castle of happiness he had built seemed to crumble down in a moment. The dazzling stereo system, the large closet, the tennis racquet hanging on the wall, they all looked like stage decorations. But there was one consolation: the moment I saw the tears in his eyes, I realized we had become real friends without any secrets between us.

The Three-story House

The Three-story House

Song Yong Stories

Although she had just hit her thirties, Mrs. Oh, the owner of the boarding house, already looked like a chubby middle-aged woman. She was an ill-mannered, arrogant woman who spoke rudely to everyone in the house except her visitors. She must have been born with a bad temper, but there was another reason for her nasty attitude: she had a brother in the U.S. who had made a fortune as an architect. He had invited their elderly parents to America, and they were now on an expensive group tour across the States. So it was understandable that she squared her shoulders in front of her poor boarders.

Mrs. Oh frequently called her brother and talked on the phone as long as she wanted, not showing any concern for the high cost of the international calls. She would ask about her brother's well being, discuss the weather where he lived, or talk about her newly-hired housemaid and other gossipy things. During the phone calls, she would raise her voice so much that it reverberated through the house and sounded as if she were arguing about something, which was one of her showoff antics for

the poor boarders in the house.

Like I said, Mrs. Oh talked rudely, but I was astonished when I heard her calling a boarder a jerk or bastard. It happened four days after I had moved into the three-story house in Daehyon District, and before I had gotten used to the owner's mannerisms.

That day I had returned from work, and was on my way to my room on the third floor when Mrs. Oh called up to me, saying, "Hey, Mr. Chang." I turned, and she asked, "Have you ever had a conversation with that jerk?"

"What jerk? Who're you talking about?" I asked, looking at her chubby face full of anger. She stood there with her hands on her hips like a woman warrior.

"Don't you know the Yankee living next to you?"

I realized who 'the jerk' was. The night beforeI had met him for the first time while going up the stairs to the third floor, but we didn't even say hello to each other, let alone exchange any words. I didn't even know that he was my neighbor until I saw him the night before. I knew nothing about him.

When I had passed him on the stairs, he glanced at me with an awkward smile. I didn't know that was his way of greeting a stranger. Although he was smiling, he couldn't hide his discomfort behind the gold rimmed glasses he was wearing, and I too felt a strange distance between us. But it was not entirely because he was a foreigner who was not good-looking and very short for a white man.

After observing Mrs. Oh's way of naming him and her expression, I couldn't avoid thinking that he must have done something wrong in the house, and when I told her that I had seen him only once, a cloud of disappointment came across her

angry face, her eyes blinking.

"Mr. Chang, do you have any idea what the hell he does for a living?" Mrs. Oh asked again.

"You still don't know his occupation, ma'am?"

"How can I know when he doesn't want to talk to me? He must be some kind of a foreign spy or government informant."

I was surprised at Mrs. Oh's speculation.

"Why don't you ask him if you really want to know what he does?" I asked her in a sarcastic tone.

She said that she had asked him when he first moved in, but all she had got from him was his name, Wilson. After that, he started shaking his head, saying no to every question. I thought that his ambiguous attitude might have made her even more suspicious of him.

Mrs. Oh hadn't given up. She had asked Ko, a resident in a second-floor room, to go ask Wilson about his occupation. Ko, the only man in the three-story house who wasn't over thirty years old, worked for a soap manufacturer. He was a man full of energy who had served in the Vietnam War as a lieutenant and had just gotten his current job after his discharge from the Army. So the courageous Ko knocked on Wilson's door to satisfy Mrs. Oh's curiosity, but he too failed to find out about Wilson's job. Ko went to the third floor after showing off his courage to Mrs. Oh and the other residents only to return empty handed, not even having taken a step inside Wilson's room. When he knocked on the door, there was no response for almost a minute. Then the door opened, and Wilson stuck his face out.

"What do you want?" Wilson asked in fluent Korean.

Ko blushed at Wilson's question but Ko, a man of courage,

quickly remembered why he had come up to the third floor and asked, "What do you do?" as he used to ask his subordinates in the Army.

"That's none of your business," Wilson said brusquely. For a moment he stared at Ko coldly, and then shut the door.

Mrs. Oh had just told me what happened the other day and had asked me to do the same: "Go ask him again what he does for a living? You're his neighbor, so he might want to talk to you."

Later in the day, after dinner, the residents of the three- story house had gathered together, a sort of a tradition in the house. No food was served to a resident who couldn't make it to dinner on time, and this kind of a house rule reflected Mrs. Oh's usual bossy attitude toward her boarders.

Mrs. Oh, her husband, Kim, and most of the residents were sitting on the wooden floor, having a chat. Kim, a clerk at the courthouse, was a mild-mannered man who enjoyed chatting. He didn't command any authority as head of the house. The residents had been expressing their opinions on the military government's closure of universities, but soon the topic of their conversation changed to Wilson.

"Has he come home?" Ko, who worked for a soap company, asked, giving Mrs. Oh a wink.

"He's the last person to come home every night," Mrs. Oh said sarcastically.

"Though I don't know what he does, it seems to me that he walks around all day. He always comes home, covered in sweat."

"Ah, now I can tell what he does," M. K. Kim, a tailor,

stepped in. The 37-year old single man often looked foolishly naïve for some reason. It might have had something to do with the fact that he only worked for female customers. "If he comes home all sweaty, he must be a...."

"What?" Mrs. Oh asked quickly, her face getting red.

"I think it's called Mormon, a strange denomination. I saw the missionaries walking around on the streets, grabbing anybody and preaching. He must be a Mormon missionary."

"Yeah, I thought he must be someone like that," Ko agreed. "I once passed his room on the third floor when the door was open. I saw Wilson sitting at his desk with a Bible. He must have been reading it."

Ko's comment reminded me that I had often heard Wilson singing gospel songs in his room around midnight. His repertoire included well-known gospel songs like "Jesus Is My Mighty Fortress" and "The Glory of Zion." He sang in Korean, in a low voice, but at night it sounded strange, like a wolf's howling in the distant mountains.

"I once heard him singing gospel songs in his room," I said, but I didn't want to give the other people thewrong impression that I was agreeing with M. K. Kim on Wilson being a missionary. I thought any Christians could read their Bible and sing gospel songs in their rooms.

"I don't think so. Missionaries don't live in a temporary boarding house. Wherever they go, they receive financial and other support from their church,"law clerk Kim, usually a quiet man, stepped into the conversation, contradicting the tailor.

"I think that's true," Ko sided with law clerk Kim.

M. K. Kim's idea was quickly thrown away, and I too thought

that law clerk Kim's comment made more sense. I always imagined a Western missionary driving an expensive car and living in a nice house in an exclusive area that natives weren't allowed to enter.

"He's very poor. He could pay only half his rent," Mrs. Oh blurted out.

Mrs. Oh said that when he had first come to the three-story house to take a look at the room, Wilson said that he wouldn't have a meal plan which was included in the rent, and then tried to lower the rent. Wilson always ate out, frequenting a cheap Korean food court rather than a nice restaurant nearby that served American food.

"He doesn't look like he has any money," Mrs. Oh's husband chimed in.

"He must be a beggar in his home country," Mrs. Oh said with a look of contempt.

She was displeased at Wilson being poor,but other residents were surprised to hear about it. They had never seen an American who had dinner at a cheap food court and begged his landlord to lower the rent. Soon they were displeased too, but for a different reason. They were sure that the American must have been deceiving them by pretending to be poor.

"Maybe, he's a soldier. GIs are well paid, but if they live off-base, they can't afford a comfortable life." M. K. Kim expressed his opinion again.

"A GI? Have you ever seen him in a uniform? And not every GI's allowed to live off base," Ko said.

"But haven't you seen any civilian staff working for the U.S. Army?"

"Mr. Kim, civilian staff in the U.S. Army make a lot more money than GIs and almost the same as a white collar worker in the States. So they don't have to be poor boarders."

As the discussion got heated, people became more anxious to find out Wilson's occupation, and I even began to wonder what Wilson did if he were neither a missionary nor a GI. It was hard to imagine him as a diplomat or an employee for an American company. All the other people could come up with was a missionary and a GI. They had tried to see if Wilson fit the type of a missionary or a GI but they had come to the conclusion that he didn't.

Then, all of a sudden, the object of their conversation, the short white man, showed up at the entrance. As usual Wilson was wet with sweat, as if he had just come home after jogging for hours. He took out his handkerchief and wiped the sweat off his forehead. All eyes were on him, and Wilson looked perplexed. He tried to ignore their stares and go up the stairs to his room on the third floor.

"Wilson!" law clerk Kim called him up in a low voice.

Wilson turned and stood frozen at the stairs as if he were transfixed by the gaze of other people. On his gaunt face only his watchful eyes scanned the living room.

"Did you have dinner?" law clerk Kim asked.

"Yes, I did."

"What did you have?" Ko asked him an out-of-the ordinary question.

"*Chajangmyun* (noodles with soy beans)."

Wilson gave a straight answer, and his straightforward childlike manner and some other strange reason made all the

residents burst into loud laughter.

"Wilson, come here and have a seat. All these people here are a family of this house," law clerk Kim said, pointing at a spot next to him on the wooden floor.

Wilson left his heavy-looking bag on one step of the stairs, and came to sit next to law clerk Kim.

"Mr. Chang, ask him again. You're his neighbor, so he'll answer your question," Mrs. Oh said impatiently, in a low voice, tapping me on the shoulder.

I felt uncomfortable with her request. Although I was Wilson's neighbor, I had never had a chance to talk to him. I wondered if Wilson was even aware that I was his neighbor because I had never run into him in the corridor onthe third floor. He left the house early in the morning and returned home late at night. I thought that even if I asked the same question, he wouldn't react differently. I hesitated for a while and then made an excuse to leave the scene. I told them that I had to look for something urgently in my room.

Since I avoided the uncomfortable situation, I always felt I owed something to Mrs. Oh. I was the one who was supposed to find out Wilson's occupation. Now that she had already made that request, it was as if I had been given a mission. There was no one in the house who could turn down Mrs. Oh's request. I became a little antsy, wondering how I could satisfy the arrogant landlady's curiosity. There was no easy way to find out Wilson's occupation when the foreigner wouldn't tell us.

But an unexpected opportunity arrived. To my surprise, Wilson knocked on my door. It was close to midnight when he knocked three times very cautiously. It sounded quite different

from the way law clerk Kim and Ko had knocked on my door when they came to see me, but I never imagined that it would be Wilson. I was already in bed, reading my newspaper. I got up and opened the door. Wilson was standing with a notebook in his hand, making an apologetic face after seeing me in my underwear.

"I'm sorry to disturb you. I'm really sorry," Wilson said in fluent Korean.

I invited him in the room and motioned for him to sit on the chair. As soon as he sat down, he told me the purpose of his visit. He opened his notebook on the desk and pointed at the two sentences on it with his finger: "You will do that" and "Thou should do that."

"Which one is right?"

His question was about the correct use of the Korean honorific system. He had been studying Korean in his room and had run into this difficult problem. I kindly explained to him when to use honorific words according to the change of each subject, giving several examples. Wilson listened carefully. As soon as my explanation had ended, he slowly raised himself from the chair as if he had heard what he wanted to know. Then he looked me in the face as if telling me that he didn't want to stay in my room any longer without a reason to do so. At that moment I realized that I should not lose this opportunity to ask him a question of my own, saying to myself, "If I lose this opportunity, I might never have another one again." I put my hand on his shoulder and slowly pressed him down onto the chair.

"Do you study Korean?" I asked.

Wilson stared at me with a puzzled look, and when I smiled,

he nodded.

"What are you studying Korean for?"

I asked him quickly again, giving him no time to wiggle out of my question, and as I expected, this foreigner, who always kept his guard up, started talking about himself.

"You can't be a good ESL teacher if you don't understand Korean," he said.

"You teach ESL?"

"No, I don't work now. If you don't speak Korean, it's hard to get a well-paying job," he said, with a tired look. He had a gaunt face with pronounced cheekbones and rigid skin. He didn't like the Korean meals that Mrs. Oh prepared for dinner, and it looked as though Wilson, who was always strapped for cash, didn't have good meals outside the home.

"Your Korean is excellent, and I've even seen Americans who don't speak even one word of Korean teach ESL without any problem."

Wilson looked as if he didn't believe what I had just said.

"No, no. That's wrong," he said, shaking his head.

I thought this foreigner must be a stubborn idiot and asked, "What do you do all day?"

"I study Korean. I go to the Korean language program at Yonsei University and after that, I study the Korean Bible with my brothers and sisters at my church."

I realized I didn't have to ask him any more questions. I had just learned what all the residents in the three story house had wanted to know, and I was delighted to complete Mrs. Oh's request.

The next morning I went to her room to tell her. All the

residents in the three story house were surprised and couldn't hide their disappointment when they learned that Wilson was unemployed. They had never heard of an unemployed American. They couldn't imagine it. They had never seen a Westerner drifting in this foreign land without a purpose.

"He looked like a beggar. I was right. I've never seen an unemployed Yankee," she said in a contemptuous voice, her face twitching.

I didn't know why she was upset with Wilson. If she could get his monthly rent on time, there should be no problem. Although it seemed that he didn't have any unpaid rent, Mrs. Oh had often called Wilson names and made fun of him, talking about his small stature and his homely appearance.

Mrs. Oh was not the only person who looked down on Wilson. Law clerk Kim, Mrs. Oh's husband, also started calling Wilson names. Ko, who worked for a soap company, burst into loud laughter whenever he heard Wilson's name during a conversation, and I couldn't understand what was so funny about Wilson. Since he learned about Wilson's unemployment, Ko's attitude towards him had completely changed, treating Wilson rudely as if he were one of his subordinates in the Army, and Wilson always frowned at this.

One night, after seeing Wilson coming home late when he and Mrs. Oh were having a chat in the living room, Ko stood up and walked towards him.

"What did you eat for dinner?" Ko asked, getting into Wilson's face.

Wilson noticed Ko's rude tone, and his face became purple with anger. He glared at Ko without answering the question.

"What're you looking at, *choda* (retard)?" Ko said and laughed loudly.

"What did you say? *Choda*? What's *choda*? Mr. Ko, tell me that right now," Wilson screamed in Korean. He became so angry that it seemed he would explode. Everyone and even Ko were dumbfounded for a while.

"Mr. Ko, explain to me what *choda* means." Wilson broke the silence.

Intimidated by Wilson's outburst, Ko remained silent. Wilson stood there, breathing hard and waiting for an explanation. Then he took off his shoes and silently went up to his room on the third floor. After he was gone, residents started laughing loudly at his behavior.

That night Wilson started packing. When I learned that he had decided to leave the three-story house, I felt guilty for what I had done, but there was no way I could stop him from moving out. Even if I went to his room and tried to persuade him to change his mind, I knew it wouldn't be the best option for him staying here in this three-story house.

A Season

A Season

Song Yong Stories

The class was over, and students swarmed out of the classroom into the corridor. They were freshmen in junior high school, so they were loud during the break, running around like horses released into the wild. When the classroom was almost empty, Kiyo picked up his box of chalks and stepped down from the podium. After all his talking and writing on the chalkboard during the class, he felt his throat was dry, his right arm sore, but he thought the pains would go away after drinking a cup of barley tea and smoking a cigarette in the main office. Then he remembered he had another freshman class to teach where he'd have to speak more and louder again.

Kiyo, who had to teach two classes in a row, felt the five-minute break was too short. He quickly went back to the main office and drank a cup of barley tea, then returned to his desk. Instead of preparing for the next class, he took out a pack of cigarettes and a matchbox from the drawer; he thought he could prepare teaching materials while smoking as he always did. He was about to strike a match against the side of the matchbox to

light the cigarette dangling from his mouth, when two men walked into the office. The first one looked to be in his mid-thirties, the other one in his mid-twenties. With the match in hand, Kiyo looked at the two men, and then his eyes met the older man's. He stared at Kiyo somewhat rudely, with a grim expression on his face, but Kiyo hardly minded it and stared back. Several strangers, mostly students' parents with diverse backgrounds, showed up in the main office almost every day. So teachers got used to seeing strangers in the office.

The man stopped in front of the desk, still staring down at Kiyo, and asked "Are you Kiyo Kim?" as if he were looking for his kid's teacher.

"Yes, sir," Kiyo said, taking his cigarette out of his mouth and putting it down on the desk. He quickly stood up from his chair, leaning forward, and asked politely, "May I ask you whose parent you are?"

The man ignored Kiyo's question and asked again, "Are you Kiyo Kim?"

"Yes, I am...."

"Can you step out of the office?" he quickly asked, pointing outside. Kiyo followed him outside, thinking about several eccentric parents he had met before. Some of them had treated him as their employee, some looked at him unpleasantly, as if he were a tax collector. They walked out into the corridor crowded with noisy kids, and just stood there for a while. Then the older-looking man turned and asked Kiyo, "Is there a quiet room around here?"

"The principal's office," Kiyo said.

"Good. We'll also need to talk to him later," the man said,

looking at Kiyo, waiting for him to lead them to the principal's office. Kiyo wondered why the man was looking for a quiet room, but he didn't ask. When they arrived, the principal was out of the office. Kiyo motioned for them to sit down on the couch.

"We're fine..." the older looking man said, waving his hand, and then he reached into his pocket and took out a small badge holder. He held it up under Kiyo's nose, saying, "We're from here."

Kiyo suddenly felt dizzy. Although he glanced at the badge, he wasn't sure what kind of a badge it was. The other younger-looking man, standing behind his superior, observed Kiyo's perplexed face.

"Do you know where we're from?" the older-looking man asked, sliding his badge back into his pocket.

Kiyo nodded even though he didn't know, and just stood there for a moment, looking out the window. The hot, early summer afternoon sun was glaring down over a small flowerbed outside the office. He thought that the young flower trees grew fastest at this time of the year; it was the time of the year when everyone felt full of life. It was quiet outside in the corridor; the classes must have already started, although he hadn't heard the bell sounds. He turned, thinking that he must hurry to his class but realized he couldn't; he just stood there, motionless.

"Mr. Kim, where are you?"

Through the wall Kiyo heard the office assistant call his name in the Bursar's Office and say to himself loudly, "Where's he gone? The class should have already started!"

"I'll go out and tell him...," Kiyo said to the older-looking man and was about to take a step forward, when the young man stood in Kiyo's way; he was tense, glaring at Kiyo with fierce eyes,

and said rudely, "From now on, you can't move without our permission."

"But, don't you think I have to let them send someone else to teach my class?" Kiyo said to the older-looking man, smiling awkwardly, but the man ignored Kiyo; he turned to his partner and said, "I think we have to let them know before we leave."

"But the principal is not here; we don't know how much longer we have to wait. Sergeant, let's go... Wait, probably that's not a good idea; it'd be better to see the principal before we leave to avoid any problems later... Where did he go?"the master sergeant asked, looking at Kiyo.

"I don't know, but if you're in a hurry, you can tell someone in the Bursar's Office."

"I'll go to the Bursar's Office, you stay here," the master sergeant said to the young man and then went to the adjacent room. Kiyo and the young man waited, standing silently for a couple of minutes until the master sergeant returned with a clerk from the Bursar's Office.

"Where are these men taking you and why, Mr. Kim?" the clerk asked Kiyo, showing displeasure at the situation.

"He hasn't said anything?" Kiyo asked, rolling his eyes at the master sergeant.

"He just said that you need to go with them."

"Teacher, briefly explain to him,"the master sergeant said gruffly, but Kiyo just stared at the clerk, speechless and expressionless, sweat beading on his forehead. He didn't want to lie but it was hard to explain the situation to the old clerk who had no idea what was going on now. "I'll talk to you later when I come back," Kiyo barely managed to finish his sentence, and it

seemed that the smart clerk had quickly read Kiyo's mind. He said, "Go take care of your problem. I'll talk to the principal later," and returned to the Bursar's Office in a hurry.

"Sergeant, let's go,"the young man said, quickly retrieving his handcuffs from his pants pocket. Kiyo looked at the handcuffs flashing in the sunlight coming through the window, and he stuttered, "Please let me get out of here without handcuffs; I won't run away." The master sergeant, narrowing his fierce eyes at Kiyo, said, "What makes you think we'd allow that? You've evaded us for five years. Do you think we're fools?" Then he scoffed loudly and rolled his eyes to tell his partner to handcuff Kiyo.

"You have to thank us for not roughing you up. We're treating you real nice right now," the young man said, holding out his handcuffs.

Kiyo felt his face getting hot at the sight of the handcuffs, and then he almost begged, "How'd I look in front of my students? Please wait until we get off campus."

"Well, now you worry about your students looking at you getting handcuffed! Are you saying that as a teacher you have a reputation to maintain?" the master sergeant said sarcastically, noticing Kiyo getting embarrassed.

"We have no hard feelings against you. We treat everybody the same, so we can't let you do whatever you want to do," the young man said, raising his handcuffs.

"I'll never run away. I've been waiting for this for a long time. Even though I've been wanted for five years, I never tried to run away from the police; it's just that you guys couldn't find me," Kiyo said in a low voice after calming down a little.

"All right, we'll make an exception this time. We won't handcuff you until we're out of the school, but don't you try anything stupid," the master sergeant said.

When they walked out of the principal's office, there was nobody in the corridor. They walked down the long corridor and out of the entrance hall. Then as they descended the entrance stairs, one of the staff members responsible for class scheduling came out, breathing hard.

"Mr. Kim, will you be able to teach the other afternoon classes? If you can come back soon, it shouldn't be a problem, but if not, we'll have to find someone else to teach those classes."

"I doubt I can teach any more classes today," Kiyo said, smiling at the teacher.

"I'm sorry that you have unexpected visitors today. Will you be able to be back in an hour? Or do you think it'll take longer than that?" the teacher asked again, peering at the two men through his thick lenses.

"I'll try to be back as soon as possible. Thanks for your help," Kiyo said quickly.

Once past the school gate, Kiyo was able to collect himself. He walked with the master sergeant and the young man at his sides. They tried to keep pace with Kiyo, not even allowing themselves to fall a step behind him.

"Do you want to take the bus, sergeant?" the young man asked.

"Hold on. I'll have to cuff him first," the master sergeant said, looking around, trying to find a place where they could handcuff him without drawing attention from pedestrians on the crowded streets. "I hope there's a police station nearby. Have you ever

noticed one here in this neighborhood?"

"There's one approximately two hundred meters from here," Kiyo said, pointing his chin down the road.

"Let's go, then," the master sergeant started walking again. The two men walked close by Kiyo's sides, watching him carefully.

"Where have you been hiding all these years?" the master sergeant asked in a soft voice.

"I never tried to hide, you guys just couldn't find me."

"Aa-ha, you don't look like a man with a lot of nerve. So, did you think we'd never find you even if you walked around on the streets, your chin up, your chest out? Hey, man, do you know we have been looking for you for the last five years?"

Kiyo walked silently for a while, and then said in a low voice, "Those five years of my life were a hard time for me too, and I knew the end was coming. I feel betternow that it has ended."

"Why did you go AWOL? You were an officer. Did you get tired of the army? If you didn't like it, you could have found the right way to get out of it."

"I was in a situation where I couldn't do anything else. If I had tired of the army, I might have followed the right procedure to leave the army, but the reason I went AWOL...well, it's a long story."

"Well, you don't have to explain to us, you can do it later in front of a prosecutor. Our job is just to bring you to the court."

They stopped at the police station, and the master sergeant went inside by himself. An officer at the desk next to the entrance stopped writing on the pad and raised his head, staring at the master sergeant, who quickly withdrew his badge holder from his pocket, flashing it at the police officer, and then had a few words

with him. When the officer nodded, the master sergeant turned and motioned for the young man to come in. The man grabbed Kiyo by the arm and pushed him inside. The officer, who had been alone in the station, looked at them silently and indifferently. Kiyo held his hands out but the young man said he needed only one hand. The young man pulled his handcuffs out of his back pocket and cuffed both his own right arm and Kiyo's left, when Kiyo saw white chalk residue on his fingers. He realized that he hadn't had time to wash his hands.

"You can't hide the fact that you're a teacher," the master sergeant said, looking at the chalk stains. The young man glanced at Kiyo's hand and then up at his face; he was about to say something but kept his mouth shut. They came out of the station and started walking slowly on the sidewalk. The master sergeant walked a few steps ahead of his partner and Kiyo, who walked side by side with their hands cuffed together. The young man walked close to Kiyo to hide the handcuffs between them; he didn't want to draw any attention from pedestrians on the sidewalk.

"It's not that bad an experience for a guy, is it?" the man said, cracking an awkward smile. He looked more relaxed now that he didn't have to worry about Kiyo's escape. Kiyo kept silent.

"How long have you been teaching?" the young man asked.

"For several years," Kiyo said, and the man, who had been grim-faced moments ago, now looked at Kiyo with sympathy.

"It wasn't easy for me at the school. I've been doing this job for years but I have never been in a situation like that before."

"What situation?"

"I graduated from high school a few years ago. I felt really uncomfortable, waiting for you outside the classroom. It was a situation I wish I could have avoided."

"Hey, Sergeant Kim, do you know how far the military compound is from here?" the master sergeant turned and asked the young man.

"Well, I don't know. If we go straight from here, it is approximately ten kilometers away."

"Let's take a taxi then."

A man had just gotten out of a taxi, and the master sergeant stopped the car by grabbing its back door. Kim and Kiyo took the back seats, and the master sergeant squeezed in next to Kiyo.

"Let's go to Daebang District; please take us there as fast as possible,"the master sergeant said, in the way he spoke to his subordinates.

"Are you going to pay for the ticket if I get one?" the driver replied in a sullen voice.

"Don't we look like people in a hurry?" the master sergeant said, but the driver didn't respond this time. The taxi passed by the square in front of Soo-saek train station and entered the main road to Shin-chon. As it got out of the busy streets, the taxi sped up, and a cool breeze blew in through the half-opened window. For a while they silently looked out at a new residential area along the street, but soon the young man broke the silence.

"What are you going to do? You can't go back to the school again," the young man said, looking at Kiyo with concern in his eyes.

"I know...I know I can't go back to teach again, but if I can, I want to go back,"Kiyo said, looking straight ahead, as if he were

talking to himself.

"Well, listening to you, it sounds like we're the bad guys," the master sergeant said, sighing, and continued: "If you hadn't been caught, you could have continued to teach, but we're just doing our job. It's your fault rather than ours. You're the one who violated the law."

"But we can't say it's impossible," the young sergeant said. "When you go to court, try your best to explain your case to the prosecutor or judge. You never know what will happen; you may get their sympathy."

"Hey, man, I don't think so; the military law got much tougher this year on its violators," the master sergeant disagreed.

"You'vebeen lucky to evade us for such a long time, but your bad luck starts right now. It is a bad time to get arrested. Like I said, the army got much tougher on AWOLs starting this year. If you had got caught last year, it might 've been a different story. You'll find out what I'm talking about later when you get to court," the master sergeant said, clucking his tongue, with a concerned expression on his face.

"To be honest with you, I also escaped during my first year in the army. I did it twice and then got caught, got my ass kicked," the young sergeant said, as if he were proud of his walkaways.

"I felt I couldn't put up with other older soldiers getting on my back every day. I just wanted to get out of there and drink myself to death, and I had to fight this urge several times a day."

"Hey, shut the fuck up. You've just started. I've been doing this shit for almost ten years. I'm sick and tired of it," the master sergeant said, sneering at the young sergeant.

"No one enjoys his time in the army. You or me, and even this man here. This man didn't like his shit in the army, so he got the fuck out of there, and now he's being brought back to the army, though it's against his will, so it's the same." Then the master sergeant pulled out a cigarette from his pack, put it in his mouth, and asked, "Hey, did you like teaching?" He held a cigarette out to Kiyo. Kiyo took it and put it in his mouth, and then the sergeant lit it for him.

"You teach the same thing again and again and it sucks every bit of energy out of you, but looking back on it now, I don't think it was that bad," Kiyo said, taking a drag.

"I know what you're saying," the master sergeant said, glancing at Kiyo's face.

"I have a son in middle school. What subject do you teach?"

"English."

"English? My kid's really bad in English, but he's good at math. What does he have to do to get a better grade?"

"There's no one right way to study. Get him a good study book so that he can read it at home."

"I have already bought him more than ten books. I got him everything he said he needed."

"If you give him so many books, it doesn't help the kid at all. All he needs is one good study book."

"Is that true? Well, I don't know shit about education."

At the traffic circle the taxi took an exit onto a riverside road, and Kiyo looked out the window. The long sandy beach spread out and the factory buildings with tall chimneys stood on the other side of the river. As the taxi got closer to their destination, they stopped chatting, their faces hardening, as if they had just

realized their real nature of the trip. Kiyo glanced at his watch and thought that his second afternoon class must have ended by now. He wondered who had taught his class, how the kids had reacted when he was not there to teach the class. He pictured the kids in the classroom, thinking that they wouldn't know anything about what happened to their teacher. Even later in the day, they would never find out what happened to him; it'd be better that way.

"Where is it in Dae-bang district?" the driver asked as the taxi took the Second Han River Bridge across the river.

"Do you know the military compound nearby?" the master sergeant asked back.

"Yeah, I know it."

"Good, get us there," he said bluntly.

The taxi driver stopped the car where the master sergeant indicated. When they got out, they could see the gate of the military compound in the distance. They didn't walk straight to the compound but instead went into a nearby restaurant.

"Our job doesn't even allow us to eat lunch on time," the master sergeant grumbled, walking into the restaurant where they went into a quiet room in a corner and took seats.

"We'll order Udon. What do you want?" the stone-faced master sergeant asked. As Kiyo shook his head, he said, "Order something even if you don't feel like eating. This will be your last meal as a free man, so order something delicious. We could have gone to the mess hall in the compound but decided to come here. Do you know what I'm saying? But you need to pay for your meal."

Kiyo decided to accept the master sergeant's advice and said,

"Then, I'll order ox-bone soup with sliced beef. You order something beefy for yourselves too. I'll pay."

"No, you don't have to. We'll go Dutch," the master sergeant said.

"I don't want any favors from you, so don't worry. I have some money in my wallet and I won't need it later. And I'm sorry for all the trouble I've caused...."

The young sergeant sitting next to Kiyo interrupted: "Don't worry about us. We'll get rewarded later for the job we did today, and I am sure it will be enough to pay for our noodle soups."

"We met for the first time today and we'll part soon, so I don't want to argue anymore about who's going to pay," Kiyo said.

"I agree. Let's order ox-bone soup with sliced beef," the master sergeant said ending the discussion.

After finishing the meals, they each pulled out cigarettes from their packs and put them in their mouths. The master sergeant lit Kiyo's cigarette.

"Are you married?" the young sergeant asked.

"If I were married, my wife would go nuts by tomorrow morning, waiting for me to come home, but I'm single."

"That's better for you," the master sergeant murmured to himself.

"But you must have a girlfriend?" the young sergeant asked, looking at Kiyo's face, and waited for his answer.

"If I had a girlfriend, it'd be more tragic," Kiyo said, smiling.

"It's hard to see a man without a girlfriend these days," the young sergeant said as if he couldn't believe what Kiyo had said. Then the master sergeant coughed a few times and said, staring

Kiyo in the eyes," This is just my thought; if we want to, we can let you go. We haven't reported it yet. Now is our last chance to release you. I don't know why I'm telling you this, but I've had this urge to release you ever since I arrested you. I kept thinking about it in the taxi. If we let you go, of course we'd be breaking the law, but if we keep our mouths shut, nothing's going to happen to you. I kept thinking like this in the taxi. You've been a model citizen all these years. If we send you to prison, we may enforce the military law, but what good does it do for society? That's what I've been thinking about, but I realize that it's not in my power to decide whether to let you go or not; I'm just an MP.

"Sergeant, isn't it getting too late right now?" the young sergeant said, checking his watch.

"Yes, I know." The master sergeant stood up from his seat and said to Kiyo, "Thanks for the meal. I'll buy you dinner if I have the chance to see you again."

The guards at the gate of the military compound didn't even move their eyes to look at them as they walked through the gate. They must know both the master and the young sergeants, but they didn't show any interest in Kiyo, a new face. They went into a shadowy room in a dark green building. A captain, sitting at the desk in the middleof the room, had been loudly chatting with a soldier, and they turned to the three men as they entered the room. The master sergeant marched alone towards the desk and stopped in front of the captain, saluting him. Then he said in a military tone, "We've arrested one today and have brought him here."

"Who? Let me see him,"the captain said, scowling, probably

annoyed at their visit. The master sergeant turned and came back to the young sergeant and Kiyo, and he asked the young sergeant to unlock the handcuffs. Then he took Kiyo before the captain.

"What's your name?" the captain asked, glancing up at Kiyo.

"I'm Kiyo Kim."

"When was it his name was first entered in our records?" the captain asked the master sergeant.

"Five years ago."

"Five years? Well, then he needs to be locked up for five years. Get him out of here."

As if he were tired of asking any more questions, the captain turned to the soldier next to him with whom he had been chatting. So the report was finished quickly. Kiyo was handcuffed again and led out of the dark room. A three-wheeled truck was waiting outside with its engine running. It would take Kiyo to his final destination today.

"Well, we have to say good-bye here. When you go over there, you have to be prepared for their questions," the master sergeant said, tapping Kiyo on the back. Kiyo smiled and nodded. Then the master sergeant quickly disappeared into the building before the truck left.

The truck with the young sergeant and Kiyo on its bed moved out of the military compound and drove fast down the road. Kiyo looked at his watch again. It was time for the kids to go home.

"You'll stay in the temporary detention center pending trial, and it'll be the hardest time for you. You need to take care of yourself,"the young sergeant said. He was sitting next to Kiyo, their hands handcuffed together, so it was difficult to tell who

the arrestee was.

"How far is it from here?" Kiyo asked.

"It'll take about fifteen minutes."

"I have a request for you."

"What is it?"

"As you might know, I haven't told anybody what happened to me. Will you contact my mother and a couple of my friends and tell them what happened to me?"

"I'll call them even though I'm not allowed to do that. We don't have much time. Please write me their numbers quickly."

Kiyo wrote them down on a small piece of paper and handed it to the sergeant.

"Is that all? Tell me now if you have a girlfriend. This'll be your last chance. If you tell me her phone number, I will let her know what happened to you,"the young sergeant said, smiling, with the piece of paper in his hand.

"I have already told you, I don't have a girlfriend. Even if I had one, I wouldn't want you to contact her."

"Ha-ha, you're afraid that she'll break up with you. If so, you may be wrong. Last summer I arrested this guy, and he had a girlfriend he was dying for. The girl didn't like him that much, but after her man was arrested and sent to prison, she came to visit him almost every day. So if you have a girlfriend, tell me now. I want to do something for you. I'll be discharged from the army in three months, and then I don't have to do this shit anymore. The master sergeant may have worked long enough to get tired of his job, but I'm not like him.

"Then, I have another request. Can you do it for me?"

"What is it? I'll try if it's not a difficult one."

Kiyo was silent for a moment and then said, "Can you tell me why the master sergeant told me such a story at the restaurant?"

"Is that your request?" the young sergeant said, with an awkward expression on his face.

"Yes."

"Well, that's a difficult one, but I'll answer your question because I have already said I would. The master sergeant always tells the same thing to every man we arrest before we report him to the captain. I get nervous whenever he sounds like he really wants to let them go, but I'm getting used to him. Well, does that answer your question?"

Kiyo nodded. The truck had been moving fast while they were talking to each other. It was getting dark, and the streets were crowded with people going home after work. Pedestrians on the sidewalks or passengers in buses watched Kiyo and the young sergeant sitting next to each other in the back of the truck. They looked with interest at the young sergeant and Kiyo talking to each other, and when some of them noticed the two men's hands handcuffed together, they stared at them as if they wanted to see carefully what the criminals looked like.

Teacher and the Crown Prince

Teacher and the Crown Prince

Song Yong Stories

'Is something wrong with me?' All of a sudden I started thinking I might be sick. I'd never gotten sick enough to go to the hospital, but when my friends kept saying to me, 'You look awful. Have you been ill recently?' or 'Areyou worrying about something?' I started asking myself whether or not I was really sick. Then, without any symptoms I started believing that something might be wrong somewhere in my body; or that the disease had already spread throughout my body.

I was the kind of person who worried too much, often about stupid things, but I never liked to show it on my face because I didn't feel good about other people seeing me getting anxious. So I kept wondering how to not reveal my feelings, but it got worse. Then I finally concluded that I was a sick man; or I worried so much that I couldn't hide it from other people. I was so obsessed over these thoughts that I started losing my mind."

"Hey, man. Is that a love story?"

The staff sergeant threw the question at Soonyol, who, startled, stopped his story and quietly gazed at the sergeant

across the room, right next to the bathroom entrance. Soonyol couldn't clearly see the face of the sergeant who was leaning against the wall, his head bent low. He only saw the sergeant's forehead with its thick and deep furrows.

Soonyol wondered why the sergeant was sitting so close to the bathroom; it wasn't his spot. He was sitting alone, a few steps away from the group of people who were gathered around Soonyol to listen to his story, but the sergeant looked comfortable, leaning against the wall, his head low. It looked as if he had not been listening to his story. So hewas surprised that the sergeant had asked such a question.

Soonyol kept wondering why the sergeant was sitting alone over there, away from the other inmates. He must have been dozing off or was immersed in his thoughts, but why was he sitting next to the bathroom? That was not where he was supposed to sit. Soonyol was quiet for a moment, feeling uncomfortable, more so, without reason when he looked at the thick furrows on the staff sergeant's forehead.

"Go on with your story, please," Sergeant First Class Lee said, tapping the back of Soonyol's hand, probably noticing Soonyol's fear of the staff sergeant. SFC Lee, an old-timer here compared to the others, was always quick to read the other inmates'feelings. His eyes squinting, his mouth slightly open, he looked like he was sleeping, but he was neither sleeping nor carried away by his idle thoughts; it was just his habit. Although his eyes were half-closed, he was fully aware of what was going on in the room, even looking into the other inmates'minds; he was well aware of what went on around him, like God watching from above.

Soonyol had been staring at the thick, deep furrows on the

staff sergeant's forehead until SFC Lee tapped him on the back of the hand. He was afraid of something but didn't know exactly what it was. He was just sitting there, lost in thought, and then he realized that SFC Lee had just tapped his hand, implying that he should ignore the staff sergeant and continue with his story. He stopped staring at the staff sergeant.

SFC Lee was sitting close to Soonyol as if to hug him, one leg under Soonyol's knee and the other leg raised up against Soonyol's back so that Soonyol could lean against it. His pointed chin was thrust forward, almost touching Soonyol's face. The sergeant first class was breathing hard, exhaling hot breath in Soonyol's face, and Soonyol was repulsed by his bad breath. There were several other men sitting around Soonyol, and it looked like they all were blowing puffs of hot breath in his face. It smelled awful like roasted dog meat, burning fat, stale vegetable refuse, but not quite the same as a foul stench emanating from the gutter near a cheap restaurant. Hefelt as if he was being suffocated by their bad breath, but all eyes were on him, waiting impatiently for the story to resume. Herealized it was time to continue the story.

"That part of the story is necessary for background information. If I had skipped that part and got into the love story, you wouldn't have understood why I acted how I did," Soonyol explained, keeping in mind the staff sergeant's question: "Is that a love story?" Soonyol couldn't ignore his question, but also wasn't sure whether or not the staff sergeant had been listening to his story. He was sitting next to the toilet stall, a few steps away from the group of people around Soonyol, which was not where he was supposed to sit.

"Now the story starts," Soonyol said to SFC Lee, whosmiled, twisting his lips. He looked like a boy when he smiled, sticking his thick lower lip out, but when he needed to demonstrate his authority as the king of this cell, screaming, swinging his fists or kicking at anyone in his way, that boyish face quickly disappeared, and his face hardened. It always made Soonyol wonder how he could have an intimidating face one moment and such a charming boyish face the next moment. The sergeant first class cracked that boyish smile again, encouraging himto continue with the story.

"For this reason, one day I had gone out on the sandy shore of the Han River. It was a really hot, humid day. It was probably during my summer vacation. The seemingly endless white sandy beach spread out before me. If you look at it from the banks on the sides of the railroad tracks in Hannam-district, you can see how far the sandy beach stretches out. 'All right, that's it,' I said to myself, sitting in my living room."

"What is it?" asked the sergeant first class who couldn't wait any more.

"Wait," Soonyol said, glancing at his boyish face.

"Wouldn't it be like torture if I tanned my skin, lying in one place for a long time? So I thought I wouldn't do it, but if I walked on this sandy beach, walking the endless sandy beach on and on, walked not too fast but a little slowly, of course while looking up at the sky, I could take a nice walk while tanning my skin. That was what I had thought, sitting in my living room. So I ran out onto the sandy beach of the Han River. "

"I'll skip the part of taking a walk on the sandy beach, because it doesn't matter whether I took a walk or not, whether

I had a suntan or not. Anyway, after walking for about two hours, I was on my way home. It was around two p.m., the hottest time of the day.I came up on the hill in the K-district where I took a breather, and then I started walking again on the relatively flat road, entering a residential area, when someone came walking towards me. All the houses along this road were newly built and they looked nice, so I called this neighborhood New Village. I was about to enter New Village, when someone came walking towards me from the opposite side of the road. I couldn't see the person in white clothes well because of the sunlight. Although it got better as we moved closer to each other, the sunlight or something else still hurt my eyes, so I didn't realize that she was a beautiful woman until she walked by me; or I just might have been dazzled by her beauty rather than the sunlight.

When she was close to me, I realized that she was a real knockout, like a nymph who had just jumped out from the woods. You guys have seen pretty girls in movies, but as you all know, if a girl doesn't have a sexy body, even with a pretty face, she can't be a knockout girl. But this one was a tall girl with nice curves, and there was nobody on the road. It was she and I passing each other in the middle of the road. I was looking at her, with my jaw hanging open. I was shivering as if electric currents were running through my brain. She quickly walked past me, but I knew there was nothing I could do even if she had walked in slow motion.

I turned and followed her. I decided to stalk her all the way home until I found out where she lived, and I thought I would figure out a way to approach her later. The girl took several steps ahead of me and then stopped in front of a house. I stopped

walking too. She pressed the bell as if she were not aware that I was standing behind her. I was looking at her light-skinned soft hand on the buzzer, hearing the buzzing sounds ringing inside the house. Then someone came out to the door, the heels of her shoes clicking on the tiled porch floor, asking, "Is that you?"

The door opened after the girl said yes in a soft voice. That's as far as I can remember. I'm not sure whether she went in or not. I was just standing there, dazed, and then she disappeared from my view, so it took just several seconds from the moment when she had first showed up in front of me until she was gone."

"So what happened?" the sergeant first class asked, putting his face so close to Soonyol that it looked as if he were trying to kiss Soonyol.

"And then...." Soonyol continued, when someone from the observation deck spat out a command, "Attention!"

The guard had been dozing off, leaning against the handrail of the observation deck. He got up, stretching his hands upward, and looking around to check whether the inmates had followed his command. His eyes under the white helmet flashed like the fierce eyes of a leopard. Soonyol was amazed at how quickly the guard could change his expression from sleepy to fierce- looking. He couldn't continue his story. As soon as the inmates sitting around him heard the prison guard's command, they quickly spread out around the room, leaving Soonyol alone. Lee was the only person who remained next to him because it was his place.

Soonyol felt sorry that he couldn't finish the story. The inmates had been listening to his story patiently, waiting for its ending. If he had told it a little faster, he could have finished it before the prison guard's interruption, but the reason he couldn't

finish it in time was that he wanted to give a detailed description of every scene in the story.

Soonyol couldn't start the story again until they were allowed to go back to the 'at-ease' position. While they were at attention, the inmate sitting in front of the jail cell bars watched the prison guard's every move, and no one was allowed to talk except SFC Lee, who had the nerve to violate the prison rules and challenge the guard's authority.

Soonyol, an awkward expression on his face, stared at the backs of his cellmates' shaved heads. He was sitting next to SFC Lee in the back of the room; so he could see the backs of all the inmates' heads in front of him. With their shaved heads motionless, the inmates looked like lifeless Buddha statues in lines. They were not allowed to move even one finger in the at-attention position. It seemed they were not even breathing at all. Soonyol shuddered at the thought that the backs of the heads in three lines in front of him might not be the heads of live people but of the dead.

"What I want to know is whether you fucked her or not," SFC Lee asked in a low voice, glancing at Soonyol. There was no trace of that boyish smile on Lee's face. His face hardened as it always did when he sat at attention on the floor, and with his face hardened like that, Sergeant Lee always meant what he said. Nobody laughed at his question. It was not the time to laugh—SFC Lee was serious with his question.

The guard came down from the observation deck and walked slowly past the cells arranged in a semi-circle like cages in a zoo. His boots hit the concrete floor of the corridor, and his footsteps rang out regularly like the pendulum's swing in a wall clock.

"That's a great story. I'm impressed," the sergeant first class said as the guard walked away from their cell towards Cells No 7 and 8, when Staff Sergeant Jung, who was sitting in front of SFC Lee turned and shouted, "A great story? I was so bored I couldn't stand it anymore," as if he were angry with Lee's comments. He glared at Lee and Soonyol and then turned his face straight ahead.

"What did you say? Are you fucking out of your mind?" SFC Lee said, punching SSG Jung on the back of his head. Everyone heard a loud punching sound, but the staff sergeant didn't move a bit as he realized he had just made a mistake.

"Bastard."

The sergeant first class started breathing fast and punched SSG Jung a couple more times.

"Bastard, say it again," SFC Lee said in a low voice, hearing the guard's footsteps in the far distance. His voice didn't carry any more anger but a sneering, even playful tone.

Even after a round of beatings to his head, SSG Jung was motionless, sitting straight on the floor, his back towards Lee. He was well aware of Lee's temper and thought that he was lucky that it ended with just several punches to his head.

"You insulted the teacher, motherfucker. Repeat after me. The teacher's story is, no, our teacher's story is awesome."

"Yes, sir. Our teacher's story is awesome," Jung reluctantly repeated after Lee in a tiny voice.

"Motherfucker, do you want me to hit you again? You don't have any respect for me, asshole. Repeat after me again. Our teacher's story is awesome."

"Our teacher's story is awesome." Jung spoke louder this time,

loud enough for the guard outside to hear.

"What? What did you say?" the prison guard, who was passing by Cell No. 2, asked, looking inside through the bars.

"Nothing. It's nothing," SFC Lee quickly answered, with that boyish smile on his face, raising his body slightly. The guard smiled back as his eyes met with Lee's, but his smiling face quickly changed to a serious look. With his thick lips pursed, his helmet pulled low over his eyes, he slowly looked around the room without a word, and then his gaze stopped at the older looking man, a newcomer. He quietly stared at Soonyol for a moment.

The guard felt strange whenever he looked at Soonyol, the unshaved older-looking guy, his eyes deep with exhaustion, but it was not just his appearance. Every time he walked by Cell No. 2, and saw this newcomer sitting next to SFC Lee, a spot for the second highest ranking man in this cell, he felt strange. In terms of prison time served, this guy should sit right in front of the metal bars, working as a watch-out or messenger for the other cellmates no matter how much older he was or whatever social status he had in society. He wondered how the man ended up next to Lee, getting past the other inmates who had served longer time here. SFC Lee, the inmate representative for Cell No. 2, must have let him sit there, and the guard couldn't help but become interested in Soonyol, who destroyed the social hierarchy of the inmates in Cell No. 2.

"Anyway, these guys in Cell No. 2 are interesting," the guard said to himself, making the inmates inside wonder what he meant, and walked to Cell No. 1.

"We almost got caught, motherfucker," SFC Lee talked to the back of SSG Jung's head as the guard walked away.

"Yes, sir," the staff sergeant said, his back towards Lee, his eyes straight ahead, feeling thankful for Lee's skillful handling of the situation.

"But the second repetition was OK," SFC Lee whispered to SSG Jung. "Later before we go to bed, give the teacher a fag."

"Yes, sir."

SFC turned and looked at Soonyol, with that boyish smile on his face, but Soonyol sat at attention, expressionless, his eyes straight ahead. He knew he couldn't smile back at SFC Lee; he wasn't allowed to smile, nod, move his arms, or spit out a few curse words like SFC Lee did. He was very careful even though he was sitting on thespot for the second most powerful man in this cell; he was well aware that he hadn't earned his spot like the sergeant first class had.

While sitting at attention, nobody was allowed to move or speak except SFC Lee. Except for his quad muscles wiggling occasionally, Soonyol sat motionless for a while, sitting on his heels, with his feet flat on the floor. In less than thirty minutes, he started feeling pain in his ankles as if they were twisted. He put up with the pain, and then he started having cramps in his legs. It got worse as his upper body weighed hard on his folded legs on the cement floor. It was early June, not hot summer yet, but he felt unbearably hot here, confined within the four walls of thesmall room. He hoped that his legs would get used to this painful position; there was no other way than to endure the pain.

"Taebong Oh, when did you go to see the prosecutor?"

"It was less than two weeks ago."

"Less than? Don't talk to me like that, motherfucker," SFC Lee said, frowning, and then Oh, who had been leaning against

the wall, quickly sat straight, at attention.

"Yes, sir. It was thirteen days and twelve hours ago."

"Good."

The SFC looked around the room, smiling, and Taebong Oh sat relaxed again, leaning against the wall and smiled as always.

"You'll be sentenced in a few days, so don't give me that fucking smile. You'll have to rot here at least three years."

"No, I think it's maximum two years," SGG Oh said, with a smile on his small freckled face, as if two years were nothing to him; he'd enjoy his life here if he got sentenced for two years.

"What? Two years? Don't fuck with me, motherfucker. You'll get a longer sentence. Isn't that right, Jung?"

"Yes, sir," said SSG Jung, who was sitting straight at attention when SFC Lee asked for his support.

"Yo, Taebong Oh, did you hear that, asshole?"

"Sarge, don't put a curse on me. All right, let's say it's three years then."

Oh reluctantly accepted Lee's three year term, but SFC Lee knitted his brows at the word 'curse.'He wanted to punish Oh by ordering him to do 'crab walking': when he'd crawl to him like a crab, Lee would raise his foot and kick Oh's face with the sole of his foot, but he changed his mind, looking at Oh's smiling face full of freckles, not concerned at all that he might get punished.

"Ah, teacher, it makes me crazy. I have just twenty days to go."

"Really?" Soonyol said, looking up at the SFC.

"You didn't know? In twenty days I'll have a second parole hearing. I'm getting out this time."

"Are you sure?"

"Yes, I am. I spent some dough this time. For the last two and a half years I've been here, I never paid anybody, but this time I did, because I feel like I can't go through another six months of this shit. I feel like I'm goingcrazy, teacher," SFC Lee said, lowering his voice and then whispering to Soonyol, "I'd rather escape from here or kill myself than go on living here for another six months. There was this guy who had escaped from here the day before his release date afterserving his three- year sentence. Did you see the toilet? He cut through the toilet ceiling and went out of the chimney. He was a determined guy, but three days later he was arrested and brought back here. He got four years for the escape. Isn't that funny? I just laughed at this guy but now I think I can understand him...so I appealed again and wrote my father to cough up some dough this time. I am sure he did. I had never allowed him to waste money on me until now."

"You're lucky. Twenty days are nothing. You have nothing to worry about."

"That's not what I'm talking about, teacher. The problem is these motherfucking twenty days. Every fucking day here is like a year," the SFC said, staring at the metal bars, and he got a little angry, his face turning into that of a fierce-looking wolf. He stared at the metal bars, the tall walls, the three walls that had confined him for almost three years; the walls now looked as if they were closing in on him, inch by inch.

"Aye, I can't take this motherfucking shit anymore...fuck everything...Sergeant Chun, I need some fresh air."

SGG Chun in the third row on the right sprang up. He was the strongest man in thecell, and also a man of few words. He

walked to the back of the room, his upper body a little bent forward, like a docile ox. SFC Lee got up and Soonyol also got to his feet and stepped aside to make room for Chun. Chun crouched down below the small ventilation hole, his large hands locked together at his crotch like a gorilla.

"It's been a fucking long time since my last outing," SFC Lee said with fire in his voice as if he wanted to psyche himself up. Then he rested his hand on Chun's shoulder, put his right foot on his hands, and hopped up on Chun's shoulders, smoothly and quickly like a gymnast.

With his hands grabbing the vent hole bars, Lee looked down at Soonyol on the floor, cracking a smile. Soonyol was surprised to see Lee's left bucktooth, which looked larger from his angle. The yellowish tooth looked like a wild beast's fang that he had seen on TV, and he realized that Lee had been hiding the sharp fang underneath the disguise of a boyish smile.

Lee moved his feet a few times on Chun's shoulders to make sure his footing was secure. His wide and thick feet looked pale like a corpse's. With Lee on his shoulders, Chun neither frowned nor looked uncomfortable at all; he just stood with a blank face.

"Teacher, I can see the sun," Lee said loudly, waving his arm in the air like a kid. All the inmates sitting along the walls turned their heads to the vent hole, but soon they turned their eyes away from it and sat silent, with their heads down.

"The bus has stopped. It's about to leave. Yeah, it's leaving now...."

Excited, Lee started describing what he saw, and then suddenly he stopped and looked down at Soonyol, who was standing uncomfortably next to Chun.

"Teacher, do you see that tree outside?" he asked, pointing his hand toward the outside of the vent hole, but Soonyol couldn't see anything from his angle.

"No, I can't see."

"Wow, I wish you guys could see this. Look at these leaves, the lush green leaves, they've grown fully in just a few days," Lee said to himself, his chin resting on the side of the vent hole, and then he was silent for a while, looking outside.

Soon, Lee decided to finish his outing and jumped down from Chun's shoulders. Lee's playful face was gone, and everyone in Cell No.2 knew that Lee was now thinking about his home, his wife, and his daughter whom his wife had given birth to while he was in jail.

"Hey teacher, do you want to have an outing?" Lee asked, but Soonyol hesitated, picturing in his mind the green leaves outside. Lee's earlier description of the trees made him realize that he hadn't seen any trees this summer. He wanted to see the trees with their dense green foliage in June but when he saw the other inmates' surprised reaction to Lee's offer, he couldn't dare to accept it. As he hesitated more, not giving him an answer, Lee decided to take it as yes.

"Hey Sergeant Chun, you need to do it again for the teacher."

Myongoh Chun, sitting straight on the floor, sprang to his feet and walked back to the wall below the vent hole.

"I had to wait almost a year for my first outing when I first came in here," SFC Lee said, looking around at the angry faces of the other inmates who were sitting quietly without any complaints, and laughed to himself as if it were fun to occasionally break the social hierarchy of thecell. Chun quickly crouched

down, leaning against the wall, with his hands locked together, not showing any displeasure on his face at serving an unexpected guest. He always served SFC Lee but it seemed now that if it was SFC Lee's order, he didn't care who was stepping on his hands. He waited for Soonyol to step on his locked hands.

"Get up on them. There'll be times you'll never be allowed to see outside even if you're dying to do it."

Soonyol reluctantly lifted his right foot and put it on Chun's locked hands. He hopped up, and for a split second a thought crossed his mind that Chun might fling him to the concrete floor. His dark, tough-looking face gave him the impression that Chun was prone to violence, but SFC Lee pushed Soonyol's ass up and Soonyol got up on Chun's shoulders. He stood straight up in front of the vent hole just below the ceiling, grabbing the bars, and looked out.

"What do you see?" SFC Lee started asking questions, but Soonyol was silent. Although SSG Chun was strong enough to hold him on his shoulders, Soonyol's legs started shaking, so the objects in his vision shook too. He thought he should look for the green leaves first, and breathed in the June air; it was refreshing. He finally found the poplar tree and looked at its lush green leaves, hundreds of thousands leaves, twinkling golden in the late afternoon sunlight. "Well, a tall poplar tree stands there on the other side of the prison wall; it's so close to our cell...," he said to himself in his mind. Then he started looking far in the distance, over the poplar trees. There were long barbed-wire barricades surrounding the prison headquarters, and then rows of hugewarehouses scattered around in the U.S. Army base. He looked over the pointy roofs of the warehouses and found what

he really wanted to see.

"Teacher, do you see anything interesting out there?" SFC Lee asked again, but Soonyol was silent. He felt uneasywhen he saw a small village, a gathering of houses with their roofs covered with reddish-black roof tiles. He had had a similar feeling when as a boy he climbed the wall of his neighbor's house and looked over at the backyard. He was so uncomfortable up on Chun's shoulders that he couldn't look at the peaceful village any longer. His legs started shaking again. He thought that a guard might be staring at his legs right now from the corridor, or the other inmates might be watching him, worrying about the unexpected appearance of a guard. He came down to the floor as if pulled down by an unknown power.

SFC Lee looked at Soonyol coming back to sit next to him without a word. He quickly read the sadness on Soonyol's face and said, "Hey, I know what you're thinking now. It's better for you, just staying here, down on the floor, not looking outside the prison. That's why I never allow these guys an outing."

All the inmates sat silently, blank-faced, some leaning against the wall, some sitting straight or sitting with their knees up to their chests, their necks withdrawn like turtles.

"These fuckers can't even sit still for a moment," SFC Lee mumbled to himself.

SFC Lee sprang to his feet, walked to the metal bars, and picked up two double-folded pages of *the Bible for the New Age* from the trash bin stuck in between the bars above the door. It was a small abridged Bible from the missionary department of a fanatically devout, new Christian sect. Inmates had read it when they first received it, but that lasted only fora few days.

After that, each cell captain ordered his inmates to tear out all the pages and fold them twice.

"Cell No. 2; one man *so-byon* (piss)!" he shouted, with the two folded pages of the Bible in his hand. Then he turned and approached the toilet, when SSG Jung asked, "Do you want to smoke?" quickly touching his legs.

"Got any?" Lee asked.

"Yes."

"How many?" Lee said.

"Only two."

"That's it?"

"Yes."

"We have more smokers here. Supply is a problem. Hold on... let's ask people in Cell No. 1 later. I'll pass this time."SFC Lee opened the door and entered the toilet. He always went in there with pieces of paper, even just to piss. The papers were used to clean cigarette ashes and stubs around the toilet that other careless inmates might have left behind. Ifthey were discovered during a surprise toilet inspection, Cell No. 2 would be in trouble.

When SFC Lee came out, Soonyol stepped toward the metal bars with the two pages of the Bible in his hand. He stood at attention, trying to make eye contact with theguard. He was once told that he should always make eye contact before his report; without it he would be ignored. He was anxious to make eye contact with the guard, but Guard Lee, who had just replaced Guard Jang, was talking to someone in Cell No. 7. Soonyol was unable to draw the guard's attention.

"Cell No. 2, one *byon-so* (toilet)!"Soonyol shouted and turned. The other inmates started giggling, and muffling laughs, except

SSG Jung, who was glaring at Soonyol.

"Yo, what the fuck is *byon-so* (toilet)? SSG Jung asked, his face crunched up in anger.

Soonyol stood frozen as Jung, his eyes narrowed in anger, stared at him, a skinny older guy. Soonyol felt that Jung was about to explode, and for the first time he realized that Jung had a really intimidating face, with his forehead scrunched, his fierce eyes under the thick eye lashes, his thick lips trembling with anger. It was the face of a tiger.

"What?...What's wrong with *byon-so* (toilet)?" Soonyol barely managed to voice his question.

"Yo, teach him it's *so-byon*, not *byon-so*. Teacher, you know that it's *so-byon*(piss), don't ya?" SFC Lee stepped in, preventing SSG Jung from unleashing a barrage of insults.

"I taught him several times, but he..."

"Teach him again, asshole."

"'Cell No. 2, one man piss,' or say whatever the fuck you want," SSG Jung said, and he looked the other way, holding his anger inside, then dropping his head.

Soonyol turned and walked to the metal bars again. He felt his face hot with shame; he was so afraid of SSG Jung that he didn't even notice the difference between sobyon and byonso.

"Cell No. 2, one man piss!" Soonyol reported in a dejected voice and walked slowly to the toilet, overhearing the word "retard" thrown at him. The other inmates in the back of the room were whispering to each other. They had been resisting laughing at Soonyol.

"If the guard catches us reporting in the wrong way, we're fucked," SFC Lee said to Soonyol in a serious voice after he got

out. “How could you forget such an easy thing?”

“I don’t know.”

SFC Lee sat closer to Soonyol, pointed at SSG Jung, and said, “Anyway, you have to be careful with him.”

SFC Lee and Soonyol sat next to each other, deep in the back of the room, the spot for the most powerful men in the cell. Jung was supposed to sit next to them, the spot for the third man in the cell, but he always refused to sit there except when they and the other inmates sat in columns and lines, ready for an inspection. Given his seniority in prison time, Jung should sit next to SFC Lee, where Soonyol was sitting now. It made Soonyol uncomfortable that SSG Jung kept refusing to sit in the third spot even when they were allowed to sit at ease or to rest. He always sat next to the toilet door, with his head low.

“He’ll be my successor, so I started training him a little bit.”

SFC Lee’s “training” meant a series of tactics to make inmates afraid. He often put Jung in charge of some physical punishments in the cell, at times even allowing Jung to punish rookies without getting his approval.

“I’m worried. I’ll be gone in a few days, and I’m worried what’ll happen to you. Of course, I’ll tell him to take care of you before I get out,” SFC Lee said in a low voice so that Jung couldn’t overhear him, but Soonyol couldn’t keep himself from laughing at Lee for acting like that, watchful of Jung.

“I appreciate your concern, but don’t worry about me. I’ll get by without you.”

“Of course, you’ll have to. I believe you,” he said halfheartedly, and then continued. “It looks like I treat him badly, but that’s not my intention. To be honest, I like him a lot. I lived with him

for almost two years, and I've grown fond of him. Think about this. We lived here together last winter, on this cold floor without any blankets. Now it's like a hotel room here, but last winter we spent sleepless nights hugging each other to keep ourselves warm. I ended up loving him. He'll be a great cell captain."

As SFC Lee's voice got louder, everyone in the cell could hear him. SSG Jung, sitting with his head buried between his knees, was listening and realized that SFC Lee was talking about him. He lifted his head, carefully observing Lee's face and his body language, while glancing at Soonyol from time to time.

Whenever he felt Jung's stare, Soonyol felt his body curling into the fetal position. Now that SFC Lee had declared Jung his successor, Soonyol thought, Jung looked like Lee's successor, but Jung was sitting next to the toilet door, motionless, staring out of the bars like a fierce wild animal waiting for its prey, ready to jump on it any moment from its dark hideout.

"Teacher, do you know what he's in for?"

"No."

"Of course you don't. He never tells about himself here. I'm the only one he's ever talked to about his case; I even wrote his appeal... And this guy, I want you to know this, he once spat on a missionary. You know those missionaries in glasses from evangelical churches who come in here every Sunday, screaming Hallelujah, raising their hands like Nazis, and this missionary came up to him and said, 'I wanna talk to you. God will think your sin is nothing compared to the other worse sins people have committed in this world. If you talk to God about your pain, then you can be saved like everyone else. All that matters to Him is whether you repent or not...' The missionary kept pestering him,

until Jung finally snapped, shouting "Bitch," and spat on the man's face. Then he blurted out furiously, 'You must be one of those swindlers, and I don't want to talk to a trickster like you.' Hehehe...so after all the missionary's efforts, following him around, saying that there's a worse sinner than he is, a real sinner, in this world, Jung wasn't tricked into believing his story. Anyway this guy's a strange man. He never wants to talk about himself." SFC Lee stopped, hearing someone in the neighboring Cell No. 3 hitting the wall.

Oh the look-out got up quickly, went to the corner of the bars, took a message from Cell No. 3 and brought it to SFC Lee.

"The guard didn't see it, did he?"

"Guard Lee is in Cell No. 6, beating up someone," Oh said, standing at attention after handing Lee the folded message with both hands.

"Who's getting a beating?"

"A rookie who came in yesterday. He's getting beaten to a pulp. Looks like he talked back to Guard Lee."

"What'd he say?" SFC Lee asked.

There was no way that Oh saw what happened in Cell No. 6, but he imagined what might have happened between Guard Lee and the rookie:

"'So, you're a deserter!' the guard said to the rookie.' Oh imitated the rookie standing up to the guard, sticking his chest out. 'I'm a deserter. So what? Do you have a problem with that?'Ha! this rookie talked like that to the guard, meaning 'Don't treat me like shit just because I deserted.'"

"That guy has guts," SSG Jung said, his head still buried between his knees.

"The bastard deserves a beating," SFC Lee cut off Jung.

When Oh walked back to his spot, everyone heard the rookie in Cell No. 7 shrieking in pain and the metal door shaking loudly. Guard Lee's angry voice followed, "Bastard. What? What did you say, motherfucker?" Guard Lee, a man of few words, was known for his punching power in the prison. Every inmate knew that once Guard Lee started beating someone, it didn't end quickly, so inmates were not surprised that the screaming continued for a while.

After reading the message from Cell No. 3 with his chin resting on his hand, SFC Lee looked at SSG Jung, with a puzzled expression on his face, and asked, "What do I have to do?"

"What is it?" SSG Jung asked.

Instead of explaining, Lee handed him the message. Jung quickly read it and looked at Lee perplexed.

"You decide," Jung said.

"Did you say we have only two?"

"Yes, only two smokes."

"Do we have any matches?"

"Just three," SSG Jung said, tapping once on his ankle where he concealed smokes and butts inside his sock.

"What does he say?" Soonyol asked SFC Lee.

"Give it to the teacher, and get me a pen and paper," SFC Lee said to SSG Jung, watching Soonyol reading the message:

—To Cell No. 2—

Dear SFC Lee:

Let me get right to the point. The Supreme Court of Appeals

for the Armed Forces will convene on the twentieth. I learned this from SSG Ha, who'd been to the prosecutor's office yesterday. I wish you good luck. In regard to your inquiry about the teacher's case, we need to know what he was charged with and what he did outside prison. Please provide us with more detailed information on his violation; without this it is hard to predict his sentence. Convey my utmost respect and best regards to the teacher. I, who am always inept beyond belief in social situations, didn't get a chance to introduce myself to the teacher, but I had the honor of seeing him a few times when he was washing his face at the side-by-side sinks one morning. Anyway, let's have a toast for our life-long camaraderie and friendship, and as always let's think of salty soup as wine. So, do you happen to have any extra cigs in Cell No. 2? I got nothing from my last visitor, so I haven't smoked all day. If you have any extra cigs, please have mercy on us and send us some for our enduring friendship. I'd appreciate your immediate response.

Sincerely,
Jongsool Shin
Cell No. 3

Soonyol was surprised that the captain of Cell No. 3 was aware of him, and even interested in him.

"Hehe, surprised?" SFC Lee moved closer to Soonyol, leaning his face against Soonyol's.

"SFC Shin is a good friend of mine. He's the longest serving prisoner in this military prison. I sent him a message the other time, asking about your sentence. His prediction has never been wrong. Anyway, this guy is talking about our camaraderie or his best regards, but the point of allthis bullshit is send him some smokes. Hehe, motherfuckers, if you look for camaraderie here, you'll starve to death," SFC Lee said and then looked at SSG Jung.

"Do you want to send a smoke and match? SSG Jung asked.

"We have to. They helped us out before, when we were out of cigs."

SFC Lee took the pen and paper, lay down on the floor and started writing his response. SSG Jung turned, his back against the bars, and rolled down his military boot sock where he concealed both cigarettes and matches while alookout and a messenger kept watching down the corridor through the bars.

"Teacher, you said you were charged with insubordination in addition to desertion, didn't you?" SFC Lee stopped writing and asked.

Soonyol nodded, but this time he didn't appreciate SFC Lee's favor. He wasn't interested in learning his sentence despite Lee's asking around and Shin's interest in his case— Soonyol didn't have any acquaintance with Shin, the captain of Cell No. 3, although he lived on the other side of the wall. He expected that it wouldn't be a short sentence, but whether a long sentence or

not, he wanted to keep it concealed for a while. For this reason he didn't like SFC Lee and the captain of Cell No. 3 exchanging information, exposing his case.

"How many years have passed since you deserted?"

"Seven."

SFC Lee didn't seem to care much about Soonyol's feelings. He was absorbed in writing on a tiny piece of paper the size of a hand. It was hard to get paper, so he held his pen tight in his hand and covered the piece of paper with his tiny handwriting.

—To Cell No. 3—

Dear SFC Jongsool Shin:

Thanks for your letter. I had been anxiously waiting for any info on the Supreme Court of Appeals of the Armed Forces. It makes me crazy to wait for the court date. Bro, I'll get out of here in twenty days, but I feel like I'm going crazy. Let me know who said the Supreme Court would be held on the twentieth, I mean, who in the prosecutor's office said that—please ask SSG Bae again. My bro Shin, I hope you understand me, I am so tired of waiting I feel like a crazy man. I'm worried, worried about so many things, first whether the court will be held as scheduled on the twentieth, whether or not I'll win my appeal, and even if I win, whether those crows will release me. Or even if the judge does rule for my release, I'm worried about whether I'll be released right away or I'll have to wait for another six months until the final approval of the Minister of Defense....

Our teacher is charged with seven years of AWOL including insubordination. I can't provide more info on his insubordination

charge because the subject refuses to elaborate on it. I wish you were with us in Cell No. 2, you could listen to our teacher's awesome stories, but I regret that it's not possible.

Let's make a toast to our enduring camaraderie and friendship. We're out of French Cognac but we can pop some beers and eat raisins or C-rations. Ahh, I was often amazed at those fucking GIs always carrying something around to eat with their drinks in the battle ground. Shin, my bro, do you remember drinking all night at the Madison Club or Mansion Club in Danang, Vietnam? That was our last night there. I blacked out that nigh t....We in Cell No. 2 are almost out of cigs, so I'm sending one of the last two we have. I hope you understand my pain to send this for my enduring friendship.

P.S. It seems that the trustee is strolling along Cells No 7 and 5, and I just heard that the trustee got a pack of cigs. Tell him to share it with us. Although he may ignore Cell No. 2's request, he can't Cell No. 3. If he disrespects you, the longest serving prisoner in this Command Hotel, I'll beat the shit out of him. The day after tomorrow we'll get some dough, so tell him to share it with us.

Sincerely,
Chang-dal Lee
Cell No. 2

SFC Lee hadbeen writing the letter, lying on the floor, his face all sweaty. When he finished it, he raised himself from the floor and handed the letter to SSG Jung.

"Send it now."

SSG Jung took the letter, and he pulled the cigarette and match from inside his long sock, and carefully wrapped them up in the letter. Then he stood up, walked to the corner of the bars and the wall adjacent to Cell No. 3.

"Give it to me," Oh said, holding his hand out.

"Get out of my way." SSG Jung waved him off.

Jung hit the wall with his fist a couple of times. However hard SSG Jung hit it with his fist, the thick concrete wall was silent except for a series of low knocking sounds, a signal that something was being sent to another cell.

Oh, the messenger, moved aside for SSG Jung. Jung walked slowly alone the wall to the bars, looking confident that he would make no mistakes, willing to do any dangerous tasks for the cell from now on.

SSG Jung quickly delivered the message and turned, with a smile on his thick lips, implying that it was done safely, not drawing the guard's attention. He swaggered back to SFC Lee, smiling, as if he were proud of himself doing it so easily.

"Don't smile like that, motherfucker." SFC Lee snapped, after seeing SSG Jung coming towards him, with a sneaky smile on his face.

Startled at Lee's reaction, SSG Jung stopped, his smile quickly turning into a serious face.

"You're fucked up, you little piece of shit." SFC Lee spat out curses.

Jung quickly realized that he had just made a mistake—the mistake of putting on a sneaky smile and swaggering in front of SFC Lee. Nobody in Cell No. 2 should have that kind of smile and walk like that. Recently, he was often confused, thinking that there was no need to keep an eye on anybody else in Cell No. 2, but SFC Lee's outburst quickly reminded him that there was still someone he should watch out for. Dumbstruck and saddened by this realization, he walked to the toilet and crouched down next to the toilet door.

"That motherfucker's crazy," SFC Lee, still angry, mumbled to himself.

He glared sideways at Jung, and the all of a sudden he started laughing. Well, I'd better live like a crazy man, but I can't stand that bastard smiling like that, he thought. What's he smiling at? A spineless bastard, but I know why you were smiling like that. You think you'll be the king once I'm gone. SFC Lee stared at Jung, but Jung was sitting quietly on his haunches, his head buried between his legs.

"Teacher." SFC Lee turned to Soonyol. "Do you know his sentence? Of course you don't know. He was a lifer."

"A lifer?" Soonyol asked back.

He was more shocked at the power of the word 'lifer' than the fact that SSG Jung had been sentenced to a life in prison.

"A life sentence."

"Yes, it was a life sentence, but not anymore. I mean he *was* a lifer."

"What happened?"

"He got a life sentence in his first trial in Vietnam, but after he was transferred back home, he was retried and sentenced to

fourteen years. He's appealing again. All his previous appeals were dismissed, so, he doesn't expect a different outcome this time. It's fucking fourteen years. He's totally fucked."

"What did he do?" Soonyol turned and asked SFC Lee.

"He killed civilians. Killed a lot. SSG Bae in Cell No. 3 is here for the same charge—he killed only five—but this motherfucker massacred hundreds. Look at his eyes. His bloodshot eyes look different from normal eyes. Look at them carefully later. Sometimes even I get scared when this motherfucker stares at me."

SSG Jung knew that SFC Lee was talking about him, but he didn't step in, knowing that if he said anything against what Lee had said, he would be humiliated. So he sat quietly, with his face buried deep between his knees, waiting for something invisible or shapeless, deep in his mind. The only visible part of Jung's face was his scrunched forehead; the furrows on his forehead went deeper, looking more fierce and stubborn whenever he fell silent.

Still a little shocked, Soonyol looked at Jung's forehead, asking himself, "Was this guy really a lifer? This strong bold man." It was hard to believe. He felt as if SFC Lee and SSG Jung had just lied to him, because Jung looked like an easygoing man, often smiling at silly things or sometimes walking around in dancing steps when he was in a real good mood—which was the cause of his being subjected to SFC Lee's verbal abuse. Soonyol wondered where Jung's confidence and composure came from; he wasn't surprised at Jung's life sentence anymore but he was puzzled about how to interpret Jung's swaggering and sneaky smiles, now that he learned that Jung had been a lifer. He may

have fooled other people.

"Anyway, teacher, isn't his story funny?"

SFC Lee leaned forward towards Soonyol, smiling, his mouth wide open, revealing his buckteeth, blowing bad breath at Soonyol.

"When he was tried in Vietnam, he said he was scared. He thought he'd get the death sentence. The Vietnamese people were protesting and a court observer from the Vietnamese government was pressuring prosecutors to seek the death penalty, so he thought he was a dead man. He closed his eyes and waited for the verdict, losing any hope of getting out of Nam alive. Then,the judge gave his verdict after hitting the table with his wooden gavel. It was a life sentence. 'Is it true? Do I really get a second chance?' He couldn't believe it, so he pinched his thigh and after realizing it wasn't a dream, he sprang up and shouted Hooray. Hehehe motherfucker. Teacher, does that make sense? Hurrah for the life sentence.

"Well, it's possible," Soonyol said, carefully observing SSG Jung's face.

"You think so? So you mean a slut is better than a whore? That motherfucker has lots of guts."

The sound of the guard's footsteps grew closer, and the inmates in Cell No. 2 moved quickly to form columns and lines. The sound of his boots hitting the floor was heard in such measured succession, like the pendulum's swing in a wall clock, that they could picture in their minds which cell Guard Cho was now passing by and how far he was from their cell. They all were aware that his heavy weight always slowed the pace of his

footsteps. Guard Cho, a quiet man, was feared for his explosive punching power. Each guard in the prison had his own characteristics. A guard without any intimidating characteristics didn't command much power among inmates and received less respect from them. So, every guard tried to maintain his tough guy image, and Guard Cho, with his slow pace, reticence and, above all, his explosive punching power, was one of the few who always drew inmates' full attention.

Guard Cho kept walking slowly down the semi-circular corridor from Cell No.1 to Cell No.7; he never stopped or spoke during his patrol unless he noticed a violation. That was what he did all day. As the footsteps came closer, SFC Lee, out of breath, said in a low voice, "Keep your legs straight." He was standing upside down. The inmates were doing handstands against the wall.

Even before Lee's order, the inmates in Cell No. 2 had been doing their best to keep their legs straight up, realizing that the guard's footsteps were getting closer and closer, but the harder they tried to keep their legs straight up against the wall the heavier their legs felt and kept shaking. Let's get this over with. It's over, once he moves from Cell No. 2 to No. 1. They were struggling to stay still, their legs straight up, all afraid of the strong punches they'd get from Guard Cho if they were caught with their legs down.

Once Guard Cho passed by No 2, the inmates relaxed, bending their legs, leaning hard against the wall so as not to waste any energy, but Soonyol felt his arms shaking under his body weight. He was also dizzy, feeling as if he were staring into a hypnotic spiral—the concrete floor and the walls in front of him

were whirling around him. He realized that the 'upside down position'was too much for him to handle. He never got used to it, and he was ashamed of his trembling arms, embarrassed that they couldn't hold his body weight. He was so ashamed of his weak arm strength that he didn't even ask himself why in the first place they were forced to take the 'upside down' position.

Soonyol stared straight ahead with his bloodshot eyes, in an attempt to stop the floor and the walls from revolving around him, but they kept moving around him as if the blank walls and floor were mocking him for standing upside down, with his face red, his eyes bloodshot. He felt dizzier; it was harder to hold his body still, so he closed his eyes.

"Fucking twenty days, twenty..."

SFC Lee broke the silence, letting everyone know that he would be released in twenty days; after that, he wouldn't have to endure this painful position again. It sounded like a bitter outcry although he said it short of breath. With his face red with pain, he stared at the concrete floor and started panting again, telling himself that it was not the time to curse the guard for his pain; he just wanted it to end as soon as possible.

Thankfully, Guard Cho was always on time. After half an hour, he finished the first on his list of physical punishments. Attention, at ease, rest, he shouted the series of commands. Once they were allowed to rest, the inmates sat relaxed, leaning low against the walls, quickly forgetting that these were the dreadful walls that a moment ago they had had to lean against, standing upside down.

"Teacher, so what happened?"

"What?" Soonyol asked back with a perplexed look. He was

dead tired after the painful punishment.

"After she went inside the house. Did you fuck her in the end?"

"Ah, no, I haven't."

"Then what's it about? Not an interesting story at all."

Disappointed and sullen, Lee SFC looked around at the other inmates leaning against the walls, and then turned to Soonyol again as if something had just occurred to him

"That sounds like a decent story. I know. Of course I know what you're talking about. You may not know this, but I graduated from high school. I studied some music and literature. Have you read Goethe's *Romeo and Juliet*? Oh, maybe it's not... Am I wrong? Who wrote it? Right, it's Shakespeare, that fucker's like a literary giant, ain't he? Anyway I read him, so I know what you're talking about, but if you tell a story like that, these retards will start pulling their hairs out. So, what I'm saying is, just tell us you fucked her. Even if you didn't, tell us you fucked her real good."

SFC Lee, animated, talked incessantly, then waited for Soonyol's response, looking him in the face. Soonyol found himself laughing, as he thought about Lee's suggestion, and nodded his head. Although SFC Lee had spoken it in a low voice, Soonyol considered his suggestion as more of a demand. SFC Lee smiled and slapped Soonyol's thigh. Soonyol could read from SFC Lee's expression that he was saying to him, "You're smart. You know what we want, and that's what I like about you."

"That's great. Hehehe..." SFC Lee laughed and waved his hand for the other inmates to come over. "Yo, don't sit there like retards, move your asses over here, and listen to our teacher's

story!"

Oh, Chun, and rookies with shaved heads looked at one another for a moment, and then moved like double-leg amputees, using their hands. They gathered in the back of the room, with serious faces as if they were plotting a robbery. They were aware that SSG Jung didn't enjoy Soonyol's stories, and they were afraid that they might make Jung angry by listening to Soonyol's story, but all the inmates except Jung surrounded Soonyol and SFC Lee.

"After she went inside, the door didn't open again. I suddenly felt exhausted, like a wolf that had just lost its prey.

"Damn! If I were you, I'd have jumped over the wall." Oh stepped in as if he couldn't take it anymore. He got a little carried away and swung one arm in the air.

"Can you shut up and just listen? Don't break the mood," SFC Lee yelled at Oh, crushing him.

"So I stood there for a while. The new housing area had a vacant lot on the embankment. It was across from the house. I stood there, leaning against the embankment rail, waiting for the door to open again. I wished she would come out, but even if she did, I had no idea what I'd do. At that time I was a little naïve. I waited until the sun went down, but she didn't show up. I wasted the whole day and went back home. After that day, do you know how much time I spent hanging around on the vacant lot across from the house? I went there every day for six months. Around twilight I would go up the hill to the new housing area and stand around on the vacant lot. Why? I could see the front yard inside the walls of the two-story house. There were several trees in the front yard, and the leaves obstructed my view, so

it was not easy to see people coming in and out of the yard. But I hoped to see her through the branches and leaves. I waited and watched, trying to get a glimpse of her, but she never appeared in my view. Even if she had come out into the yard, I wouldn't have been able to see her because of the damn leaves. That's probably true. Those damn trees really bothered me. Anyway I waited for half a year on the vacant lot but I never did see her.

Soonyol stopped and took a deep breath. He wondered if the other inmates couldn't hear hisvoice well or if his voice was too low, because they were sitting so close to him, their legs touching the sides of his thighs, making him feel suffocated. They smelled bad. They were breathing hard, and the smell started bothering him. He felt so uncomfortable being surrounded by these men that he felt it hard to resume his story. He glanced through the metal bars at the corridor and then at SSG Jung sitting alone across the room. If a guard caught Soonyol telling a story or the inmates in Cell No. 2 listening to his story, he'd beat the shit out of them. The guard on duty today was Cho, a man of few words, with an explosive punching power. If he noticed any violation in a cell, he would open the metal door and storm into the cell.

SSG Jung was sitting, leaning his head against the wall, his upper body slightly turned away from the group of inmates surrounding Soonyol. He was snoring with his eyes closed, but Soonyol was sure that he was not sleeping; Jung was just protesting against his story telling.

SFC Lee, as the head of No. 2, was always quick to read the other inmates' minds, and as soon as he noticed Soonyol's uneasiness, he rubbed his fist against Soonyol's thigh as if he were turning off a little flame of fear that had shot through Soonyol.

He resumed his story: "Although I hadn't seen her for half a year, I once heard her voice. I wasn't sure it was her voice, but it was probably hers because I remembered hearing the same voice. One night, it was a summer night, around nine p.m. It was so dark I couldn't see anything in front of me. It was drizzling that night but I stayed very late at the vacant lot. I had gotten accustomed to waiting; I had waited so many days without seeing her again that I couldn't remember her well. I had just had a glimpse of her face that summer day; I saw her only once for a split second. So probably I wasn't waiting for the girl, but I was waiting for myself waiting for her because she didn't exist in my mind anymore.

I was standing in the dark vacant lot and looking down at the front yard of the dark house. I wasn't waiting for anyone to appear, but it was more like a daily habit. And then all of a sudden I heard someone talking in the yard. It was the soft voice of a girl."

"Ma'am, it's raining outside. You have to pick up your laundry."

"Oh my God! I forgot about that." It was the voice of a middle-aged woman.

There was the sound of the heels of their shoes clicking on the granite tiles of the porch and the girl's voice again.

"Where's my towel? Where is it?"

Then it was quiet except for the sound of the heels clicking against the concrete floor of the deck where clotheslines were.

It was dark. I couldn't see anything through the trees, but I listened carefully, screaming in my mind, "That's it! That's her voice. I hadn't heard her voice for such a long time that I even

started suspecting that she might not live in that housc. Now that I heard her voice again, I was so excited I screamed in my mind.

She was in the house. She had been living in the house, although I hadn't seen her. How did I know it was the girl's voice? I knew it from my sixth sense, the milky voice. I know a voice doesn't have any color but if it has one, her voice is milky white. It was a low, timid voice, the words flowing out of her mouth. Her skin was milk-colored, and she was a virgin. She was the only one in the house who could have such a soft voice. It must be her voice. I knew it from my sixth sense.

Anyway, once I realized she had been living in the house, I regretted that I had wasted half a yearof my life standing around on the vacant lot, and had to chastise myself for such a waste of time. What I wanted had been just under my eyes, but she wouldn't come to me on her own. I just waited, never trying to reach my hand out to her. What's the point of just waiting? I knew a human existence is the process of trying to earn something, that is, life is a process of having a desire to earn something and making every effort to get it. I desired something but I hadn't done anything to get it; that is, I was just standing there. I ended up not even knowing what I was standing there for, what I wanted. I couldn't even remember what she looked like, although I had seen her once.

That's not the problem. I have to try to earn. I knew this but why didn't I try to do something other than standing there, waiting on and on? To be honest, I didn't have any confidence in myself. Even if I run into an object I want to possess, I am always afraid to approach it because I think even if I tried to find a way to approach and get it, in the end things will never

turn out my way. Why is it like that? Why will I always end up a loser? Even before asking myself whether there is any reason things won't work for me, I become afraid of the object of my desire and stay away from it.

In the end I started thinking about why I'd never achieve or earn anything. Was there an inevitable reason for that? But the more I thought about it, the more certain I was that there was an inevitable cause for all this, which was my delusion.

Like I said before, I think I'm a sick man, although I don't feel anything strange in my body. I always think there's something wrong somewhere inside my body. I'm the kind of person who worries too much, and then I'm obsessed over it. Why do I worry more than everybody else does? It's because I'm self-conscious that I am a useless man; I have an incurable element lurking inside of me, the cause of all my worry. So I'm losing myself because of these self-conscious thoughts. But where do they originate? From a few words of greeting that other people have thrown at me without much thought: "Have you been sick recently?" or "What are you worrying about?" My anxieties were first caused by these words. A few words some people threw at me ended up becoming my fixed idea. I found out about this scary process of a few casual words of greeting turning into a fixed idea. It happened because every person I met kept whispering the same thing to my ears, but in the end I broke the fixed idea.

"Damnnnn! So, did you fuck that fixed idea or not? My butthole's about to explode from gas, but I'm holding it. If I let it go, you're going to be suffocated," SFC Lee said.

The other inmates started giggling, and then after a round of laughing, they looked out the bars when they heard Guard

Cho's footsteps near Cell No. 7. They hadn't noticed it. They were just happy that time flew by today.

Soonyol paused for a moment, lost in his thoughts. The other inmates around him were staring at him, waiting. Soonyol knew what they were waiting for. Their eyes were telling him that he should end the story, if the story got too long, it wouldn't be interesting anymore. Soonyol thought about when and where to screw the girl in the story, and soon he decided on them.

"So, I regained my confidence. I'm not a sick man, I'm not a man worrying too much. I thought like that and started believing it. I made peace with myself that there was nothing wrong with a man lusting after a girl and doing his best to get her love, so that day I decided to knock on the door."

Soonyol paused again to take a deep breath and then continued.

"I found out that she was a bar girl. I was surprised. She took it for granted that I fell for her and came to see her. She said, 'You look like a naïve man. Come to see me sometime. I work at Red House in M district. Look for No 2.'"

"I realized that she was working every night when I was in the vacant lot. She was drinking with customers, smiling, flirting with them in a dark bar room. That was it. I was disappointed, but I borrowed some money, went to Red House and looked for No 2. Then I bought her that night."

"Is that the end of the story?" SFC Lee asked.

Soonyol nodded, moving a little away from him. The other inmates returned to their seats, disappointed as if they had just watched the unsatisfactory ending of a movie.

"You're not telling us how the bitch was in bed. You're

leaving it to our imagination. Good. Anyway, teacher, good job. Yo, Jung." SFC Lee raised his voice as if he were angry. He was tense, or in a hurry because his butthole was about to explode as he had said.

SSG Jung opened his eyes wide and turned to look at SFC Lee. He rubbed his eyes but his big eyes didn't look like those of a man who had just woke up.

"Give him a fag."

Surprised at SFC Lee's order, SSG Jung looked at SFC Lee and Soonyol back and forth. Oh, Chun and other rookies sitting along the wall also looked at SFC Lee, surprised.

"Sarge, that's our last," Jung said politely but clearly.

"I know, shithead. Don't make me repeat what I just said. You're talking too much."

SSG Jung turned his back against the metal bars and groped his right ankle area. He rolled down his long military boot sock and took out a cigarette.

Soonyol felt uncomfortable about SFC Lee's offer although he was desperate for a cigarette—he hadn't smoked for a long time—but he thought that considering the power hierarchy, it was not right for him to smoke the cigarette first.

Soonyol turned and said with an awkward face, "Sarge, you go in first."

"Teacher, you get in first," SFC Lee ignored Soonyol's request.

"After you. I'll shout, 'Cell No. 2, One man goes to take a shit' Got it? I'll sit on the toilet and burn a butt you left behind,"SFC Lee said and rolled his eyes to the toilet stall, asking Soonyol not to waste any more time and quickly get in there, indicating that any more hesitation was not a polite thing to do

any more.

Soonyol got up slowly. He took a cigarette and match from SSG Jung and hid it in his hand. Then,he stepped forward to make a report. After that, he opened the door and walked into the toilet. The small door, unlike its appearance, was thick and heavy. Once he closed the door behind him, Soonyol couldn't hear anything from outside. Of course there was nothing much outside except the cell or the corridor beyond the metal bars.

Soonyol felt peace inside the toilet and thanked the small door for blocking him from all the noises outside: the sound of the footsteps of the guard, the curses, the sound of inmates laughing like crazy men, inmates on kitchen duty washing dishes, or inmates getting beaten and moaning, the guard's threatening words.

He positioned himself in the small room and leaned against the wall. Then,with a cigarette in his mouth, he struck a match and lit the cigarette. When he realized it was the last cigarette in the cell, he wanted to keep each drag as long as possible. The cigarette even had a yellow band around the filter. It was hard to get such a cigarette in the prison. The chief (trustee) smuggled only low quality filterless cigarettes, so it washard to see cigarettes with yellow or white bands. Some cells paid the chief for a couple of cigarettes with yellow and while bands, but they were reserved only for cell captains or old-timers.

Soonyol took a deep drag and slowly blew smoke up toward the ceiling. The smoke spread out, forming clouds, and went up slowly to the dark ceiling, dispersing into the air. Through a series of repetitive movements of holding the cigarette between his fingers, putting it in his mouth, pulling on it and blowing out smoke, Soonyol forgot for a moment that he was locked in a jail

cell. It felt strange for a chained man in the deep corner of a cage to have such a feeling of freedom.

SFC Lee had once asked Soonyol whether he could write poems, and he had said no.

"I thought you'd be able to write poems. You look like a poet." SFC Lee said. "But you can try. You can write them if you try. We have some ideas, but we're such shitheads, it's almost impossible. I'll give you a pencil and paper, and you can try to write one for fun."

"I never wrote a poem. There're already poems here," Soonyol said, pointing the concrete walls and floor. There were several letters that inmates carved on the walls with a sharp metal piece.

Life
8. 11. 1967. Woobum Park from Pohang

3 tearful years
5. 30. 1968. Sungwoo Lee from Hak-dong, Kwangjoo City

Life
Bongrae Kim from Jaejoo City

I am so hungry I feel like I'm going crazy, Youngja.
9. 17. 1965. Kungil Lee from Samcheon-po

"They are just scribbles, aren't they," SFC Lee said.

"They're great poems. Look at this, 'Life.' This one word contains so many stories. They're great poems."

“Teacher, I’m not talking about these shitty poems but what you mentioned before, what you came up with in the toilet. If you can write about it, that’ll be a great poem. Give it a try.”

“Ah, I see. I said, I wish I could write poems. What I felt in the toilet was that it was a paradise, I mean, inside the toilet door. That’s the only door we’re allowed to open, and once inside, I feel really peaceful.”

“I agree. I once felt like that. So If I could, I’d write a poem with a title, ‘Here’s a Paradise’ Hehehe, you’re a funny man. Here in prison, what’s the point of writing poems? But it’s funny, and the title is funny too. If you have a title, why don’t you write it? Yo, Jung, bring him a sheet of paper and pencil,” SFC Lee gave the order without waiting for Soonyol’s response.

Jung stared at SFC Lee, with his eyes wide open, wondering if Lee had gone crazy, but he followed Lee’s order by kneeling over toward the pile of blankets under which they kept papers and pencils hidden.

“We have some papers, but we’re out of pencils. The trustee took it.”

“I can’t understand why that motherfucker takes what’s not his. Tell him to give it back now.

“The trustee said he’d return it before bedtime.”

SSG Jung sat down on the floor, feeling sorry, scratching his head. SFC Lee knew that there was no way but to wait until the chief returned it.

“Damn, I thought I could read a poem today!”

SFC Lee told him to write it later, and said to himself, “Here’s a paradise? Hehe, that’s an interesting title.”

His cigarette had already burned halfway down. Soonyol eyed the end of his burning cigarette. He took a deep breath as if he wanted to erase random thoughts in his mind and then came out of the toilet stall after sticking the burning cigarette in the crack up on the wall for SFC Lee.

"I know you guys don't have any respect for me these days. Yo, Oh."

SFC Lee made a grimace as if he had just discovered something unpleasant. Oh had just come out of the toilet after smoking a cigarette, and he was now standing in front of SFC Lee, smiling, not knowing what SFC Lee was angry about.

"SSG Chun, get in there," he made a quick order, thinking about the burning cigarette inside the toilet, and then turned to Oh.

"Yo, little dickhead, why did it take so much time? Did you violate the princess?"

Oh quickly denied it.

"You dirty bastard, if you violated her, tell me that right now. You violated the princess in the toilet, didn't you?"

"No, sir. I didn't even turn my head to her."

"What? Still lying, motherfucking cocksucker! Plant your fucking head."

Without any words of protest, Oh planted his head on the floor, clasping his hands behind his back, raising his buttocks in a jackknife-like position. His body shook a couple of times, almost falling sideways, but he balanced his body with only his head and the tips of his feet on the floor.

"You guys don't know how to return my favor."

SFC Lee had received five cigarettes from the chief. He had let the other inmates have a smoke in the order of the social hierarchy in the cell, but Oh stayed in the toilet too long.

"I've recently noticed your shitty face getting yellow and paler. Did you notice that, Jung?" SFC Lee sought SSG Jung's support.

Jung put on a big smile and then unleashed a barrage of curses at poor defenseless Oh.

"How dare you punk ass motherfucker jerk the fuck off to her! How dare your little prick violate the baas's beloved concubine?

SFC Lee giggled, satisfied with Jung's support.

"Yo dickhead, say it, 'I violated the princess, and I'm ready to take the punishment,'" SFC Lee said.

"Sarge, I didn't violate."

Oh still adamantly denied Lee's accusation.

"Whaaaaat, you motherfucking punk ass bitch?" SFC Lee burst in anger. He lifted his foot and kicked Oh's head with the sole of his foot. Oh fell down and rolled over on his back, but he quickly went back to the jackknife position.

"You retarded motherfucking cunt, say it, 'I violated the princess, please kill me.'"

"I vvvioooolated the princess, please killlllllll me." Oh barely managed to repeated it, a tinge of red creeping up on his freckled face as the rush of blood to his head increased.

"All right, I'll forgive you this time. Oh, go back to your spot."

Oh felt lucky that the punishment ended sooner than he expected. He quickly raised himself from the floor and with a smile on his face, went back to sit along the wall.

"Teacher, did you see my princess?"

Soonyol nodded silently. The girl's face flashed across his mind. Although she was young and pretty, she had a cheap smile, that of a whore, he thought. He felt like this not only because her pin-up was hung on the inside of the toilet door but also because the girl was fully-naked, walking through the barley fields towards the camera, pushing aside the tall stalks with fully ripened barley heads.

"Don't think of it as tasteless. She's like my girlfriend here since I'm away from my wife."

"You have a real cute 'thing,'" Soonyol said, raising his pinkie.

"Hehehe, isn't she cute? Compared to her, my wife looks like a pig. Ouch! I'm an idiot. I shouldn't disrespect the mother of my daughter like that."

SFC Lee punched his mouth with his fist, hard enough to make a loud sound. He screamed Ouch! and fell backwards. He rolled over and lay down on the floor. He stayed still for a while with his face down on the floor. Then, hesuddenly raised his head again and started glaring straight ahead with an angry face.

"Did you pick it up?" SFC Lee asked angrily to the rookie who had just come out of the toilet stall. He was a fresh three-day old rookie, the youngest in the cell, and he had an abnormally large head.

"What did you say, Sarge?" the rookie asked back, with a confused look on his face.

"What, retard? Come over here."

The rookie took a few steps forward in front of SFC Lee like a well trained dog. SFC Lee lifted his right leg and kung-fu kicked the rookie in the chest. The rookie fell backwards and groaned

in pain. SFC Lee got up and glared down at the panting rookie.

"'What did you say?' did you just ask me that, you motherfucking piece of shit? Where the fuck did you learn to talk like that! You cocksucking idiot don't even know 'picking up'? Get your frigging ass over there and sit at attention until you realize what that means. Chun, you go in and pick it up."

Chun jumped to his feet and went in with a piece of toilet paper to pick up the cigarette.

"Jung, you fucking son of bitch, where's the freaking discipline? It's in total disarray now. How do you train rookies? I put you in charge of it, trusting you."

"Baas, I'm sorry," SSG Jung quickly answered, glaring around at the other inmates.

"Motherfuckers, I'll finish you with one punch. I don't have much sympathy like SFC Lee," SSG Jung said, swinging his fist in the air. He had a lightning hand speed and his clenched fist was the size of a human head.

"Yo, stop bullshitting," SFC Lee said, but he was aware that Jung meant what he had just said. A few days ago he had seen Jung teaching rookies a lesson. Jung was skillfully swinging his arms and legs from a sitting position like a kung-fu master, and he was more violent and merciless.

"Jung, these days I'm concerned whether you can run this cell well after I'm gone," SFC Lee said in a serious voice, and Jung was silent for a moment, just smiling.

"Sarge, don't worry. I'll keep these morons under tight control, and if anyone does wrong, I'll break his neck and dispatch him to the netherworld," SSG Jung said, as if SFC Lee's concern were nothing more than an idle thought.

It seemed to Soonyol that SSG Jung looked like a prince who was ready to inherit his father's crown. Jung was probably more anxious to see Lee's release than Lee himself, and he had been preparing for the moment when SFC Lee would be gone.

"You're like a crown prince in this cell," Soonyol said to SSG Jung with an envious tone to his voice. Jung glanced at Soonyol's face but he didn't look upset at Soonyol's comments.

"Yo, you're getting promoted. Who's going to believe that a fool like you will be a crown prince? You should feel lucky to be my heir. Hehehe, teacher, if he's a crown prince, then what am I?" SFC Lee was so amused by Soonyol's comments that he started rubbing his fist against Soonyol's thigh.

"I have a new name for you. You're Emperor Nero."

"What? Nero? Hehehe."

"Your acting is unbelievable. Sarge, have you seen the movie, *Quo Vadis*?"

"Yes, I did. Isn't it an old movie? I think I watched it when I was in junior high school."

"Yes. After watching the movie, I admired the performance of the actor playing Emperor Nero, and I think your acting is far more superb than his."

SFC Lee burst into a fit of hysterical giggles, rubbing his fist against Soonyol's thigh, and then started stamping his feet madly. Then all of a sudden he stopped and whispered to Soonyol.

"Teacher, honestly, I just act crazy. If I don't, I'll get really crazy....ah...if the motherfucker didn't pull his pistol, that motherfucking rookie Second Lieutenant...." SFC Lee's voice got louder.

"Who's that?" Soonyol asked in a low voice, looking at SFC

Lee getting excited.

"I've been rotting here for the last fucking two and a half years because of that bastard. Damn it. The motherfucking rookie Second Lieutenant right out of OCS (Officer Candidate School) was my superior. It was a Christmas night. I was with SFC Park, who's now in Cell No.5, in a club in Danang. We were drinking, each with a girl under our arm, when the bastard came in, already drunk as fuck. He didn't order anything but came to us, asking us to give up the girls. The mama-san told him that she didn't have more girls available now; they were all with customers. Then the bastard grabbed the shoulder of SFC Park's girl and pulled her out of the chair, shouting, 'Yo, how dare you motherfucking sergeants have a good time in front of us officers?' So SFC Park got up and swung at him. The problem is he didn't hit him clean but just scratched him on the face. SFC Park is always hot-blooded but he is no puncher. This motherfucker's pissed off, running like a mad dog, repeatedly spitting out words like 'fucking foot soldiers...'and it quickly sobered me up. Do you think I'm a reckless man? I was putting up with it. I even held SFC Park, who was trying to throw another punch. I was in between them, stopping the fight, when I got an uppercut in the jaw. My eyes litup with anger, and I completely lost myself. A man who doesn't do anything after getting hit like me is a fucking faggot. Ay, fuck it, I threw a punch—there's nobody who can take my punch—and the motherfucker was knocked down. You know what happened next? The fucker, still lying down on the floor, pulled out his pistol, screamed a few times, and fired shots in the air. Then MPs showed up, hearing the gun shots. If that shithead hadn't fired his gun, I would have been OK.

"Yo, Jung, you don't have any cig?" SFC Lee always asked even though he already knew they didn't have one.

"We were out last night, weren't we?" Jung said, detaching himself from the wall and sitting straight.

"Yo, I know. The fuckers don't send us....and there's no message from Cell No. 3. Well, we're grounded, so I'd better shut up."

SSG Jung was anxious, with his body half-raised from the floor. He looked at Lee restlessly as if it were his fault that they didn't have any cigs.

"Do you want me to contact Cell No. 3?"

"Don't bother. Shin isn't the kind of person who won't send anything if he has some. I trust our friendship. They know we're out, don't they?"

"Yes."

"Then, let's wait, hoping that either Cell No. 3 or the chief will send us a couple of cigs. The chief has no sympathy for us, completely ignoring us because we didn't show him any money recently!" SFC Lee said after walking on his knees to his bedding and lying on one side with his hand tucked under his head.

"Teacher, be patient even if you're going crazy for a smoke," SFC Lee said with a boyish smile.

"It'll be harder for an ex-heavy-smoker like you. How much did you smoke per day before prison? A pack?"

"I smoked two packs a day."

"Ha, two packs! I knew it. When you first came in here, at first sight I knew you were a chain-smoker. Whenever we receive a new rookie, I always look at his face carefully and try to find out how much he smokes per day. I remember when you first

arrived here. You looked great, with your hairstyle and appearance, you looked like a French actor. Now you're a different man....Yo Jung, thank him for letting you know your promotion. Without him, you would have not known what you'd become after I'm gone."

"SSG Jung was silent, with a serious face, absorbed in his thoughts. He was thrilled that he had just received SFC Lee's endorsement as his successor; he would possess the absolute power in the Cell No. 2. He started smiling, and Soonyol never saw him smiling so big.

"Sarge, you're right. I'm having a successful career here. This is the second best moment of my life, only next to my days in Vietnam, where we had a real good time, eating C-rations."

Surprised, Soonyol stared at Jung, wondering if he meant what he had just said, or if he was joking—although he looked dead serious.

"Before I enlisted in the Army, I sold vegetables in the market, carrying them in a cart. I went back and forth from Wangsim Street to the East Gate but I didn't even make enough money to feed myself. So I signed up for Vietnam. It was fucking great for a while. After an operation, we'd come back to our base camp and there were always plenty of foods to eat.

"Sarge, so did you go to Vietnam in order to eat?" Soonyol asked in spite of himself.

"Yes, I went there to eat to the full," Jung shouted angrily.

"So, you moved closer to death in order to keep yourself alive."

"What? What's wrong with that? There're lots of people like that. Crematory operators, grave diggers. I'm not a coward like

those fuckers out there, so I'm not afraid of death," Jung said, glaring at Soonyol. Then he asked bluntly, "Have you ever been in a war?"

Soonyol was caught off-guard. He knew Jung's intention behind the question; he thought that SSG Jung distanced himself from Soonyol because he was aware that Soonyol hadn't fought in a war and killed any enemies.

"No, I haven't been in a war."

"Then, you don't know what I'm talking about. How loudly you shout in my ear I ain't listening to your bitching. A smartass like you makes me sick," SSG Jung spit out his words and then glanced at SFC Lee.

"Sarge, do you want me to tell him how I killed thirty men?"

SSG Jung didn't wait for SFC Lee's approval and started his story.

"Each time we went on a mission, it was fun. I couldn't understand those fucking pussycats, scared, dragging their heels in the battlefields. We had captured a bunch of Vietcong and taken them as hostages. We rounded them up, and our platoon leader said to me, 'Sergeant Jung, take care of them.' 'Sir, did you receive an order from above?' I asked. 'We don't have the fucking time to make a report right now, you stupid idiot.' We were about to move on to our next mission. We didn't have enough personnel to transfer the hostages, and these sneaky bastards were trying to run away at every moment. So I bashed them into a pit with the butt of my M16 and then threw in a grenade. An explosion, and body parts flew in the air, a piece of shoulder, fingers, head..., but there was this woman who had refused to get into the pit. I pushed her aside and told my squad

member to kill her, but this motherfucking piece of shit says, 'Sarge, I can't, so I stepped forward with my M16. The M16 is a powerful machine. They had just been distributed. I took aim and fired. The top of her skull right above her forehead was blown away as if it were cut off with an ax. I stood dumbfounded. Like I said, we had just got our M16s, so I didn't know how powerful it was. I was about to turn, when this woman was staring at me with the top of her head gone, staring at me in hate. She didn't know I didn't hate her. I aimed at those hateful eyes staring at me and fired. This time her neck including the rest of the head was blown away....

"Yo, I'm a little tired of your motherfucking war shit."

"I'm telling this because I can't forget her stare. I didn't have any hate in my mind but this bitch was staring at me."

"Yo, I got that shit. You'll go to hell and her ghost will beat the shit out of you."

"Hehe, ghosts don't have fists! And there're no ghosts!" Jung started laughing. "You see, I'm doing fine; I'm just getting fat here. Nothing's going to happen to me."

There was the sound of knocking from the other cell, Cell No. 3. SFC Lee, who had been lying on his side, with his head resting on his raised hand, quickly raised his body, sitting on the floor, and said, "It has arrived. Take it."

As soon as he heard SFC Lee's order, Oh went to the corner of the metal bars and the wall adjacent to Cell No.3. Then he came back to SFC Lee with a small package wrapped in a paper.

"Well, it has finally arrived," SFC Lee said in an animated voice, his face brightening, but he didn't want to touch it. Instead he motioned for Jung to take it, and Soonyol noticed a nervous

twitch passing through SFC Lee's face.

"Open it, open it" SFC Lee asked impatiently.

There were two cigarettes and two matches inside the crumpled paper. Jung turned his back against the metal bars, slipped them inside his sock, and then started reading the message:

—To Cell No. 2—

Dear SFC Lee:

SSG Bae has just returned from the prosecutor's office and says that the Supreme Court of Appeals for the Armed Forces will be postponed. I don't know the next court date but I am sure that it'll not be on the 20th as originally scheduled. The above information is what Bae learned from MSG Cho in the prosecutor's office. The teacher in your cell will get a sentence of two years and six months. Since I don't know much about his insubordination charge, I can't say how much time will be added to it. I hope things work out better for him. Please send my best regards to the teacher. Enclosed you'll find two cigs. I asked for a pack of cigs but the chief just took our money and gave us only five cigs. If I ever see him again outside prison, I'll tear him to pieces. So please try to live with only two cigs for a while. Tomorrow we are planning to get a pack, which isour big secret. I appreciate you for sending us a cig the other time, I'm moved to tears of our camaraderie and friendship. I wish you well.

Sincerely,
Jongsool Shin

from Cell No. 3

After reading the message, Jung looked at SFC Lee leaning against the wall. SFC Lee frowned and stared at Jung angrily as if he wanted to eat Jung alive.

"What is it, motherfucker? What the fuck does he say?"

"Sarge, you lost out again."

"What? It was postponed again?"

SFC Lee got up and snatched away the message from Jung's hand, and stared at it with a pale face as if he couldn't believe what he had just heard.

"Motherfuckers make me go nuts, fuckers keep postponing the court date, probably to play another round of Go game in their office."

Feeling depleted, SFC Lee stared up at the ceiling, and the inmates in Cell No. 2 fell silent, watching SFC Lee carefully. They all knew that although he looked lostand dejected now, SFC Lee was burning inside, about to explode in anger any moment. They were afraid of getting picked on now by SFC Lee, but this time SFC Lee didn't vent his anger at the other inmates. He raised his clenched fist and then punched the concrete floor hard. Everyone in the room flinched at the intimidating sound.

"All right, I'll take it like a man again. What can I do but sit here and wait? Yo, Oh, tell the kitchen trustee to put a large mackerel in my soup this Saturday," he said, smiling as if he were unaware that the court date had been postponed indefinitely. "Yo Jung, sorry that I'll have to get on your ass a while longer."

"That's fine, Sarge," Jung said politely, looking at himcalmly. He had been preparing for a situation like this where the court

date would be postponed, where even if it had been held as scheduled, SFC Lee's original sentence might have not been revoked. He knew that his crowning might not come as soon as he had hoped, and he wasn't much concerned when he'd be crowned —he had a lot of time left on his prison term, fourteen years.

"Hey man, you'll get two and a half years," SFC Lee said, holding out the crumpled message to Soonyol, but Soonyol didn't take it, just looking blankly at SFC Lee. He was tormented by his desire to smoke one of the two cigarettes they had just received from Cell No. 3. He was desperately waiting for SFC Lee to notice his hunger for a smoke.

"Do you want to smoke?" SFC Lee asked with the message still in his hand, staring into Soonyol's blank face. "You still don't believe me, but SFC Shin's prediction is always right on the money, so you'll get two and a half."

Soonyol sat quietly, still blank-faced. He didn't doubt the prediction of the top dog in Cell No. 3, but he didn't care whether he got a sentence of two, six, or more years. It wasn't the time that he was afraid of. He felt the same way as Jung did in that matter. He felt like he could take any shit as SFC Lee had just done, no matter how many years it would be.

"If you want, go smoke. And leave it there after burning about a half," SFC Lee said, taking Soonyol's silence as yes.

Soonyol half-raised his body but sat back on the floor because it didn't seem that Jung would pull out a cigarette from his sock —he was sitting motionless, staring at Soonyol.

"Sarge, we won't get any more supply today," Jung said firmly.

"How about taking it after dinner or before bed, teacher?" SFC Lee agreed with Jung and turned to look back at Soonyol, pitying him. "He's right. You'd have a more craving after a meal or before bed, so let's wait."

They sat quietly for a while, realizing that there was no way but to wait. Soonyol slowly moved away, feeling embarrassed, and sat next to the wall.

"Anyway, teacher, let's hear your story," SFC Lee broke the silence. "But first there is something I want to know. Tell me a little about your insubordination charge. We'll get several cigs from Cell No. 3 tomorrow, so we can smoke in peace." SFC Lee rubbed Soonyol's sore spot, taking him off guard, because his insubordination was a subject Soonyol didn't want to talk about.

"That's a dull story," Soonyol said.

"I don't think so. Your stories are always interesting. Please tell me about it." SFC Lee wouldn't let it go.

"I was trying to get what I wanted. That's called insubordination." Soonyol was forced to talk about it.

"You mean that girl?"

"She's just one example," Soonyol said, smiling.

"It ain't the same story, is it? You're trying to back away from it," SFC Lee said seriously, and Soonyol frowned.

"And other people kept insisting that I couldn't have it; it didn't exist, so I tried to break their fixed idea, and then I had a strong desire to possess it. So I have to say that I failed while trying to make my own choice. Maybe not exactly like that, but I can say it was the result of my own choice," Soonyol said and then put his hands together as in prayer.

"I know what the fuck you're talking about!" Jung stepped

in. "You're saying, 'I'm innocent. I'm falsely charged. You guys are all criminals but I'm innocent,' but I'm fucking tired of hearing that kind of motherfucking shit. Do you think there's anybody here in this prison who isn't innocent?" Jung said with a sly smile on his greasy face.

"I didn't say I'm innocent. I know I'm here because I committed a crime."

"Then, don't talk like that, and stop bullshitting, using difficult words like 'choice' or 'fixed idea.' 'I tried, but it didn't work out that way.' Is that what you're trying to say? That's what idiots say afterwards. I did what my mind told me to do, that is, I made a 'choice,'" Jung said with his chin up, staring down at Soonyol, trying to intimidate him. Soonyol flinched when he met Jung's stare; he felt so disconcerted that he went through fits of anxiety as if his intestines were all tangled up, and felt vulnerable as if the walls that covered his weaknesses were crumbling down.

"Did you say that you made a choice?" Soonyol raised his voice, oblivious to himself. "So, did a fourteen-year jail term flash across your mind when you made that choice? I don't think so. With your cart full of vegetables, you'd been shoved around from old Wangsim Street to East Gate, and then from East Gate to Cheongryang Street. You'd been kicked around here and there all your life until you fell into a pitfall in the end. You didn't choose a damn thing. You said, 'I didn't hate that woman, but she was staring at me, her eyes full of hate.' So, you fired another shot. Do you get it? Your action didn't come from your choice but from impulse. You fell into a deep shit hole after all these years of getting kicked around."

Jung was speechless for a moment, a little bewildered, staring at Soonyol, but at the same time, assuring himself that he was a man of courage who had never been afraid of running through a barrage of bullets. He clenched his fists, trembling with a burning desire to beat the shit out of this man sitting in front of him, but feeling SFC Lee's fierce eyes following his every move, he suppressed his impulse.

"What did you say? Hey teachie, you think you're all that? You're fucking bullshitting me right now, badgering me, but I'll let you talk shit like that for a while until…." Jung said calmly in a low voice, but his eyes were cold-blooded and ruthless, like those of a butcher with a knife in his hand.

"I know what it feels like being a mouse caught in a trap," Soonyol said calmly, not avoiding Jung's eyes anymore. "You don't have to bully me. I know you have a bad temper."As soon as he finished the sentence, Soonyol withdrew to the wall and turned away from him. He regretted his behavior. "I made a mistake. I may be drunk right now like SFC Lee said, but I didn't hate SSG Jung, but he stared at me, his eyes full of hatred, so…" Soonyol said to himself, imitating Jung and started laughing to himself.

At 0030 hours Soonyol was standing, leaning against the wall for his look-out shift. He wished that time flew fast. He heard the footsteps of the guard passing by Cell No. 2, but he didn't assume an at-attention stance, although he was once warned from the baas that if a night watch got caught leaning against the wall, he would be beaten to a pulp. It was thrilling to know how far he could go with his violation of the prison rules, so that he would

quickly gain more knowledge of prison life through trials and errors.

Soonyol thought that time went faster at night, and the wall he was leaning against looked wider and more solid. He fought sleep, hearing the other inmates snoring, looking at their legs intertwined. There was not enough room for aninmate to lie down flat on his back; so they were hugging each other, some pushing others' chests away from them. He looked at them like a poor father with many children to support.

Jung slowly got up from his bedding, throwing away a towel from his face, and went into the toilet. When he came out moments later, he approachedSoonyol standing next to the metal bars and he asked, "Teacher, do you want to smoke?"

Soonyol, who had been fighting sleep for a while, was startled to hear Jung and see him approaching. He looked Jung straight in the face.

"I left the butt stuck in there. I'll watch out for you. You get in and have a smoke, but be careful not to get noticed by the guard."

"I thought we were out of fags."

"I had one hidden from everybody, it's only for emergency. I have my own storage case concealed inside the ceiling of the toilet. Go burn the whole thing, a full cigarette."

Soonyol walked into the toilet stall and sucked the cigarette down to the yellow filter as quickly as he could. Soonhe was so drunk under the influence of nicotine that he didn't even take a moment to appreciate Jung's favor. He felt dizzy. He leaned against the wall and waited long until his head cleared. Then, he came out and returned to his night watch spot.

"It's not easy to smoke a full cig without feeling dizzy," Soonyol said, and Jung smiled.

"The baas also can't stand still after a full fag," Jung said, standing next to Soonyol to hide himself from the guard's view.

"Anyway, teacher, let's forget about what happened between us today," he lowered his voice, almost whispering, concerned that the guard might overhear them.

"I've already forgot about that." Soonyol said in a low voice after turning and looking down at the short SSG Jung.

"Teacher, have you seen my appeal letter?"

"Where's it?"

"It's in the plastic bin."

"Did someone else write it for you? Or you did it?"

"Baas wrote it for me. I completed school up to my sixth grade, so I don't know what to say, let alone write it on the paper. Do you know that I'm appealing? I have had this letter written for me but I don't have high hope. It'll be dismissed again, but the more I think about it the more it seems there's something wrong. I really think it's unfair. Even if I got a sentence of fourteen days, not fourteen years, I still think it's still unfair. I received five decorations. I'm not bragging about that, what I'm saying is, the same motherfuckers who awarded me these decorations are the ones who sent me to prison. What I did was what I was ordered to do, that is, kill our enemies."

"But how can you prove that the people you killed were Vietcong."

"Damn, that's the way the crows always talk to me. How can I prove that those fuckers were Vietcong? They're now six feet underground. How can I ask them now? But teacher, if you listen

to my story, you'll see what I'm talking about," he took a deep breath and started his story:

"That day my scout platoon was going out on the operation, but when we arrived at the village which we thought was occupied by the enemy, it was empty of people. The Vietcong were expecting our attack, so they had withdrawn to Gonoi Castle across the stream from the village. I led my squad into the empty village and searched everywhere for village people including pigsties. I was passing by the yard of a house under a cliff, when I heard some whispering inside. I immediately knew there was something in the backyard. As I expected, there was an entrance to an underground tunnel—it was covered by a straw rice sack. 'Get the fuck out of there, motherfuckers,' I said in Vietnamese. Then,the whispering stopped. "Get the fuck out" I shouted again, but no one came out, so I went in there, violently flinging the straw sack open, and ready to take out the safety pin of a grenade in my hand. 'I'll throw in a grenade if you don't come out' I shouted into the tunnel, and then a middle-aged man and a woman came out with their hands up. I found another one in the pigsty. This one was hugging a pig, with his body covered with pig shit. I've never seen such a sight. I grabbed him by the neck to drag him out, but this idiot wouldn't come out, still hugging the pig tight, probably he was saying to me, 'I'm a pig as you see, please look at me as a pig and leave me alone here.' Hehehe, never seen such a weirdo."

I kept them at the side of the road. I had no intention of killing them. I was planning to transfer them when my company arrived, but as soon as the company arrived, the Vietcong started firing at us from Gonoi Castle, which was the enemy's territory.

It was a jungle, and we couldn't see where they were shooting from. It was also a foggy day. Our company started firing back towards the jungle without any targets, and then the fuckers started running away. I was surprised how fast old folks were running. 'I'll shoot you if you don't come back' I shouted several times, but once they started running, they'd never come back. I first fired in the air and asked them to come back, but they wouldn't. They were running towards Gonoi, and there was not much to think about during the shootout. So I shot them down.

"So you were sure that they were Vietcong?"

"They were, the fuckers were going to Gonoi, and we were told that we should consider as enemies any Vietnamese who can plant landmines;that is, look at them as enemies if they walk on their own.

SSG Jung stopped talking and plopped down on the floor, looking exhausted.

"Teacher, what do you think? I'll be forty in fourteen years," he said in a hopeless voice.

"I know what you're saying. You'll feel betrayed even if it's fourteen days, not fourteen years, but I am not a crow, so it doesn't matter what I think of your case," Soonyol said.

"I have a request for you. Teacher, can you write that for me, my appeal letter? There's a letter the baas wrote for me, but teacher, please write me another one." SSG Jung looked up at Soonyol like a child and begged repeatedly for the letter.

"It's not that hard to write another one. I'll do it if you want, but you shouldn't put too much hope on a single letter. The crows are rarely swayed by that kind of begging appeals."

"But I decided to do anything within my power. I'll try my

best. Tomorrow, no, it's today. I'll bring you paper and pencil, and you can write a rough draft."

Jung sprang to his feet, stepped over the sleeping bodies lying on the floor, and went back to his spot to lie down.

Soonyol watched the back of SSG Jung as he walked over to his spot. Soonyol was more pale-faced today, breathing roughly as if he were moaning. He was concerned that he might be forced to create a story in the appeal letter. Soonyol would sing a song with Jung's lyrics. He hoped it was just his idle concern, but he would sound like a drunk singing someone else's song he was not familiar with—he was sure that in the end, things wouldn't turn out as Jung wished.

At two am, Chun got up for his look-out shift and found Soonyol crouched down on the watch-out spot. He looked exhausted, drained of any kind of energy,and he was crying, with tears streaming down on his face. Chun was so surprised that he stood still, staring at Soonyol, but Soonyol didn't seem to care about Chun's stare and continued to cry, which made Chun even more surprised. Then he started sobbing loudly. One by one, the other inmates in Cell No. 2 started waking up. SFC Lee, SSG Jung, Oh, and other rookies got up, rubbing their eyes, and turned to look for who was crying. They all were surprised that it was Soonyol.

"Is he crazy? Go tell him to stop crying," SFC Lee said but no one tried to stop him from crying. Although it was interesting to see such a quiet, mild-mannered man crying with his shoulders shaking with his sobs, howling like an animal, they knew that they couldn't stop the teacher from crying.

"Who's crying?" A guard had come to Cell No. 2 after hearing the crying. It was Guard Lee, one of the most powerful punchers in the prison. All the inmates in Cell No. 2 had frozen, looking at the guard with the white helmet pulled low over his eyes, and waiting for the guard to beat the shit out of the teacher, but Guard Lee stood dumbfounded, staring down at Soonyol, who was still crying, even after the guard had come down the corridor. The guard didn't explode in anger as everyone expected, but instead he watched the sad-looking man crying, his shoulders heaving, not caring about all the eyes on him. He and all the other inmates in Cell No. 2 watched the funny but disturbing scene for a while.